플립 사이드

플립 사이드

제임스 베일리

서현정 옮김

청미래

역자 서현정(徐賢汀)
사막을 바다로 바꿔준 은하수를 올려다보며 오늘을 살아가고 싶은 한 사람.
현재 번역 에이전시 엔터스코리아에서 번역가로 활동 중이다. 옮긴 책으로는
『작은 아씨들』, 『새도우헌터스』, 『꿈을 파는 빈티지샵』, 『키다리 아저씨 2 : 그
후 이야기』, 『시식 시종』, 『크라임제로』, 『널 잊지 않을게』, 『더 월』, 『서른 살의
키친 : 사랑을 굽다』, 『마가렛타운』, 『암스테르담의 커피상인』, 『백 걸음의 여
행』, 『나는 불완전한 나를 사랑한다』, 『수치심 권하는 사회』, 『반드시 전달되
는 메시지의 법칙』, 『해피엔딩』 등 다수가 있다.

플립 사이드

저자 / 제임스 베일리
역자 / 서현정
발행처 / 도서출판 청미래
발행인 / 김실
주소 / 서울시 용산구 서빙고로 67, 파크타워 103동 1003호
전화 / 02 · 739 · 1661
팩시밀리 / 02 · 723 · 4591
홈페이지 / www.cheongmirae.co.kr
전자우편 / cheongmirae@hotmail.com
등록번호 / 1-2623
등록일 / 2000. 1. 18
초판 1쇄 발행일 / 2022. 12. 20

값 / 뒤표지에 쓰여 있음
ISBN 978-89-86836-86-8 03840

할머니, 할아버지께
바칩니다.

차례

겨울

1

런던 지상에서부터 135미터, 세계에서 가장 로맨틱한 도시 풍경 앞에서 청혼을 거절한다는 게 가능해?

그런데 그 말도 안 되는 일을 가능하게 하는 사람이 바로 여기에 내 눈앞에 있다.

제이드 투굿.

지난 4년 동안 내가 여자친구라고 불렀던 바로 그 여자. 불과 몇 초 전까지만 해도 내 평생을 함께해줄 것이라고 믿었던 바로 그 여자. 그래서 나를 지금 지상 135미터에 떠 있는 유리 캡슐 안에 갇혀 있게 만든 바로 그 여자.

그녀라면 이런 곳에서도 청혼을 거절할 수 있을 거야.

아니, 그래서 정말로 거절했다.

12월 31일. 런던아이. 내 이상형. 결혼반지. 둘이 함께할 미래.

대체 뭐가 잘못된 거지?

나는 모든 걸 아주 꼼꼼하게 준비했다. 그래서 모든 게 완벽하게 착착 진행되고 있는 줄 알았다. 한 해를 완벽하게 마무리하는 마지막 날이자, 새해를 시작하는 완벽한 첫날이 될 줄 알았다. 몇 달 동안 비밀스럽게 웹사이트, 잡지, 보석상을 뒤져 결혼반지도 찾아보고, 청혼할 때 무슨 말을 할지 생각하고, 완벽한 순간을 기다렸다. 제이드가 런던아이에 꼭 가보고 싶다고 말했을 때, 나는 그곳을 친구들에게 가족들에게 그리고 미래의 손주들에게 두고두고 이야기할 우리의 청혼 스토리 무대로 결정했다.

'청혼 패키지'를 광고하는 번들거리는 런던아이 안내 책자는 내 마음을 완전히 사로잡았다. 지나치게 비싼 가격만 무시한다면 캡슐 한 칸을 통째로 빌리는 것만큼 낭만적인 게 또 어디 있을까? 안내 책자는 미소 짓고, 웃고 키스하는 행복한 커플 사진들로 가득했다. 사진마다 아름답고 멋진 사람들이 기쁨의 눈물을 흘리고 있었다. 황홀한 풍경과 전망을 담은 사진도 여럿 있었다. 그리고 '마법 같은'이라는 말이 굵은 글씨체로 눈에 잘 띄게 인쇄되어 있었다. '완벽하게 낭만적인, 아주 특별한 곳'이라는 말도 있었다. 하지만 어디에도 상대방이 거절할 수도 있다는 경고 문구는 없었다. 만약 상대가 거절할 경우, 환불을 보장한다는 조항도 없었다. 앞에서 말한 것처럼 이런 곳에서 청혼을 거절한다는 게 가능해?

안내 책자에서 성공을 보장하는 런던의 상징적인 스카이라인이 보일 만큼 높이 올라가기도 전부터 상황은 꼬이기 시작했다. 우리가 캡슐에 막 올라탄 직후였다. 앞으로 30분 동안 우리 둘만 타게 될 캡슐에는 우리를 위한 고급 초콜릿 트러플과 샴페인 한 병이 준비되어 있었다. 그런데 너무 불안하고 초조한 나머지, 나는 출발하기도 전에 샴페인 한 잔을 비워버렸다.

나는 샴페인과 그 질문을 너무 일찍 터뜨린 것이다.

만약 런던아이 청혼을 위한 시나리오가 존재한다면, 캡슐이 가장 높이 올라갔을 때 한쪽 무릎을 꿇으라고 할 것이다. 그래야 탁 트인 360도 풍경의 효과가 극대화될 수 있다. 땅에서 캡슐이 뜨기 전에는 절대 시작해서는 안 된다.

그런데 나는 기다리지 않았다.

만약 제이드가 빅벤이나 크리스토퍼 렌이 설계한 바로크풍 건축들, 아니면 런던의 현대적인 도시 풍경을 보고 있었다면 청혼을 받아들였을지도 모른다. 그런데 내가 '나와 결혼해줄래?'라는 운명적인 말을 내뱉었을 때, 하필 우리는 런던 감옥을 정면으로 바라보고 있었다. 그리고 제이드는 피투성이 광고판보다 내 청혼을 더 두려워했다.

"아니, 조시, 싫어." 제이드는 소름 끼칠 정도로 무표정한 얼굴로 내 눈을 똑바로 바라보았다. 자신이 사랑해야 하는 남자, 같이 사는 남자가 아니라 생전 처음 보는 사람인 듯이 나를 쳐다보는 것이었다.

우리는 브리스틀에서 함께 근무하면서 만났다. 브리스틀은 내가 자랐고 현재 우리가 함께 사는 곳이다. 킹스칼리지 런던에서 역사를 전공한 나는 내가 정말로 원하는 일을 찾을 때까지만 잠시 일하겠다는 생각으로 호텔에 취직했다. 제이드는 나보다 늦게 같은 호텔에서 일을 시작했다. 호텔 소유주인 그녀 아버지가 그녀에게 프런트데스크 직원 자리를 주었기 때문이다. 서로 첫눈에 반하지는 않았지만 둘 다 각자 일에 본격적으로 매달리고 나서 오래지 않아 연애를 시작했다. 그리고 4년이 흘렀다. 커플이 된 지는 3년이 지났고 동거를 한 지도 2년이 지났는데 내가 곧 청혼할 거라는 생각을 못 했다는 게 말이 돼?

"결혼하자고? 조시. 진심이야? 대체 무슨 생각을 하는 거야? 내가 런던아이를 타고 싶다고 했지, 런던아이에서 프러포즈를 받고 싶다고 한 게 아니잖아."

그렇다고 해서 이렇게 놀랄 일은 아니잖아. 그럼 일반 티켓에 샴페인, 초콜릿 그리고 개인 캡슐 탑승이 포함되어 있다고 생각한 거야?

"알았어, 미안해. 아무래도 내가 때를 잘못 잡은 것 같네. 그렇지만 자기는 정말 한 번도 생각 안 해본 거야? 왜 우리가 아직 준비가 안 됐다고 철석같이 믿는 건데? 내가 너를 얼마나 사랑하는지 잘 알잖아, 우린 평생을 함께하고 싶은 거잖아? 그렇다면 다음 단계는 당연히 청혼 아니야?"

"그만 일어나." 내 질문은 들은 척도 하지 않고, 제이드가 퉁명스럽게 말했다. 그제야 나는 여태 반지를 들고 한쪽 무릎을 꿇고 있었다는 걸 깨달았다. 원래 감정 표현이 너무 솔직한 사람인 그녀답게 제이드는 나한테서 최대한 멀리 떨어졌다.

나는 일어서서 캡슐 밖을 내다보았다. 이 상황이 믿어지지 않았다. 완벽하다고 생각했던 순간이 산산조각 나자, 이 동네에서 경험한 행복했던 순간들까지 부서지는 것 같았다. 그 모든 순간이 내 마음속에서 무너져내렸다. 가족과 함께 런던으로 여행을 왔던 어린 시절의 추억들, 모든 게 지금보다 더 크고 더 밝고 더 멋져 보이던 시절, 학창 시절 그리고 영국 영화협회에서 예술 영화를 보던 밤들, 워털루 다리 아래에서 책 파는 상인들의 가판대를 구경하며 허세를 부리던 밤들, 영국 국립극장에서 막바지 할인가로 입장권을 사서 무슨 말인지 전혀 이해하지도 못하면서 재미있는 척하며 보던 연극들까지 모두 다.

사우스뱅크(런던의 템스 강 남안 지구. 미술관, 극장들이 모여 있다/옮긴이)는 런던에서 언제나 내가 가장 좋아하는 곳이었다. 런던의 그 많은 멋진 풍경을 휘감으며 강을 따라 뱀처럼 구불구불 이어지는 포장도로에는 여행 가방을 끌고 가는 관광객들, 유모차를 미는 엄마들, 학생들 무리 사이를 요리조리 누비며 조깅하는 사람들, 비둘기 떼를 가로지르는 보드족, 카메라와 커피를 들고도 손을 꼭 잡은 연인들로 가득하다. 나는 이 지역을 잘 안다. 얼마나 잘 아느냐 하면, 영국 국립극장 지붕에 약 6만 마리의 벌이 산다거나, 그 맞은편의 쉘 멕스 하우스(1932년에 지어진 아르

데코풍의 대형 건물/옮긴이)에는 영국에서 가장 큰 시계 문자판이 있다는 것까지 알 정도이다. 이런 사소한 것까지 알고 있었지만 내가 내 여자친구를 사랑하는 것처럼 그녀가 나를 사랑하지 않는다는 사실은 몰랐다. 그녀가 청혼을 거절할 줄은 정말 몰랐다. 이제 내 머릿속에는 그녀가 내 청혼을 거절했다는 기억만이 남았다. 다시는 이곳을 보고 싶지 않았다. 무엇보다도 내가 지금 여기 있다는 게 싫었다. 당장 여기서 벗어나고 싶었다.

하지만 그럴 수 없다. 적어도 앞으로 28분 동안은 이곳을 벗어날 수 없다.

나는 캡슐 안을 이리저리 돌아다녔다. 이 투명한 캡슐은 평소에 20여 명 가까이 탈 수 있는 크기인데도 갑자기 우리 둘만 있기에 너무 작고 답답하게 느껴졌다. 폐소공포증이라도 생긴 것만 같았다. 한때는 나를 행복하게 만들던 그녀의 디올 향수 냄새가 이제는 나를 숨 막히게 만들었다. 그냥 우리 좀 내려주면 안 되나? 그게 아니면 런던아이를 거꾸로 돌릴 순 없나? 비상 버튼 같은 거 어디 없어? 위급 상황에 탈출하는 방법이 분명히 있을 텐데. 지금이 바로 그 위급 상황이잖아.

그녀의 말들이 내 머릿속에서 다시 메아리치고 캡슐 안을 맴돌다 창문에 부딪치며 점점 더 크게 들리는 것 같았다.

싫어. 싫어. 싫어.

싫다는 게 대체 무슨 뜻이야? 지금 당장은 결혼하기 싫다는 거야, 아니면 영원히 결혼하기 싫다는 거야?

나는 손목시계를 보았다. 아직도 27분이나 남았다. 이거 왜 이렇게 느리게 움직여? 고장 났나?

제이드는 말이 없었다. 매니큐어 칠한 손으로 탈색한 머리를 쓸어 넘겼다. 처음 만났을 때부터 늘 금발이었지만 그녀의 짙은 색 눈동자를 보면 원래 머리카락이 금발일 리가 없었다. 그녀는 두 손이 뒷머리에 닿자 그대로 멈췄다. 그리고 화가 나 미칠 것 같은 얼굴로 나를 쳐다봤다. 하고 싶은 말이 있는 게 분명했다. 저 표정은 전에도 본 적 있다. 내가 가장 아끼는 브리스틀 시 기념 머그잔을 실수로 박살 냈다는 소식을 전할 때도 제이드는 바로 저 표정이었다.

"자기한테 이런 말 하고 싶지 않은데. 지금은 아니야. 크리스마스가 지나서도 아니야. 미안, 조시. 나 실은 전부터 자기한테 말하려고 했는데……그게……말이 나왔으니까 하는 얘긴데, 그러니까 내 생각에 우리……헤어지는 게 좋겠어."

뭐라고?

"그러니까, 그게…… 나 따로 만나는 사람이 있어."

비수를 꽂는 말이었다. 숨도 제대로 쉴 수 없었다.

말도 안 돼. 지금 장난해? 농담치고 너무 심한 거 아니야? 이건 몰래 카메라일 거야.

나는 숨겨진 카메라가 없는지 찾아보려고 주위를 둘러보았다.

하지만 그런 건 없었다.

"그게 무슨 말이야, 따로 만나는 사람이 있다니?" 나는 초조해져서 내 손에 있던 샴페인 잔을 입에 가져갔다.

마셨는데도 다시 입이 말라왔다.

"요즘 들어 우리가 잘 안 맞았잖아. 아무튼 난 그렇게 생각해. 그렇다고 해서 내가 다른 사람을 만난 거에 대한 변명이 될 수는 없지만……."

"대체 누구……?" 나는 말도 잘 나오지 않았다.

"그 사람 이름은……조지야." 제이드는 머뭇거리다가 더듬더듬 대답했다.

조지란 놈이 대체 누군데? 조지 부시? 조지 클루니? 내가 아는 조지는 그 사람들뿐이고, 내가 아는 한 제이드가 그 사람들을 만났을 리도

없고 하물며 바람을 피웠을 리는 더더구나 없다. 그런데 제이드가 어떻게 내가 모르는 조지라는 놈을 만날 수 있지? 우리는 같이 일한다. 심지어 같이 산다. 만나는 친구들도 똑같다. 그런데도 내가 모르는 그 조지라는 놈이 대체 누구야?

"그게 누군데?" 이름 말고 좀더 많은 걸 알아내고 싶어서 나는 다시 물었다. 그런데 이렇게 묻다 보니 내가 정말로 그 답을 듣고 싶은 건가, 싶은 생각이 들었다. "내가 아는 사람이야?"

뜻밖에도 나는 생각보다 제법 멀쩡한 목소리로 물었다.

"그게⋯⋯." 제이드는 잠깐 머뭇거리다가 한 방을 날렸다. "응. 너도 본 적이 있어, 하지만 잘 알지는 못할 거야. 우리 호텔에 묵는 고객인데⋯⋯헨리 씨, 알아?"

미치겠네. 조지 헨리. 우리 호텔 단골손님으로 매주 찾아오는 사업가이다. 일정도 늘 똑같고 묵는 방도 늘 똑같다. 언제나 슈트 차림에 멋지고, 내가 알기로 분명히 유부남이다. 정말로 사업차 출장을 온 거였을까? 그래서 제이드가 여행 사이트 트립어드바이저에서 좋은 평점을 얻었구나. 최근 제이드가 받은 평가들이 내 머릿속을 스치고 지나갔다. 상냥하다. 많은 도움이 된다. 세심하다. 이런 말들이 갑자기 다른 의미로 해석되기 시작했다.

"저기, 정말 미안해, 조시. 진짜 자기 마음 아프게 하고 싶지 않았어." 제이드는 두 손으로 얼굴을 비비더니 입을 가리더니 이번에는 내가 작년에 사준 목걸이를 만지작거렸다.

조지를 만날 때 저 목걸이를 하고 갔을까? 그 자식도 제이드한테 목걸이를 사줬을까?

나는 그런 생각들을 떨쳐버리려고 머리를 흔들었다.

"난 그냥 솔직해지고 싶어서 말하는 거야."

"그런 말 하기에는 좀 늦은 거 같은데."

내가 어떻게 지금까지 눈치도 못 챘을까? 그리고 제이드는 왜 이런 이야기를 크리스마스를 우리가 함께 보내기 전에. 나무 아래에서 포옹하고, 미슬토(크리스마스 장식으로 많이 쓰는 겨우살이/옮긴이) 아래에서 키스하고, 선물을 주고받기 전에 안 한 거지?

이런 젠장.

제러미는 어떡하지?

나는 크리스마스 선물로 제이드한테 빌어먹을 토끼를 선물했다.

현대적인 가족의 출발을 의미하는 선물이었다. 반려동물, 약혼, 결혼, 아이. 내 인생 설계는 그랬다.

"그럼 제러미는 어떻게 해? 그 아이한테 어떻게 이럴 수가 있어?" 나는 사온 지 일주일밖에 안 된 토끼가 마치 일곱 살 난 우리 아들이라도 되는 듯이 말하면서 화를 내고 따졌다.

"그건 우리가 같이 생각을 좀 해봐야 할 것 같아. 아파트 문제도 그렇고." 제이드는 나와 눈도 마주치고 싶지 않은 듯, 바닥을 내려다보며 말했다.

"그럼 내가 하는 일은 어떻게 해? 이 상태로는 너하고 같이 일할 수 없어. 그 작자가 매주 호텔에 묵는데 그건 말도 안 되지."

"내가 아빠하고 이야기해보고 어떻게 할 수 있는지 알아볼게." 제이드가 미안한 듯 말했다. "아빠가 사직 통보 기간에도 자기한테 급여를 줄 거야." 마치 이 문제를 이미 다 고려해봤다는 듯이 이런 말까지 덧붙였다.

여자친구 아버지 명의로 된 아파트에 살면서 여자친구 아버지가 소유한 호텔에서 일하는 게 좋긴 하지만 그 여자친구한테 다른 남자가 생기면 문제가 달라진다.

나는 화를 내고 싶었다. 울고도 싶었다. 하지만 그 둘 다 할 수 없었다. 나는 그냥 쇼크 상태였다. 일단 몸이 부들부들 떨렸다. 그리고 제이드의 아름다운 얼굴을 똑바로 쳐다볼 수가 없었다. 그래서 그 대신에 저 아래, 이제는 장난감 세트처럼 보이는 런던을 내려다보았다. 리모컨으로 조종하는 미니어처와 같은 배들이 강을 따라 떠다니고, 장난감 같은 기차들이 헝거포드 다리 위를 질주했다. 까만 택시들과 빨간 버스들이 가로지르는 도로는 보드게임판처럼 보였다. 사랑에 빠진 커플들은 독일식 크리스마스 시장을 돌아다니며 뱅쇼를 마시고 웃는다. 어린 연인들은 껴안고 입을 맞춘다. 워털루 다리 위에도 수많은 연인이 걸어다닌다. 왜 나는 저 연인들 중 하나가 아닌 거지?

깨진 우리 관계를 애도하기라도 하듯이 런던이 아주 잠깐 조용해졌다. 하지만 그건 캡슐이 지상에 도착해서 스피커에서 나오던 음악이 끝났기 때문이다. 내가 일하는 호텔에서 "이게 진짜 크리스마스지!Now That's What I Call Christmas!"의 CD를 9월부터 쉴 새 없이 틀어대느라 지난 몇 달간 지겹도록 들었다. 그래서 캡슐 유리창을 뚫고 들어오는 음 몇 개만 들어도 나는 그 노래를 알아들을 수 있었다.

"외로운 크리스마스."

쓴 돈을 조금이라도 되돌려 받을 요량으로 초콜릿 트러플을 입에 잔뜩 쑤셔넣고 먹는데 웃음이 나왔다. 마치 DJ가 숨어 있다가 내 인생의 OST를 틀어주는 것만 같았다. 하지만 제이드는 이 상황이 우습지 않은 것 같았다. 마치 자기 구역이라고 경계가 정해져 있기라도 한 것처럼 캡슐 한쪽 구석에만 머물던 제이드가 그 자리에 털썩 주저앉아 울기 시작한 것이다.

아니, 왜 네가 우는데? 울고 싶은 건 나야. 울어야 할 사람은 나라고.

"런던아이 공식 포토존입니다. 사진 찍을 준비하세요." 정말 끝내주는 타이밍에 스피커가 떠들었다. "치즈!"

런던아이에서 만약 청혼 패키지 홍보 안내 책자를 새로 만들더라도 캡슐 한켠에 눈물범벅으로 서 있는 제이드와 그 반대편에 초콜릿 범벅인 내 얼굴이 있는 우리 사진은 절대 안 쓰겠지.

다른 캡슐에 타고 있는 행복한 커플들과 가족들은 웃고 떠들며 이 순간을 즐기고 있지만 우리는 남은 런던아이 탑승 시간 내내 서로 한마디도 하지 않았다. 더는 할 말이 없을 것 같았다. 물론 더 묻고 싶은 것도 있고, 듣고 싶은 말도 있었지만, 묻고 들어봤자 달라질 건 없잖아? 우린 끝났다.

"다 왔네, 이거 받아." 지상에 도착하자 나는 카드를 제이드 손에 쥐어주며 말했다.

"이게 뭐야?"

"씨컨테이너스 호텔 방 열쇠야. 너한테 청혼하고 그 호텔 방에서 불꽃놀이 구경하면서 새해를 맞이할 계획이었어. 그런데 아무래도 그건 네가 원하는 게 아닐 것 같네."

제이드가 가게들을 구경하는 동안 내가 몰래 체크인까지 한 상태였지만, 나 혼자 거기서 묵고 싶지는 않았다.

제이드는 가만히 있다가 마치 뭔가 대단한 말이라도 하려는 표정을 지었다.

"조시, 난 못 해. 나 혼자 거기서 묵을 수는 없어." 겨우 이 말뿐이었다.

"조지한테 거기서 만나자고 하지 그래?"

나는 조지 헨리가 런던에 살지 않는다는 걸 알고 있었다. 그런데도 3년이나 만났고 결혼까지 생각했던 여자친구와 헤어지면서 마지막으로 한 말이 고작 그것이었다.

제이드는 열쇠를 받아들고 왼쪽으로 돌아서더니, 버스킹하는 사람들과 구경꾼들 사이를 비집고 신이 난 아이들을 태운 낡은 회전목마를 지나 갖가지 냄새를 풍기는 크리스마스 시장을 빠져나갔다. 그리고 이층 버스를 개조한 요구트 아이스크림 가게를 지나 우리 둘이 함께 지낼 예정이었지만 한 사람만 묵게 될 그 호텔 방으로 향했다.

나는 여전히 초콜릿 트러플을 손에 쥔 채 제이드가 보이지 않을 때까지 지켜보다가 오른쪽으로 돌아섰다.

웨스트민스터 다리를 건너는 동안, 그 주변의 유명하고 번쩍거리는 건물들이 하나도 내 눈에 들어오지 않았다. 고개를 들고 싶지 않았다. 모두가 나를 지켜보며 심판하는 것만 같았다. 나한테 무슨 일이 일어났는지 다들 아는 것 같았다. 가로등에 새겨진 물고기 조각까지 나를 빤히 쳐다보는 것 같았다. 세계에서 가장 바쁘고 혼잡한 도시들 중 한 곳인 이곳에 나만 혼자였다. 900만 명이나 되는 사람들로 북적이는 이곳에서 나만 외톨이였다.

바닥을 뚫어져라 쳐다보며 가는데 저 아래 어둠 속에서 50펜스짜리 동전 하나가 눈에 띄었다. 오늘 날린 비용을 메우려면 손에 넣을 수 있는 돈을 다 끌어모아야 할 처지라 얼른 허리를 숙여 동전을 주웠다. 엄마가 늘 하던 말이 뭐더라? '언제든 1페니 동전이 보이면 꼭 주워, 행운이 올 거야.'

그럼 나는 50배의 행운이 오는 건가?

지금까지는 엄마처럼 미신을 믿어본 적이 없지만, 운명을 바꿔야 한다면 지금이 바로 그때라는 생각이 들었다. 주머니에 동전을 넣었더니 반지 상자와 부딪쳐 찰랑, 하고 소리가 났다.

반지에 이름은 왜 새긴 거야? 이름 새긴 반지를 어떻게 처분해?

나는 새해맞이 행사를 좋은 자리에서 구경하려고 손에 술을 들고 반대 방향에서 걸어오는 사람들 사이를 힘겹게 뚫고 지나갔다. 자정에 가까워지면서 새해가 다가오자 사람들의 시선이 런던아이로 향했다. 우리가 방금 떠난 자리에서는 축하행사로 레이저빔이 발사되어 불꽃을 뚫고 갖가지 모양을 만들어낼 것이다. 그리고 새해맞이 축하행사가 흥청망청 신나게 벌어질 것이다. 템스 강을 따라 수만 명이 신나서 춤추고 노래할 것이다. 그리고 그보다 수백만 명도 더 되는 사람들이 저마다 집에서 텔레비전 앞에 다정히 모여 새해맞이 카운트다운을 할 것이다. 사랑하는 사람과 키스를 하기 위해 숫자를 거꾸로 셀 것이다. 10, 9, 8…….

내가 바로 그렇게 할 계획이었다. 완벽한 뷰를 자랑하는 호텔 방에서 "올드랭 사인Auld Lang Syne"을 흥얼거리며 약혼녀와 키스를 할 계획이었다. 그런데 지금 나는 올해의 마지막 남은 몇 시간을 브리스틀행 고속버스 뒷좌석에 앉아, 편의점 도시락을 먹는 엄청나게 뚱뚱한 남자 옆에 몸이 짓눌린 채로 보내야 한다. 사는 집에서도 나와야 한다. 호텔에서도 나와야 한다.

현실이 생각났다. 나는 하룻밤 사이에 여자친구도 잃고, 집도 잃고, 직장도 잃었다.

끝내주는 해피 뉴이어다.

2

"야, 조시, 그나마 **너무 좋은 건**(제이드의 성 투굿[Toogood]을 발음이 같은 '너무
좋은[too good]'이라는 뜻으로 풀어 빗댄 농담/옮긴이) 진짜가 아니라는 걸 배웠으
니까, 그걸로 만족해."

제이드의 성으로 이런 농담을 생각해내는 데 대체 얼마나 시간이 걸
렸을까. 파티에 온 지 8분하고 37초밖에 안 지났는데, 이건 내가 예상
한 것보다도 너무 빨랐다.

심지어 피터 삼촌은 아직 현관을 통과하지도 않았으면서 이런 농담
을 해댔다. 홀 앤 오츠(1970−1980년대 2인조 남성 그룹) 중에 콧수염이 덥수
룩한 쪽을 닮은 삼촌은 겉모습으로는 벤츠 4X4가 아니라 타임머신을
타고 1976년에서 곧장 날아온 것 같았다. 게다가 가슴 아래까지 단추
를 푼 셔츠 사이로 무성한 회색 가슴 털과 요란한 금 목걸이가 보였다.

현관문으로 들어온 피터 삼촌은 파티가 아니라 업무 회의를 하러 온
사람처럼 내 손을 꽉 잡고 형식적인 악수를 나눴다. 20년 동안 시청 공
무원으로 일한 덕분에 일찍 퇴직하고도 풍족한 연금을 받고 근사한 자
동차도 가진 삼촌은 만나는 사람마다 악수하는 버릇까지 얻었다. 그래
서 기차 검표원, 슈퍼마켓 계산원, 심지어 화장실 관리인하고도 악수를
한다.

"미안한데 교환할 시간이 없어서 그냥 가지고 왔다." 피터 삼촌은 안타까워하거나 미안해하는 기색은 찾아볼 수도 없는 얼굴로 선물 꾸러미를 내 두 손에 내려놓았다. 그러고는 내 사촌 페툴라, 페넬로피 그리고 퍼시벌에게 손짓을 했다. 이 아이들은 새 아이폰을 들여다보느라 고개도 들지 않고 꾸물거리며 차에서 내렸다.

나는 아무리 기분이 좋을 때라도 남들 앞에서 선물을 펼치는 건 좋아하지 않는다. 그러면 선물을 펼치자마자 미소를 지어야 하기 때문이다. 오늘은 미소 지을 일도 없을 테고 억지로 미소를 지을 생각도 없는데, 피터 삼촌이 현관문 앞에 버티고 서서 선물을 열어보라고 재촉했다. 나는 거절할 기운도 의욕도 없었다. 그래서 이미 사용된 적이 있는 것 같은 느낌의 크리스마스 선물 포장지를 뜯었더니,『완벽한 결혼식 만들기』라는 책이 나왔다.

미치겠네.

책 겉표지에는 1.99파운드라는 가격표까지 그대로 붙어 있었다. 모욕의 구렁텅이에 빠진 것 같았다.

"나중에 또 쓸 일이 있을지 누가 알겠니!"

피터 삼촌은 낄낄 웃더니 내 등을 툭툭 치고는 내 앞을 지나 거실에 모여 '이리저리 흔드는' 파티가 한창인 손님들과 일일이 악수를 했다. '이리저리 흔드는' 파티라고 말했는데 진짜 그 말 그대로다. 요즘 댄스 음악이 아니라 프랭크 시나트라와 딘 마틴 시절의 이리저리 흔들고 춤추는 '스윙' 음악이 흐르고 있어서 한 말이다. 아빠는 최신 음악을 좋아하지 않는다. 아빠의 기준에서는 1960년대 이후에 나온 노래면 모두 최신 음악이다.

나는 선물 포장지를 주머니에 쑤셔넣었다. 아직도 어젯밤 런던에서 입었던 옷차림 그대로였다. **우리** 아파트로 돌아가고 싶지 않았기 때문이다. 혼자서는 가기 싫었다. 그 일이 있고 난 뒤로는 거기로 돌아가고 싶지 않았다. 다행히 우리 부모님 집이 브리스틀 외곽 근처였다. 그리고 이런 때에는 집만큼 좋은 곳도 없다. 적어도 그때는 그런 줄 알았다.

삼촌을 쫓아서 현관문으로 들어선 사촌들은 차를 타고 오는 내내 라디오는 안 듣고 웃긴 농담만 생각했는지, 위로인지 아닌지 알 수 없는 애매한 인사말을 차례로 던졌다.

"제이드 투굿? 너무 좋은 게 아니라 너무 나빴네."

"청혼은 절대 **너무 좋은** 아이디어가 아니었어."

"오빠 짝으로 과분할 정도로 **너무 좋은** 여자였나 봐."

나는 아무 반응도 하지 않으려고 악착같이 참았다.

제이드에게 청혼할 계획이라고 말하자 엄마는 필요 이상으로 신이 나서 친척들, 이웃들 그리고 모르는 사람들이나 다름없는 사람들까지 초대해서 깜짝 약혼 파티를 열기로 마음먹었다. 잘 알지도 못하는 사람들 틈에서 온종일 약혼 축하 파티를 하는 것보다 더 불편한 것은 무엇일까? 그건 바로 잘 알지도 못하는 사람들 틈에서 파혼당한 것을 위로받는 일이다.

"초대장을 벌써 다 보냈는데." 약혼 축하 파티를 취소할 수 있냐고 묻는 나에게 엄마는 그렇게 대답했다. 그리고 마치 내 행복을 빌어주는 사람들이 몇 주 동안 줄을 서서 내 약혼 축하 파티를 기다리고 있다는 듯한 표정으로 나를 보았다. 그 얼굴을 외면하기란 초대장을 받은 사람들한테 오지 않아도 된다고 전화하는 것만큼이나 쉽지 않은 일이었다.

1960년대식 벽돌 주택인 우리 집 앞에 걸려 있던 '축 약혼' 현수막은 마커펜으로 '축 귀향'이라고, 고심하고 또 고심해서 조심스레 고쳐졌다. 내가 왜 이렇게 갑자기 부모님 집으로 돌아왔는지에 대한 소문이 아마 소설 한 권은 될 정도로 퍼졌을 게 틀림없다. 대부분의 사람은 이런 경우에 현수막을 새로 산다. 아니면 아예 파티를 취소하든지. 하지만 우리 부모님은 그런 대부분의 사람들이 아니었다.

엄마는 이날을, 그러니까 이웃들에게 뭔가 자랑할 수 있는 날을 오랫동안 기다리고 또 기다려왔다. 엄마가 연 마지막 파티는 내가 우리 집 안에서 처음으로 대학생이 된 때였다. 그때 엄마는 모든 사람들한테 내가 옥스퍼드 대학교와 배스 대학교의 입학 허가를 거절했다고 말했다. 실은 브룩스 대학교와 배스 스파 대학교였는데 말이다. 이 동네에서 자랑은 모두의 공통적인 취미 생활이다. 그나마도 우리 동네인 캐드버리에서 한 일을 자랑하는 것뿐이지만. 멀지 않은 웨스턴-수퍼-메어 동네만 가도 부두가 하나 있고, 해변에서 당나귀도 탈 수 있는데, 여기에는 피시 앤 칩스 식당 하나, 웨이트워처스(다이어트 프로그램과 관련 제품 전문 기업/옮긴이) 회원들 모임 장소로 애용되는 약국 하나, 그리고 간판에 '올해의 펍'이라고 자랑스럽게 적은 술집이 하나 있을 뿐이다. 그런데 이 술집 간판에는 작은 글씨로 '올해의 펍' 상을 1987년에 받았으며, 그 후로 주인이 다섯 번 바뀌었다고도 적혀 있다. 이곳 사람들은 고향을 벗어날 생각을 하지 않는다. 하지만 나는 이곳을 벗어나서 세상을 보고 예술과 문학을 공부하고, 사랑에 빠지고 싶었다. 그런데 잘못된 선택을 계속하다가 자랑거리 하나 없는 채로 다시 여기로 돌아오고 말았다. 여자친구도 없고, 직업도 없이. 빈털터리로.

나는 현관문에서 물러나 거실을 둘러보았다. 아빠는 사람들 모이는 곳에 갈 때마다 돈 벌 궁리를 하는데 이 파티도 예외는 아니었다. 체크무늬 셔츠를 차려입고 몇 가닥 안 남은 머리를 조심스럽게 손질한 아빠는 구석에서 마을 주민 중 다음 번에 죽을 사람이 누구일지를 맞추는 내기를 하고 있었다. 그 사람을 맞추면 아빠의 몫으로 꽤 큰 금액을 떼고 남은 판돈을 챙기는 식이다. 이 내기가 더 나쁜지, 내 졸업식 때 여분의 입장권을 사뒀다가 바비칸 지역 밖에서 터무니없이 비싼 값에 암표로 팔았던 게 더 나쁜지 잘 모르겠다.

그 사이 엄마는 1920년대 뉴욕 상류층 부인처럼 카나페 접시를 들고 거실 안을 신나게 이리저리 휘젓고 다녔다. 얼마 전 부동산 중개업에서 퇴직하고서 초콜릿을 너무 많이 먹어 다이어트 모임에 나가기 시작한 엄마는 다이어트보다는 사람들과 만나서 수다 떨고 소문을 캐는 데 더 열성이었다. 그 모임 회원들 말고 엄마가 만나는 사람은 심리치료사 그레이엄뿐인데, 매주 만나는 그는 미래를 예측할 수 있다고 주장했다. 하지만 그도 이런 일이 일어날 거라고는 예측하지 못했을 것이다.

거실 한가운데에서는 만날 때마다 점점 더 키가 작아지는 것 같은 할머니가 누구를 위해서인지는 모르지만 춤추고 노래하면서 「오즈의 마법사」 1인 공연을 하고 있었다. 할머니는 어떤 파티를 가든지 그 자리에 활기찬 생명력을 불어넣는다.

명목상으로는 나를 위한 파티이지만 우리 집 거실을 가득 메운 사람들 대부분이 내가 모르는 사람들이었다. 사실, 나는 이 거실도 낯설었다. 엄마는 갖가지 가구와 장식품들 그리고 소품들로 거실을 꾸몄는데, 이것 모두는 내일이면 아빠가 반품할 물건들이다. 하루 동안만 멋진 인테리어 잡지 속에 나오는 집에서 사는 셈이다. 소파도 새것이다. 덮개도 있고, 작은 쿠션들도 있고 큼직한 쿠션들도 있다. '모든 일에는 이유가 있다,' '침착하게 일상을 유지하라,' '당신을 죽이지 못하는 것은 당신을 강하게 만든다,' 같은 격언도 여기저기에 있었다. 심지어 음료수 받침까지도 나한테 '살고, 사랑하고, 웃어라'라고 했다.

벽난로 선반에는 내 얼굴 위로 사진업체 이름이 찍혀 있는 학창 시절 사진 액자들이 쭉 늘어서 있었다. 이렇게 액자를 만드는 것이, '더럽게 비싼' 정식 인화 사진을 사는 것보다 더 저렴할 뿐만 아니라 사진업체를 이기는 방법이라고 생각한 아빠 때문이다.

　파티 손님들 중에 그래도 아는 사람들이 몇 명 눈에 띄었다. 우선, 스스로 군수로 선출된 매들린 아주머니가 있었다. 평소 같으면 이런 행사를 주최하는 입장이었을 매들린은 아마 분명히 이 파티에 대해 시시콜콜 평가를 하고 있을 것이다. 그녀 옆에는 남편인 제프 아저씨도 같이 있었다. 그는 불안장애가 있어서 어색하고 곤란한 상황을 끔찍하게 싫어하고 남들 앞에서 음식을 먹는 것에 공포를 느낀다. 그런 곤란한 상황을 피하려고 그는 카나페 접시가 가까이 올 때마다 지나칠 정도로 정중하게 들키지 않고 카나페를 입에 넣지 않으려고 애썼고 그 결과 파티가 끝날 때쯤 그의 주머니에는 크림치즈와 훈제 연어가 든 블로방(크림 소스에 고기나 생선을 넣어 만든 작은 파이/옮긴이)으로 가득 채워졌다.

　뒤돌아보니 이웃인 데즈먼드 아저씨가 자기 나이의 반밖에 안 되는 여자들한테 썰렁한 농담을 하며 수작을 걸고 있었다. 아마 아저씨는 얼마 못 가서 코를 골며 자다가 틀니가 빠져 목에 걸려서 캑캑거릴 것이다. 아저씨의 아내인 베릴 아주머니는 휠체어에 앉아 '내 건강 문제에 대해서는 말하고 싶지 않다'라는 말에 관심을 보이는 사람만 나타나면 자신의 진료 기록 전부를 낱낱이 읊어댔다. 희한하게도 베릴 아주머니는 병에 걸린 사람을 만나기만 하면 얼마 안 가서 자기도 같은 병에 걸렸다고 떠들어댄다. 그래서 아주머니 이야기를 듣다 보면 치매도 한 달이면 깨끗이 낫는 전염병처럼 들린다.

　또 초인종이 울려서 나는 현관문을 열려고 튀어갔다.

　"세상에, 속상해서 어쩌니 조시." 어린 시절 나의 보모였던 캐런이 들어오면서 말했다. 엄마는 정말 초대할 수 있는 사람은 다 초대했나 보다. 캐런이 나를 침대에 누이고 이불을 덮어주던 것이 벌써 20년 전이고, 이제 조시는 혼자서도 뭐든 할 줄 아는 어른이 되었다는 사실을 잊어버린 것 같았다. 캐런도 축하 선물이 담긴 통을 내밀어서 나는 얼른 받아서 빠르게 쌓여가는 상자, 깡통, 초콜릿 그릇들 중 맨 꼭대기에 얹었다. 아마 우리 집에서 지난주에 똑같은 통에 선물을 담아 사람들에게 나눠주었을 것이고, 그들이 다시 그 통에 남은 초콜릿이나 다른 간식거리를 담아 돌려주는 중일 게 뻔했다.

"걱정하지 마, 금방 다른 사람 만날 수 있을 거야."

"고맙습니다." 나는 이를 악문 채로 말했다. "그쪽으로 가시면 돼요." 나는 거실을 가리키며 말했다. 제프 아저씨는 이제 땀을 뻘뻘 흘리기 시작했다.

농담이 더 기분 나쁜지 아니면 동정이 더 기분 나쁜지 잘 모르겠다. 어쨌든 나는 그 둘 다 아직 받아들일 준비가 되지 않았다. 지금은 그저 어디든 좋으니 혼자 웅크리고서 이 초콜릿을 몽땅 얼굴에 문지르고 눈이 빠질 정도로 엉엉 울고 싶었다. 이제 겨우 24시간이 지났다. 나는 조만간이든 언젠가든 다른 사람을 만나지 못할까봐 걱정하는 게 아니다. 저 넓고 넓은 세상 어딘가에서 나를 기다릴 거라고 모두들 말해주는 그런 아름답고 매혹적인, 하지만 지금 당장은 누군지도 모를 여자한테도 관심 없었다. 내가 원하는 건 제이드다. 우리가 함께 계획한 미래, 그리고 평범한 내 생활을 되찾고 싶을 뿐이다. 그런데 현실은 부모님 집으로 다시 들어와 사는 것도 모자라서 아예 온 동네 사람들과 함께 살아야 할 것만 같다.

그런데 과거에서 온 또다른 낯선 사람을 환영하기 전에 거실에서 비명이 들렸다. 달려가보니 제프 아저씨가 숨도 못 쉬고 부들부들 떨면서 공황발작을 일으키고 있었다. 세상에서 가장 불안해하는 사람을 세상에서 가장 어색하고 곤란한 파티에 초대한 건 대체 누구 아이디어야? 누군가 제프 아저씨한테 소파에 앉으라고 했는데, 아저씨는 뒷주머니에 크림치즈 카나페가 잔뜩 들어 있다는 것을 잊어버렸고, 그 바람에 크림치즈가 사방으로 터져나갔다. 엄마는 젖은 행주를 움켜쥐고 얼룩이 빠지지 않을 거라고, 정신 나간 사람처럼 중얼거리며 이리저리 돌아다녔다. 아빠 역시 이 소파를 가게에 반품할 수 없고 진행 중인 내기에서도 돈을 물어내야 할 것 같다는 사실을 깨닫고는 고개를 푹 숙이고 있다. 그런데 매들린 아주머니는 남편의 상태는 안중에도 없고 그저 이 파티가 지난여름 자신이 주최한 디너 파티를 이길 수 없을 거라는 생각에 신이 난 얼굴이었다. 할머니는 1인 뮤지컬 공연을 계속하겠다고 고집부렸다. 베릴 아주머니는 자기도 공황발작이 일어난 척했다. 그리고 데즈먼드 아저씨는 엄청난 이 소동 속에서도 깨지 않고 계속 잤다. 다들 제프 아저씨 주위에 모여 있어서 내가 할 일이 없어 보였다. 그래서 이 소동을 틈타 나는 몰래 내 방으로 달아났다. 피터 삼촌이 집에 온 구급대원들까지 붙잡고 악수하는 건 보고 싶지 않았다.

내가 독립한 지 10년이 넘었는데도 내 방을 보자마자 시간이 과거로 돌아간 것만 같았다. 내 방은 신기할 정도로 그대로였다. 10대 시절 붙였던 축구선수 데이비드 베컴과 마이클 오언 포스터도 베이지색 벽에 그대로 붙어 있고, 책장에는 과학 시간에 만든 라바 램프(밀도가 다른 물과 왁스를 유리병에 넣어 온도가 올라가면 왁스가 위로 뜨고 온도가 내려가면 왁스가 가라앉는 램프/옮긴이)도 그대로 놓여 있고, 어렸을 적에 모은 곰돌이 인형들도 벽장 위 칸에 앉아 있었다. 나는 아빠가 내 방을 에어비앤비에 내놓았을지도 모른다고 생각했는데, 내 방에 있는 사람은 외할아버지였다. 외할아버지는 내 침대에 앉아 아래층에서 벌어진 공포와 재앙은 전혀 모르는 채 텔레비전에서 하는 고전 영화 「멋진 인생」을 보고 계셨다.
"미안하구나, 조시. 내가 여기 있는 걸 좀 이해해다오. 저기는 내가 있기에 좀 시끄럽더구나."

외할아버지를 보면, 엄마의 사회적 관계 유전자가 절대 부계로 내려왔을 리가 없다는 것을 알 수 있다. 관심의 대상이 되는 것을 즐기는 외할머니와 달리, 외할아버지는 한 번도 모임에서 관심의 대상이 된 적이 없다. 정확히 말하자면 외할아버지는 거의 밖에 나가질 않으신다. 외할아버지가 집 밖으로 나가는 건 일주일에 한 번, 외할머니와 함께 어르신 댄스 강좌에 갈 때뿐이고, 그나마도 강좌가 끝나면 곧장 집으로 돌아갈 생각만 하신다. 반면에 외할머니는 모든 사람과 어울려 수다 떠는 것을 좋아하신다. 그렇게 외출할 때를 빼면 외할아버지는 내내 집에 있는 오르간을 연주하거나 텔레비전을 보고 계신다. 그렇게 서로 다른데도 외할아버지와 외할머니는 60년 가까운 결혼 생활을 유지하면서 아직도 서로를 사랑하는 것처럼 보인다.

"넌 이걸 다 어떻게 생각하니?" 외할아버지는 언제나 이렇게 질문하시는데, 나는 외할아버지가 무엇에 대해 물으시는 건지 제대로 이해한 적이 한 번도 없다.

"파티 말씀이세요? 이렇게 말하면 설명이 되겠네요. 외할아버지는 여기 계시는 게 훨씬 나아요."

"그러면 여기서 나랑 영화나 같이 보자꾸나." 내 침대에 앉아 계시던 외할아버지는 옆자리를 내어주며 말씀하셨다.

내가 기억하는 한, 태어난 뒤로 나는 이 영화를 크리스마스 때마다 보았다. 그리고 나를 눈물 흘리게 만드는 단 하나뿐인 영화다.

우리는 말없이 앉아 영화를 보았다. 파티에 모인 다른 사람들과 다르게 외할아버지는 내가 제이드에 대해 이야기하고 싶지 않다는 걸 잘 알고 계셨다. 영화 주인공 조지 베일리와 메리가 다시 만나는 장면이 나오자, 할아버지는 내가 이 장면을 보고 싶어하지 않을 거라고 생각하섰는지, 이렇게 말씀하셨다.

"이 영화가 어떻게 끝나는지 다 아니까 그만 봐도 되겠어. 우리 다른 거 볼까?" 할아버지는 리모컨을 내게 건네주셨다.

"제가 올바른 선택을 할 거라고 믿지 마세요, 지금 당장은 아무것도 제대로 못 할 것 같으니까요." 내가 말했다.

할아버지는 거의 30초 가까이 아무 반응도 보이지 않았다. 그래서 나는 할아버지가 내 말을 못 들으셨나라고 생각했다.

"너는 지금 자신을 너무 몰아세우고 있어. 잘못된 선택을 한 건 지금 런던 어딘가에 있는 그 여자지, 네가 아니야."

우리는 계속해서 텔레비전을 바라보면서 마치 화면에 대고 말을 하듯이 대화를 이어갔다.

"고마워요, 할아버지, 하지만 제가 했던 선택들이 어떤 결과를 가져왔는지 진지하게 한 번 생각해보세요. 저는 직장도 잘못 선택했어요. 여자도 잘못 선택했고, 청혼하는 타이밍도 잘못 선택했어요. 내가 정말로 원하는 게 뭔지도 모르겠고, 그러다가 선택을 하면 잘못된 것만 고르는 것 같아요."

나는 할아버지를 돌아보았다. "쓸데없는 소리해서 죄송해요." 나는 이런 생각들을 마음에서 털어내고 싶었다. 지난 24시간 동안 이런 생각들이 내 머릿속에서 소용돌이치고 있었다. 그런데 할아버지가 내 무릎에 손을 얹었다.

"잘 들어, 내가 젊었을 때는 지금 너처럼 선택할 수 있는 게 많이 없었단다, 우린 그저 주어진 걸 하는 수밖에 없었지. 나는 열세 살에 학교를 그만두고 돈을 벌기 시작했다. 내가 건설업자가 되고 싶어서 그 일을 한 줄 아니? 다른 일을 할 수 있다는 걸 몰라서 그 일을 한 거야. 피아니스트가 되었다면 좋았겠지만 그땐 나처럼 사는 걸 당연하게 여겼

단다. 내 앞 세대 남자들이 무조건 탄광에서 일하고 옆집에 사는 여자와 결혼했던 것처럼 말이다."

"어쩌면 그렇게 사는 게 더 좋았을지도 모르겠어요." 그렇게 중얼거리다가 문득 내가 폐소공포증이 있을 뿐만 아니라 옆집에 사는 여자라곤 아래층에 사는 여든세 살의 건강염려증 할머니뿐이라는 사실이 떠올랐다.

"그럴지도 모르지, 지금이 더 나은지 아니면 그때가 더 나았는지 그건 나도 모르겠다. 하지만 너희 세대를 보면 그렇게 많은 기회를 가진 건 정말 행운이라는 생각이 드는구나. 너는 네가 하고 싶은 대로 하면서 살 수 있잖니. 네가 뭘 하고 싶은지 그것만 찾아내면 돼, 그래서 그걸 하면 되는 거야."

"하지만 내가 뭘 원하는지 어떻게 알 수 있어요?"

"그걸 찾으면 저절로 알게 될 거야, 너는 똑똑한 아이니까." 할아버지는 처음으로 나를 향해 돌아앉더니 내게 윙크하고는 내 머리카락을 헝클어뜨렸다. "그리고 너는 그걸 알아낼 시간이 나보다 훨씬 더 많잖니."

"제가 원한 건 제이드였어요."

"나도 안다, 그리고 내가 하는 말이 아무것도 바꿀 수 없다는 것도 알아. 그런데 나도 네 할머니를 만나기 전에 좋아했던 여자가 있었어, 그리고 그 여자가 나 말고 내 친구와 결혼했을 땐 절망에 빠졌단다. 하지만 그게 나한테 일어난 일 중에 최고의 일이라는 걸 나중에 알게 됐지. 몇 주 지나지 않아 네 할머니를 처음 만났거든. 생각해보렴, 그 일이 없었다면 지금 넌 여기 없을지도 몰라."

젊은 시절 할아버지의 흑백 사진을 본 적 있는 나는 할아버지를 거절할 여자가 세상에 존재한다는 게 믿기지 않았다. 지금도 옛날과 똑같은 가르마를 하고 계셨지만 이제 할아버지의 머리카락은 갈색보다는 백발에 가깝다.

할아버지는 텔레비전 화면으로 시선을 돌려 볼 만한 프로그램이 뭐가 있는지 천천히 살피기 시작하셨다. 나는 할아버지 손에서 리모컨을 빼앗아 좀더 빨리 검색하고 싶은 마음이 간절했지만 꾹 참았다.

"「그린치」하고「나 홀로 집에」가 곧 시작하는데 어떠니?" 할아버지는 영화 목록을 훑어보며 궁금한 듯 물었다.

"전 아무거나 봐도 괜찮아요."

"그럼 우리 동전 던져서 정할래? 너 동전 있니?" 할아버지는 코트와 지갑을 아래층에 걸어놓고 오신 걸 잊으셨는지 당신 주머니를 뒤졌다.

나는 주머니에 손을 넣어서 안에 든 것을 모두 꺼내고는 어젯밤 길에서 주운 50펜스 동전과 약혼반지 상자를 빤히 내려다보았다. 할아버지도 반지 상자를 보셨지만 못 본 척하셨다.

"애야, 거기 있는 동전을 얼른 던져보렴."

그래서 그때, 동전을 던지고 허공에서 빙글빙글 도는 동전을 보다가 그 아이디어가 머릿속에 떠올랐다.

정말 그건 끝내주는 아이디어였다.

3

아니, 적어도 그때는 정말 끝내주는 아이디어라고 생각했다.

"뭘 어떻게 하겠다고? 너 진짜 돌았니?"

정말 솔직하게 말하자면, 친구들한테 새로운 인생 접근법에 대해 말했을 때 이런 반응을 기대하지는 않았다.

애초에 친구들한테 이걸 말할 생각도 없었다. 사실은 그 반대로 할 작정이었다. 적어도 한동안은 친구들한테 알리고 싶지 않았다. 그들이 어떻게 여길지 알았기 때문이다. 그래서 먼저 시험적으로 해본 후에 나중에 좋은 점이 생기면 그때 긍정적인 평가를 받을 수 있을 것이라고 생각했다. 그런데 카운터 바 앞에서 어떤 걸 마실지 선택하느라 동전을 던지다가 입이 근질거려서 그만 모든 걸 털어놓고 말았다.

"그러니까, 네 말을 정리하면, 올해 내내 결정이나 선택은 무조건 동전을 던져서 하겠다는 거야? 내가 제대로 들은 게 맞아?" 각자 술값을 내는 도중에 제이크가 황당하다는 얼굴로 물었다. 뿔테 안경을 쓰고 키가 크고 비쩍 말라서 늘 흐느적거리는 제이크는 딸기처럼 붉은색이 섞인 축 처진 금발을 손가락으로 빗어넘기며 나를 내려다보았다.

카운터 바 뒤에는 1980년대 미국 드라마 「맥가이버」 주인공의 머리를 한, 나이 예순의 술집 주인 빅D가 언제나처럼 우리 대화에 끼어들려고

35

하다가 똑같이 황당하다는 표정을 지었다.

"응, 그렇게 말한 거 맞아, 내 말 제대로 안 들었어?" 나는 관중 앞에서 공연이라도 하는 것처럼 두 사람에게 대답했다. 마치 재판을 받는 기분이었다.

"그게 대체 뭐야, 별난 새해 결심하기, 뭐 그런 거야?" 빅D가 끼어들었다.

"그 말이 맞는 거 같네요."

술 한 모금 마시기도 전에 나는 내 실수를 깨달았다. 내가 이 일에 대해 왜 말을 하지 않으려고 했었는지 그 이유도 기억났다.

우리는 제시가 앉아 있는 구석 자리 테이블로 갔다. 은행 로비를 개조해 만든 이 술집은 여느 개스트로펍gastropub처럼 싸구려 술집 음식을 미슐랭 가이드에 나오는 고급 레스토랑만큼 비싸게 팔고, 생맥주 기계로 수제 맥주를 팔고, 인테리어는 어둡고 썰렁하다. 하지만 바닥은 끈적이지 않고 둥근 목제 테이블도 없고 고물 다트판도 없다. 그뿐만 아니라 벽들도 혼란스럽게 생겨서 건물을 잘못 찾아 들어왔나, 하고 어리둥절하게 만들 정도다. 그리고 이 술집이 있는 클리프턴 건물은 지은지 100년이 넘는 역사를 가지고 있지만, 그 역사는 고작 위키피디아에서 베낀 단 세 줄짜리 광고 문구로 요약되어 메뉴판에 인쇄되어 있다.

"새해가 되면 다들 다이어트나 금연, 금주 같은 결심을 하잖아, 그렇지? 제시, 너는 새해 결심이 뭐야?" 제시 옆에 자리를 잡으면서 제이크가 물었다. 제시는 검은색에 가까운 머리를 풀어 내렸는데 키가 나와 비슷하면서도 머리카락은 거의 허리까지 내려왔다. 그리고 한겨울 스키장에 있는 것처럼 요란한 형광 주황색 패딩 점퍼를 껴입었다. 늘 춥다고 말하는 제시는 언제나 자기 취향이 그대로 드러나는 겉옷을 선택했다. 그러다 보니 최신 유행을 따라가려고 기를 쓰는 건 제이크인데 오히려 제시가 자기도 모르는 사이에 유행의 첨단을 걷곤 했다.

"새해 결심? 나는 런던 마라톤 대회에 출전할 거야." 그런 고생을 사서 하는 사람에게도 지나치게 힘든 결심을 제시가 말했다.

"좋아, 그것도 나한테는 미친 짓으로 들리지만 그래도 선택이나 결정을 할 때마다 동전을 던져서 그 결과대로 하겠다는 것보다는 훨씬 정상이네." 제이크가 대답했다.

"동전을 던진다니, 그건 무슨 소리야?"

이제 제시까지 알게 되었다, 젠장.

"조시가 올해는 무슨 결정이든 할 때마다 동전을 던져서 하겠다는 미친 소리 하는 거 아직 못 들었어?"

"아니, 못 들었는데, 너 미쳤어, 조시?"

예상했던 반응이다.

"내가 기가 막힌 건 우리가 너를 못 본 지 몇 주밖에 안 되는데 그사이에 네가 청혼도 하고, 퇴짜도 맞고, 직장도 잃고, 부모님 집으로 다시 들어가고, 네 인생을 동전에 맡기기로 결심했다는 거야. 너를 이끌어줘야 하는 내가 잠시 여기 없었다고 그런 일이 일어난다는 게 말이 되냐?" 제이크는 연극이라도 하는 것처럼 눈을 부라렸다. 그 말을 듣고 있자니 내가 보낸 크리스마스가 가족 드라마처럼 따뜻했다는 생각이 들었다.

"휴랫 패커드는 그게 통했어. 그들이 동전을 던져서 누구 이름을 먼저 쓸지 정했다는 거 너희가 알아?" 내가 쏘아붙였다.

"그건 사실이야." 제시가 말했다. "패커드 휴랫은 첨단 컴퓨터 회사보다는 대형 로펌에 더 어울리는 이름이야. 하지만 그때 딱 한 번뿐이었지, 계속 동전을 던져서 결정하지는 않았어. 동전이 정해준 대로 컴퓨터 디자인을 한 게 아니잖아."

"정말 말 그대로 모든 결정을 동전을 던져서 하겠다는 거야? 어떤 양말을 신을까? 어떤 샌드위치를 먹을까? 동전 던져라, 멘탈 던져라. 라임 맞춘 거 미안." 제이크가 웃어댔다.

"그래." 그렇게 말하는 동시에 내가 이 일을 제대로 생각해보지 않은 건지도 모르겠다는 생각이 스쳐갔다. "내가 지금까지 최고의 결정을 내리지 못한 것 같으니까 그냥 운명에 맡겨보는 것도 나쁘지 않잖아? 어쩌면 동전이 나 자신을 찾고 사랑을 찾는 걸 도와줄지도 몰라. 그래봤자 손해볼 것도 없잖아?"

"네 존엄성을 잃게 되겠지." 제시가 숨죽여 낄낄 웃었다.

"제시, 얘 놀리지 마. 얘 말 듣고 보니까 그럴듯한 것 같기도 하네." 제이크는 늘 그랬던 것처럼 비꼬듯 말했다.

"어젯밤에 읽었는데 사람은 평균적으로 하루에 대략 35,000번 정도 선택과 결정을 한대. 그러면 한 달이면 100만 번이 넘고 일 년이면 1,200만 번이 넘는 거지. 매번 선택과 결정을 할 때 얼마나 오래 걸리는지 생각해 봐. 그리고 그 많은 시간을 허비하고도 잘못된 결정을 하는 일이 얼마나 많은지도 생각해보라고." 내가 열변을 토하는 동안 둘은 얌전히 술을 홀짝거렸다.

우리는 단골 술집인 이곳 크리케터즈 암스에서 열리는 주간 펍 퀴즈 대회를 기다리고 있었다. 크리스마스와 새해 연휴가 끝나자 퀴즈 대회가 다시 시작되었다. 우리 셋은 같은 때에 호텔에서 근무를 시작하면서 만났고 매주 만나서 그동안의 소식을 묻곤 했다. 제이크는 두세 달 전에 그 호텔을 그만두고 지금은 브리스틀에 있는 다른 호텔에서 매니저로 근무 중이다. 말만 들으면 대단한 것 같지만, 제이크가 근무하는 호텔은 여행 사이트 트립어드바이저에서 브리스틀에 있는 36개 호텔 중에 35위로 선정된 곳이다. 제시는 2년 전 호텔을 그만두고 다시 공부해서 초등학교 교사가 되었다. 들어보면 다섯 살짜리 꼬마들도 호텔 손님들보다는 덜 성가신 것 같다. 이 두 친구는 나보다 한 살 어린데, 그 사실을 항상 나한테 상기시킨다.

"동전 던지기를 하겠다는 것도 다 제이드 때문이잖아, 안 그래?" 한참 동안 빨대로 술잔을 휘젓던 제시가 대단한 수수께끼를 풀기라도 한 것처럼 갑자기 고개를 홱 들면서 물었다.

심리 상담이라도 하겠다는 건가? 이건 제이드하고 아무 상관도 없어. 내가 지금까지와 다르게 살고 싶어서 그런 것뿐이야. 좀더 잘살아보고 싶어서 그러는 거라고.

"제이드하고는 상관없어." 나는 단호하게 말했다.

하지만 둘 다 내 말을 전혀 안 믿는 게 확실해 보였다.

"미안, 제이드가 누구야?" 제이크의 새 남자친구가 우리 테이블에 앉으며 물었다.

우리는 오늘 처음 만났다. 키가 작고 머리는 옅은 금발에 꾀죄죄해 보이는 그는 SNS 회사에서 마케팅 업무를 하고 있다. 꼭 축제에 가서 받은 입장권 팔찌를 일 년 내내 팔에 두르고 있을 것 같은 스타일이다.

나와 제이드의 이별은 나한테만 영향을 미친 게 아니었다. 나는 여자친구를 잃었고, 우리는 퀴즈 팀의 네 번째 멤버를 잃었다. 조시, 제이드, 제시, 제이크. 모두 이름이 J로 시작한다고 해서 우리의 팀 이름은 '올 제이스'였다.

제이드는 아파트를 차지했고 나는 퀴즈 팀을 가진 건가. 끝내주네.

퀴즈 팀에서 제이드 자리를 대신할 사람을 찾는 건 내 인생에서 제이드 자리를 대신할 사람을 찾는 것보다는 훨씬 쉽고 빨랐다. 팀 이름에 맞게 이름이 J로 시작하는 사람을 찾으면 되는 것이었다.

그래서 제이크를 선택했다.

그렇다. 제이크의 새 남자친구 이름도 제이크였다. 그래서 아주 혼란스럽다. 지난 몇 주 동안 나는 (내 친구) 제이크가 자신을 제삼자처럼 부르기 시작해서 아주 당황스러웠다. 주말에 무엇을 할 거냐고 물어보면 내 친구 제이크는 '제이크가 연극을 해, 그래서 거기 갈 거야'라거나 '제이크는 일해야 해. 그래서 별다른 계획이 없어'라는 식으로 대답했다. 나는 제이크에게 자신을 제삼자처럼 말하는 버릇이 생긴 줄 알고, 그를 흉내 내서 말하기 시작했다. '아, 그것 참 안 됐네, 왜냐하면 조시는 네가 우리와 만나고 싶어할 거라고 생각했거든'라는 식으로 말이다. 그러다가 새로운 제이크를 소개받고 테이블 너머로 그와 악수를 하고 나서야 나는 그 사실을 깨닫게 되었다.

"그러니까 제이드에 대해서 네가 틀린 결정을 했으니까 이제부터 모든 결정은 동전을 던져서 하겠다는 거야?" 제이크의 제이크가 물었다.

아니, 아니라고. 제이드 때문이 아니라고.

나는 벌써 제이크의 제이크가 마음에 들지 않았다. 왜 이 새로운 제이크가, 아니 두 제이크 모두 내 말을 이렇게 못 알아듣는지 알 수가 없었다. 그렇게 이해하기 힘든 말도 아닌데 말이다.

나는 살면서 하는 모든 선택과 결정을 동전 던지기로 대신하기로 했다. 그게 뭐가 그렇게 이상한데?

"여러분 환영합니다. 다들 오늘 밤에 퀴즈 풀러 오신 거 맞죠?" 리틀 D가 참가비를 걷으러 이 테이블 저 테이블로 돌아다니며 물었다. 리틀 D는 빅D의 아들이자 퀴즈 대회의 진행자이다. 이름과 다르게 리틀D는 빅D보다 60센티미터 정도 더 크고 대머리이다.

"여기요." 나는 1파운드짜리 동전들을 건네며 말했다.

"팀원이 바뀌었네요?" 리틀D가 물었다.

"넵, 그렇게 됐어요."

내가 여자친구와 깨진 걸 온 세상 사람들한테 설명해야 하는 거야?

리틀D가 사진을 건네는 사이 안경 쓴 20대 남자 셋이 히죽히죽 웃으며 우리 옆을 천천히 지나갔다.

"저 녀석들이 아직 휴가이길 바랐는데." 제시가 속삭였다.

"쟤들은 항상 여기에 있어. 지난 3년 동안 퀴즈 대회에서 빠진 적이 한 번도 없다니까." 매번 똑같은 카운터 바 옆의 테이블 자리에만 앉는 남자 세 명을 보면서 내가 말했다.

"저 녀석들은 누군데?" 제이크의 제이크가 호기심 가득한 목소리로 물었다.

"우리 최대의 경쟁자, 퀴즈 극단주의자 팀이야. 셋 다 브리스틀 대학교 천체물리학과 박사 과정 학생들인데 매주 대회 우승을 독식하고 있어, 한 주도 빼놓지 않고 말이야. 지난 3년 동안 경쟁하면서 우리는 2등까지밖에 못 해봤어." 제이크가 설명했다.

디즈니(제시는 아직도 디즈니 애니메이션에 푹 빠져 있다), 비욘세(제이크는 매주 목요일 비욘세 댄스 수업을 듣는다) 그리고 내 전문분야(대략 2001년부터 현재까지 프로축구팀 브리스틀 시티 FC 역사)에 대한 우리 셋의 지식만으로는 잡학 분야를 꽉 잡고 있는 퀴즈 극단주의자 팀을 꺾을 수가 없었다.

"피 튀기는 경쟁이야? 이런 일에 왜 나를 끌어들인 건데?"

"아니야, 저 녀석들은 우리를 신경도 쓰지 않아. 그게 제일 열 받는 점이야. 저 녀석들은 우리를 경쟁자로 생각도 안 하는 게 분명해."

"너희는 별로야?" 제이크의 제이크가 다시 물었다.

"우리가 별로라고는 생각 안 하는데, 그냥 쟤들은 무적인 거 같아." 제시가 대답했다.

"그러니까 내 말은, 우리가 다른 곳에 가면 우승을 할 수도 있다고 봐." 제이크가 말했다.

"그건 확실해." 나도 인정했다.

나는 경쟁자들이 앉은 테이블을 쳐다보았다. 그들은 건네받은 사진 위에 빠르게 답을 적고 있었다. 반면에 우리는 사진 속 얼굴들마다 끙끙대고 고민하다 겨우 이름을 적었다.

"내 생각에 쟤들은 퀴즈 대회 상금이 가장 큰 소득일 거야. 주중에 밤마다 술집들 돌아다니면서 퀴즈만 풀 거야."

"다른 사람들한테 너무 불공평하잖아." 제시가 한숨을 쉬며 말했다.

"그냥 쟤들이 하루빨리 졸업해서 다른 데로 이사 가기나 바라자." 제이크가 희망적으로 말했다. "매주 우리가 우승을 못 해서 속상해하는 조시를 보는 게 재미있기는 하지만 말이야."

"제이크. 너 혹시 조시가 꼬맹이들 파티에서 못난 패자라고 불리면서 쫓겨난 얘기 들었어?" 제시는 만나는 사람 모두한테 이 이야기를 하고 싶어했다.

이 일화를 이야기할 때마다 제시가 빠뜨리는 사실이 하나 있다. 그건 내가 꼬맹이들 파티에서 쫓겨났을 때, 나 역시 꼬맹이였다는 사실이다. 내가 어른이 된 지금까지 어린아이들 생일 파티에 가서 당나귀 꼬리에 핀 꽂기 놀이에서 졌다고 쫓겨난 것이 절대 아니다. 별거 아닌 것 같지만 매우 중요한 차이이기 때문에 나는 늘 제시에게 그 사실을 주지시키고 있다.

"자, 그럼 이제 시작해보겠습니다. 다들 준비되셨습니까? 첫 번째 문제 나갑니다……." 리틀D 덕분에 제시는 더 이상 나를 창피하게 만들지 못했다.

"최하위부터, 팩트 사냥 팀 47점……." 리틀D는 발음에 조심하며 말을 이었다. "우주 도전 팀 52점, 트리비아 뉴튼존(가수 올리비아 뉴튼존의 이름을 차용한 팀명/옮긴이) 팀 54점⋯⋯."

리틀D가 우리 팀은 빼먹은 건가? 아무래도 우리가 음악 퀴즈에서 점수를 많이 잃었나 보다. 리틀D가 카주(kazoo : 피리처럼 생긴 작고 단단한 악기/옮긴이)로 노래들을 연주했는데 우리는 아무리 들어도 가수가 짐 모리슨인지 밴 모리슨인지 구분할 수가 없었다.

"그리고 두 팀이 동점으로 현재 공동 1등입니다!

우리 팀인가? 설마, 아닐 거야.

"올제이스 팀과 퀴즈 극단주의자 팀이 59점을 기록하고 있습니다."

리틀D가 점수를 잘못 계산했을 거야!

퀴즈 극단주의자 팀원들이 가장 당황한 얼굴로 우리를 쳐다보았다.

"자, 2초만 시간을 주세요. 동점을 깨뜨리고 금주의 상금을 차지할 우승자를 가릴 마지막 문제를 내겠습니다."

리틀D는 이런 결과를 예상하지 못했나 보다. 그래서 이 상황을 깨뜨리기 위한 문제를 찾으려고 미친 듯이 휴대전화로 검색을 했다. 이따금 주방에서 소리가 들릴 뿐, 어색한 침묵이 술집 안을 뒤덮었다. 음식 냄새가 풍겨왔지만 제이드와 헤어진 충격으로 나는 입맛을 잃었다. 하지만 제시는 저녁 내내 튀김을 잘근잘근 씹어 먹었고 제이크의 제이크는 퀴노아 버거를 게걸스럽게 먹었다.

그래, 이 녀석, 비건일 줄 알았어.

"자, 그러면⋯⋯정답은 종이에 적어주시고, 가장 근접한 답을 제시한 팀이 우승한다는 점을 명심해주세요⋯⋯. 평균적으로, 매년 이탈리아 로마에 있는 트레비 분수의 바닥에서 수거되는 동전은 총 몇 유로일까요?"

까다로운데.

우리는 기가 막힌다는 표정으로 서로를 바라보았다. 우승할 가능성이 있다는 사실에 우리 모두 살짝 놀란 것 같았다. 일 년 내내 매주 퀴즈 대회에 참가한 끝에 드디어 퀴즈 극단주의자 팀한테 매주마다 빼앗겼던 우승자의 영광을 우리도 맛볼 수 있다는 희망이 생겼다.

"어떻게 생각해?" 제시가 이제 텅 빈 맥주잔과 접시들이 쌓인 테이블 위로 몸을 숙이며 속삭여 물었다.

우리는 목소리를 죽여 서로가 가진 생각에 대해 의논했다. 하지만 정말로 우리가 정답을 알아서 소리 죽여 말한 건 아니다. 왜냐하면 우리 모두 정답이 뭔지 몰라서 대략적인 액수라도 생각해내려고 끙끙대고 있었기 때문이다. 그런데 제시가 갑자기 펜을 집어들더니 숫자를 적기 시작했다.

"뭘 더하는 거야?" 내가 물었다.

"그냥 하루에 몇 유로가 모일지 생각해보고 거기에 365를 곱했어."

"선생님다운 계산법이네."

"그러니까 하루에 1,000유로가 모인다면 1년이면 36만5,000유로네. 그 정도면 대충 맞을 것 같지 않아?"

"그걸 굳이 쓰면서 계산할 필요가 있었을까?" 나는 농담하듯 제시에게 말했다.

"글쎄, 내 생각에는 그것보다는 많을 것 같은데." 제이크의 제이크가 끼어들었다. "매일 얼마나 많은 관광객이 거기 가서 동전을 던지는지를 생각해봐. 로마에 가면 다들 거기에서 동전을 던지잖아, 안 그래?"

"하지만 관광객들이 전부 다 1유로 동전을 던지는 건 아니잖아? 몇 센트짜리를 던질 수도 있잖아."

"세상 사람들이 다 너처럼 구두쇠는 아니거든." 제이크가 장난스럽게 웃으며 내게 쏘아댔다.

나는 퀴즈 극단주의자 팀의 입술 움직임을 읽어 무슨 말을 하는지 알아내려고 그들을 빤히 바라보았다.

"좋아, 그럼 조금만 더 올려볼까?" 제시가 새로운 액수를 계산해냈다. "50만으로 할까?"

"그 정도면 마음에 드네." 내가 고개를 끄덕였다.

"아니야, 그보다 더, 150만 정도는 될 거 같아. 전에 어디서 이런 내용을 읽은 적 있는 것 같아." 두 제이크는 같은 생각이라는 듯 서로 마주 보았다.

"설마 그건 너무 많은 거 아니야? 그 중간쯤에서 정하는 건 어때?" 제시가 펜을 돌리며 말했다.

"여러분, 10초만 더 드리겠습니다. 10, 9……." 리틀D가 우렁차게 말했다.

"동전에 대한 퀴즈니까 네 동전 던져서 결정하는 거 어때, 조시?" 제이크가 말했다.

드디어 얘들이 내 계획을 받아들이기 시작하는구나.

"좋아. 앞이 나오면 50만 유로, 뒤가 나오면 150만 유로다. 다들 괜찮지?" 나는 서둘러 말했다.

"4, 3……."

드디어 동전이 처음으로 큰 결정을 하게 되었다. 의심하는 자들에게 동전의 결정을 따르는 게 나한테 맞는 방법이라는 것을 증명할 기회가 왔다. 우리가 100파운드를 따게 해주기만 하면 된다.

"최종 답을 적어주세요."

"우리가 이길 운명이 아니었던 거야." 드디어 퀴즈 극단주의자 팀을 이길 줄 알았는데 실패하고 나니 기운이 쭉 빠졌다. 터덜터덜 술집을 나오면서 나는 침울하게 말했다. 혹시 제이크, 제이크, 그리고 제시가 지금까지 동전의 힘을 의심하지 않았다고 해도 이제는 확실히 의심할 것 같았다.

"네가 얌전히 내 말만 들었어도 우리가 이겼을 거야." 제이크와 같이 제시를 껴안고 작별인사를 하면서 제이크가 말했다. "어쨌든, 너는 리틀D한테 카주를 어디에 쑤셔넣으라 마라 하지 말았어야 해. 넌 진짜 못난 패자야."

"나는 못난 패자가 아니라고!" 내가 대꾸했다.

"쟤는 아직도 제이드한테 쌓인 분노를 발산하는 중이야."

"제이드하고 아무 상관 없다니까!" 집으로 가려고 손을 흔들며 저 멀리 어둠 속으로 멀어지는 제이크와 제이크를 향해 내가 소리를 질렀다.

"그런데 너는 제이크 어떤 거 같아?" 두 제이크가 우리 말을 들을 수 없을 만큼 멀어지자마자 제시가 물었다. 그러자 우리 둘이 함께 호텔 프런트데스크에서 일하면서 호텔에 묵는 커플들에 대해 수다를 떨던 시절이 떠올랐다. 제이드의 아버지 호텔에서 같은 날부터 근무를 시작한 우리는 쓸데없는 잡담과 직업에 대한 불만을 함께 나누며 친해졌다. 나중에 그 자리에 제이드가 오긴 했지만 제시와 함께 일할 때만큼 재미있지는 않았다.

"제이크의 제이크 말이야?"

"앞으로 진짜 헷갈리겠어, 안 그래?"

"내 말이 그 말이야. 그래도 괜찮은 사람 같아, 그리고 잡학에도 능한 것 같아, 그게 핵심이지. 겨우 몇 시간 같이 있고서 어떤 사람이라고 판단하기는 힘들지만 말이야. 나를 봐. 몇 년을 만났지만 잘 모르잖아."

제시와 버스 정류장까지 천천히 함께 걸었다. 길 건너편에서 어슬렁 어슬렁 집으로 돌아가는 학생 커플 빼고는 주위에 아무도 없었다. 내가 운전면허가 없다는 사실이 런던이나 브리스틀 중심에 사는 동안에는 그다지 불편하지 않았지만, 이제 나는 운행 시간표를 믿을 수 없는 버스를 타고 다녀야 하는 신세가 되고 말았다. 열일곱 살에 운전면허 시험을 세 번이나 봤지만 번번이 떨어졌다. 매번 같은 시험관을 만났는데 세 번째 시험을 보던 날 그가 내게 이렇게 말했다. "내가 사람들을 떨어뜨리는 게 아니라 그 사람들이 자신을 떨어뜨리는 겁니다." 그 말을 듣자 더 이상 나는 그 시험관을 똑바로 쳐다볼 수가 없었고, 다시 운전면허 시험을 볼 용기도 나지 않았다.

"나랑 같이 기다릴 필요 없어." 몇 분만 걸어가면 따뜻한 자기 아파트가 기다리는데도 밝은색 패딩 점퍼를 입고 바들바들 떠는 제시를 보며 내가 말했다.

"괜찮아. 내가 같이 기다려주고 싶어서 그래. 버스 금방 올 거야." 버스 도착 시간을 알리는 전자 알림판을 올려다보며 제시가 말했다. 하지만 버스 도착 시간 알림판은 정확하지 않았다. 지금도 도착 시간이 8분 남았다는 표시가 적어도 4분째 변함이 없다.

"그래서, 그 사건 이후로 걔는 아직 한 번도 못 만난 거야?" 제시가 물었다. 우리들 사이에서 런던아이에서의 불행은 이제 '그 사건'으로 불린다. 그리고 제이드는 '걔' 아니면 '그 여자'로 불린다.

"응, 못 만났어. 걔가 나를 만나고 싶어하지 않는 거 같아. 내 물건들은 호텔에 가져다놓을 거래. 내가 가져갈 수 있게. 내 디지털 피아노까지 포함해서 말이야.

"내 생각에는 네가 여자친구 아버지의 아파트에서 같이 산 게 문제였던 것 같아."

"여자친구 아버지의 호텔에서 일했던 것도 문제였지."

"쓸데없는 소리하지 마. 기운 내, 이제 네가 진짜로 즐길 수 있는 직업을 찾으면 돼. 넌 그곳에서 재능을 낭비한 거야. 내가 거길 떠났을 때 너도 같이 떠났어야 했어."

"하지만 아직도 내가 뭘 하고 싶은지 모르겠어. 적어도 넌 선생님이 되고 싶다는 마음이라도 생겼잖아."

"너도 곧 알게 될 거야, 장담해. 지금은 야간 근무와 주간 근무를 연달아서 하는 그 끔찍한 근무 스케줄에서 벗어났다는 것만 떠올려봐. 한동안 쓸 돈은 저축해뒀어?"

"저금한 돈 몽땅 청혼 반지 사는 데 썼단 말이야! 다행히 호텔에서 몇 주일치 임금은 줄 테니 다른 일자리 찾을 때까지는 그걸로 버텨야지."

"어쨌든 잘됐네, 곧 새 직장 찾을 수 있을 거야. 그리고 잠시 휴식기를 가지는 것도 나쁘지 않아. 너 거기서 꽤 오래 일했잖아, 얼마였더라? 7년인가? 너 자신을 돌아볼 수 있는 시간을 가지는 거, 너한테 많은 도움이 될 거야."

"하지만 내가 뭘 찾는지도 모르는데 그걸 어떻게 찾냐고?"

"그걸 찾게 되면 알아볼 수 있을 거야. 날 믿어, 모든 게 잘될 거야."

"고마워, 제시. 나도 진짜 그랬으면 좋겠다. 어쩌다 일이 이 지경까지 됐는지 나도 모르겠어. 사랑하는 여자한테 청혼했는데 그 여자가 나를 속이고 바람피웠다는 걸 알게 된 것도 모자라서 살던 집에서 쫓겨나고 직장에서까지 쫓겨났잖아."

"사랑하는 여자야 아니면 **사랑했던** 여자야? 설마 아직까지 걜 사랑하는 건 아니지? 그런 짓을 저질렀는데도 아직 사랑하는 거야?"

"내가 걜 미워해야 한다는 건 알아, 하지만 지금은 대체 뭐가 잘못이었는지, 그런 생각밖에 안 들어. 내가 뭘 잘못했지? 왜 걔가 다른 남자한테로 갔지? 그 생각밖에 안 든다고."

"너는 아무것도 잘못한 거 없어, 내 말 믿어. 우리 모두 친구고 나도 제이드를 좋아해. 하지만 조시, 걘 말도 안 되는 짓을 저질렀어. 그건

48

되돌릴 수 없어. 너는 그런 대접 받을 사람이 아니야. 더 늦기 전에 최악은 피했다고 생각해.”

제시가 내 편이라는 걸 알게 되자, 기분이 좋아졌다. 하지만 제시가 무슨 말을 하든지 간에 지금 당장 제이드의 아파트로 달려가고 싶은 마음은 숨길 수가 없었다. 제이드가 나 말고 그 자식하고 그곳에 있다고 생각하니까 견딜 수가 없었다.

도착 시간 알림판과 전혀 맞지 않게 갑자기 온 버스 때문에 우리의 대화는 끊어졌다. 버스는 우리 바로 옆으로까지 다가와서, 거의 인도 위에 올라와서 멈췄다. 이런 운전기사가 어떻게 운전면허 시험에 통과했는지 의아했다.

“지금 당장은 그런 생각이 들지 않겠지만 모든 게 잘될 거야, 조시. 내 말 믿어. 그 이야기하고 싶을 때나 아니면 이야기를 하기 싫을 때나 내가 항상 여기에 있다는 거 잊지 마.” 제시가 미소를 지었다.

“고마워, 그리고 오늘 저녁에 우승 못 한 거 정말 유감이야.”

“맞아, 우승할 뻔했는데 너무 아깝게 졌어. 다음엔 혹시 또 모르지.”

버스 기사가 겉으로는 안 그런 척하면서 짜증이 나는 듯 기침을 하며 문을 닫으려고 하는 바람에 나는 손을 흔들어 작별 인사를 하고는 어디로 가는지도 모르는 버스에 올라탔다.

4

아직 아침 9시도 안 되었는데 나는 잠이 깬 뒤로 벌써 17번이나 동전을 던졌다.

앞. 일어나, 꾸물거리고 누워 있지 말고. 윽, 싫다.

뒤. 몸 담그는 목욕 말고 대충 샤워만.

뒤. 치노 면바지 말고 청바지.

뒤. 죽 말고 달달한 시리얼.

앞. 사과 말고 오렌지 주스.

동전 던지기는 금방 익숙해졌다. 그런데 집에 돌아와 부모님과 같이 사는 건 아무래도 익숙해질 수가 없었다.

"그 동전 안 쓰고 계속 던지기만 하면 뺏어버린다." 아빠가 나와 엄마가 있는 식탁에 앉아 신문을 펼치며 말했다. 크림치즈 얼룩이 묻은 새 소파만 빼면 우리 집은 파티 이전의 모습으로 되돌아왔다.

"그 동전한테 오늘 저녁에 브리스틀 시티가 이기는지 아닌지 물어봐 줄래?" 스포츠면을 읽던 아빠가 나를 쳐다보며 물었다.

"아빠, 이건 마술 동전 아니거든요. 미래를 예언해주진 않아요."

나는 계속해서 스마트폰 화면의 스크롤을 내리며 끝도 없이 이어지는 채용 공고를 보았지만 나한테 맞는 건 하나도 없었다. 아무리 쉬운 일도 적어도 일곱 번의 채용 단계를 거치는 것 같았다. 신입이 갈 만한 일자리일지라도 해당 분야에서의 최소 5년의 경력을 요구했다. 그리고 재미있어 보이는 일자리는 죄다 무급 인턴직인 것 같았다.

"두 사람 모두 쓸모가 없네." 아이패드를 이용해서 온라인으로 식료품 쇼핑을 하던 엄마가 한숨을 내쉬었다. "둘 중에 누구라도 이번 주 저녁에 먹고 싶은 거 좀 말해주면 안 돼?"

집에 돌아온 처음 며칠은 저녁에 고기 요리와 스테이크가 나왔다. 그런데 이제는 3일 연속으로 콩을 얹은 토스트만 나왔다. 혹시 아빠가 식비를 줄인 건지 아니면 부모님이 벌써 내가 귀찮아져서 쫓아내려는 건지 의심이 든다.

엄마한테 대답하기도 전에 스마트폰이 진동했다. 슬쩍 내려다보니 제이드한테서 온 문자이다.

제이드는 끊임없이 문자를 보내고 있다. 하지만 미안하다거나 나한테 다시 돌아와달라는 내용은 아니었다. 제이드는 제러미 문제를 정리하기를 바랐다. 다들 연인에게 크리스마스에 개를 선물하면 안 된다고 말리지만, 토끼를 선물하는 건 어떤지에 대해서는 아무도 말을 해주지 않았다. 크리스마스에 토끼 선물은 안 된다고 말리는 스티커도 못 봤고 텔레비전에서 토끼 선물을 하지 말라는 공익 광고도 못 봤다. 28일 내 가능한 환불 정책도 없다. 나는 약혼자와 우리의 사랑스럽고 현대적인 가족과 함께 1월 1일을 시작하려고 계획을 세웠다. 그런데 현실은 토끼를 누가 키울까를 놓고 양육권 소송하듯 싸우는 중이다.

"제이드가 무슨 할 말이 있다니?" 엄마가 당신의 아이패드 너머로 몸을 기울이며 물었다.

부모님 집에 들어와 살면 매일 저녁 콩 요리를 먹어야 할 뿐만 아니라 사생활이라는 게 존재하지 않는다는 현실을 감내해야 한다. 엄마가 내 스마트폰 문자를 마음대로 읽는다면, 영국 우체국 분류 사무팀에 근무하는 아빠는 나한테 오는 편지를 미리 다 뜯어본다. 은행 잔고 증명서도 샅샅이 검사하고, 사적인 편지도 전부 읽고 초대장은 달력에 핀으로 꽂아두기까지 한다.

"나더러 제러미를 데려가래요." 엄마한테 숨겨봤자 소용없다는 걸 알기에 나는 사실대로 대답했다. "조지가 토끼 알레르기가 있나 봐요." 제이드가 그 자식 이름을 언급할 때마다 나는 심장에 대못이 박히는 기분이다.

내 말을 듣자마자 동시에 엄마는 아이패드를 내려놓고 아빠는 신문을 내려놓았다. 아빠가 먼저 말했다.

"그 토끼 데려올 거면 그 녀석 키우는 비용도 네가 부담해야 한다. 그리고 돌보는 건 네가 직접 해. 난 그 녀석 뒤치다꺼리 절대 안 할 거야."

"네, 그럴게요. 키우는 건 제가 다 할 거예요."

내가 어린 시절 키워본 동물이라고는 금붕어 한 마리가 유일한데 그나마도 동네 반려동물 가게에서 물고기 사룟값을 인상한 뒤에 알 수 없는 이유로 죽어버렸다. 아빠가 금붕어를 죽였다는 물증은 없지만 정황상 의심할 만한 건 사실이다.

"얘, 넌 그 애가 그 사람에 대해 말하면 기분이 어떠니? ……조지 말이야." 엄마가 마지막 말은 소리 내지 않고 입만 움직여 말했다.

그 순간 내 머릿속에서는 조지가 죽었다는 상상의 나래가 펼쳐지면서 그의 죽음에 대한 아주 세세하고 꼼꼼한 시나리오가 이어졌다.

"모르겠어요. 그 둘이 벌써 그 정도로 가까워진 건 몰랐어요." 내가 대답했다.

나를 가장 괴롭히는 건, 그에게는 있고 나에게는 없는 것이 뭔지를 내가 모른다는 점이다. 물론 그는 부자고 잘생겼는데 나는 현재 백수고 부모님 집에 얹혀산다는 점이 다르지만 그래도…….

"그레이엄하고 약속을 잡을까 싶은데, 넌 어떠니? 다른 사람들하고 이야기를 하면 좀 도움이 되지 않겠어?"

여기서 더 나빠질 게 뭐가 있겠어라는 생각이 막 드는 순간 엄마가 자신의 심리치료사를 만나보지 않겠냐고 권했다. 엄마의 모든 문제가 17세기에 살았다는 전생에서 비롯되었다고 말하는 그 심리치료사 말이다. 엄마가 마지막으로 나를 자기 심리치료사한테 데려갔던 건 내가 학교 시험 때문에 스트레스를 받았을 때였다. 그때 엄마는 내게 침을 맞으면 도움이 될 거라고 설득했다. 그래서 나는 진짜 한의사에게 진찰을 받을 줄 알았는데, 엄마가 만나보라고 한 사람은 온라인으로 침술을 배운 동네의 중국계 아주머니였다.

"아니요, 됐어요. 난 그레이엄한테 상담받는 거 진짜 싫어요."

"좋아, 그럼, 대신에 오늘 네 운세가 어떤지 보는 건 어때?" 엄마는 아빠가 보는 신문 부록 하나를 낚아챘다.

"엄마, 그만해요. 난 심리치료사 상담도 싫고 운세도 보기 싫어요, 제발요, 네?"

감정을 솔직하게 표현할 줄 모르는 아빠가 보던 신문에서 고개를 들었다.

"아들아, 넌 엄마가 옆에 없는 편이 더 낫겠어." 마멀레이드를 잔뜩 바른 토스트를 씹어먹으며 아빠가 말했다.

나는 뭐라고 대답해야 할지 몰라서 그냥 고개만 끄덕였다.

"그럼 우리가 제러미를 키우게 되는 거니?" 아빠가 다시 스포츠면으로 고개를 숙이자 엄마가 물었다.

"동전이 뭐라고 답해주는지 보고 정하죠."

나는 오늘 들어 18번째로 동전을 던졌다.

"어떻게 되는 거였지? 앞면이 '네'고 뒷면이 '아니오'였나?" 결과를 기다리며 어머니가 물었다.

"네. 그리고 답은 앞면이네요. 우리한테 새 가족이 생길 거예요." 나는 손바닥에 놓인 동전을 엄마에게 보여주었다.

아빠가 끙끙 앓는 소리를 냈지만 제러미를 데려오는 게 싫어서 그러는지 축구 소식 때문에 그러는지는 알 수 없었다.

"제러미 데리러갈 때 내가 차 태워줄까?" 엄마가 물었다.

"아니, 괜찮아요." 나는 일어서면서 대답했다. "그리고 저녁 식사는 구운 콩만 아니면 다 괜찮아요……."

나는 시내로 가는 버스를 타고 교외의 마을들을 지나는 내내 음악을 들었다. 그런데 버스에서 내리고 나서야 헤드폰 잭이 스마트폰에 제대로 꽂혀 있지 않았다는 걸 알았다. 그러니까 복잡한 버스에 같이 있었던 다른 승객들이 내가 버스에 있는 내내 "내 심장을 무너뜨렸어Unbreak My Heart"를 반복 재생해서 듣는 걸 알았을 것이다.

왜 아무도 나한테 말해주지 않은 거지?

드디어 브리스틀의 다른 건물들 위로 우뚝 솟은 모던한 아파트 단지에 들어섰다. 여기는 블레어 전 총리의 부인 셰리 블레어가 투자 목적으로 아파트를 두 채 구입한 것 때문에 스캔들에 휩싸였던 곳이다. 제이드가 자신은 집에 없을 거라고 했기 때문에 나는 인터폰에 있는 배달원 전용 버튼을 눌러서 중앙 현관으로 들어가 엘리베이터를 타고 꼭대기 층에 위치한 펜트하우스까지 올라갔다. 집 앞에 도착하니 브리스틀 동물원에서 데이트를 하고 제이드가 처음으로 나를 이곳에 초대했던 날이 기억났다. 우리는 동물원에서 내내 웃고, 노닥거리고, 자신이 동물이라면 어떤 동물일까라는 이야기를 하고, 서로 손을 맞잡고 어두컴

컴하고 으스스한 구역으로 용감하게 걸어 들어가 펭귄에게 먹이도 주었다. 그리고 내가 집으로 데려다주자 제이드가 같이 영화를 보지 않겠냐고 물었고, 우리는 영화 제목도 채 보지 않고 소파에서 서로 뒤엉켰다. 그리고 나는 그다음 날 아침이 되어서야 창밖에 펼쳐진 경치를 제대로 보았다. 다른 아파트에서는 이렇게 드넓게 펼쳐진 브리스틀의 멋진 풍경을 볼 수 없을 것이다.

나는 제이드가 조지와 여기에서 나와 똑같이 했을지 궁금했다.

소파 위에서, 침실에서, 주방에서, 욕실에서.

나는 그런 상상들을 머릿속에서 지우려고 애쓰며 잠금장치를 풀고 현관문을 열었다.

침실 하나에 깔끔한 주방 그리고 거실과 욕실이 있는 아파트이긴 하지만 현관에 들어서자마자 제러미의 우리가 보였다. 엉망진창이 되어버린 우리 관계의 구경꾼인 제러미는 우리 안에서 조용히 잠을 자고 있었다. 반려동물 가게에서는 제러미가 소형품종인 미니롭이라고 했는데, 덩치만 봐서는 '소형'이라는 말이 전혀 어울리지 않았다. 뚱보 품종보다 더 컸다. 제 몸 하나 책임질 능력 없는 무직인 내가 이 제러미를 돌볼 수 있을지 두려웠다.

토끼 우리 옆에는 쪽지 하나 없이 종이 상자 하나가 놓여 있었다. 나는 뭐가 들었는지 보려고 셀로판테이프를 뜯어 상자를 열었다. 종이 상자 안에는 제이드가 찾아낸 내 물건들이 들어 있었다. 주방 도구 몇 가지, 책 몇 권, 그리고 제이드가 자신보다는 나한테 더 중요하다고 판단한 추억의 물건들이 들어 있는, 금속의 작은 과자 상자 하나가 전부였다. 3년이라는 세월이 겨우 이 상자 하나에 담길 수 있다니 씁쓸했다. 우리의 관계, 함께한 그 긴 시간과 기억들도 겨우 과자 상자 하나에 모두 담겼다. 나는 마요르카에서 보낸 휴가 사진들, 갖가지 입장권, 생일 축하 카드, 크리스마스 카드, 밸런타인데이 카드, '아무 이유 없이 그냥 보낸' 카드들을 훑어보았다. 그러다가 내 사진은 거의 없다는 걸 깨달았다. 하긴, 언제나 사진을 찍는 건 나였고 찍히는 건 제이드였으니 그럴 만도 했다.

그런데 돌아서보니 제러미가 기분 나쁘게 눈을 동그랗게 뜬 채로 자고 있었다. 제이드가 제러미한테 나를 감시하라고 시키기라도 한 것 같았다. 나는 그냥 내 물건만 들고 아파트를 나왔어야 했다. 그런데 나는 제러미의 우리를 지나 거실에 들어가도 될지 말지를 물으려고 동전을 던졌다.

너무도 잘 아는 아파트를 몰래 구경한다는 게 기분이 이상하긴 했지만 조지가 여기 들어와 사는지를 확인하고 싶었다.

세면대에는 칫솔이 하나만 있고, 남자 코트도 걸려 있지 않고 남자 구두도 없었다. 정확히 말하자면 이렇게 둘러보는 지금, 내 물건들을 담은 종이 상자 빼고는 내가 떠났다고 해서 이 아파트에서 변한 건 눈곱만큼도 없었다. 여기 있는 모든 장식품과 가구들이 모두 제이드 거라는 걸 생각해볼 때 '틀린 그림 찾기'를 해도 쉽지 않은 게임이 될 것 같았다. 예전에는 이런 생각을 한 번도 해보지 않았고 문제도 되지 않았다. 하지만 지금 보니 나는 그저 손님에 불과했던 것 같다. 나라는 존재가 이 집에 남긴 흔적은 창문에 난 빗방울 얼룩만큼도 되지 못한다.

그 자리에 선 채 한쪽 벽 전체를 차지하는 창문을 쳐다보니, 마치 흑백 영화에 나오는 프랑스 배우처럼 창밖으로 몸을 내밀며 담배를 피우던 제이드의 습관 때문에 화가 나면서도 그녀가 아래로 떨어질까봐 걱정하던 때가 떠올랐다. 그리고 우리 둘이 함께 책상처럼 넓은 창틀에 앉아 키스하고 술을 마시며 저 아래 분주하게 돌아가는 세상을 내려다보던 때도 떠올랐다. 창문에 후두둑 떨어지던 빗방울이 폭우로 바뀌면서 내 추억을 방해하고 유리창을 거세게 두드리고 지붕을 두들겼다. 평소에는 커피를 든 학생들로 붐비던 길이 놀이공원 워터슬라이드처럼 비탈에서 물이 콸콸 흘러내리자 갑자기 텅 비었다. 우산을 들고 비바람과 싸우던 여자가 바람을 피해 세인트 조지 콘서트홀을 둘러싼 공사용 가설물 아래로 숨었다. 그리고 머리부터 발끝까지 눈에 잘 띄는 주황색 차림의 청소부는, 자신이 쓸어모은 낙엽들이 한낮에 전조등을 환하게 켠 차들이 달리는 차도를 향해 장난꾸러기처럼 도망치는 걸 멍하니 바라보고 있었다. 아파트들을 향해 바람이 몰아치면서 거친 소리가 들려오고 나무들은 미친 듯이 일렁일렁 춤을 추었다. 수영장처럼 물웅덩이가 생긴 아파트 옥상에서는 갈매기들과 흰색 헬멧을 쓴 건설 현장의 노동자들이 종종걸음을 치며 도망쳤다. 빗줄기로 얼룩진 유리창을 통해 내다보니 초록색의 멋진 공원에 둘러싸인 카봇 타워와 조지 왕조 풍의 건물들이 쇠라가 그린 점묘법 작품들처럼 보였다. 그리고 짙은 안개에 뒤덮인 저 멀리 지평선의 멘디프 언덕과 박물관에 있는 SS 그레이트 브리튼 호 돛대, 브리스틀 대성당은 실루엣만 희미하게 보였다.

갑자기 문을 세게 두드리는 소리가 났다. 나는 홱 돌아섰다. 누구지? 제이드가 아닌 건 확실하다. 자기 열쇠가 있으니 문을 두드릴 리 없지. 그럼 찾아올 사람이 또 누가 있지? 이웃 사람인가? 언젠가 이웃집에서 열린 아주 별난 모임에 갔다가 이웃 두 사람과 서로 이 아파트에 얼마나 오래 살았는지 그리고 각자의 아파트 구조에 대해 이야기하다가 구조가 다 똑같다는 걸 확인하고서는 대화가 흐지부지 끝난 적이 있다.

설마 조지는 아니겠지?

지난 몇 주 동안 죽여버리겠다고 생각하던 그에게 무슨 말을 할지 생각하다 보니 심장에 대못이 박히는 느낌이 들었다.

대답을 해야 할까?

결정을 내리기 위해 주머니에서 50펜스짜리 동전을 하나 꺼내 허공으로 던졌다. 이제는 무슨 일만 생기면 동전을 꺼낸다.

내 원수가 반대편에 서 있기를 기대하며 숨을 참고, 현관문에 있는 외부 확인을 위한 작은 구멍으로 밖을 내다보았다.

하지만 밖에 서 있는 건 서명이 필요한 물건을 배달하러 온 안면 있는 여자 집배원이었다. 나는 안도의 한숨이 터져나왔다. 예전에 교대 근무제로 일했던 나는 휴식 시간에 집에 있다가 제이드의 택배를 받으며 대신 서명을 한 적이 많았는데, 특히 옷 택배를 많이 받았다.

"안녕하세요?" 다시는 여기서 나를 만나지 못한다는 걸 모르는 집배원은 평소처럼 인사를 했다.

나는 집배원이 내 손에 쓱 내민 전자 기계에 내 진짜 서명과는 조금도 비슷하지 않은 낙서를 대충 한 다음에 돌려주었다.

집배원이 떠나자 나는 마지막으로 한 번 더 아파트를 둘러보며 내 옛집과 예전 삶에 작별 인사를 했다. 그리고 아파트 여기저기에 토끼털을 문질러 조지에게 알레르기를 일으킬까라고 잠시 생각했지만, 그냥 내 물건이 든 종이 상자와 제러미 우리를 들고는 내 열쇠를 안에 둔 채 마지막으로 아파트 문을 닫았다.

"이제 너와 나뿐이다." 나는 제러미에게 말했다.

물론 제러미는 나에게 아무런 대꾸도 하지 않았다.

5

아무한테도 알리지 않고 몰래 마라톤 대회에 나가는 사람은 정말 없는 걸까?

술집 퀴즈 대회에서 거의 우승할 뻔했다가 어마어마한 실망만 한 지도 한 달이 지났다. 제시는 내내 체육관에서 운동을 했고, 제이크는 최근에 배운 댄스 연습에 푹 빠져 있고, 나는 계속 펑펑 울기만 하다가 오랜만에 퀴즈 대회에 다시 도전했다. 제이크는 호텔 데스크 직원을 협박하여 하룻밤 공짜 투숙을 하려는 못된 손님을 상대하느라 늦게 퇴근할 예정이었다. 그래서 나는 지금 제시와 둘이 앉아 있는데, 제시는 마라톤 준비에 대한 이야기만 늘어놓았다. 또다시 말이다.

일단, 이번이 제시의 첫 번째 런던 마라톤 도전이다. 아니, 마라톤 대회에 출전하는 것 자체가 처음이다. 나는 제시의 도전을 금전적으로 후원했지만 만약 이 도전을 끝까지 해내지 못한다면 환불받고 싶다는 뜻을 아주 분명하게 밝혔다. 궁금할까 봐 말해두는데, 이런 온라인 모금 사이트들은 마라톤 대회가 가짜가 아닐까라는 의심이 들기 전에 재빨리 돈을 받아낸다.

"너도 같이 달리기를 시작하는 건 어때? 아니면 최소한 체육관에 등록이라도 하든지, 응? 날 믿어, 분명히 너한테 도움이 될 거야. 엔도르

핀이 기분을 좋게 만들어줄 거야. 그리고 제이드 생각 대신 멋진 몸을 만들겠다는 생각을 하게 될 거야."

내 몸이 멋지지 않다는 간접 놀림을 용서하면서 나는 달리기를 하면 얼마나 괴로울지 상상해봤다. 솔직히 나는 제시가 마라톤 대회에 나갈 생각을 했다는 자체에 속으로 무척 감명을 받았다.

"네 나이에는 특히 더 중요해. 몸매 관리를 해야지."

"제시, 나는 너보다 겨우 한 살 많거든."

나는 무심하게 동전을 던졌다.

"한번 해보는 것도 나쁘진 않겠지." 나는 동전의 결정이 마음에 들지 않아서 얼굴을 찡그리며 말했다.

"이게 뭐야? 너 설마 아직까지도 동전 던지기를 계속하는 거야?"

"아직까지라니, 그게 무슨 소리야? 시작한 지 이제 겨우 몇 주밖에 안 됐는데 그리고 또 올해 내내 하기로 했단 거, 기억 안 나?"

"그래, 물론 기억은 나지, 하지만 내가 예상했던 것보다 벌써 3주가 더 지났단 말이야. 예전 같으면 너 이런 유행에 빠져도 길어봤자 이틀을 못 넘겼잖아."

"지금 무슨 소리를 하는 거야? 나 막 유행에 쉽게 빠지고 그러는 사람 아니거든."

"웃기네, 지난여름에 마술사가 되겠다고 말했던 거 기억 안 나?"

"하지만 내가 1초마다 마술사가 되겠다고 말하진 않았……."

"어쨌든, 넌 마술 몇 가지를 배우려고 했어."

"파티에서 써먹을 수 있는 마술 하나를 배우고 싶었을 뿐이야, 그런데 생각해보니까 내가 파티에 갈 일이 없더라고."

그런 생각을 하게 된 건 제이크의 생일 파티에서 모두 돌아가며 개인기를 하나씩 보여준 다음부터였다. 그때 나는 남들한테 자랑할 만한 재주가 하나도 없다는 걸 깨달았다. 최소한 제이크는 연기를 할 줄 알고 제시는 달리기라도 할 줄 안다. 나는 다룰 줄 아는 악기도 하나 없고 노래도 못 하고, 저글링도 못 한다. 그래서 피아노를 배우고 마술 하나를 배우기로 결심했던 것이었다.

"좋아, 그래서 마술 한 가지는 배웠어?"

"음, 그렇다고 말할 수도 있지." 그렇게 대답하고서 나는 빅D가 권한 새로운 수제 맥주를 한 모금 마셨다.

"그렇게 말할 수 있다는 게 무슨 뜻이야? 해리 후디니(수갑, 자물쇠로 잠근 궤짝 탈출 마술의 대가/옮긴이)급 마술을 배웠냐고 묻는 게 아니잖아. 네 아니면 아니오로 답하면 돼. 지금 당장 내 앞에서 마술 보여줄 수 있어? 다른 핑계 대기 전에 미리 말하는데, 여기는 트럼프 카드도 준비되어 있어."

"이런 식으로 나온다면 너 다칠 수도 있어, 안 돼."

"그래서 그 마술은 얼마나 오래 연습해서 배웠는데?"

"그래, 하루하고 말았어, 하지만 이거 하나 때문에 나에 대한 편견을 가지는 건 용납할 수 없어."

"너 피아노 칠 수 있어? 그 소설은 다 썼어? 양초 사업은 시작했어? 그 이름이 뭐였더라, 심지와 밀랍……아니, 심지 고르기였나?"

그렇다, 나는 사용 안 한 양초 2,000개를 아직 보관하고 있다. 난 양초 사업이 차세대 대세 업종이 될 줄 알았다.

"지금 우리는 그런 이야기를 하려던 게 아니잖아. 이건 유행이 아니야. 삶의 방식인 거지."

내가 말한 거였지만 그 말은 꽤 마음에 드는 표현이었다. 어마어마한 연봉을 받는 유명 광고회사 CEO가 브레인스토밍 회의 중에 내놓을 만한 아이디어처럼 들렸다.

"네가 한 달 후에도 그 대단한 '삶의 방식'이라는 걸 계속 지킨다면 그 때는 내가 진지하게 생각해줄게." 제이드는 굳이 양손을 들고 둘째와 셋째 손가락을 구부려서 따옴표 표시를 하면서 말했다. 정말 그렇게까지 할 필요는 없었는데 말이다.

"그러니까, 지금까지 어떻게 계속하고 있는 건지 그걸 듣고 싶다는 거야?" 여전히 나무 의자에 처박혀 있던 나는 이제 쿠션이 있는 푹신한 붙박이 가죽 의자에 거의 누워 있는 제시에게 물었다. 하지만 제시는 내 이야기를 듣는 것보다는 스피커에서 흘러나오는 리아나의 노래를 따라부르는 데 더 관심이 있는 것처럼 보였다.

"보아하니 내가 듣고 싶어하든 말든 넌 이야기를 할 작정인 거 같네. 그리고 지금 네 옷차림을 보니 네 삶의 방식이라는 게 네 스타일에도 영향을 미치는 게 확실하네." 제시는 나를 위아래로 훑어보며 웃음을 터뜨렸다.

나는 오늘 아침 옷장에서 찾아낸 선홍색 바지에 오래된 초록색 티셔츠 차림이었다. 웬만해선 선택하지 않을 조합이기는 하다. 그래서인지 오늘만큼은 제시의 요란한 겉옷도 내 옷차림을 이기지 못했다.

"동전이 지난 주말에 처음으로 아주 큰 결정을 해줬어. 나, 머리 자른 거, 몰랐어?"

"음, 솔직히 잘 모르겠어, 평소랑 똑같아 보여서 말이야. 옆머리를 좀 더 짧게 자른 건가?"

우선 단골 이발소를 버리고 새로운 곳을 개척하라는 동전의 결정은 실패로 판명되었다. 새로운 미장원을 찾아간 것은 시간 낭비였다. 가격은 세 배나 더 비쌌고, 브리스틀 어디를 가든지 단골 이발소 앞을 지나가지 않기 위해서는 먼 길로 둘러가야 해서 10분이 더 걸렸다.

제이크가 천천히 걸어들어왔다. 그러더니 안경을 내리고 눈을 찡그려 우리가 어디 있는지 찾았다. 보아하니 무척 힘든 하루를 보낸 것 같았다. 제이크의 제이크가 같이 오지 않은 걸 보니 다른 약속이 있거나 아니면 우리 퀴즈 팀에 질렸나 보다. 아마 후자일 것이다.

"조시의 새로운 삶의 방식에 대해 들을 기회를 놓쳤네."

제시가 또다시 손가락으로 따옴표를 그리며 말했다.

"아직도 동전 가지고 난리 치는 거야?" 제이크가 물었다.

"그래, 동전 가지고 난리 친다, 어쩔래." 내가 대꾸했다.

"좋아, 그럼 너한테 동전 던질 기회를 줄게. 네가 한 잔 살래?"

내 새로운 삶의 방식에 대해 생각할 시간을 충분히 주었는데도 제이크는 아직도 그걸 제대로 이해를 못 하고 있었다.

"그런 장난이나 하려고 시작한 게 아니야."

"그래도 해봐, 동전이 뭐라고 답하는지 한번 보자."

결국 나는 제이크에게 항복했다.

"저기, 뒷면이야. 미안, 네 술은 네 돈으로 마셔. 이것만 아니었으면 내가 너 맥주 큰 잔으로 하나 사줬을 텐데 동전의 뜻을 거역할 순 없잖아. 그게 규칙이야."

"나한테 맥주 한 잔 사준 적이 한 번도 없거든, 우리가 지난 3년간 여기를 매주 왔는데 말이야."

"어쨌든 오늘은 그럴 운명이 아니야."

"좋아, 그럼 제시한테는 술 사줄 거야?"

"이제 그만해. 넌 이 시스템에 무례를 범했어. 이건 게임이 아니야. 진짜 중요한 결정을 할 때만 사용해야 하는 거라고. 그리고 나는 제시한테 사줄 생각 전혀 안 해봤어."

"그랬구나, 알려줘서 고마워."

차라리 친구들이 동전 던지기에 관심 없던 때가 더 나은 것 같았다.

"어쨌든, 조시, 잊어버리기 전에 말할게. 나 말이야, 네가 틴더 앱 계정을 만드는 걸 도와줄게." 제이크가 의자 등받이에 재킷을 걸면서 말했다.

"조시가 아직 준비가 안 된 것 같은데. 이제 겨우 1-2주 정도밖에 안 지났잖아."

"아니야, 뭐라도 하는 게 애한테 좋을 거야. 남은 평생 멍하니 앉아만 있으면 안 되잖아."

제이크와 제시는 마치 내가 옆에 없는 것처럼 내 이야기를 해댔다.

"이봐, 친구들, 나 여기 있거든. 나는 멍하니 앉아만 있지 않아, 그리고 솔직히 말하자면 제시 말대로 지금 당장은 데이트 같은 거 할 기분이 아니야."

"웃기고 있네, 너한테 필요한 게 이거라니까. 네가 동전 던지기를 시작한 것도 결국은 사랑을 찾기 위해서잖아."

"그래, 나도 언젠가는 사랑을 찾고 싶어, 하지만 데이트 앱은 싫어."

"그럼 즐기기라도 해봐. 싱글로 돌아와서 좋은 게 그거 아니야? 네가 나이가 많긴 하지만 그래도 아직 결혼을 생각할 정도로 늙은 건 아니잖아."

이 친구들과 함께 있으면 피할 수 없는, 늙었다는 농담은 그냥 못 들은 척하기로 했다.

"아무리 그래도 틴더를 하라고?" 내가 말했다.

"요즘은 다들 그런 식으로 만난단 말이야. 데이트 앱을 쓰든지 아니면 직장에서 만나든지. 그런데 넌 지금 백수잖아, 그러니까 남은 방법은 하나뿐이지. 게다가 선택은 네가 할 게 아니니까……."

"그럼 내 문제를 네가 선택한다는 거야?" 내 연애사에 자꾸 간섭하려는 제이크한테 질린 나는 어서 대화에 끼어들었다.

"나도 아니지. 선택은 동전이 하는 거잖아, 안 그래?"

"그건 그렇지." 나는 마지못해 대답했다.

동전 앞면이 나오자 제이크가 승리의 춤을 췄다. 친구들한테 술 사주는 걸 막아줬던 동전이 이번에는 나를 배신한 것이다.

배신자 녀석.

"그런데 내 데이트 앱 계정 만드는 걸 왜 네가 도와주겠다는 건데? 내가 혼자 그런 것도 못 할까 봐?"

"당연하지, 널 어떻게 믿어. 너한테는 우리 같은 전문가의 도움이 필요하거든." 제시가 결정적인 한 방을 날렸다.

"네 폰 줘봐, 네가 제일 잘 나온 사진 찾아줄게. 야, 이 정도까지 도와주는데 우리한테 술 한 잔씩 사주고 싶은 생각이 아직도 안 들어?"

6

주방에 서서 물을 마시고 있는데 엄마가 앞면에 내 이름과 주소가 적힌 분홍색 봉투를 하나 내밀었다.

"이게 현관 앞에 있더라. 현관 매트 밑에 깔려 있었어. 집배원이 좀 일찍 배달했나 봐."

나는 어리둥절해서 봉투를 내려다보았다. 우선은 아빠의 감시를 피해 이 봉투가 여기까지 왔다는 게 신기했다. 처음에는 또다른 대학 친구에게서 온 청첩장이라고 생각했다. 요즘은 청구서만큼이나 청첩장을 많이 받는데, 통신사의 요금 청구서보다도 행복한 커플에게 축하 선물을 하라는 청첩장이 더 꼴 보기가 싫었다.

"너, 자러 가기 전에 등을 다 꺼주겠니? 아빠랑 나는 먼저 잘게."

"네, 그럴게요. 안녕히 주무세요. 엄마."

엄마가 계단 꼭대기까지 올라가기를 기다렸다가 봉투를 열었다.

청첩장이 아니었다. 청구서도 아니었다. 봉투 안에는 빨간색 카드가 들어 있었다. 그리고 이 카드에는 하트 모양 풍선을 든 곰돌이가 그려져 있고 예쁘게 장식한 글씨로 '해피 밸런타인데이'라고 적혀 있었다.

대체 누가 나한테 밸런타인데이 카드를 보낸 거야?

제이드가 보냈나?

다 잘못했다고 용서를 빌려는 걸까?

나한테 다시 돌아와달라는 건가?

나는 심장이 빠르게 뛰었다.

모든 상황을 설명하는 긴 손편지를 기대하며 초조한 마음으로 카드를 열었다.

"조시에게, 밸런타인데이 축하해, 너를 몰래 짝사랑하는 XX."

나는 카드 내용을 다시 읽어보았다. 눈에 익은 글씨체였다. 하지만 제이드는 아니었다. 나를 몰래 짝사랑하는 사람도 아니었다. 이건 엄마의 글씨체였다.

밸런타인데이에 카드 한 장을 못 받는 것보다 더 슬픈 건 그나마 딱하나 온 카드가 엄마한테서 온 카드일 때다. 그것도 스물여덟 살이나되어서 말이다.

냉장고에 있던 아이스크림 한 통을 통째로 들고 내 방으로 올라갔다. 맨 위 계단참에 다다르니 부모님이 방문을 잠그는 소리가 들렸다. 나는 서둘러 리모컨을 쥐고서는 티비를 켜고 바로 볼륨을 높였다. 예전에 내가 이 집에서 살 때는 부모님이 방문을 잠그는 소리가 무엇을 의미하는지 잘 몰랐지만 이제는 안다.

그때 문득 이런 생각이 들었다. 밸런타인데이야말로 인류 역사상 최악의 날이다! 싱글로 지낼 올해의 남은 날들이 오늘보다 더 끔찍하지만 않다면 말이다. 오늘 같은 날은 할인 적용을 받으려면 혼자서 2인분을 먹어야 하고, 극장에서 1+1 티켓을 얻으려고 노숙자라도 데리고 가서 애인인 척을 해야 한다. 그 정도로 2월 14일은 최악의 날이다. 구질구질하고 초라하기 짝이 없는 최악의 날.

작년 오늘은 제이드와 같이 브리스틀 리도 호텔에서 커플 마사지도받고 뜨거운 욕조 안에서 알콩달콩 행복하게 밸런타인데이를 기념했다. 그런데 지금은 부모님 집에 있는 내 방 좁은 침대에 누워 징징 짜면서 1990년대 로맨틱 코미디 영화나 보고 있다. 그리고 내 곁에서는 토끼 제러미가 내 10대 시절의 추억인 브리스틀 시티 축구팀 이불에 똥을 싸고 있다. 내 동전은 마시멜로가 든 초콜릿 아이스크림과 휴 그랜트 영화를 선택했고, 그걸 보자마자 나는 구역질이 났지만 동전은 신경 쓰지 않았다.

밸런타인데이를 말썽꾸러기 토끼랑 함께 보낸다니 기가 막혔다. 제이드한테 버림받은 뒤로 내가 가장 많은 결정을 내린 것은 안경점에서였다. 그곳에서 나는 어느 쪽 눈으로 볼 때 더 선명한지를 대답해야 했는데, 담당 검안사는 내가 동전을 던져 결정하겠다고 해도 허락할 것 같지 않은 사람이었다. 그는 필요 이상으로 내게 바짝 다가와서는 쓸데없는 헛소리(사실은 검사에 필요한 지시)를 내 귀에 속삭여대기까지 했다.

그나마 내 침대 발치에 있는 텔레비전이 스마트폰 크기밖에 안 되는 화면이 달린 고물인데도 검안사가 내 시력이 정상이라고 말해준 건 참 다행이었다. 영화는 이번에도 휴 그랜트가 어김없이 사랑에 성공하며 끝났고, 나는 또 짜증을 유발할 만한 프로그램을 찾아 여기저기 채널을 돌렸다. 밸런타인데이를 소재로 한 리얼리티 프로그램 시리즈. 통과. 로맨틱 코미디 영화들. 통과. 수백 개 방송국을 통과한 끝에 새까맣게 태닝을 하고 옷을 거의 벗다시피 한 여자가 몸을 비비 꼬면서 자신에게 전화하라고 유혹하는 성인 채널에서 멈췄다. 이 여자는 체크무늬 초미니 스커트를 입고 있었는데 얼마나 짧은지 색깔을 맞춘 빨간색 끈팬티도 다 가리지 못할 정도였다. 여기에 허벅지까지 올라오는 스타킹과 높은 하이힐을 신었고, 여자의 까만 생머리는 등을 덮을 정도로 길었다.

내가 그래도 아직 이런 걸 볼 수준은 아니잖아?

"안녕, 자기들, 이제 전화 가능해. 1번을 선택하면 나랑 화끈하게 놀 수 있어. 얼른 전화해줘, 응?" 모델이 유혹하듯 윙크를 하며 말했다.

나는 손가락 사이로 동전을 돌리다 허공으로 던졌다.

앞.

나는 머뭇거리며 전화기로 손을 뻗어 번호를 눌렀다.

"화면에 나온 섹시걸과 통화하고 싶으시면 1번, 듣기만 원하시면 샵 버튼을 눌러주세요." 녹음된 안내 음성이 흘러나왔다.

내가 지금 뭘 하는 거지?

"아쉽지만 선택하신 여성은 다른 분과 통화 중입니다. 처음으로 돌아가시려면 샵 버튼을 눌러주시고 다른 여성과 통화를 원하시면 별표를 눌러주세요."

나는 스마트폰 화면을 들여다보았다. 통화시간이 벌써 90초가 넘었다. 그때 갑자기 남자 목소리가 들렸다.

"그래, 이리 와, 내가 아주 죽여줄게, 정신 못 차리게 만들어준다고."

제러미가 못마땅한 얼굴로 나를 바라보았다. 이 녀석은 휴 그랜트 영화를 보는 게 더 좋은가 보다.

통화와 텔레비전 영상 사이에 시차가 길어지면서 여자의 동작이 하는 말과 맞지 않았다. 그래서 마치 앞으로 무슨 일이 일어날지 다 아는 자막 영화를 보는 것 같았다.

갑자기 전화 너머가 조용해졌다.

"운이 좋으시네요. 잠시 뒤에 우리 섹시걸들 중 한 명과 전화 연결이 될 테니……."

젠장. 뭐라고 말하지? 내가 저런 말을 할 수 있을까?

"안녕, 자기야, 이름이 뭐야?"

"조··· 온." 혹시라도 나를 아는 사람이 들을지도 몰라서 가짜 이름을 쓰기로 결정했다.

"뭐라고 그랬어, 자기야?"

"존." 나는 머뭇거리며 다시 대답했다.

여자가 책상 위에 편하게 앉더니 짜증스러운 표정을 지으며 두 팔을 허공으로 번쩍 올렸다. 나는 여자가 나를 싫어한다고 생각했다. 하지만 여자는 느닷없이 전화를 끊어버린 방금 전 고객 때문에 화가 났을 뿐이고 나는 영상과 통화 사이의 시차 때문에 오해가 있었다는 걸 곧 깨달았다.

"어머, 존. 우리 전에 통화한 적 없어?" 여자가 에식스 지방 억양이 강한 말투로 말하는 바람에 무슨 말을 하는지 알아듣기가 어려웠다. 게다가 프리미엄 요금은 통화 품질이 아주 나빴다.

"아니요." 나는 쉰 목소리로 대답했다. 느낌이 너무 안 좋았다.

"그럼 오늘 밤엔 어떻게 해줄까?"

"어······그냥 나랑 이야기 좀 해." 나는 부모님이 못 듣게 작은 소리로 말했다. 부모님이 내가 당신들이 하는 은밀한 일을 엿들을까 봐 걱정할 리는 없었다.

"아, 좋아, 야한 이야기 좋아하는구나. 너 거기 단단해?"

"어, 음."

"나 마음에 들어?"

"어······."

여자가 자신이 뭘 하려는지 말하면서 두 손을 움직이기 시작했다. 나는 제러미의 귀를 막았다.

"아, 존, 날 안아, 존. 좋아, 그렇게 해줘." 여자가 격렬하게 신음을 질렀다. 그건 쾌락 때문이 아니라 다리를 절단해서 아프다고 내지르는 비명 같았다.

　갑자기 통화가 뚝 끊겼다. 화면 속 여자가 화가 나서 씩씩대면서 통화 중간에 끼어든 누군가에게 짜증을 냈다. 나는 다음 달 전화 요금이 얼마나 나올지 상상하기도 싫었다.

　앞으로는 이런 전화하지 말고 제러미와 이야기를 하는 편이 좋겠다고 결심했다.

　그리고 화장지를 한 장 뽑아 눈물을 닦았다.

봄

7

제이크의 집으로 우리를 태우러 온 우버 운전기사는 당황하는 기색이 역력했다. 토요일 밤 브리스틀에서 운행하면서 별의별 손님을 다 태워 봤을 텐데도 그는 우리 둘을 보고는 다시 한번 쳐다보았다.

나는 007 제임스 본드처럼 턱시도 차림에 장난감 총을 들었고, 제이크는 귀가 축 늘어진 원피스형 강아지 의상을 입었다.

"우드필드 로드에 가십니까?" 뒷좌석에 타는 우리에게 운전기사가 굉장히 머뭇거리며 물었다.

"네, 맞아요, 감사합니다." 나는 007역을 맡았던 배우 로저 무어의 흉내를 내고 싶은 마음을 애써 참으며 대답했다.

우리 둘이 같은 파티에 가는 걸로는 보이지 않을 게 뻔했다.

"왜 올해는 파티를 댄의 집에서 한다는 거야?" 제이크가 물었다.

"걔네 집이 훨씬 더 넓잖아, 그리고 아마 걔가 파티를 열 차례일 거야. 지난 두 번은 제시네 집에서 했잖아, 안 그래?"

지금 우리는 3년 연속 이어오는 제시의 가장무도회 생일 파티에 가는 중인데, 이 파티는 늘 제시의 대학 친구며 생일이 같은 댄과 공동으로 주최했다. 그리고 이제는 전통으로 자리 잡았다. 디즈니와 해리포터에 이어 올해의 파티 주제는 런던 지하철이었다. 그리고 동전이 옥스퍼드

광장 역 대신에 본드 스트리트 역을 선택했기 때문에 나는 이렇게 광대 꼴을 하게 되었다.

"목적지에 도착했습니다." 도로 한쪽에 차가 멈추자 내비게이션의 녹음된 목소리가 운전기사에게 말했다. 타고 오는 10분 내내 운전기사는 우리에게 한마디도 하지 않았다. 아마도 우리를 미친놈이라고 생각한 것 같다.

"그 운전기사, 분명히 너한테 나쁜 평가를 남길 거야." 우리가 가야 할 파티 장소를 향해 인도를 걸어가면서 제이크가 나에게 말했다. 우리는 레드랜드 어딘가에 있었는데 여기는 내가 잘 아는 지역이 아니었다.

"내 우버 탑승객 평가는 제이드를 데리고 롱리트 사파리를 돌 때부터 이미 안 좋았어. 우리 둘 다 운전을 못 해서 우버를 이용할 수밖에 없었거든."

"그래, 그건 나도 기억나. 그런데 그때 차가 파손됐어? 아니면 다른 문제가 생겼던 거야?"

"응. 원숭이가 사이드미러를 부러뜨렸어. 그래서 운전기사가 엄청 화를 냈지. 어찌나 화를 내던지 나는 기사가 우리더러 사자 우리에서 내리라고 할 줄 알았다니까."

"미치겠네." 우버 운전기사는 우리를 목적지에서부터 너무 먼 곳에 내려주었고, 그 바람에 제이크는 댄의 집을 찾느라 열심이었다. "걔네 집 번지수 알아?"

"3번지 아니었어?"

내가 초인종을 누르는 사이 제이크는 내 뒤에서 강아지 의상을 매만 졌다. 나는 의상에 맞게 총으로 현관문을 겨냥하고 제시나 댄이 나오기를 기다렸다.

그런데 현관문을 열고 나온 사람은 제시가 아니었다. 댄도 아니었다.

내가 겨눈 총을 보고 놀란 할머니가 소리를 지르기 시작했다.

"아니야, 조시. 5번지였어." 어느새 건물 모퉁이 뒤로 간 제이크가 휴대전화를 바라보며 소리쳤다.

고맙다, 제이크. 기왕이면 30초만 더 빨리 알려주지 그랬니.

내 오른편으로 두세 집 건너 현관문으로 수녀님들이 줄지어 들어가고 있는 광경이 보였다. 하나, 둘, 셋⋯⋯.

수녀님 일곱. 저 집이다.

그제야 내가 아직도 할머니한테 총을 겨누고 있다는 걸 깨달았다. 할머니는 완전히 겁먹은 표정이었다.

"정말 죄송합니다, 저희가 집을 잘못 찾아왔나 봐요. 귀찮게 해드려서 죄송합니다." 나는 총을 재킷 안주머니에 집어넣고서 그 자리에서 꼼짝 못 하고 있는 백발 할머니 앞에서 물러났다.

내가 떠난 뒤에도 할머니는 겁에 질려서 거리를 내다보았다.

드디어 목적지를 제대로 찾아 안으로 들어가니 제빵사들과 은행가들이 가득했다.

"거봐, 다들 베이커 스트리트 아니면 뱅크 스트리트 역 선택할 거라고 내가 말했잖아."

"강아지 의상은 나 말고는 없네."

제시를 찾으려고 북적대는 집을 이리저리 돌아다니는데, 다른 손님들이 우리의 의상을 평가하는 시선이 느껴졌다. 이 집은 내 예상보다 더 작고 더 지저분했다. 싱크대 옆에는 설거지할 접시가 잔뜩 쌓여 있고, 현관 앞에는 세일 중인 구두 가게처럼 여기저기 벗은 신발이 널려 있었다. 제시는 아바 멤버 차림을 한 커플과 같이 서 있었다. 수화물 꼬리표를 달고 마멀레이드 샌드위치까지 든, 완벽한 패딩턴 베어로 변신한 제시는 빨간 모자 밑으로 짙은 색 긴 머리카락이 살짝 삐져 나왔다.

"너 그거 밤새 들고 있을 거야?" 이미 못 먹을 것처럼 보이는 샌드위치를 가리키며 내가 물었다.

"사실 너무 눅눅해졌어." 우리 둘을 껴안으며 제시가 대답했다. 나는 제시가 내 턱시도에 마멀레이드를 묻힐까 봐 이리저리 몸을 피했다. "너희 둘 다 근사하다……. 본드 스트리트는 알겠는데……넌 올해는 뭐야, 제이크?"

"딱 보면 모르겠어?"

"올해도 또 개로 변신한 건 알겠는데. 어느 역을 의미하는지는 모르겠어. 개, 독, 도기, 퍼피……아, 설마 「개들의 섬」 애니메이션인가?"

제이크는 고개를 저으며 멍멍 짖었다.

"우핑(컹컹이라는 뜻/옮긴이) 브로드웨이?"

"아니, 난 바킹(멍멍이라는 뜻/옮긴이) 역이야."

"그래, 너 멍멍거리는 건 알겠어. 넌 매년 똑같은 의상 입고 오기로 한 거야?"

제이크는 작년에는 해리 포터에 나오는 개 플러피였고, 그 전해는 디즈니 애니메이션 「레이디와 트럼프」에서 트럼프였다.

"어쨌든, 생일 축하해! 파티는 재미있어?" 제이크가 못 들은 척하고 말했다.

"응, 정말 신나, 고마워. 다들 이렇게 애써서 준비하고 온 거 보니까 너무 좋아. 전부 다는 아닌 것 같지만 말이야."

그 말과 동시에 청바지에 티셔츠 차림을 하고 목에는 옷걸이를 두른 여자가 옆으로 지나갔다.

"행거 레인 역이야." 제시가 시시하다는 듯한 얼굴로 속삭였다.

"아, 그러네."

"그럼 이제 스물일곱 살? 너도 나이를 먹네. 기분이 어때?" 나는 그동안 내 나이를 가지고 놀린 제시를 놀릴 기회를 놓치고 싶지 않았다.

"아직은 스물여섯 살 때랑 거의 똑같아. 이상할 정도로 말이야."

"스물일곱이면 한창 좋을 나이지."

"그런 걸 기억하다니 뜻밖이네, 너한텐 굉장히 옛날 일인데 말이야."

"이제 너도 그런 농담할 처지는 아닐 텐데, 너도 20대 후반이라고."

"스물일곱이면 아직 20대 후반이 아니지. 20대 중반이잖아, 안 그래?" 제시는 진심으로 걱정스러운 듯 물었다.

"서른까지 멀지 않았거든."

"그래도 어쨌든 난 평생 너보다는 어릴 거야."

그 점에 있어서만큼은 내가 이길 수가 없었다.

제시는 생일 카드를 들고 다가온 비외른 보리(1980년대 윔블던 대회 4연패 챔피언을 지낸 유명 테니스 선수/옮긴이)에게로 돌아섰다. 나는 제이크와 함께 구석으로 가서 다른 사람들 의상과 관련 있는 역 맞히기를 시작했다.

"저기 승무원 복장 커플은 히드로 공항 터미널 역이겠지? 그럼 저기 왕관 모양을 한 사람은 무슨 역이야?"

"음, 킹스 크로스 역(지명에 왕을 의미하는 King이 들어 있다/옮긴이)인가?"

"오, 그럴듯한데. 그래서 저렇게 뚱한 표정을 하고 있었구나. 그럼 저기 우주인 차림의 녀석은?"

"저 옷이랑 관련 있는 역이 대체 어디야?"

"달과 관련 있나? 아니면 스페이스……?"

"아니면 별? 유로스타 아냐?"

"아니야, 생각난 거 있어. 유스턴 역이야."

"유스턴?"

"그래, 영화에서 '휴스턴, 문제가 발생했다!' 이러잖아. 그 대신에 '유스턴, 문제가 발생했다' 이러는 거지."

"야, 그건 너무 억지다."

"저기 스누커(snooker : 포켓볼과 비슷한 당구 종목으로 특히 영국에서 인기가 많다/옮긴이) 당구채 들고 있는 남자는 어느 역일까?"

"모르겠는데. 제시, 저기 스누커 당구채 들고 있는 남자는 뭘로 분장한 거야?" 나는 술을 가지러 가는 제시를 붙잡고 물었다.

제시는 우리가 누구를 가리키는지 보려고 주위를 둘러보았다. 우리가 말한 남자는 각각 축구팀 아스널과 토트넘 티셔츠를 입은 두 남자 옆에 서 있었다.

"아, 저 사람은 큐 왕립 식물원 같은데, 내 생각에 다들 파티 오기 직전에 의상을 골랐나 봐."

"정말? 우린 진짜 오랜 시간 고민하고 골랐는데?" 제이크가 말했다.

제시는 못 믿겠다는 듯 눈을 부라렸다.

"아마 저 사람은 네가 왜 강아지 의상을 입고 왔나 궁금해할 거 같은데."

"나는 바킹이라니까! 헤머스미스 앤 시티 노선하고 디스트릭트 노선 있는 4구역 말이야. 이거 진짜 딱 맞는 의상이라니까." 하지만 제이크가 말을 마치기도 전에 제시는 이미 우리 옆을 떠났다.

"저 여자 작년에도 이 파티에 오지 않았어?" 나는 방 건너편에 서 있는 여자를 조심스럽게 가리켰다. 그녀 역시 작년 의상을 다시 손봐서 이번에도 목에 변기 시트를 두르고 나타났다. 나도 내 의상들을 재활용할 방법을 찾아야 할 것 같다. 온라인 중고시장에 내놓아야 할 옷들이 옷장에 잔뜩 쌓여 있으니 말이다.

"맞아, 지난번에 저 여자랑 이야기하던 거 기억 안 나. 가서 인사하지 그래?"

"같이 가면 안 돼?"

"야, 넌 싱글이고 저 여자도 여기 혼자 온 게 분명해, 그리고 예쁘잖

아. 너 혼자 가야 되는 이유를 내가 더 설명해야 되냐?"

"저 여자 의상이 변기잖아!"

"얼른 가봐, 너한테 좋은 훈련이 될 거야!"

"모르겠어. 자신이 없어."

"청혼을 하라는 게 아니잖아, 가서 그냥 인사나 하라고……. 잠깐, 나 전화 좀 받을게. 호텔이야." 제이크는 휴대전화를 받으려고 제시를 따라 주방으로 갔다. 그는 주말 내내 당번이다. 그것은 항시 응급 상황에 대비하고 있어야 한다는 뜻이다. 그리고 브리스틀에 있는 36개 호텔 중에 35위를 차지한 호텔은 매주 엄청난 문제가 발생할 가능성이 크다.

"타이밍 한 번 끝내주네." 멀어지는 제이크를 향해 말했는데 남들 눈에는 내가 혼잣말하는 것처럼 보일 것이다.

나는 동전을 던져서 결정하기로 했다. 동전은 혼자 가만히 서서 스마트폰이나 들여다보는 쪽보다는 여자한테 가서 말을 거는 쪽을 선택했다. 그래서 나는 조금이라도 시간을 끌며 자신감을 얻을 요량으로 방을 빙 둘러서 갔다. 그런데 그건 좋은 계획이 아니었다. 왜냐하면 그 여자의 뒤쪽에서 다가가는 꼴이 되어버렸기 때문이다. 등을 살짝 쳐서 관심을 끌어보는 게 나을까 생각하다가 그 방법을 포기하고 갑자기 뒤에서 앞으로 쓱 나갔다. 그녀 눈에는 아마 미친놈처럼 보였을 것이다.

"아, 안녕하세요." 여자가 화들짝 놀란 듯이 말했다. "거기 계신 줄 몰랐어요."

"미안해요……아, 안녕하세요……. 저, 우리 작년에 만난 적 있죠?"

"네, 어렴풋이 기억이 나는 것 같네요." 여자는 아일랜드 억양이 섞인 말투로 말했다.

어깨까지 내려오는 연한 적갈색 머리에 밝은 파란색 눈을 한 여자는 꽤 예뻤다.

"이번에도 그 의상 좋네요." 나는 시선을 아래로 내리다가 얼른 고개를 들었다. 안 그랬다가는 그녀의 가슴을 빤히 보는 것처럼 보일 것 같아서였다.

"이 의상에 들인 본전을 뽑아야 해서요. 모닝머틀(해리 포터 시리즈에 나오는 화장실 소녀 유령/옮긴이)이에요……. 워털루(Waterloo에서 loo가 화장실이라는 뜻/옮긴이) 역에서 생각했죠. 내년에는 음악을 테마로 했으면 좋겠어요. 그럼 루 리드(1970년대 록 음악 가수, 화장실 뜻하는 루와 발음이 비슷해서 나온 대화/옮긴이)라고 하면서 이 의상을 또 쓸 수 있잖아요."

"루 베가(독일 팝가수/옮긴이)도 있네요. 둘 다 음악 천재잖아요."

"그러네요. 저기 아바 차림을 하고 온 두 사람이 내 아이디어를 훔쳐서 워털루 역을 의미한다고 우겨서 솔직히 짜증이 좀 났어요. 나는 내가 꽤 창의적이었다고 생각했거든요." 여자는 방 건너편을 보다가 다시 내게로 돌아섰다. "당신은 뭐예요?"

나는 총을 꺼냈다.

"본드 스트리트, 제임스 본드 스트리트."

나 지금 뭐 하는 거야?

"그러네요, 굉장히 점잖네요. 여기 있는 다른 사람들에 비해서는 진짜로요."

"네, 손에는 맥주 캔, 머리에는 딜도(남성 성기 모양의 성인용품/옮긴이)를 달고서 코크포스터(Cockfosters : cock는 수컷, 남성 성기를 뜻하기도 함/옮긴이) 역이라고 우기는 저런 사람들 덕분에 제가 점잖아 보이는 건 어렵지 않네요."

"그래서 지난 한 해는 잘 보냈어요?" 내가 말한 남자를 보고 웃음을 터뜨리며 여자가 물었다.

"아, 뭐 나쁘지 않았어요, 물어봐줘서 고마워요. 그쪽은요?"

"네. 진짜 시간이 빨리 지나갔죠, 그죠?"

겨우 일 년에 한 번 만나는 사람한테 또 무슨 이야기를 해야 하지?

얼른 뭔가 생각을 해봐, 조시.

나는 작년에 이 여자를 만났던 때를 떠올리려고 애썼다.

다행히 주방에서 술 두 잔을 가지고 나오던 제시가 합류했다.

"한 잔 마실래?"

"젓지 말고 흔들어서."

조시, 너 진짜 007 흉내 내는 거야?

"둘이 무슨 이야기 하고 있었어? 나도 끼어도 돼?" 제시가 워털루 역에게 물었다.

"내가 그냥 물었어, 이쪽……죄송해요, 이름이 뭐예요?"

"조시예요."

"조시한테 지난 한 해 어땠냐고 물었어."

"아, 얘가 동전에 대해서 아직 말 안 했구나, 그렇지?"

나는 빙 돌아서 제시를 노려보았다.

"안 했어, 동전이 어떻게 됐는데?"

나는 제시가 변기 의상을 뒤집어쓴 이름도 모르는 여자한테 동전 던지기에 대해 하나도 빼놓지 않고 말하는 걸 그저 바라만 보았다.

"와, 진짜 용감하네요. 그래서 그 방법이 잘 통해요? 그럼 만약 내가 파티 끝나고서 우리와 같이 가자고 하면 동전 던져서 결정할 거예요?"

"그럼요, 규칙을 지켜야죠."

"재미있을 거 같네요." 여자가 미소를 지었다.

파티에서 술을 엄청나게 마시고서 우리는 그 집을 나와 클리프턴 트라이앵글 방향으로 걸었다. 우리는 정말 안 어울리는 조합이었다. 내 왼쪽에는 천사, 내 오른쪽에는 빅토리아 샌드위치(빅토리아 여왕의 이름을 딴 스펀지케이크/옮긴이)가 있었다. 그리고 아바 차림을 한 남자 넷, 흰색 셰프 모자를 쓴 제빵사 여럿, 일곱 수녀들 중 둘, 스누커 당구채를 들고 있던 남자, 워털루 역 그리고 아직도 마멀레이드 샌드위치를 들고 있는 제시가 나와 함께 떼지어 걸었고 우리 뒤에도 여럿이 따라왔다. 제이크는 어디 갔는지 모르겠다.

"거기 이름을 리저드 라운지로 다시 바꾼 거 봤어?" 워털루 역이 담배를 한 모금 빨며 내게 물었다. 그녀는 변기 시트를 벗은 덕분에 우리 중에 가장 정상으로 보였다.

"우리 정말 거기 가는 거야? 거기 말고 더 괜찮은 클럽도 있을 텐데. 거긴 음악이 너무 촌스러운데."

"아니야, 그래서 거기가 좋은 거야, 내 참."

"라 로카로 가는 건 어때?" 수녀들 중 하나가 제안했다.

"조시, 우리가 리저드 라운지로 갈지 아니면 라 로카로 갈지 네 동전으로 결정하자." 워털루 역이 말했다.

"좋아, 여러분, 앞쪽이 리저드 라운지, 뒤쪽이 라 로카입니다. 동의하시죠?"

모두 모여들자 우리는 중대한 결정을 내리기 위해 인도에 멈춰섰다.

나는 밤하늘로 동전을 던져 올렸다.

"앞쪽입니다. 그럼 리저드 라운지로 결정했습니다!"

아바의 남자 멤버들 의상을 입은 둘과 제빵사 의상을 입은 사람들은 모두 신나서 소리를 질렀다.

"우와, 가자." 워털루 역이 흥분해서 내 팔을 잡아 끌고 갔다.

나는 졸업한 뒤로 리저드 라운지에 간 적이 없다. 분명 그곳에는 대학생들과 열여덟 살이 넘는 척하는 중고생들이 가득하고 음악은 내가 기억하는 그대로 촌스러울 것이다. 클럽에 도착했을 무렵에는 함께 간 사람들 모두가 나의 동전 던지기에 대해 알게 되었다. 제시가 모두를 단념시키려고 최선을 다했지만 소용없었다. 나도 모르는 사이에 내 앞에는 마셔야 할 술잔들이 한 줄로 놓였고 모두들 '동전 던져'라고 합창하듯 소리쳤다.

워털루가 두 팔로 나를 감싸안자 클럽이 빙빙 돌기 시작했고 우리는 메들리처럼 연달아 나오는 90년대 유행곡들에 맞춰 춤을 췄다. 한 곡이 끝날 때마다 점점 더 서로에게 밀착했다. 그리고 우리는 상대의 여기저기를 만졌다. 스파이스 걸스의 노래를 들으려고 그녀가 내 얼굴 바로 옆에 얼굴을 기댔다.

"본드 스트리트 씨, 당신이 나한테 키스할 건지 아닌지 동전한테 물어봐."

우리는 그 뒤로 20분 동안 동전 던지기와 담배맛 나는 진한 키스를 번갈아 했다.

그다음으로 내가 알게 된 것은 깨어나보니 다음 날 아침이 되었다는 것이다. 몇 시인지 알 수가 없었다. 그뿐만 아니라 내가 어디 있는지도 알수 없었다. 억지로 눈을 떴다. 머리가 너무 아팠다. 반투명한 회색 커튼으로 빛이 스며들었다.

여기가 파티를 했던 집인가? 그런 것치고는 너무 낯설었다. 제시의 집도 아니었다. 제이크의 집도 아니었다. 설마 워털루 역의 집은 아니겠지? 내가 그 여자 집에서 잤단 말이야? 우리가 같이 잤나? 우리가 어떻게 여기까지 왔지?

나는 아래를 내려다보았다. 아직 턱시도 차림 그대로였다. 그런데 상태를 보아하니 온라인 중고시장에 내놔도 아무도 사지 않을 것 같았다. 나는 휴대전화와 지갑을 찾아 내 몸을 여기저기 뒤졌다. 다행히 아직 가지고 있었다. 하지만 총은 잊어버린 것 같았다. 주머니를 전부 뒤 졌지만 총은 나오지 않았다. 총을 찾으려고 옆으로 돌아누웠다. 그러 다 깜짝 놀랐다. 내 옆에 코끼리가 누워 있었기 때문이다. 그 여자는 아 직까지 코끼리 코를 뒤집어쓰고 있었다.

나는 코끼리가 깨기 전에, 침대에서 일어나 누구의 집인지 알 수 없는 이 아파트를 빠져 나가기로 결심했다.

8

버스 정거장에서 졸면서 버스를 기다리는데 스마트폰이 울렸다. 실눈을 뜨고 폰 화면을 흘끗 봤다. 밝은 화면을 보기만 해도 눈이 아팠다.

제시였다.

"안녕, 조시. 너, 나랑 체육관에서 만나기로 한 거 잊지 않았지? 그거 확인하려고 전화했어."

이런 젠장.

"조시, 너 듣고 있어?" 제시가 소리 질렀다.

나는 얼른 스마트폰을 내 귀에서 멀리 떨어뜨렸다.

"응." 나는 마지못해 대답했다.

"그럼, 한 시간 뒤에 거기서 만나는 거다?"

"다른 날 만나면 안 될까?" 내가 애원했다.

"왜 그래, 취소하면 안 돼. 오늘 쓰려고 네 1일 체험권도 샀단 말이야."

"취소하겠다는 게 아니라 연기하겠다는 거지." 자전거가 모터 소리를 요란하게 울리며 지나갔다.

왜 다들 저렇게 시끄러운 거야?

"너 이미 오래전부터 계속 미루고 있거든. 동전한테 나랑 체육관에서 만난다고 약속했잖아. 동전의 결정을 취소하면 안 돼."

"하지만 아픈 거 같아."

"그건 네 책임이지. 내가 술 끊었을 때 너도 같이 끊었어야지."

"그리고 난 입을 만한 것도 없단 말이야." 나는 지저분하고, 냄새나고, 전혀 실용적이지 않은 내 옷을 보며 말했다.

"지금 뭐 입고 있는데?"

"아직 턱시도 입고 있어."

"너 아직 집에 안 갔어?"

"아직 아니야, 지금 버스 기다리는 중이고." 내가 새벽 내내 어디 있었는지는 굳이 설명하지 않았다.

수화기 너머에서 다른 사람들 말소리가 들렸다.

"제시?"

"잠깐만."

제시는 다른 누군가와 이야기를 했다. 웅얼대는 소리를 들어보니 그녀의 '하우스메이트'인 것 같았다. 제시는 같이 일하는 여자 둘과 '셰어하우스' 형태로 살고 있었다.

"너 신발 사이즈 뭐야?"

"지금 나한테 묻는 거야?"

"그래, 너 말이야."

"290이야."

"좋아, 300정도면 괜찮을 거야. 이지가 자기 남친 운동복이랑 신발 빌려줄 수 있대."

"하지만……."

"더는 핑계 대지 말고, 거기서 보자."

탈의실에 들어서자마자 다들 나만 쳐다보는 것 같은 기분이 들었다. 하긴 턱시도를 입고 들어갔으니 나만 쳐다보는 것도 당연했다. 이지의 남자친구는 헬스광이라서 운동할 때 필요한 옷은 전부 가지고 있었다. 그의 밝은 주황색 운동화를 신었더니 내가 마치 늘 여기에서 운동하는 사람처럼 보였다. 내가 몸이 좋지 않다는 건 잘 아는데, 괜히 운동복 때문에 내가 현실도 잘 모르는 사람처럼 보이고 싶지는 않았다. 내가 여기 온 건 제시와 동전 때문이다. 진짜 가끔은 그 둘이 너무 싫다.

"자, 그럼 팔굽혀펴기부터 해봅시다. 몇 개나 할 수 있는지 한 번 보여주세요."

젠장.

숙취 때문에 나는 시작하기 전부터 땀이 났다.

"빨리요, 조시. 어느 정도 하는지 보여주세요, 고객님."

나는 팔굽혀펴기를 하려고 바닥을 보며 엎드렸다. 창피했다. 주위에 있는 사람들이 나를 빤히 지켜보고 있었기 때문이다.

여기가 마음에 드는지 아닌지 알아보려고 굳이 1일 체험권을 살 필요도 없었다. 여기 들어오고 1분도 지나지 않아서 나는 여기가 싫었다.

기운 내, 팔굽혀펴기 한 개 정도는 할 수 있잖아.

"아니죠, 등을 일직선으로 펴야죠. 어서 해보세요. 열 개까지 하면 일단 멈출 겁니다."

열 개나?

"이건 별을 한 개 반 드리겠습니다. 다음은 러닝머신입니다."

무료 강습에서 점수를 매기는 줄은 몰랐다. 나는 뭘 하든 간에 별 다섯 개를 딸 자신이 없었다.

트레이너는 강한 북부 억양을 써가며 나에게 의욕을 불어넣으려고 애썼다.

"처음에는 가벼운 조깅으로 시작해서 같은 속도로 5분간 유지한 다음 속도를 올릴 겁니다. 근육과 심장을 운동시켜보세요. 자, 할 수 있습니다."

살면서 내가 달리기를 하는 일은 극히 드물다. 버스 탈 때, 기차 탈 때 그리고 아이스크림 차를 잡을 때 말고는 달려본 적이 없다. 그런 나더러 지금 달리기를 하라고? 사양하겠습니다.

"걔는 살살 다뤄주세요." 옆 러닝머신에 있던 제시가 다가왔다. 그러자 PT 트레이너인 애덤이 그녀의 어깨에 팔을 둘렀다.

미치겠네. 이제 나를 비웃을 구경꾼이 둘로 늘었군.

"잘 되고 있어요?" 이제 애덤은 나 같은 건 안중에도 없고 제시와의 대화에 정신이 팔렸다는 걸 나는 알아차렸다. 나는 힘들어 죽을 것 같은데 둘은 신나게 수다를 떨고 있었다.

"그럭저럭요. 한 시간 정도 달렸어요. 거의 13킬로를 달렸는데, 그 정도면 괜찮은 편이죠."

러닝머신을 1시간이나 했다고? 나는 벌써 지겨운데.

"다음 장거리는 언제예요?"

"이번 주말에 25.7킬로를 뛸 생각이에요."

왜 내가 지금까지 제시를 후원하는지 이유를 모르겠다. 아무래도 마라톤은 얘한테 어울리는 도전이 아닌 것 같은데 말이다.

"조시, 애덤하고 운동 끝나면 나랑 복서사이즈(Boxercise : 권투와 에어로빅을 결합한 운동/옮긴이) 하러 가자, 네가 할 만한지 보게."

애덤과 운동이 끝나면 난 구급차에 실려갈 텐데.

"잠깐만, 동전은 내가 체육관에 오는 것만 결정했지, 강습을 듣는 것까지 결정하진 않았다고."

"빠져나갈 생각하지 마."

"동전 던지기 다시 할래." 그렇게 말하면서 나는 반바지의 지퍼 달린

주머니에 손을 넣어 동전을 꺼내 달리기를 하면서 동시에 동전을 던지는 힘든 일을 해냈다. 잠깐이지만 러닝머신 뒤로 떨어지는 줄 알았다.

이 동전은 왜 이렇게 날 미워하는 거야?

힘겨워하는 내 얼굴 표정이 결과를 말해주었다.

"거봐. 얼른 러닝머신 끝내고 저기 스튜디오에서 만나." 제시가 가리킨 방은 벽이 투명한 유리여서 여기 있는 모두가 괴로워하는 나를 잘 볼 수 있었다. 이 체육관은 검투사들이 싸우는 경기장 같았다.

와서 보니 복싱 수업에 남자 수강생은 나 하나뿐이었다. 나는 제대로 서 있지도 못할 만큼 지쳐서 수업이 많이 힘들지 않기만을 바랐다. 권투 선수가 되고 싶은 근육질의 새파랗게 젊은 남자들이 가득한 광경을 상상했는데, 제시 말고는 전부 다 40대가 넘어 보여서 나는 적어도 창피는 당하지 않겠구나, 하고 안심했다.

"제이크는 어떻게 됐어?" 몸을 풀기 위해 스트레칭을 하면서 내가 제시에게 물었다.

"우리 생각대로야. 호텔에 문제가 생겨서 그걸 제이크가 해결해야 했나 봐."

"이번 주는 무슨 문제였대? 설마 또 싸움이 난 거야?" 2주 전에는 새벽 4시에 야간 당번 수위한테서 전화가 왔었다. 총각 파티에 온 남자가 친구와 자기 애인이 바람피운 걸 알고는 싸움이 벌어져서 연회실이 엉망이 되었다고 말이다. 우리는 수위가 왜 경찰에 전화를 안 하고 제이크한테 전화를 했는지 이상하게 생각했었다.

"아니야. 어떤 남자가 홀딱 벗고 호텔 주변을 달리다가 자기 방 벽에 똥을 칠하기 시작했대."

"대박."

"설상가상으로 청소부가 그 방에 들어갔다가 방 상태를 보고는 여기

저기에 구토를 한 거야. 우리가 더 이상 호텔업에 종사하지 않는 게 정말 다행이지 않니?"

나는 내가 원해서 그만둔 거 아니거든.

"불쌍한 제이크. 다른 호텔에도 그런 손님이 있을까?"

"그걸 어떻게 알아. 어쨌든, 제이크 이야기는 그만하고, 너한테 일어난 일이 나는 더 궁금하거든." 제시가 진지한 표정으로 말했다.

"여러분, 둘씩 짝을 지어보세요. 한 분은 펀치용 패드를 들고 또 한 분은 글러브를 끼세요. 장비는 많이 있습니다." 트레이너가 말했다.

"그게 무슨 소리야, 나한테 일어난 일이라니?" 나는 제시가 들고 있는 패드에 주먹을 날리며 물었다.

"진짜 너 걱정돼, 조시. 이런 식으로 사는 거 너답지 않아. 너 지금 시간을 버리고 있잖아. 게다가 잘 알지도 못하는 루이스하고 엮이기까지 하고 말이야."

"루이스가 누군데?"

"워털루 역 말이야."

"아, 변기 좌석 뒤집어쓴 사람. 이름을 기억했어야 하는데……솔직히 별로 기억나는 게 없어."

지난밤에 대해 떠올리려고 애썼지만 아무것도 기억나지 않았다.

"007 주제가를 흥얼거리면서 클럽 바닥을 굴러다니면서 사람들한테 총 쏘는 흉내 낸 것도?"

"미치겠네, 내가 정말 그랬단 말이야?"

"네가 다른 사람이랑 키스하려고 해서 루이스가 화를 낸 것도 기억 안 나?"

차라리 기억 안 나는 게 다행이다 싶었다.

"그럼 내가 왜 코끼리랑 같은 침대에 있었는지 넌 알아? 우리가 설마……?"

"세라 말이구나. 아니야, 그런 일은 없었어."

"그 코끼리 코가 우리 사이에 끼어들어 방해했나 보네." 내가 말했다

"조시, 그런 농담이나 할 때가 아니야. 너 진짜 아무것도 기억 안 나? 너 때문에 우리 모두 클럽에서 쫓겨나서 세라가 너를 자기 집에서 재운 거야."

"말도 안 돼, 진짜?"

"그래, 진짜야. 그래서 내가 지금 이러는 거라고. 제이크는 네가 분노를 다 해소할 때까지 내버려두는 게 좋겠다고 했지만, 나는 네가 걱정 돼. 너 이렇게 정신 나간 짓 한 적 한 번도 없잖아. 그 동전 던지기가 어젯밤 같은 선택을 하게 만든다면 그것도 좋은 생각은 아니라고 봐." 제시는 마치 엄마처럼 말했다.

우리는 펀치용 패드와 글러브를 서로 바꿨다. 제시가 이런 기분일 때 글러브를 끼고 나한테 주먹을 날리도록 하는 것이 좋은 생각 같지는 않았지만 말이다.

"나도 좀 즐길 수 있는 거 아니야? 제이드하고 끝난 뒤로 처음으로 신나게 논 거란 말이야."

"물론 즐기는 건 괜찮아, 하지만 동전 던지기를 시작한 건 네 인생을 제자리로 돌리기 위해서였지, 더 엉망으로 살려던 건 아니잖아."

머릿속이 쾅쾅 울리면서 아픈 걸 보니 제시의 말이 맞는 것 같았다.

"정곡을 찔렸네."

"내 말은, 술 한 잔 더 마실지 말지를 군이 동전을 던져서 결정해야 돼? 어젯밤에도 다들 너를 이용하기만 했잖아. 넌 새 직장을 구할 때까지 돈을 아껴야 하는 처지인데 말이야."

"그래도 내가 맹세한 일이잖아."

제시는 잠시 입을 다물고 생각했다.

"그럼 아주 큰 결정을 내릴 때만 동전을 던지는 건 어때? 아니면 하루에 몇 번만 동전을 던진다고 횟수를 제한하는 건? 그건 네 맹세를 깨는 게 아니잖아."

"그런가?"

"그럼, 절대 아니지." 이 말을 하면서 제시는 내가 들고 있는 펀치용 패드를 더 세게 쳤다. 내 느낌은 확실하다.

나는 이 모든 말을 곰곰이 생각해보려고 했지만 의문에 답해야 하는 머리가 너무 욱신거리고 아팠다.

"네 말이 맞는 거 같아. 술을 더 마실지 말지를 동전을 던져서 결정하는 건 바보 같은 짓이야. 솔직히, 어떤 양말을 신을지 결정할 때도 동전 던지기를 할 필요는 없지. 앞으로는 큰 결정을 할 때나 결정을 내리기가 어려울 때만 동전을 던질게."

"난 언제나 옳은 말만 한다니까!" 제시가 원투펀치를 날리면서 싱긋 미소를 지었다.

"자, 그럼 이제 파트너를 바꿉니다." 트레이너가 소리쳤다.

모두 옆으로 움직이느라 제시가 내 동전을 빼앗아가기 전에 나는 그녀에게서 멀어졌다. 이제 나는 사서들이 쓸 것 같은 안경을 쓴 자그마한 중년 여성과 마주 섰다. 그녀가 먼저 펀치용 패드를 들었다. 그래서 나는 너무 세게 주먹을 날렸다가 그녀가 다치기라도 할까 봐 어린아이를 상대하듯 살살 펀치를 휘둘렀다.

"아직 펀치 날리기를 못 배운 거라면 역할 바꿔 드릴게요."

나는 글러브를 벗어서 앞에 있는 여자와 역할을 바꿨다.

그러자 그녀가 첫 번째 펀치를 날렸고 나는 바닥으로 나뒹굴었다.

9

러시안룰렛이 위험한 게임이라고 한다면, 데이트앱에서 상대를 선택할 때 동전 던지기를 하는 건 그보다 더 위험한, 치명적인 일이다. 동전 한 번 잘못 던졌다가 지하실에 갇혀 성노예가 될 수도 있으니까 말이다. 다시 연애에 도전하라고 권한 건 제이크니까, 만약 정말로 내가 지하에 갇히게 된다면 그건 모두 제이크 책임이다.

우리 집에서 반경 8킬로미터 내에 있는 60세 이하 여자가 일곱 명뿐 이어서 동전의 선택의 폭은 좁았다. 한 여자는 자신에 대해 '흑마술을 배우며 사탄을 사랑한다'라고 설명해놓았다. 다행히도 동전은 이 여자를 거부했다.

그 대신 동전이 선택해준 상대를 만나기 위해 나는 정확히 오후 7시 28분에 시내 상점가에 서 있었다. 엠마, 짙은 색 머리, 24세, 키 175센티미터, 미용사. 좋아하는 것 : 테일러 스위프트, 프로세코 화이트 와인, 파인애플 피자.

이 여자를 기다리면서 나는 데이트앱에서 했던 우리의 채팅을 쭉 훑 어보았다. 우리가 나눈 대화는 지극히 형식적이었다. "주말은 어떻게 보냈어요?" "답이 늦어 미안해요." "이번 주에 바빠요?" 현실에서의 대화는 제발 재미있었으면 좋겠다.

신문가판대를 겸한 약국은 이미 문을 닫았고, 상점가는 텅 비어 있었다. 나는 엠마가 오는지 보려고 주위를 둘러보았지만, 이 추운 저녁에 개와 산책 나온 사람만 두 명 있었다. 춥기도 하고 불안하기도 해서 몸이 부르르 떨렸다. 이런 만남은 몇 년 만에 처음 해보는 거라 나오기 직전 몇 시간 동안 무슨 옷을 입을지, 무슨 말을 할지, 무엇을 할지 내내 고민했다.

"혹시 조시?" 불쑥 나타난 여자가 물었다.

"네, 그쪽은 엠마? 안녕하세요?"

여자는 포옹을 하려고 두 팔을 내밀었고 나는 하마터면 박치기를 할 뻔했다.

시작부터 실수하지 말자, 조시.

"다들 엠이라고 불러요." 서로를 놓아주며 여자가 미소를 지었다.

"'마'보다는 낫네요." 나는 농담을 했다.

"무슨 말이에요?"

"그쪽 이름 말이에요. 엠─마잖아요. 그러니까 '마'라고 부르는 것보다는 '엠'이라고 부르는 게 더 낫다고요."

엠마가 나를 빤히 노려보았다.

"이상하게 보지 말아요, 그냥 농담이었어요."

내가 또 실수했나?

"아, 이제 이해했어요."

뒤늦게 웃기 시작한 여자의 웃음소리가 콧방귀 소리처럼 들려서 나는 그녀를 살펴보았다. 키는 나만큼 컸다. 층진 긴 머리에 사진보다는 머리색은 더 짙었다. 외모도 괜찮고 상냥해 보였다. 하지만 딱 거기까지였다. 첫눈에 오는 특별한 느낌이 없었다.

그래도 노력은 해보자, 조시.

"저기, 그럼 술집이 좋아요, 아니면 피시 앤 칩스 식당이 좋아요? 그쪽 선택에 맡길게요!" 내가 말했다. 추워서 몸이 얼어붙을 것 같았다.

"힘든 선택이네요. 캐드버리는 이게 문제예요, 그죠? 늘 둘 중에 하나를 골라야 한다니까요." 이 동네는 데이트 상대만 부족한 게 아니라 데이트할 장소도 부족하다. 그래서 소란스러운 마을 사람들로 붐비는 술집 아니면 로맨틱과는 거리가 먼 피시 앤 칩스 식당 중에서 하나를 골라야 한다.

"맞아요, 미안해요. 다음에는 여기 말고 브리스틀로 가요."

"저기 있잖아요, 나 지금 배가 좀 고프거든요. 그러니까 괜찮다면 피시 앤 칩스 식당에 가는 거 어때요?" 여자가 말했다. 그 덕분에 나는 동전을 꺼낼 필요가 없어졌다.

"나도 좋아요……. 미리 예약을 할 걸 그랬어요."

"그쪽이 예약했을 거라고 생각 안 했어요."

"아, 알아요. 이것도 농담이었어요. 이제 농담 그만할게요."

휴, 첫 만남이 얼마나 어색한 건지 잊고 있었네.

나는 피시 앤 칩스 식당의 유리문을 연 다음 엠마가 먼저 들어가게 기다렸다.

식당에는 테이블이 두 개밖에 없었는데, 그중 하나는 페인트로 얼룩진 작업복 차림으로 경마 이야기에 심취한 남자 두 명이 앉아 있었다.

"뭐 드실래요? 내가 주문할게요." 메뉴를 들여다보면서 내가 엠마에게 물었다.

"고마워요. 피시케이크와 칩으로 할게요. 음료수는 콜라 괜찮겠죠?"

내가 주문하는 동안 엠마는 빈 테이블에 자리를 잡았다.

"콜라가 다 떨어졌네요. 스프라이트나 탱고(영국의 유명 과일 음료수/옮긴이)는 어때요?" 판매대에 서 있는 여자가 웨스트 컨트리 지역 억양이 진한 말투로 물었다.

나는 중개인처럼 이 말을 엠마에게 전했다.

"스프라이트로 할게요." 엠마가 나를 향해 말했다.

"스프라이트 주세요." 나는 판매대 여자에게 말했다.

"소금과 식초도 곁들일까요?"

"소금과 식초 할래요, 엠?"

"소금만요."

"하나는 소금과 식초 둘 다 주고, 나머지 하나는 소금만 주세요."

"테이크아웃이에요?"

"어, 아니오, 벌써 저기 앉았어요." 나는 칙칙한 식당 안을 둘러보았다. 첫 데이트에서 서로에게 불꽃이 튈 만한 곳은 절대 아니었다.

"알겠어요, 여기 있습니다. 맛있게 들어요."

나는 자그마한 나무 포크 두 개를 뽑아 들고는 엠마가 잡은 테이블 의자에 앉으며 소스 봉지를 뜯었는데 잘 뜯어지지가 않아서 좀 당황했다. 테이블에는 낙서와 케첩 얼룩이 많이 보였다.

와, 로맨틱과는 정말 거리가 먼 곳이네.

문에 난 틈으로 밖에서 바람이 훅 불어 들어왔다. 얼어붙을 것처럼 추웠다.

"저기, 우리 그냥 테이크아웃 할래요? 너무 앞서가는 것 같지만 우리 집에 가서 먹으면 어떨까 싶어서요. 그래도 거기가 여기보다는 더 따뜻하긴 할 거예요." 나는 좋은 생각인지 아닌지 자신이 없어서 머뭇거리며 말했다. 그때까지도 나는 부모님과 같이 산다는 것을 엠마에게 말하지 않았다.

엠마도 나처럼 머뭇거리는 것 같았다.

"괜찮아요, 걱정 말아요, 당신을 죽이거나 하지는 않을 거니까." 나는 안심시키려고 농담을 했다.

조시, 그냥 입 다물어.

"알았어요, 안 될 것도 없죠?" 엠마가 일어섰다. 우리는 음식을 담을 봉지를 얻은 다음에 아직도 경마에 대해 이야기 중인 두 남자를 두고 식당을 나왔다.

부모님은 아빠가 신문에서 찾아낸 싸구려 휴가지로 여행을 갔다. 그러지 않았다면 엠마를 우리 집으로 초대하는 건 꿈도 꾸지 않았을 것이다. 엄마는 내가 데이트앱으로 여자를 만난다는 걸 알면 질색할 게 뻔했다. 엄마는 지금도 내가 인터넷을 통해 소아성애자들한테 이용당할까 봐 걱정한다. 하지만 그런 놈들이 보기에 나는 '유통기한'이 지난 지 한참 되었을 것이다.

작은 시내 상점가를 가로질러 가다가 문득, 만약 오늘 밤 만남이 잘 된다면 엄마가 이 사실을 모르도록 우리가 만난 사연을 근사하게 새로 만들어야겠다는 생각이 들었다. 그런 다음 우리 결혼식 때도 꾸며낸 거짓을 말하고 평생 진실을 숨긴 채 무덤까지 진실을 가지고 가는 거다. 그런데 굳이 그렇게까지 할 필요가 있나 싶긴 하다.

"여기예요!" 집에 도착해서 현관문 잠금장치를 열며 내가 말했다. 그냥 피시 앤 칩스만 먹을 예정이지만 그래도 여자를 집에 데리고 오니 묘하게 설렜다. 제이드 몰래 바람을 피우는 것 같은 생각까지 들었는데 그건 정말 말도 안 되는 생각이었다.

"집이 예쁘네요." 집 안으로 들어서면서 엠마가 아주 활짝 웃었다.

그러고는 하이힐을 벗어 현관문 옆에 두고 복도를 걸어갔다. 그래서 빨간 매니큐어를 칠한 발톱이 내 눈에 보였다.

"코트 여기 벗어놔도 괜찮아요?" 엠마가 코트 속에 입은 딱 붙는 가죽 바지와 회색 티셔츠를 드러내며 예의 바르게 물었다.

"그럼요, 그냥 거기 걸어놔요." 나는 계단 난간을 가리켰다. "다른 소스 더 가져다줄까요?"

"케첩 좀 더 주세요."

"알았어요, 접시도 몇 개 가져올게요. 저기 가서 앉을래요?" 나는 엠마에게 거실로 가라고 가리킨 다음 주방으로 들어갔다.

그리고 냉장고 뒤쪽에 있던 케첩을 꺼냈다. 며칠 전에 식료품을 배달시켰는데, 이제 이 집에 세 명이 사는데도 아빠는 돈을 아끼려고 마트를 웨이트로즈에서 더 싼 테스코로 바꿨다. 그러자 엄마는 남들이 볼까 봐 테스코 배달직원에게 집에서 떨어진 모퉁이에 차를 주차하라고 말하고서는 웨이트로즈 쇼핑백을 잔뜩 가지고 가서 거기에서 배달 물건을 담아서 가지고 왔다.

"당신 사진이 아주 많네요." 케첩 병 하나, 접시 두 개, 포크과 나이크 등을 떨어뜨리지 않으려고 조심스럽게 들고 가는 내게 엠마가 큰 소리로 말했다.

엄마한테 저 사진들을 벽난로 위 선반에 두라고 하는 걸 잊었네.

"그렇죠. 게다가 대부분이 창피한 사진들이에요." 선 채로 사진들을 하나씩 자세히 들여다보는 엠마에게 가면서 내가 말했다.

"아니에요, 어릴 때 귀여웠네요." 엠마는 고맙다는 말과 함께 접시 하나를 받아서 종이 꾸러미에 든 감자튀김을 담기 시작했다. 감자튀김이 너무 많아 접시 밖으로 떨어졌다.

"더 작은 걸로 시킬 걸 그랬어요. 이럴 줄 몰랐는데."

"그러게, 너무 많네요."

"너무 차갑지 않아요?"

"아니에요, 괜찮아요." 엠마는 떨어진 감자튀김을 다시 접시에 담으며 말했다.

아직도 대화가 어색하기는 했지만 피시 앤 칩스 식당에 있을 때보다는 조금 더 자연스러워졌다.

"벌써 이렇게 장만한 걸 보니 돈 많이 벌었나 봐요." 엠마가 위를 올려다보며 말했다.

"그게 무슨 소리예요?"

"집 산 거 말이에요. 난 아직도 저축하는 중인데."

이런 젠장.

그제야 엠마가 이 집이 부모님 집이 아니라 내 집이라고 생각한다는 걸 깨달았다. 더 큰 문제는 내 집을 내 사진으로 꾸몄다고 생각한다는 점이다. 엠마는 내가 자기애가 지나친 사람이라고 생각할 게 뻔했다.

"아니, 그런 게 아니라……."

내가 말을 끝내기도 전에 초인종이 울렸다.

"잠깐만요, 누가 왔나 봐요." 나는 유리잔을 테이블에 내려놓고 현관문으로 갔다. 밖이 너무 어두워 현관문의 유리를 통해 밖에 누가 있는지 잘 보이지 않았다.

안 돼, 안 돼. 이건 아니야.

"여기서 뭐 하세요?" 나는 믿을 수 없는 상황에 기가 막혀서 잠금장치를 푼 다음 문을 조금만 열고 안으로 들어오지 못하게 막으며 작은 소리로 물었다.

"여기서 뭐 하냐니 그게 무슨 소리야? 여기가 우리 집이잖아, 조시. 계속 못 들어가게 막고 있을 셈이야?" 그렇게 말하면서 아빠와 엄마는 나를 밀치고 들어와 옷 가방을 전화 탁자 옆에 내려놓았다. 나는 엠마의 구두를 들키지 않으려고 발로 차 옆으로 치웠다.

"일요일에 돌아온다고 하셨잖아요."

"너 왜 그렇게 작은 소리로 말하니? 네 엄마가 우리 호텔에서 이상한 기운이 느껴진다면서 그레이엄하고 상담해야겠다고 하지 뭐냐. 그래서 예약을 잡았단 말이지. 그 덕분에 여행을 중간에 그만둬야 했고." 아빠는 눈을 부라리며 말했다.

"이게 무슨 냄새니? 너 피시 앤 칩스 먹었니?" 엄마가 물었다.

"네, 좀 전에 테이크아웃을 해서 가져왔어요. 방으로 올라가셔서 짐 풀지 그러세요? 여행 다녀오셔서 피곤할 텐데 일찍 쉬세요. 음식은 제가 가져다 드릴까요?" 나는 당황해서 말을 늘어놓았다.

"이제 겨우 8시밖에 안 됐잖니, 조시. 우리가 맨날 잔소리하는 건 알지만 그래도 아직은 잘 시간이 아니잖니." 내가 막아서는데도 엄마는 조금씩 조금씩 복도를 걸어갔다.

이제 어떻게 해야 되지?

"그러면······." 나는 상황을 설명하려고 했다.

"에그머니, 미안해라, 손님이 와 있는 걸 몰랐네." 왜 소란스러운지 보려고 복도로 나온 엠마를 엄마가 보고 말했다.

"반가워요, 제시인가?" 엄마가 인사를 건네며 물었다.

"아니요, 전 엠마예요." 엠마는 당황한 표정이었다.

"안녕하세요, 엠마, 나는 조시 엄마예요."

"아, 네, 어······안녕하세요? 전 몰랐어요······. 조시가 오늘 저녁에 부모님도 함께 만날 거라는 말을 하지 않거든요." 엠마는 어리둥절한 얼굴로 나를 쳐다봤다.

"나도 부모님이 오실 줄은 몰랐어요." 나는 설명을 하려고 애썼다.

"이 근처에 사세요?"

"아니요, 우린 여기 살아요."

"어머, 전 여기가 조시의 집인 줄 알았는데요?"

"맞아요, 조시도 여기서 우리와 같이 살아요."

"어쨌든 조시의 집이 아닌 건 맞지. 이 녀석은 집세 같은 것도 한 푼 안 내니까." 아빠가 전혀 도움이 되지 않는 말을 툭 내뱉었다.

엠마가 나를 보는 시선이 느껴졌지만 나는 고개를 푹 숙이고 그 시선을 피했다.

"오호, 진짜 피시 앤 칩스 먹는구나. 우리도 먹게 남은 것 좀 없니? 배가 고파서 말이다." 아빠가 내 옆을 지나 곧장 거실로 향했다.

나는 아빠를 뒤쫓아갔다.

"주방에 좀 계시면 안 돼요, 네? 남은 음식은 다 가져가셔도 되니까요." 나는 아빠를 거실에서 내보내려고 서둘렀다.

"사람이 많을수록 더 재미있는 거 아니니? 엠마도 나와 네 아빠가 함께하는 거 싫어하지 않을 것 같은데 말이야." 엄마가 큰 소리로 말했다.

엠마는 여전히 무슨 상황인지 모르겠다는 듯이 당황한 얼굴로 그 자리에서 꼼짝 않고 서 있었다.

엄마와 아빠가 주방으로 가자 나는 드디어 두 분이 나와 엠마가 둘만 있고 싶어한다는 걸 아셨다고 생각했다. 하지만 그건 나만의 착각이었다. 엄마와 아빠는 당신들이 쓸 포크와 유리잔을 가지고 다시 거실로 돌아왔다.

내가 말릴 사이도 없이 우리 넷은 거실에 모여 남은 피시 앤 칩스를 나눠 먹게 되었다. 엄마는 엠마 옆자리에 억지로 끼어 앉았고 아빠와 나는 그 맞은편에 앉았다.

"그래서, 둘이 어떻게 알게 된 사이야?" 엄마가 물었다.

"우리는 온라인……." 엠마가 설명을 시작했다.

"엠마도 캐드버리에 살아요." 내가 끼어들었다.

"지금까지 엠마 이야기는 한 번도 안 했는데, 그럼 지금 데이트하는 거야? 너 만나는 사람 있다고 말하지 않았잖니." 엄마는 거실 건너편에서 흥분해서 속삭였다.

"엄마, 다른 사람들한테도 다 들리거든요." 나는 이대로 사라져버렸으면 좋겠다는 생각이 들었다.

"너 요즘 비밀이 너무 많아. 학교 다닐 때는 그날 있었던 일들 다 이야기해줬는데 말이야. 너 집에 와서 쉬는 시간에 누구랑 무슨 이야기했는지 말해주던 때가 있었는데……."

"저 요즘 만나는 사람 없어요." 나는 얼굴이 화끈거렸다.

"일단 네가 제이드한테서 벗어난 건 참 잘한 일이라고 생각해."

이제 엠마는 제시뿐 아니라 제이드가 누구인지도 궁금해할 것이다.

"엄마, 그만 좀 하시면 안 돼요?"

"얘가 이러는 거 미안해요, 엠마. 얘가 오늘 왜 이렇게 기분이 안 좋은지 모르겠네. 아가씨 이야기 좀 해봐요. 무슨 일 해요?"

"전 미용사예요, 아직 수습생이지만요. 시내에서 일하고 있어요." 엠마는 지금 벌어지는 상황 때문에 완전히 정신이 나간 얼굴로 대답했다.

그래도 덕분에 나는 직접 질문하지 않고도 데이트 상대에 대해 조금 더 알게 되었다. 그 사이 아빠는 다른 사람들은 안중에도 없다는 듯, 내 몫의 피시 앤 칩스를 절반이나 몰래 가져가서 다 먹어치웠다.

"그럼 사는 곳은?"

"마을 반대편에 살아요. 교회 뒤쪽 주택가 아세요?"

"그럼, 말하는 데가 어딘지 알아요. 그 근처 사는 사람이랑 같이 요가도 다니는데……. 수잔이라고, 혹시 알아요?"

"네, 저희 엄마예요."

"이럴 수가! 정말 세상 좁다니까. 그럼 아가씨는 다른 누구랑 다르게 부모님과 같이 사는 걸 창피하게 여기지 않겠네." 엄마는 포크로 나를 가리키며 슬쩍 윙크를 했다.

"그럼요. 우린 서로 잘 지내고 있어요."

20대이면서 아직 부모와 같이 산다는 이 사실이 우리 둘의 유일한 공통점인 것 같았다.

"별자리가 뭔지 물어봐도 되겠어요?"

미치겠네, 설마 별자리 운세 봐주겠다고 하는 건 아니겠지.

"엄마, 질문은 이 정도로 끝내는 게 좋을 것 같아요."

"엠마는 괜찮은 거 같은데, 안 그래요?"

엠마는 자포자기한 듯 미소를 지었다.

"저기, 잠깐만 기다려봐요. 내가 가서 타로카드 가지고 올게. 타로카드 점 봐줄 테니까……."

진짜?

"저, 정말 친절하시네요……. 하지만 저는……내일 아침 일찍 출근해야 해서, 이만 가봐야 할 거 같아요." 엠마가 조심스럽게 말했다.

"식사를 끝내야 하는 거 아닌가?" 엄마가 엠마의 무릎을 톡톡 두드리며 말했다. 엠마는 엄마와 아빠가 합석한 뒤로 음식에 거의 손도 대지 않았다.

"아니, 저 별로 배 안 고파요. 어쨌든 감사합니다." 엠마는 벌떡 일어나더니 코트를 가지고 곧장 복도로 나갔다.

"밤중에 어두운데 돌아가기 싫으면 우리 집에 남는 방 있으니까 자고 가도 돼요." 엄마는 엠마의 뒤를 졸졸 쫓아가며 묻지도 않은 말을 무턱대고 했다.

"하룻밤에 49파운드밖에 안 해요." 아빠가 입에 음식이 가득한 채로 끼어들었다. 나는 방금 그 말이 진담일지도 모른다는 생각이 들었다. 이러다 수건 사용료와 늦은 체크아웃 요금이 적힌 가격표까지 내미는 건 아니겠지.

"어머, 게리, 무례하게 굴지 말아요. 당신이 엠마를 태워다주면 되겠네." 엄마는 엠마에게로 돌아섰다. "아가씨 혼자 집까지 걸어가게 할수는 없잖아."

"전 진짜 괜찮은데⋯⋯."

"싫다는 대답은 못 들은 걸로 할게요. 게리, 서둘러요."

아빠는 내키지 않는 듯 피시 앤 칩스 접시를 내려놓고 방금 운전해서 돌아온 자동차 열쇠를 다시 집어들었다.

"다시 만났으면 좋겠네요." 엠마를 껴안고 작별인사를 하며 엄마가 말했다.

이미 몸이 반쯤 현관문 밖으로 나간 엠마는 나한테는 포옹하며 작별인사할 기회를 주지 않았다.

결국 나는 소개팅 앱으로 만난 상대를 현관까지만 배웅하고 그녀를 집까지 데려다주는 건 아빠에게 맡기는 남자가 되어버렸다. 엠마는 겁에 질린 얼굴로 앞 좌석에 탔다.

엠마가 이상한 사람이면 어쩌나, 하는 걱정 같은 건 처음부터 할 필요가 없었다. 이상한 사람은 나였으니까. 엠마한테 미안했다.

10

"그게 뭐야?" 술집으로 걸어들어온 제이크가 우리 테이블 옆에 있는 유모차를 가리키며 물었다.

"유모차잖아, 애기들 태우고 다니는 거……."

가장 멀리 사는 내가 늘 가장 먼저 오는 건 아무리 생각해도 늘 이상하다. 우리가 늘 앉는 테이블에 앉아 스마트폰을 꺼내는데 제이크가 도착했다.

"그래, 아주 재미있네, 그건 나도 알거든, 그런데 누구 애기인데? 설마 이게 새로운 깜짝 소식은 아니지?"

"사실 내가 가져온 유모차가 맞긴 해, 하지만 아기는 아니니까 걱정하지 마. 아기가 생기려면 내가 먼저 섹스를 해야 하는데, 한동안 그런 일이 절대 일어나지 않았어, 믿어줘."

"그럼 소개팅 앱을 통한 데이트가 실패했다는 뜻으로 받아들이면 되는 거야?"

"그 얘기는 꺼내지도 마."

제이크는 테이블 옆으로 빙 돌아가서 유모차 속을 들여다보았다.

"우와 깜짝이야, 얘가 왜 유모차 속에 있어?"

"제러미는 원래 집안에서 키워, 그런데 엄마, 아빠가 오늘 밤에 외출

하신대서 내가 이웃집에서 유모차 빌려서 데리고 나온 거야."

"조시, 너 가끔 진짜 웃긴다니까." 제이크가 의자에 앉으며 말했다. "그래서, 데이트앱에서 만날 사람은 또 찾았어?"

"아니, 나 차단당했어."

"뭐? 데이트앱에서 차단당했다고? 어떻게 그럴 수가 있어? 너 도대체 무슨 짓을 했냐?"

"나도 몰라. 그냥 내가 차단당했다고만 써 있어."

"너 혹시 부적절한 문자 보냈어?"

"아니, 그런 짓 절대 안 했거든. 아무래도 내 사진을 보고 다들 내가 그렇게 잘생겼을 리 없다고 의심해서 신고했나 봐."

아마 엠마가 우리 집을 떠나자마자 신고했을 것이다.

"좋아, 그럼 차선책으로 넘어가자. 범블? 이 데이트앱은 어때?"

동전 뒷면이 나왔다.

"아무래도 데이트앱은 나랑 안 맞는 거 같아."

"힌지는 어때?"

"또 뒷면이야."

"좋아, 그럼 내 친구 소개시켜줄까?"

"그건 또 뭐야 차차선책이야? 제이크, 나 진짜 괜찮거든. 나 혼자서도 감당할 수 있어."

제이크는 나를 보다가 눈썹을 치켜올리며 동전을 내려다보았다.

"좋아, 그럼, 동전이 오케이할 때까지 계속하자. 자, 앞면이네. 이제 만족하지?"

"내가 만족하는 게 중요한 게 아니잖아, 네가 만족해야지. 너 어떤 타입 좋아해?"

"나도 모르겠어. 좋아하는 타입이라는 게 없는 거 같아. 그냥 날 속이지만 않으면 돼."

"음, 비욘세 댄스 수업 같이 듣는 여자가 있는데……. 아, 아니다, 너한테 진짜 딱 맞는 여자 있다, 미스 잉글랜드."

"뭐? 그 여자는 모델이잖아?"

"아니, 이 바보야. 너 진짜 미스 잉글랜드가 너 같은 녀석이랑 만나줄 거 같아? 그냥 성이 잉글랜드야. 올리비아 잉글랜드."

듣고 보니 제이크 말이 맞았다.

"알았어, 나랑 맞을 것 같아?"

"그럼, 그 사람 진짜 괜찮아. 네가 제대로 신사답게 행동하기만 하면 돼, 그 사람은 그런 타입 좋아하거든. 그리고 절대 동전 던지기는 하지 마. 나한테 다 맡겨, 내가 데이트 계획 싹 다 세워줄게."

"와……. 잘됐네. 그런데 너하고 제이크는 요즘 어때?"

"솔직하게 말해도 돼?" 아직까지 코트를 벗고 스카프를 푸느라 정신이 없는 제이크가 말했다.

"그럼, 당연히 그래도 되지."

"모든 게 좋아. 진짜 진짜 다 좋아."

"그런데 왜 솔직하게 말해도 되냐고 물은 거야?"

"몰라, 제시가 너한테 그런 말 하지 말라고 할 거 같아서." "바보 같은 소리하지 마. 내 연애가 엉망진창이라고 해서, 아니, 그뿐이 아니지, 내 인생이 엉망진창이라고 해서 너희까지 불행해지길 바라지는 않아. 네가 행복하다니 나도 참 좋다."

"고마워. 진짜 모든 게 이렇게 좋을 수 있다는 게 믿어지지 않을 정도야. 우린 정말 딱딱 잘 맞아, 유머 코드도 맞고, 섹스도 엄청……."

"그만, 거기까지만 하자, 내가 모든 걸 다 들을 필요는 없잖아."

"미안." 제이크는 웃음을 터뜨렸다.

"그래서 그가 운명의 상대인 거 같아?"

"어, 그건 잘 모르겠어. 아직은 그런 말하기 좀 이른 거 같아, 그래도 지금까지 마음에 안 드는 점은 딱 두 가지밖에 없어."

"2년 전 축제 입장권 팔찌를 아직도 하고 있다는 거?"

"솔직히 그건 아니야. 첫 번째 문제는 우리 이름이 똑같다는 거야."

"그게 얼마나 혼란스러운지 이제 깨달았어?"

"응, 사람들이 우리 이름을 말할 때 누구 이야기를 하는지 모르겠어. 그래서 남들이 제이크를 부르는 것 같아서 이젠 누가 내 이름을 불러도 대답을 거의 안 해."

"그럼 제이크랑 구분할 수 있게 우리가 너를 제이키라고 부를까?"

"아니, 그건 싫어!"

"큰 제이크는 어때?"

"난 괜찮아." 제이크가 웃었다. "어쨌든, 다른 하나가 더 심각한데, 채식 문제야. 미안하지만 난 못 하겠어. 종일 렌틸콩만 먹는 데 질렸어. 난 소시지 진짜 좋아하는데, 그건 어쩔 수 없잖아?" 제이크는 소리 없이 싱긋 웃었다.

"문제라고 할 만한 게 그거 두 가지뿐이라면 넌 정말 잘 지내고 있는 거네." 나도 미소를 지었다.

술을 마시고 있는데 매력적인 여자 둘이 우리 테이블 옆을 지나가다가 제러미를 발견했다.

"어머어머어머, 너무 귀엽다. 얘 이름이 뭐예요?" "안아봐도 돼요?" 두 여자가 동시에 물었다.

"네, 그러세요. 이름은 제러미예요. 조심하세요, 애가 좀 무거워요." 나는 제러미를 유모차에서 들어올려 갈색 머리 여자의 두 손에 넘겼다.

"진짜 귀여워요."

"주인 닮았나 봐!" 금발 여자가 킥킥 웃으며 말했다.

"토끼가 여자들을 끌어들일 줄 몰랐는데." 여자들이 번갈아가며 제러미를 안는 동안 제이크가 내게 속삭였다.

"나도 몰랐어. 제이드한테는 안 통하는데. 주말 면접권을 한 번도 신청한 적 없어."

"저 둘 중 한 사람한테 데이트 신청해보지 그래? 아님 둘 다 해도 괜찮고! 둘 다 너한테 푹 빠졌는데."

나는 동전을 던졌다. 뒷면이 나왔다.

나는 고개를 저었다.

"야, 그러지 말고, 동전은 무시해. 이게 아름다운 로맨스의 시작이 돼서 제러미한테 엄마가 생길지 어떻게 알아."

금발 여자가 내게 미소를 짓자 나도 제이크의 말에 솔깃해졌다. 그런데 그녀의 빈티지 크롭티셔츠 아래로 등을 가득 메운 큼직한 문신이 드러났다. 팔뚝에는 피부 안쪽에 심는 더멀 피어싱까지 했다. 무슨 의미인지는 모르겠지만 아무튼 나에 비해 너무 세련된 사람인 건 확실했다.

"아니야, 동전의 뜻을 거스를 순 없어." 나는 주저하며 말했다.

"이 아이 돌봐줄 사람이 필요하면 우리한테 연락해줘. 우린 저기 모퉁이 너머에 살아요." 금발 여자는 미소를 지으며 나와 제러미에게 손을 흔들어 작별인사를 했다.

"제이크랑 잘 안 되면 나도 토끼 한 마리 사야겠네." 제이크가 이 모습을 지켜보며 말했다.

여자들이 술집을 나가자 늘 보는 세 녀석이 나타났다. 퀴즈 극단주의자 팀 말이다. 그런데 옆으로 지나가는 그들은 우리를 알아보지 못했다. 그건 그들한테 괴롭힘을 당하는 것보다 더 기분이 나빴다. 그들 뒤를 따라 제시가 그들을 놀리는 표정을 지으며 들어왔다. 제시는 아주

진한 노란색 스키점퍼 차림이었다.

"꽤 춥지?"

"아니, 난 괜찮아. 둘 다 잘 지냈어?" 점퍼를 벗기로 한 제시는 자기 점퍼 위에 제이크의 코트를 덮었다.

"어, 나는……."

"저기, 너희 둘 다 있어서 하는 말인데." 제이크가 특유의 과장되게 연기하는 듯한 태도로 내 말허리를 자르며 끼어들었다. "너희한테 알려 줄 소식이 있어."

"로또라도 됐어?"

"호텔 그만둔 거야?"

"너희 호텔이 브리스틀에서 34위로 올라갔어?"

"아니, 아니, 아니야. 우리 텔레비전에 출연할 거야!"

"그게 무슨 소리야? 우리가 왜 텔레비전에 출연하는데? 우리 셋 다 말이야?"

"두세 달 전에 브리스틀에서 촬영하는 새 퀴즈 쇼에 참가 신청서를 냈는데 오늘 아침에 우리를 출연시켜주겠다는 전화가 왔어! 진짜 신나 지, 그지?"

"텔레비전 퀴즈 쇼에 신청서를 냈다고? 우린 여기서 하는 퀴즈 대회 에서도 이겨본 적 없잖아!"

"넌 어떻게 생각해?"

"퀴즈 극단주의자 팀만 안 만나면 이길 수도 있을 거 같은데."

"아니면 수백만 명 앞에서 창피를 당할 수도 있겠지."

"걱정 마, 이건 낮 시간에 하는 프로그램이니까 보는 사람도 별로 없 을 거야. 백수나 퇴직한 사람들이나 졸면서 볼 거야. 조시, 너한테는 좋 은 기회야, 솔직히 네가 요즘 하는 게 하루 종일 이런 텔레비전 프로그램 보는 거잖아.”

“그래, 그 말 참 재미있네. 사실 난 낮에 텔레비전만 보는 거 아니야, 아무짝에도 쓸모없는 구직 활동을 더 많이 해. 직장 구하는 게 쉬운 일이 아니더라고.”

“그래, 그러니까 너는 우승 상금이 더 필요하잖아.”

그 말은 사실이다. 토끼 먹이도 계속 사고 제시의 파티에서 술값을 너무 많이 쓰는 바람에 호텔에서 받은 퇴직금은 거의 바닥이 났다. 그렇지만 약혼반지를 전당포에 맡기는 것까지는 하고 싶지 않았다. 그런데 아무래도 취업을 못 할 것 같아서 더 큰일이다. 말 그대로 수백 곳에 응시했는데, 어제는 동영상 촬영이 시작된 줄 몰라서 동영상 인터뷰를 망쳐버렸다.

“오디션 같은 거 먼저 해야 하는 거 아니야?” 내가 물었다.

“그것도 이미 했어. 프로그램 조사원한테서 전화가 와서 내가 3분 동안 퀴즈를 풀었어. 꽤 쉬웠어. 그리고 나서 우리 셋 사진을 보내고 우리 소개도 조금 했어.”

“그런데 우리 허락을 먼저 받았어야 하는 거 아니야? 우리가 그렇게 하고 싶어하는 걸 먼저 확인해줘서 고맙네!” 내가 말했다.

“그게, 너는 마다할 이유가 없다고 생각했고, 될지 안 될지도 모르는데 괜히 알렸다가 나중에 실망할까 봐 알리지 않은 거지.”

“난 텔레비전에 나가고 싶은지 잘 모르겠어.” 제시가 변명하듯이 말했다.

“그게 무슨 소리야? 야, 재미있을 거야!”

“언제인데?”

“한두 달 안에 하는 건 아니고, 그러니까 준비할 시간이 있어. 너희 다 같이 할 거지?”

나는 동전을 허공으로 던졌다. 이제 이 행동은 본능처럼 너무 자연스러워졌다.

"그래야 할 거 같네." 나는 마지못해 동의했다.

"잘 됐네, 그럼 제시는?" 제이크는 나와 함께 기대에 찬 얼굴로 제시를 바라보며 물었다.

"아, 그래, 해야 한다면 해야지. 그런데 나는 일단 마라톤 대회가 끝나야 퀴즈 쇼에 신경 쓸 수 있을 거야."

마라톤 중독자들은 시간 날 때마다 마라톤 이야기를 꺼낸다.

"나는 지금 최고 긍정적인 상태야. 내가 유니콘 의상을 입고 달릴 거라는 건 아직 너희한테 이야기 안 했지만 말이야."

"너희 둘 다 상황 파악을 못 한 거 같은데 말이야." 나는 당황해서 말했다. "그냥 마라톤만 하는 것도 힘든 거 아니야? 그런데 유니콘 의상까지 입겠다고?"

"후원금을 좀더 모아야 한단 말이야. 그래서 특이한 의상이 도움이 되길 바라고 있어, 그리고 알다시피 내가 유니콘을 좋아하니까 최고의 선택이라고 봐."

"그래서 벌써 샀어?"

"응, 온라인 쇼핑으로 샀어. 이름은 루비야."

"루비? 유니콘 의상에 이름까지 지어준 거야? 너희 둘하고 같이 텔레비전 나가는 거 다시 생각해봐야겠어!" 나는 제러미가 탄 유모차를 앞뒤로 흔들며 말했다.

11

상대방 얼굴도 모르고 하는 소개팅은 처음이었지만 좋은 첫인상을 남기는 게 중요할 거라는 생각은 들었다. 그래서 버스에서 내려서 휴대전화 카메라로 복장을 살피고 꽃도 사기로 했다.

꽃집이 문을 닫아서 세인즈버리 마트로 들어갔다. 나는 꽃에 대해서도 잘 모르지만 올리비아 잉글랜드가 어떤 꽃을 좋아하는지도 몰랐다. 제이크가 입을 꼭 다물고 그녀에 대해 아무것도 가르쳐주지 않았기 때문이다. 어떤 꽃을 살까 한참 고민하다 결국 알록달록한 거베라와 분홍색 튤립 중 하나를 선택하려고 동전을 던졌다. 튤립이 이겼다. 자동계산대에서 결제를 하면서 꽃이 조금이라도 고급스럽게 보이도록 비닐포장지에 붙은 가격표를 뗐다.

약속 장소인 레스토랑에 일찍 도착했다. 시내 중심가에 있는 피자 체인점인 이 레스토랑은 오래된 제련소 건물에 있지만 인테리어는 영국 어디에나 있는 다른 지점들과 똑같았다. 미색 의자들과 어두운 색 마호가니 나무 식탁이 수십 개 있었고 식탁에는 포크와 나이프 그리고 와인 잔이 놓여 있었다. 보자마자 예약을 할 필요가 없었다는 생각이 스쳤다. 수백 명이 앉을 수 있을 만큼 넓은 곳이었지만, 오늘따라 텅 비어 있었다. 멀리 떨어진 자리에 혼자 앉아 메뉴를 들여다보던 30대 정도

된 남자가 더 이상 혼자가 아니라서 마음이 놓인다는 듯한 얼굴로 나를 쳐다보았다.

여종업원이 미소를 지으며 다가와 나를 맞이했다.

"어서 오십시오. 한 분이십니까?"

"아니요, 두 명이에요." 나는 변명하는 것처럼 말했다. "예약을 했는데……."

내가 말을 끝맺기도 전에 여종업원은 나를 입구에서 먼 자리로 안내했다. 그 자리로 가는 중에 그녀는 메뉴판 두 개를 집어 들었다. 거의 모든 자리가 비었는데도 여종업원은 굳이 나를 혼자 앉은 남자 옆 테이블로 안내했다. 그 바람에 그는 자신의 배낭을 치우며 내게 어색하게 고개를 끄덕였고, 그사이 나는 레스토랑 벽을 따라 길게 이어진 가죽 의자에 앉았다.

엄밀히 말하면 우리는 같은 의자에 앉은 셈이었다. 왜 굳이 이 자리를 준 거야?

"음료수 먼저 주문하시겠어요?"

"그냥 물 주시고……그리고 이 쿠폰이 있는데 지금 보여줘야 되나요?" 나는 코트 주머니에서 쿠폰을 꺼내서 여종업원에게 보여주었다.

내가 오늘의 소개팅을 망설인 건 제이드 때문도 아니고 데이트앱을 통한 만남이 엉망이 되었기 때문도 아니다. 내가 소개팅을 망설인 건 돈이 없어서였다. 나이 든 남자가 황홀경에 빠져 내지르는 비명을 전화로 듣느라 돈을 날려버렸고 그 바람에 이제 남은 것이라고는 통장에 든 17파운드와 서랍에 딱 버티고 있는 약혼반지뿐이다. 그런데 다행히 이 레스토랑이 생일에 '1 + 1' 서비스를 제공한다는 것을 알게 되었다. 여왕님도 일 년에 생일이 두 번(실제로 태어난 날이 있고 공식 생일 기념 행사는 따로 열린다/옮긴이)인데 나라고 그러지 말란 법 없잖아?

여종업원이 생일이 맞는지 꼬치꼬치 캐물으면 어쩌나 걱정했지만 그녀는 쿠폰을 살펴보지도 않고 그냥 받아갔다.

"감사합니다. 쿠폰은 제가 계산대에 가져가서 스캔하겠습니다."

올리비아가 아직 도착하지 않아서 다행이었다. 내가 식사비를 반만 내는 걸 굳이 그녀가 알 필요는 없으니까 말이다.

나는 스마트폰을 꺼내 페이스북을 열어 올리비아의 얼굴을 다시 한 번 확인했다. 제이크는 내게 올리비아의 사진조차 보여주지 않았지만 나는 제이크의 페이스북을 통해 그녀의 프로필을 찾아낼 수 있었다. 문제는 내가 찾아낸 사진이 3년 전에 찍은 단체 사진뿐이라는 점이다. 올리비아가 오기를 기다리며 나는 새로운 게시글이 올라올까 봐 새로 고침을 계속하며 페이스북, 인스타그램, 트위터를 들여다보았다.

다행히 올리비아는 금방 도착했다. 여종업원에게 뭐라고 말을 하고는 곧장 내게로 걸어왔다. 내가 앉은 자리까지 제법 거리가 멀어서 그녀가 오는 동안 어떻게 인사말을 건넬지 생각할 시간은 충분했다. 나는 벙실벙실 미소를 짓다가 하이힐을 신은 그녀가 이 자리까지 오려면 30초는 걸릴 텐데, 그 시간 내내 이렇게 미소를 지으면 이상해 보일지도 모르겠다는 생각이 문득 들었다. 그래서 정말 어색하게 손을 흔들다가 막판에 가서야 일어나서 맞이해야겠다는 생각했다.

"미안, 내가 늦었네."

"괜찮아, 리사. 아직 주문도 안 했어." 내 옆에 있던 남자가 말했다. 여자는 그의 테이블에 있는 의자에 앉았다.

이게 뭐야.

여자는 동정하는 듯한 얼굴로 내게 미소를 지었다.

도로 의자에 앉아 두 손으로 머리를 감싸고 있는데, 다른 여자 목소리가 들렸다.

"조시?"

"네, 아, 안녕하세요, 올리비아죠?"

인사를 하려고 허겁지겁 일어나다가 무릎을 테이블 아랫면에 찧었다.

이건 악몽이야, 악몽.

"안녕하세요? 아주 아름다우세요." 나는 안 아픈 척을 하며 말했다.

여자는 정말로 굉장히 아름다웠다. 미인 대회에 나온 미스 잉글랜드
는 아니지만 확실히 매력이 있었다. 제이크가 정말 좋은 일을 했다. 어
깨 아래로 흘러내린 긴 금발에 초록색 눈도 아름답지만 활짝 웃을 때
는 세 명을 합친 것만큼 많은 이가 예쁘게 드러났다. 그녀가 어렸을 때
이빨 요정(tooth fairy : 아이들의 이를 새 이로 바꿔주는 요정)이 가지고 있던 이를
몽땅 다 선물했나 보다.

"고마워요, 당신도 정말 멋지네요……. 셔츠가 맘에 들어요." 그녀도
친절하게 대답했다.

어떤 셔츠를 골라야 할지 몰라 막막할 때 또다시 동전이 대신 선택해
준 셔츠였다.

"고마워요. 참, 이거 선물이에요." 나는 하마터면 가지고 온 꽃을 주
는 걸 잊어버릴 뻔했다.

"정말 예뻐요. 이런 거까지 가져오실 필요 없는데, 그래도 정말 고마
워요." 여자는 꽃을 받아들었다.

동전의 선택은 계속 성공적이었다.

"생일은 즐거우셨어요?" 물병을 가지고 온 여종업원이 물었다.

"네, 아주 좋아요, 감사합니다." 여종업원이 내 생일을 어떻게 아는지
올리비아가 물어보지 않기를 바라면서 나는 얼른 대답했다.

"재미있는 거 하셨어요?" 여종업원은 스페인 억양이 강한 말투로 계
속 물었다.

내 생일에 내가 뭘 해야 되는데? 젠장.

여종업원이 이 질문을 한 지 15분은 족히 지난 느낌이었다. 나는 땀이 나기 시작했다. 그 바람에 올리비아가 칭찬한 내 파란 셔츠는 금방 색이 변했다. 겨드랑이에서 솟기 시작한 땀이 폭포처럼 줄줄 흘러내렸다. 나는 냅킨으로 이마를 훔쳤다.

무슨 말이든 해, 조시. 아무 말이나 하라고.

"레이저 퀘스트(영국 대형 실내 게임장 프랜차이즈/옮긴이)에 갔었어요." 더듬거리며 툭 내뱉은 내 대답에 여종업원도 놀라고 올리비아도 놀랐지만 나 자신이 가장 놀랐다.

지금 제정신이야? 스물여덟 살이나 먹은 사람이 생일에 레이저 퀘스트에 간다는 게 말이 돼? 게다가 레이저 퀘스트가 아직 있기는 해?

문득 여종업원이 왜 이러는지 깨달았다. 이 여자, 내가 거짓말하는 걸 알아챈 거야. 내 수법을 뻔히 꿰뚫어본 것이다. 그래서 내가 레스토랑을 속였다는 걸 상사에게 보고했을 것이다. 이제 누군가 팔을 틀어쥐며 나를 체포할 것이다. 이 질문에 대답을 못 하면 나는 법정에서 이길 가능성이 없다. 그래서 모든 죄를 인정하게 될 것이다. 그리고 오랫동안 교도소에 갇히는 신세가 될 것이다. 나는 금방이라도 기절할 것만 같았다.

"요요도 샀어요."

요요? 나 지금 무슨 말 하는 거니?

여종업원은 어리둥절한 표정이었다. 나는 요요가 유럽에는 큰 인기가 없어서 여종업원이 요요를 새로 나온 전자 게임기 아니면 새로운 휴대전화 이름이라고 생각하기를 바랐다. 물론 그런 것도 스물여덟 살이나 먹은 사람이 생일 선물로 받을 만한 건 아니지만. 내가 왜 그런 말을 했지? 대체 나는 머리가 어떻게 된 거야?

"네, 그러셨군요, 어쨌든 생일 축하드려요!" 여종업원은 친절한 척 굴었지만 나는 속아 넘어갈 생각이 없었다. 수사 드라마 재방송을 굉장히 여러 번 본 사람으로서 이런 상황에서 어떤 일이 벌어지는지 정도는 나도 잘 알고 있었다. 착한 경찰 나쁜 경찰 작전인가. 내가 쉽게 넘어갈 사람은 아니지.

"주문하실 때 불러주세요." 여종업원은 우리 곁을 떠났다. 아마 다음 단계를 실행하려고 가는 게 분명했다.

여종업원의 심문이 끝났구나, 하고 한숨 돌리려는데 이번에는 올리비아의 심문이 시작되었다.

"제이크가 오늘이 그쪽 생일이라는 말은 안 해줬어요. 생일을 저와 같이 보내기로 하다니, 고마워요."

"아, 그런 게 아니라 저기……네, 별거 아니에요, 제가 더 고맙죠." 나는 어눌하게 말했다.

그제야 나는 매력적이고 세련된 소개팅 상대방에게 생일에 컴컴한 실내에서 장난감 총으로 사람들을 쏘고 돌아다닌 사람으로 보였다는 걸 깨달았다.

"선물은 나중에 드릴게요." 미소를 짓던 올리비아는 자신의 말이 작업을 거는 것처럼 들린다는 걸 깨닫고는 키득키득 웃었다. 나도 덩달아 웃기 시작했다.

동전의 결정을 따르니까 일이 잘 풀린다는 생각이 들었다.

"그럼 뭘 드실래요?" 나는 내 가짜 생일 이야기에서 주제를 바꾸기로 했다. 나는 이미 동전으로 메뉴를 정하고 왔지만 여종업원의 심문 때문에 불안해져서 아무것도 못 먹을 것 같았다.

"제가 낼게요. 아름다운 분과 저녁 식사를 함께 할 수 있는 건 매일 있는 행운이 아니니까 제가 대접하고 싶어요."

이거 진짜 멋진 말인데, 안 그래?

"어머, 아니에요. 정말 고맙지만……."

"사양하지 마세요. 그게……오늘이 제 생일이잖아요, 그러니까 더 이상 거절하지 마세요."

"알았어요, 정말 친절하시네요. 고마워요." 올리비아가 미소를 지었다.

"뭐 드실래요?"

"농어가 맛있어 보이네요."

잠깐만. 가격을 보니 마음에 들어할 만하네.

"스파게티는 어때요? 전에 여기서 먹어 봤는데 꽤 괜찮았어요." 나는 좀 더 저렴한 메뉴를 권하려고 유도했다. 생일 쿠폰을 쓰더라도 농어 요리는 내가 부담할 수 있는 가격이 아니었기 때문이다.

"음, 좋아요. 그것도 괜찮은 거 같네요." 올리비아는 음식 설명은 읽어 보지도 않고 내 추천을 받아들였다. "그런데 여기 굉장히 조용하네요, 안 그래요?" 올리비아는 텅 비다시피한 레스토랑을 둘러보며 말했다.

"그게, 실은 내가 당신을 위해 레스토랑 전체를 빌렸어요." 나는 농담을 했다. 그리고 옆 좌석 커플이 아직 그 사실을 모를 거란 말까지 하려다가 내 말이 그들에게 다 들릴 거라는 걸 깨닫고는 그만두었다. 주방에 있는 요리사들까지 우리 이야기를 들을 수 있을 것 같았다. 음악 좀 틀어주면 안 되나?

조금 전의 그 여종업원이 다시 다가오기에 나는 달랑거리는 전구를 확 움켜잡아 내 얼굴을 비추며 다시 심문을 시작하는 게 아닐까, 걱정했다.

"주문하시겠어요?"

"네, 마르게리타 피자 하나, 그리고 스파게티 하나 주세요." 나는 메뉴판을 손가락으로 가리키며 말했다.

"알겠습니다. 음료수는 어떻게 하시겠어요?"

"그냥 물 마실게요." 올리비아가 다른 걸 주문하기 전에 내가 얼른 대답했다.

"알겠습니다, 곧 준비해 드릴게요. 더 필요한 게 있으시면 절 불러주세요."

"정말 고마워요." 올리비아는 여종업원에게 열정적으로 인사했다.

"저기, 제이크하고는 어떻게 아는 사이예요?" 내가 물었다.

"정확히 말하면 저는 제이크의 남자친구인 제이크와 아는 사이예요."

"좀 복잡하죠?"

"맞아요, 좀 그래요." 올리비아는 키득키득 웃었다. "그와 학교 친구여서 그쪽이 아는 제이크를 최근에 알게 됐어요. 제이크랑 그쪽이랑 같이 근무했다고 들었는데, 맞아요?"

"네, 같은 호텔에서 일했어요."

"그럼 이제는 같이 일 안 해요?"

"어, 네……저는 이직하려고 잠깐 쉬는 중이에요. 그쪽은요?"

"전 박사 과정 중인데……."

나는 옆좌석 커플한테 온통 신경이 쓰여서 올리비아의 말에 제대로 귀를 기울일 수가 없었다. 몇 센티미터도 떨어지지 않은 자리에 앉은 두 사람이 디즈니 애니메이션에 나오는 강아지들처럼 스파게티를 나눠 먹다가 입을 맞추더니 점점 더 진한 장면을 연출했기 때문이다.

"그래서……제이크가 그러는데 최근에 남자친구와 헤어졌다면서요?" 옆좌석에서 스파게티를 가지고 벌이는 애정신에서 눈길을 떼려고 나는 앞으로 몸을 숙이며 물었다.

그런 질문을 왜 한 거야?

똑같이 비참한 이별을 했다고 해서 서로가 운명의 상대라는 뜻은 아

122

니다. 게다가 비참한 이별은 재미있는 이야깃거리도 못 된다. 첫 데이트에서 식사 중에 할 만한 이야기는 절대 아니다.

"맞아요, 해미쉬가 바람피우는 걸 내가 알게 됐거든요." 올리비아는 아직도 믿을 수 없다는 듯 화난 목소리로 말했다. "그 사람 강사였는데, 아주 똑똑하고 진짜 잘생겼어요, 그리고 저보다 나이가 훨씬 많았어요. 제가 열아홉 살때부터 사귀었어요. 그러다 제 단짝 친구가 새로 이사간 집으로 같이 저녁을 먹으러 가게 됐어요. 그 친구네 집에 처음 간 거였는데 그 사람 스마트폰이 그 집 와이파이에 자동 연결이 되는 거예요."

그렇다면 그 인간, 별로 똑똑한 것도 아니네.

"알고 보니 그 둘이 나 몰래 만나고 있었더라고요."

대체 어떤 인간이 이런 여자를 속여?

"그런데 가장 짜증 나는 건, 우리가 같이 집을 산 지 얼마 되지 않았다는 거예요, 아무튼 그래서 지금은 그 집에서 저 혼자 살고 있어요."

집을 샀다고? 나는 식사 한 끼도 제값 내고 못 먹는 처지인데.

올리비아는 신용카드, 연금, 그리고 자녀처럼 어른들 세계 이야기로 넘어가기 전에 내게 슬픈 사연을 다시 한번 떠올릴 기회를 주었다. 마치 누가 더 비참한 이별을 했나, 대결이라도 하는 것 같았는데, 그나마 나는 이별 과정에서 단짝 친구를 잃지는 않았다. 그 점을 보면 올리비아를 소개시켜준 제이크가 정말 좋은 일을 해준 것이다.

그러니까 이번에는 망치지 말자, 조시.

손님이 거의 없어서 우리 음식이 굉장히 빨리 나왔다. 그런데 여종업원이 피자에 초 하나를 꽂아서 '생일 축하합니다' 노래를 부르기 시작했다. 그날 밤 처음으로 레스토랑에 다른 손님들이 없는 게 다행이라는 생각이 들었다. 레스토랑을 가득 메운 다른 손님들이 함께 생일 축하 노래를 불러줬다면 나는 창피해서 얼굴도 들지 못했을 테니까 말이다. 나는 노래가 끝날 때까지 어색하게 가만히 앉아 있었고 올리비아는 박수를 쳤다.

이번에는 대화를 이끌어갈 엄마가 곁에 없어서 나는 데이트에 적당한 대화 소재를 찾아 주위를 둘러보았는데 굳이 그럴 필요가 없었다. 왜냐하면 가족, 취미, 그리고 휴가 같은 흥미롭고 기본적인 질문들이 남아 있었기 때문이다. 올리비아는 포크로 스파게티를 돌돌 말면서 손가락으로는 머리카락을 돌돌 말았다. 내 마르게리타 피자는 반값만 낸다고 생각하니 맛이 훨씬 더 좋았다. 아무래도 내가 구두쇠 아버지를 닮아가는 것 같아 걱정이다.

우리 옆좌석에서 음식보다 서로의 얼굴을 핥는데 더 많은 시간을 할애하던 커플이 나갔다. 그제야 음악이 흘러나왔는데 러브 송 플레이리스트를 골랐는지, 우리 둘 빼고는 아무도 없는 레스토랑에 휘트니 휴스턴의 영화 음악만이 울려 퍼지면서 분위기는 더욱 어색해졌다.

"디저트 드시겠어요?" 식사를 마친 접시를 치우면서 여종업원이 물었다.

"아니요, 괜찮아요. 계산서 주시겠어요?" 그렇게 말하면서도 나는 돈이 더 있었더라면 디저트를 시켜서 좀더 오래 대화를 할 수 있었을 텐데 그러지 못하는 내 처지가 안타까웠다.

올리비아도 내가 저녁 식사를 일찍 끝내자, 똑같이 실망한 표정이었다.

나는 화장실에 가는 척하면서 계산서가 제대로 나왔는지 확인하려고 계산대로 갔다. 31파운드 85펜스. 생각보다 비쌌다. 꽃을 샀기 때문에 내 계좌에 남은 돈은 14파운드뿐이었다.

여종업원이 내 거짓말을 알아챘나?

"죄송합니다만, 생일 할인을 하지 않은 것 같은데요." 나는 불안한 목소리로 말했다.

"어머, 죄송해요, 다시 계산해드릴게요. 자리로 돌아가 계세요. 금방 다시 가져다 드릴게요."

16파운드 90펜스. 그래도 여전히 많았다.

나는 합산을 제대로 했는지 확인하려고 계산서를 쭉 살펴보았다. 그러다 계산서 맨 밑에서 자유재량 서비스 요금을 발견했다.

나는 침을 꿀꺽 삼켰다.

"죄송한데, 서비스 요금은 선택인가요? 그렇다면 저는 안 내고 싶은데요?" 나는 쥐구멍에라도 숨고 싶은 심정으로 말했다. 여종업원은 마치 오늘 저녁 내내 내 생일에 진심으로 신경을 쓰기라도 한 것처럼 충격받은 표정으로 변했다.

"그리고 여기 이 추가 요금 1파운드 50펜스는 뭐예요?"

"그건 자선 기부금이에요. 저희가 이달에는 어린이 암환자 자선 단체인 '생명을 위한 싸움'을 후원하고 있습니다." 여종업원은 새로운 계산서를 인쇄하기 시작했다.

난 후원 못 하는데.

"저기, 그것도 빼주실 수 있어요?"

"진심이세요? 자선 기부금인데."

"죄송한데 빼주실 수 있죠?" 나는 바닥만 내려다보며 말했다.

"알겠습니다. 새 계산서 가져다드릴게요." 여종업원은 대놓고 표현은 안 했지만 화가 난 듯이 대답했다.

그리고 내 자리로 따라와 아무 말도 없이 다짜고짜 계산서를 테이블에 탁 내려놓았다.

내가 이런 손님이라는 걸 이제야 눈치채서 화가 난 거야.

"정말 혼자 다 내도 괜찮겠어요? 제 몫은 제가 내도 되는데." 계산서를 보니 음식값이 겨우 13파운드 70펜스밖에 되지 않아 안도하는데, 올리비아가 말했다.

"당연히 괜찮죠. 오늘 정말 즐거웠어요." 여종업원이 나를 보며 눈을 부라렸지만 나는 호기롭게 말했다.

저 여자는 팁도 못 받겠구나.

나는 주머니에서 지갑을 꺼내 현금카드를 찾다가 사색이 되었다. 지갑 안에 현금카드가 없었기 때문이다.

빌어먹을!

속으로 생각만 하려고 했는데 그만 입 밖으로 소리가 튀어나와 올리비아와 여종업원 둘 다 나를 빤히 바라보았다.

나는 혹시 다른 주머니에 넣었는지 확인하려고 미친 듯이 온몸을 뒤졌다. 하지만 어디에도 카드는 없었다. 지갑에 있던 다른 카드들을 몽땅 꺼냈다. 철도 카드, 임시 운전면허증, 상점 포인트 카드들…… 혹시 다른 카드들 사이에 숨어 있을까 봐 이 카드들 모두 테이블 위에 하나씩 흩어 놓았다. 하지만 현금카드는 없었다.

올리비아는 내가 일부러 이런 짓을 한다고 생각할 게 뻔했다.

"괜찮아요?" 내가 다시 땀을 흘리자 올리비아가 물었다. 여종업원은 짜증스럽다는 듯 발로 바닥을 탁탁 쳤다.

"정말 말도 안 되는 일이라는 건 아는데, 카드를 안 가지고 왔나 봐요. 혹시 대신 계산 좀 해주실 수 있어요? 정말 미안해요. 돈은 금방 계좌로 송금해드릴게요." 나는 정말로 현금카드를 가지고 오지 않았다는 것을 증명하기 위해 주머니마다 들어 있던 물건들을 몽땅 테이블 위에 꺼냈다. 동전, 휴대전화, 열쇠, 그리고 휴지…….

여종업원은 왜 이런 남자를 만나냐며 동정하는 듯한 얼굴로 올리비아를 바라보았다.

"알았어요, 걱정하지 말아요." 올리비아는 조금 당황하는 표정이었지만 다시 가방을 들었다. "우리 얼마 내야 하죠?" 올리비아는 계산서를 들여다보았다. "얼마 안 되네요. 팁을 따로 받으시나요 아니면 전부 레스토랑으로 지급하나요?"

"일반적으로는 계산서에 자유재량 서비스 요금이 포함되는데 그걸 빼달라고 하셨어요." 여종업원은 무덤덤한 얼굴로 나를 쳐다보았다. "카드로 계산되는 팁은 일단 레스토랑으로 먼저 지급되지만, 현금 팁은 제가 직접 받을 수 있어요."

"그럼 현금 팁을 남길게요. 오늘 저녁 잘 보내게 해줘서 고마워요." 여종업원은 올리비아에게는 환하게 미소를 짓더니 나를 싹 무시하고 가버렸다.

"이거 정말 미안해요. 당신 줄 꽃을 산 꽃가게에 카드를 놓고 온 거 같아요……. 카드를 기계에 넣었는데……카드를 거기 두고 온 거 같아요." 나는 설명을 하려고 애썼다.

"진짜 괜찮아요, 걱정 말아요. 그래도 우선 카드를 정지시키는 게 좋을 거예요." 테이블에 흩어놓은 다른 카드들을 줍는 나를 도와주며 올리비아가 말했다.

내가 신분증들을 줍고 있는데 올리비아가 내 임시 운전면허증을 집어들었다.

"어머, 세상에, 이 사진 좀 봐요. 진짜 재미있어요……. 지금이 훨씬 더 잘생겼네요."

내가 실수했는데도 올리비아는 나를 나쁘게 보지 않는 것 같았다.

"그런데 왜 여기엔 생일이 9월로 되어 있어요?"

젠장.

젠장.

젠장.

뭐라고 설명하지?

더 이상은 거짓말은 안 돼.

"저기, 좀 창피한 일이긴 한데, 제가 요즘 돈이 별로 없어요, 그래서 반값 할인을 받으려고 오늘이 생일인 척했어요."

"아, 그랬군요." 올리비아는 잠시 말을 멈췄다. "그렇게 잔머리를 쓴 걸 불쾌하게 받아들여야 할지 감탄해야 할지 잘 모르겠네요……. 그래도 오늘이 생일은 아니니까 선물은 안 할 거예요." 올리비아는 다시 미소를 지었다. 하지만 이번에는 진심이 담기지 않은 것 같았다. 솔직히, 그녀가 레스토랑을 박차고 나가지 않은 게 믿어지지 않을 정도였다.

나는 당황한 채 테이블 위에 늘어놓은 내 물건들을 다시 주머니에 집어넣기 시작했다.

"하지만 적어도 팁은 줄 수 있겠네요. 거기 있는 50펜스 동전 있잖아요, 저도 잔돈이 얼마나 있는지 한 번 볼게요." 올리비아는 테이블에 놓인 동전을 가리켰다. 그건 동전 던지기에 쓰는 바로 그 동전이었다.

젠장.

"저기……미안한데……안 돼요."

야, 조시. 이 바보야.

12

제이크가 버스 정류장에 가까이 오기 전까지는 그가 뭘 가지고 오는지 보이지 않았다.

"보아하니 우리가 네 중요한 날을 잊어버렸나 봐." 그는 함박웃음을 감추지 못한 채 런던행 버스를 기다리는 줄에 서 있는 내게 다가왔다.

그가 들고 온 건 미니 생일케이크였다.

퍽도 재미있겠다.

올리비아가 그날 일을 제이크에게 모두 말한 게 분명했다.

"생일이 또 필요했어? 이 정도 늙은 걸로 부족해? 지금 몇 살이지?"

"너 매주 나한테 몇 살이냐고 물어보더라. 너보다 겨우 한 살밖에 많지 않거든!"

"신사답게 굴라고 했지, 구두쇠처럼 굴라고 하지 않았잖아. 이제 다시는 소개팅 안 시켜줄 거야." 제이크는 고개를 설레설레 저으며 장난스럽게 말했다. "올리비아도 네가 동전 던지기 하는 건 정신 나간 짓이라고 생각하는 거 같았어. 내가 그건 말하지 말라고 하지 않았어?"

"어쩔 수가 없었어. 올리비아가 그 동전을 팁으로 주자고 했는데 내가 동전을 꼭 쥐고 안 내놓으니까 화가 난 것 같더라고. 그래서 말을 할 수밖에 없었어."

"그래, 그래야 너답지. 정말 팁 주기 싫어서 그런 건 아니고?"

"닥쳐!"

"어쨌든, 이번 소개팅은 망쳤지만 연습한 셈 치자. 다음번에는 반드시 카드 챙기고, 내가 하는 조언에 귀 기울이고, 동전 던지기는 절대 말하지 마. 그런 말 하면 너 정신 이상한 놈처럼 보이니까. 알았어?"

"걱정하지 마, 다음번은 없을 테니까. 더 이상 안 해." 내가 말했다.

문제의 새해 첫날 이후 처음으로 런던에 왔다. 다행히 혼자 오지는 않았다. 2시간 30분이나 되는 장거리 버스를 함께 타고 오기에는 제이크가 가장 짜증 나는 동행이긴 하지만 말이다. 이 녀석은 텔레비전 퀴즈 쇼에 출연하기 전에 훈련을 하자면서 상식 문제집을 챙겨왔을 뿐만 아니라 쉬지 않고 꼼지락거렸다. 버스가 출발하고 20분밖에 지나지 않아서 제이크는 창가 좌석으로 돌아가겠다며 남들 보기 창피하게 내 몸 위를 타고 넘어갔다.

"버스 화장실은 어떻게 사용할 생각인가?" 제이크가 연극이라도 하듯 과장된 말투로 물었다. 나는 음악을 듣고 싶었지만 쉴 새 없이 말을 하는 제이크 때문에 2분마다 한 번씩 이어폰을 빼야 했다.

"우선, 안으로 들어가려면 몸을 뒤로 젖혀야 돼, 버스 화장실은 키가 150센티미터 이하인 사람들을 위해 만들어졌거든, 그런 다음 계속 움직이는 바닥 위에서 중심을 잡고 서 있을 수 있어야 돼." 제이크는 시범을 보인답시고 두 팔을 계속 떨며 휘저었는데 그러면서 팔꿈치로 계속 나를 찔렀다.

제이크의 흉내내기 놀이가 끝났나 싶어서 나는 다시 이어폰을 꼈는데 이 녀석이 이야기를 또 시작했다.

"게다가 왜 장거리 버스는 얼어 죽을 만큼 춥든지 아니면 쪄 죽을 만큼 덥든지, 이 둘뿐인 거야? 정상적인 온도로 맞추는 건 불가능한가?"

제이크가 다시 팔꿈치로 나를 찌르면서 점퍼를 벗기 시작했다. 나는 빈자리가 있기를 바라면서 주위를 두리번거렸다.

"제시는 아직 추워할 거야."

"걔가 이거 좋아할까?" 제이크는 이제 자기 무릎에 놓인 점퍼를 손으로 가리켰다. 우리는 매직펜으로 '달려 제시 달려'라고 쓴 유니콘 점퍼를 직접 만들었다. 그뿐만 아니라 뿔이 달린 유니콘 머리띠에, 성인 둘이 아니라 제시가 가르치는 초등학교 2학년 아이들이 만들었다고 해야 믿을 것 같은 포스터도 준비했다.

남들 눈에 우리가 얼마나 웃기게 보일까?

"물론이지, 분명히 좋아할 거야." 그렇게 말하면서 나는 손목시계를 확인했다. "지금쯤 제시는 그리니치로 가고 있을 거야. 걔 기분이 어떨지 궁금하네. 제시한테 문자 했어?"

오늘을 위해 제시는 지금껏 그 많은 훈련을 했다. 42.195킬로미터의 엄청난 고통을 위해서 말이다. 유니콘 루비 덕분에 자선 모금 목표액도 달성했고 훈련도 계획대로 착착 해냈다. 그런데 제시가 기부금을 수천 파운드 모으는 사이 나는 마라톤 대회를 구경하기 위해 은행과 초과 인출 협상을 해야만 했다. 나는 지금쯤이면 새 직장을 구했을 것이라고 생각했는데, 내가 지원한 회사들 모두 면접을 보러 오라는 연락을 하지 않은 건 말할 것도 없고 아예 내가 지원서를 보냈다는 사실조차 모르고 있었다. 내 꿈은 하루하루 작아졌고 이제는 무슨 일이든 따지지 않고 무작정 지원서를 보내는 중이었다. 남은 거라고는 산더미 같은 학자금 대출 부채밖에 없는데 대학교엔 왜 갔을까?

3시간이 걸려서야 우리는 빅토리아 버스 터미널에 도착했다. 거기서부터 다시 1시간 동안 런던을 가로질러야 커티삭 호 해양박물관 근처의 첫 번째 응원 구역에 도착할 수 있다. 그곳은 대회 참가 선수들을 응원하려고 좋은 자리를 찾으려는 가족들, 친구들, 구경꾼들로 북적거렸다. 머리띠의 유니콘 뿔이 계속 사람들을 찔러서 나는 걸어 다니는 내내 사과를 해야 했다. 응원 구역에 도착했을 즈음 순위 경쟁에 나선 선수들은 이미 다 지나갔고 참가에 의의를 둔 아마추어 선수들 중 첫 번째 무리가 마라톤이 별로 힘든 운동이 아니라는 듯한 얼굴로 우리 앞을 지나갔다.

"응원 포스터 꺼냈어?" 가까이 있는 이동식 화장실 냄새와 땀 냄새를 억지로 참으며 제이크가 물었다.

"응, 여기 있어, 그런데 제시가 저기 뒤쪽에서 오면 안 보일 거야." 나는 제이크에게 응원 포스터를 건넸다.

구경꾼들이 너무 많아 우리는 선수들이 지나가는 도로에서 다섯 줄 뒤에 서 있었고, 다들 들고 있는 응원 팻말이며 포스터에 가려 우리 포스터는 눈에 띄지 않을 것 같았다. '고통은 개나 줘라.' '브리트니 스피어스가 2007년을 견뎌냈으니 너도 42.195킬로미터 견딜 수 있다!' '예쁜 애들이 달리기도 잘하네!'

"거기 두 사람 앞으로 나올래요?" 중년 남자가 우리한테 물었다. 그는 '아무나 이겨라!'라고 적힌 팻말을 들고 있었다. "누구 응원하러 왔어요?"

"저희 친구 제시요. 앱을 보니까 조금만 있으면 이 앞으로 지나갈 거같아요."

"그쪽 친구가 오면 우리도 응원해줄게요." 한 여자가 소리쳤다.

"저기 제시가 온다!" 그 자리에서 급조된 제시의 팬클럽 멤버 하나가 신이 나서 소리치자 제이크가 포스터를 머리 위로 높이 들어올렸다.

"아니, 저 사람은 우리가 말하는 제시가 아니에요. 제시는 유니콘 복장을 했어요." 사람들이 환호하는 선수가 가까이 오고서야 가슴에 새겨진 이름을 확인한 내가 말했다. 다들 실망한 가운데 가짜 제시가 달려서 지나갔다. 아마 왜 아무도 자신을 응원하지 않는지 의아했을 것이다.

"저기 와요!" 우리가 유니콘 복장과 번쩍이는 신발로 무장한 진짜 제시를 못 알아볼 리 없었다.

그런데 이번에는 제이크가 흥분하는 바람에 포스터를 높이 들어올리는 것을 잊어버렸다. 제시는 미친 듯 흥분해서 소리치는 우리 쪽을 슬쩍 보고는 달려서 지나갔다. 우리가 그 자리에 있다는 걸 제시가 알아차렸는지 아닌지 알 수가 없었다.

"침착해 보이던데." 나는 전문가라도 된다는 듯 말했다.

"그러게, 그리고 유니콘 복장도 아직 그대로 입고 있던데."

우리는 함께 구경하던 사람들에게 고맙다고 인사하고는 제시를 보기 위해 다음 응원 구역으로 가기로 했다. 먼저 동전을 던져 누가 어느 구역으로 갈지를 정하기로 했다. 이제는 제이크와 제시 둘 다 동전 던지기에 익숙해져서 우리의 결정 과정, 그러니까 아무 생각 없이 결정을 내릴 때는 동전을 던졌다. 둘 다 동전 던지기를 적극 지지하는 건 아니지만 적어도 내가 동전을 던지는 이유를 이해는 하는 것 같다. 동전은 제이크에게 세인트 폴 대성당으로 가고 나는 스트랜드 호텔로 가라고 정해주었다. 지하철역까지 가는 데는 시간이 엄청나게 걸렸지만 일단 복잡한 지하철을 비집고 타자 더 이상은 신경 쓸 일이 없었다. 채링크로스 역 밖으로 나가보니, 제시가 이 긴 도로를 달린다는 게 정신나간 짓이라는 생각이 들었다. 트라팔가 광장 건너에 우뚝 서 있는 런던 내셔널 갤러리를 보자, 나는 도로에 1시간 또 서 있기 전에 미술관의 공짜 화장실에 다녀와야겠다고 마음먹었다.

내셔널 갤러리 건물 앞에는 줄이 길게 늘어서 있었다. 런던의 모든 관광명소와 마찬가지로 이곳 역시 소지품 검사가 시행되고 있었는데, 오늘따라 지나치게 꼼꼼한 경비원이 검사 중인 것 같았다. 나도 그 줄에 섰다. 신발 끈을 묶으려고 허리를 숙이는 사이에 나는 실수로 유니콘 뿔로 앞사람을 찔렀다.

"아, 죄송해요. 내 뿔이에요." 그렇게 말하면서 나는 숙였던 허리를 폈고, 내 앞에 있던 여자는 뒤돌아섰다.

말이 좀 이상하잖아.

허리를 굽혔다가 똑바로 일어서는 엉거주춤한 자세로 멈춘 채 나는 여자 얼굴을 한번 더 쳐다보았다.

우와.

그 상태로 환한 미소를 짓는 내가 정말 바보처럼 보였을 것이다.

아름다웠다. 한 듯 안 한 듯한 화장에 짙은 눈썹, 우아한 검은색 눈동자, 자연스러운 아름다움이 흘러넘쳤다. 그리고 갈색 머리카락을 여기저기 흘러내리게 말아올렸고, 유행하는 큼직한 원형 은귀걸이를 했다.

얼른 똑바로 일어서, 조시.

1-2초 동안 우리 둘 다 아무 말도 하지 않았다. 나는 그저 빤히 쳐다보기만 했고, 여자는 내 속을 꿰뚫어보는 것 같았다. 우리는 마치 얼어붙은 것처럼 서로를 빤히 바라보았다. 처음 보는 사이였지만 굉장히 익숙한 느낌이 들었다.

"괜찮아요. 옷이 멋지네요." 침묵을 깨고 여자가 먼저 말을 꺼냈다. "제시는 잘하고 있어요? 골인 지점을 통과했어요?" 여자가 내 가슴에 적힌 문구를 읽었다.

내 옷차림이 너무 창피해서 얼굴이 화끈거렸다.

"아직도 달리고 있어요. 전 잠시 쉬었다가 다시 제……친구를 응원하러 갈 거예요." 이 여자에게 제시와 내가 아무 사이도 아니라는 것을 강조하기 위해 일부러 '친구'라는 단어를 강조해서 말했다.

아예 나는 여자친구가 없고 당신한테 반했어요라고 말하지 그래.

그제야 내가 눈도 깜박이지 않고 쳐다보고 있다는 걸 깨달았다. 얼른 시선을 아래로 내려보니 여자는 청바지에 운동화, 그리고 노란 재킷 차림에 종이가방과 손가방을 들고 있었다. 줄이 앞으로 조금씩 움직였다. 1분 전까지만 해도 나는 줄이 얼른 줄어들기를 바랐는데, 지금은 경비원이 사람들 가방에 있는 물건을 하나하나 다 꺼내 검사해서 내가 이 사람과 조금이라도 오래 이야기할 수 있으면 좋겠다는 생각만 들었다.

"그쪽도 마라톤 구경하러 오셨어요?" 여자가 다시 앞으로 돌아서기 전에 얼른 대화를 이어가려고 나는 절박하게 말을 걸었다. 이 만남이 이대로 끝나는 게 싫었다.

"아니요. 못 믿으시겠지만 저는 여기 미술관 관람하러 왔네요." 여자는 비꼬는 듯 말하면서 미소를 지었다. "다들 마라톤 구경하느라 미술관이 조용할 줄 알았는데 제 생각이 틀렸나 봐요. 그쪽은 특별히 보고 싶은 그림 있으세요?"

여자가 이 질문을 할 때쯤 우리는 줄의 맨 앞에 다다랐다. 경비원이 여자에게 들어가라고 손짓을 했다. 여러 개의 배지로 장식된 그녀의 자그마한 핸드백은 검사할 생각도 하지 않았다. 여자는 내가 안으로 들어가 자신의 질문에 대답하길 기다리는 듯 미술관 로비에서 서성거렸다.

"실례합니다, 가방 안을 봐도 되겠습니까?" 키가 크고 엄하게 생긴 경비원은 내가 가방 검사를 위한 준비를 미리 하지 않아서 짜증난 듯이 보였다.

검사 받을 준비를 미리 안 해서 미안하네요. 세상에서 가장 완벽한 여성과 이야기하느라 내가 좀 바빴다고요.

"줄 서 계신 분들 모두 가방을 열고 기다려주십시오, 그래야 검사가 더 빨리 진행됩니다." 경비원은 내 뒤에 서 있는 사람들에게 소리쳤다.

왜 하필 내 차례에서 이런 말을 하는지 모르겠다. 내가 가방을 열자 경비원은 이상할 정도로 천천히 가방 속을 들여다보며, 안에 있던 물병을 꺼냈다.

"저쪽으로 잠깐만 가주시겠습니까?"

내가 따라오는지 확인하려고 여자가 뒤돌아보았다. 그래서 나는 미소를 지으며 경비원에게 붙잡힌 상황이 불만이라는 듯 눈을 부라렸다. 그녀는 나를 더 기다릴지 말지를 정하지 못한 듯이 발뒤꿈치와 발끝으로 번갈아 서며 갸웃거리고 있었다.

경비원이 무전기에 코드를 입력했고, 나는 다른 사람들이 미술관으로 들어가는 사이 모퉁이에 가만히 서서 기다려야 했다. 그러다 '오늘은 가방 검사가 없습니다'라고 적힌 표지판이 한쪽에 치워져 있는 것을 발견했다. 테러범들이 근무 안 하는 날에는 저 표지판을 미술관 앞에 세워놓나? 좀더 높은 직급으로 보이는 경비원이 오더니 나를 붙잡아둔 경비원에게 뭐라고 말을 했다. 그러더니 두 사람이 나를 가리켰다.

한 무리의 관광객이 건물 안으로 몰려 들어가면서 내 시야가 차단 당하는 사이, 그녀는 사람들 사이로 사라져버렸다.

"죄송합니다, 머리에 쓰고 계신 뿔이 공격 수단이나 무기가 아닌지 확인이 필요했습니다. 괜찮다는 연락을 받았으니 안으로 들어가셔도 됩니다. 하지만 뿔은 벗어서 들고 가시기 바랍니다. 기다리게 해서 죄송합니다."

당연히 죄송해야지.

나는 볼일이 급한 것도 잊어버린 채 카드단말기 앞에 차분히 서 있는 빨간 머리 젊은 남자 옆을 빠르게 지나쳤다. 그가 미술관에 기부해달라고 말할 때, 나는 이미 넓은 석조 계단을 한 번에 두 단씩 뛰어 반 이상을 올라간 상태였다.

계단 꼭대기에 다다르니 표지판이 두 개 있었다.

왼쪽 : 1200-1500 벨리니, 반에이크, 피에로 델라 프란체스카, 라파엘로,
   우첼로.

오른쪽 : 1500-1600 타치아노, 홀바인, 브론치노, 마시, 베로네세.

그 사람은 어느 쪽으로 갔지? 나는 동전을 던져서 선택하기로 했다.
오른쪽이 나왔다.

나는 값을 매길 수도 없는 명화들에 눈길 한 번 주지 않고 빠르게 지나쳐갔다. 대신 그녀를 찾기 위해 정신없이 두리번거리며 그곳에 있는 사람들만 살펴보았다. 가죽 의자에 앉아 있는 사람들, 그림을 구경하는 사람들, 그냥 이리저리 돌아다니는 사람들. 노란 재킷을 입은 사람이 눈에 띌 때마다 심장이 빠르게 뛰며 덜컹 내려앉았다. 눈에 띄는 모든 여자가 그녀처럼 보였다. 전시실과 전시실 사이 문턱을 넘어가자 검은 바닥이 밝은색으로 바뀌고 벽지는 조금씩 다른 빨간색으로 변했다. 무거운 내 발걸음에 나무 바닥이 삐걱거렸다.

대체 어디 있는 거야?

중앙 계단에 도착한 나는 미술관 안쪽으로 더 들어갈지 아니면 돌아서서 지나온 곳을 다시 한번 더 둘러볼지 궁리했다. 그 사람이 벌써 이렇게 멀리 왔을 리가 없잖아? 동전은 내게 돌아가라고 했다. 어쩌면 그 여자는 여기서 누군가를 만나기로 했을지도 모른다는 생각이 들자, 심장이 쿵 내려앉았다. 그 사람 어쩌면 남자친구가 있을지도 모른다. 아니 남편이 있을지도 모른다. 나는 그녀가 반지를 끼고 있었는지 확인하지 못했다. 또다른 갈림길이 나오자 동전은 내게 왼쪽으로 가라고

했다. 내 앞에 있는 전시실에서는 한 그림 앞에 사람들이 잔뜩 모여 있었다.

한스 홀바인의 「대사들」.

대학에서 튜더 왕조에 대한 강의 시간에 공부한 적이 있는 그림이었지만 바닥에 그려진 해골의 착시 효과 말고는 기억나는 게 아무것도 없었다. 이 해골은 어느 한 방향에서 봐야 보이고 다른 방향에서 보면 안 보인다. 관광객 한 무리가 이 그림을 좀더 자세히 보려고 내 주위로 모여들었다. 나는 이들한테서 벗어나려고 돌아서는데, 그렇게 하다가 사진을 찍는 사람과 부딪쳤다.

"미안합니다." 우리 둘 다 그렇게 말했다. 그러고 나서야 나는 부딪친 상대가 누군지 깨달았다.

그녀였다.

"다시 만나네요. 결국 들여보내준 거예요?" 여자가 농담을 했다.

"네, 결국은요. 내 유니콘 뿔이 무기처럼 보였나 봐요. 요즘 테러범들은 이런 무기를 쓰거든요." 농담을 하고서 신경질적으로 웃음을 터뜨렸다.

"미안해요, 그쪽을 기다렸어야 했는데……."

"괜찮아요." 나는 미소를 지어 보였다.

넋이 나간 듯 그녀를 바라보며 무슨 말을 해야 할지 머리를 쥐어짰다. 하지만 입은 바짝 말랐고 그림을 보려고 다가오던 다른 관람객한테 부딪쳐 하마터면 넘어질 뻔했다.

아무 말없이 그저 서로를 바라보기만 하는 우리 사이를 그녀의 키득거리는 웃음소리가 가득 채웠다.

"특별히 볼 게 있어서 온 건 아니고, 그냥 좀 둘러보려고……. 당신 질문에 대답을 아직 안 해서……. 저기, 아까, 줄 서 있을 때 한 질문 말이에요." 나는 더듬거리며 겨우 말했다.

"여기 좋은 그림들 정말 많죠, 안 그래요? 어디로 가야 할지, 어디부터 봐야 할지 모르겠어요."

"맞아요, 미로 같긴 해요." 내가 말했다. "어렸을 때 할아버지는 미술관에 가면 늘 기념품 가게부터 먼저 데려가주셨어요. 거기서 미술관 그림으로 만든 엽서를 몇 개 사주신 다음 그 엽서의 그림을 찾으러 다녔어요. 그러면 꼭 보물찾기 놀이를 하는 것 같았거든요."

"우와. 좋은 방법인데요." 그녀가 말했다. "우리도 해볼까요?"

그때까지도 나는 바보처럼 웃고만 있었다.

"싫으면 안 해도 괜찮은데, 어때요?" 그녀가 말했다.

"좋아요, 좋아. 하고 싶어요. 얼른 해요."

우리는 기념품 가게로 가서 엽서들을 구경했다.

"몇 장이나 살까요?" 그녀가 물었다.

당신만 좋다면 엽서 다 사도 돼요. 여기 영원히 있어도 난 괜찮으니까.

"각자 두세 장 정도만 살까요?"

나는 진열대의 왼쪽에 있는 엽서를 몇 장 집어들었고 그녀는 오른쪽에 있는 몇 장을 집어든 다음 계산대로 갔다.

"따로 계산하시겠어요, 아니면 합쳐서 계산하시겠어요?"

"내가 살게요." 내가 얼른 나섰다.

"정말요?"

"네, 물론이죠."

"좋아요, 정말 고마워요."

우리는 기념품 가게를 나와 다시 미술관으로 돌아갔다.

"자, 그럼 어떤 그림을 찾아야 하죠?" 그녀가 고른 엽서들을 흘낏 보며 내가 물었다.

"카날레토 하나, 르누아르 하나, 드가 하나……." 전시실 구석에 선 채로 그녀는 내게 보여주면서 엽서들을 섞었다. "그리고 반 고흐의「해바라기」. 너무 유명한 거지만 그래도 보고 싶어요. 내가 오늘 여기 온 이유가 이 그림이거든요."

"그럼 반 고흐 좋아하세요?" 내가 물었다.

"열렬한 팬이라고 할 정도는 아니지만 고흐가 동생에게 보낸 편지들을 모은 책을 얼마 전에 읽었어요. 아주 재미있더라고요."

"그가 작가이기도 했다는 건 몰랐네요. 난 그냥 기본적인 것만 아는데……. 자기 귀를 자르고 자살한, 전부 긍정적인 것뿐이네요."

여자가 소리 내서 웃었다. 우리는 이야기를 나누며 천천히 걷기 시작했다.

"솔직히 예전에는 고흐에 대해 잘 몰랐어요. 제가 지금 외국에 있는 영어책 서점에서 일하는데 그 근처에 있는 미술관에서 고흐의「해바라기」를 처음 봤어요. 그랬더니 주변에서 내가 런던 출신인데 이 해바라기를 한 번도 보지 않았다는 게 말도 안 된다는 거예요. 그래서 런던에 와 있는 동안 이「해바라기」를 봐야겠다 싶어서 왔어요."

"그럼 어디서……." 어디서 일하는지 막 물어보려는데 그녀가 다시 이야기를 계속했다.

"그런데 꽤……미안해요, 무슨 말 하려던 거예요?"

"아, 아니에요, 먼저 하세요."

"미안해요. 고흐의 삶에 대한 책이 꽤 슬펐다는 이야기를 하려던 거였어요. 그는 아주 여러 번 실연을 당했어요. 그가 세 명의 여인에게 청혼을 했는데 모두에게 거절당했다는 거 알아요?"

"가엾어라." 내 상황에 대해서 들키지 않으려고 표정을 감추며 말했다. 그리고 반지를 꼈는지 확인하려고 그녀의 왼손을 살폈다. 다행히도 결혼반지를 끼는 손가락에는 아무것도 없었다.

"세 번째 여인에게 거절당한 뒤에도 고흐는 계속 그녀에게 편지를 보냈고 그녀를 찾으러 암스테르담에도 갔지만 그녀는 고흐를 만나주지 않았대요."

"꽤 질척거리는 타입이었네요." 고흐가 어떤 기분이었을지 짐작하면서 나는 농담을 했다.

"맞아요, 꽤 그런 편이었죠, 하지만 그거 알아요? 나도 그래요. 물론 한계는 있죠. 그리고 그 여자가 사촌이었다는 게 그게 좀 이상하긴 해요. 아무튼 요즘은 아무도 그렇게 열정적으로 사랑을 표현하지 않잖아요. 어떻게 하죠? 데이트앱 같은 거나 들여다보잖아요?"

"슬쩍 DM을 보내기도 하고요?"

"맞아요, 너무 슬프지 않아요? 이러니 낭만이 사라졌다고 하는 것도 당연하죠."

"그럼 누군가 그쪽을 위해 귀를 자르면 좋겠어요?"

"아, 그건 선을 넘었네요."

"아니, 지금 와서 그렇게 말하면 어떻게 해요? 나는 귀를 잘라서 그쪽한테 바치려고 했는데."

나 지금 뭐 하는 거야? 내 귀를 자른다는 말로 작업 거는 거야?

"사양할게요." 여자가 웃음을 터뜨리며 내 팔을 쳤다. 그러면서 우리는 걸음을 멈추고 다시 한번 서로의 눈을 바라보았다.

"우리 벌써 그림 하나 그냥 지나쳤어요." 나는 방금 우리가 지나친 베네치아의 풍경화를 가리키며 말했다.

"우리 그만 떠들고 그림에 집중하죠." 그녀가 농담을 했다.

우리는 그림에 가까이 다가갔다.

"카날레토 정말 좋아해요." 붓놀림에 감탄하며 그녀가 말했다.

"나도 그래요. 섬세한 표현이 정말 훌륭해요, 안 그래요?" 그림이 마음에 안 드는데도 나도 모르게 다짜고짜 그녀의 말에 동의했다. "베네치아에 가본 적 있어요?"

"아니요, 안 가봤어요. 정말 가보고 싶어요, 사실 온 세상을 다 다녀보고 싶긴 해요. 그게 문제예요."

나도 모르게 우리의 첫 번째 데이트를 계획했다. 그리고 첫 번째 키스를 상상하고, 처음으로 서로에게 '사랑해'라고 말하는 순간도 머릿속에 그려보았다. 프랑스나 이탈리아 아니면 스페인으로 낭만적인 여행을 떠나서 서로 손 꼭 잡고 산책하고, 예스러운 서점에 들르며 아름다운 밤을 보내는 상상도 했다. 결혼식 답사도 계획했다. 우리 아이들의 이름까지 생각했다.

"자, 그림 하나는 찾아냈어요. 다음은 뭐죠?" 내가 물었다.

"난 르누아르와 드가를 찾고 있어요."

"그들은 여기 있는 거 같아요." 나는 그녀를 데리고 다음 전시실로 들어갔다. "이야기하는 거 들어보니까 미술에 대해 조예가 깊은가 봐요?"

"아니에요, 아는 거 별로 없어요. 미술보다는 책을 더 좋아해요, 하지만 이런 종류의 그림은 진짜 좋아해요." 그녀는 인상파의 그림들을 가리키며 말했다. 우리는 천천히 걸어가다 시선을 끄는 그림이나 우리가 산 엽서에 있는 그림들 앞에 멈춰서곤 했다. "어제 테이트 모던 미술관에 갔는데 현대 미술은 잘 모르겠더라고요."

"캔버스에 물감으로 점을 잔뜩 찍어놓은 그런 거 말이에요?"

"네, 아니면 선 하나 딱 그어져 있는 것도 그렇고요."

"뉴욕 현대 미술관 한구석에 어떤 사람이 구두 한 켤레를 버렸는데, 거기 온 사람들 모두 그걸 전시품이라고 생각했다는 얘기 들어봤어요?"

내 말에 그녀가 행복 속으로 녹아드는 듯 눈이 작아지면서 웃음을 터뜨렸다.

"항상 궁금한 건데요, 예술가들은 정말로 자기 작품이 훌륭하다고 생각하는 건지 아니면 그냥 웃기려고 작품을 만드는 건지 잘 모르겠어요." 그녀가 미소를 지었다.

"무슨 말인지 알겠어요. 정말 웃긴 작품 해설도 봤어요. 진짜 가식적인 거 말이에요."

우리 둘 다 웃음을 터뜨렸다. 그리고 수백 명에게 둘러싸여 있다는 것도 잊은 채 또다시 서로의 눈을 바라보았다. 그 짧은 순간, 우리 둘만 존재하는 것 같았다.

그런데 사람들한테 휩쓸리면서 내가 런던에 온 진짜 이유가 갑자기 떠올랐다. 서둘러 휴대전화를 꺼냈다.

"맞다, 제시를 응원하러 가야 할 시간이 되지 않았어요?" 그녀가 물었다. 나는 휴대전화를 확인하면서 제시의 속도가 느려져서 내가 새로 만난 친구와 미술관을 좀더 구경할 수 있게 되기를 바랐다.

"어, 그러네요. 친구가 벌써 여기 거의 다 온 거 같아요. 정말 미안한데 나 지금 나가서 사람들 뚫고 가봐야 할 거 같아요."

"미안할 거 없어요. 친구의 중요한 순간을 놓치게 한다면 나 자신이 용서가 안 될 거 같네요."

"하지만 우리 아직「해바라기」못 봤잖아요." 내가 말했다.

우리는 어떻게 해야 할지 선뜻 결정을 내리지 못하고 서로를 바라보았다.

"나중에 다시 와서 같이 볼까요?……오늘 일정이 어떻게 되는지는 모르겠지만 괜찮다면 다시 와서 같이「해바라기」보는 건 어때요? 하지만 신경 쓰지 말아요. 친구들이랑 저녁 같이 보내고 싶으면 그렇게 해도 되니까……." 그녀가 당황한 듯이 이말 저말 이어갔다.

"아니에요, 아주 좋은 생각 같아요. 나도 그렇게 하고 싶어요. 그럼 이거⋯⋯데이트 같은 건가요?" 나는 창피를 무릅쓰고 물었다.

"네, 데이트 같은 거라는 말이 맞는 거 같네요." 그녀가 미소를 지었다.

함께 출구로 나가다 역사상 가장 유명한 초상화들 몇 점 앞을 지나가게 되었다. 아름다운 여인들의 그림들 앞에서도 내 눈에는 그녀가 이 미술관 안에서 가장 예뻐 보였다.

13

"모나리자 복장한 여자 봤어? 끝내주더라, 감자 머리 복장의 남자도 있었잖아?" 제이크는 제시의 목에 걸린 메달을 부러운 듯 바라보았다. "다음에 가장 무도회할 때 그 사람들 꼭 초대해."

"그래, 진짜 고생한 사람들만 말이야." 제시가 빈정거렸지만 제이크는 알아듣지 못했다. "그런데 감자 머리는 솔직히 짜증스러웠어. 한동안 내 옆에서 달렸는데 사람들이 나는 안 보고 그 녀석만 응원하잖아. 그래서 그 사람보다 앞서가려고 계속 신경 썼다니까."

"구경하는 사람들이 이렇게 많을 줄 몰랐어." 땅바닥에 여기저기 마구 흩어진 음료수병을 실수로 밟으며 제이크가 말했다.

그러더니 고개를 들고는 제시 뒤에 서 있는 나를 알아보았다. 그제서야 나는 결승선 뒤 수많은 사람들 사이에서 두 친구를 찾아낸 것이다.

"넌 무슨 일 때문에 달린 거야?" 은박지를 몸에 두르고 경품으로 받은 가방을 들여다보던 제시가 돌아서며 내게 물었다. 나라면 공짜 열쇠고리 하나 받겠다고 42.195킬로미터를 달릴 리 없지만 제시는 만족하는 것 같았다.

"제시가 아니라 네가 마라톤을 뛴 거 같아." 숨이 차서 땀을 뻘뻘 흘리며 서 있는 나를 보고 제이크가 농담을 했다.

"알아, 무슨 소린지 아는데, 엄청난 소식이 있어. 아주 굉장한 소식이야. 그리고 너희가 나 좀 도와줘야 돼."

"그럼 얼른 해, 말해보라고."

"그러니까 좀 바보 같은 소리로 들릴 수도 있는데, 나 방금 운명의 상대를 만난 거 같아. 저기, 내가 찾아헤매던 인연 말이야. 내 꿈의 여인."

나는 흥분한 데다 엉뚱한 방향으로 달리는 마라톤 선수처럼 세인트 제임스 공원을 가로질러 달려온 바람에 아직도 숨이 차서 말이 제대로 나오지 않았다.

"우와! 진짜 잘 됐다, 조시. 그 사람 지금 어디 있는데?" 제시가 마라톤 대회 참가 기념 열쇠고리를 도로 경품 가방에 던져넣으며 고개를 들었다.

"그게 문제야. 그래서 너희 도움이 필요하다는 거야."

"우리 도움이 왜 필요한데? 그 여자한테 전화해서 이리 와서 우리와 만나자고 말해. 다 같이 한잔 하러 가게."

"나 전화 못 해."

"너 지금 하는 말이 앞뒤가 안 맞는 거 알지, 조시?" 제시는 물을 벌컥벌컥 마셨다.

"그러니까 너를 기다리다가 내셔널 갤러리에 가게 됐는데, 내 앞에 서있던 여자와 대화를 하게 된 거야. 미술관 안에서 다시 그 여자와 부딪쳤고 같이 미술관 구경을 했는데 너를 보려고 같이 나오다가 사람들이 너무 많아서 서로 헤어지게 됐고, 다시 그 여자를 찾느라 20분을 뛰어다녔어."

나는 제시가 자기 달리는 모습을 내가 보지 못했다는 걸 깨닫기를 기다렸다.

"그 여자 이름이 뭔데? 페이스북에서 찾을 수 있을 거야. 내가 사람 찾는 기술이 꽤 좋거든." 제이크는 그것이 마치 구직 사이트에 올릴 만한 '스펙'이라도 된다는 듯 자랑스럽게 말했다.

"바로 그게 문제야, 내가 그 여자 이름을 몰라."

"그 여자 이름을 모른다니, 그게 무슨 소리야? 진짜 존재하는 사람이기는 해?"

"당연하지, 진짜 사람이라고." 나는 쏘아붙였다.

"그러니까 내가 다시 정리해볼게. 네가 왠 여자랑 얘기하는 내내 '안녕하세요, 나는 조시예요, 당신 이름은 뭐죠?'라고 물어보지 않았다는 거야? 이름을 물어야겠다는 생각은 안 들었니?"

"그래, 그냥 이야기만 했어, 그러다 나중에 좀더 자세한 걸 물어보려고 했단 말이야, 그런데 그만 사람들 틈에서 헤어지게 된 거야."

"혹시 그 여자가 기회가 생기자마자 너한테서 도망친 건 아니고?" 제이크가 농담을 했다.

"농담하지 마." 제시가 제이크를 나무랐다.

"아니야, 절대 그런 건 아니야. 같이 가서 제시를 응원하자고 한 건 그 사람 생각이었다. 그리고 그 사람이 먼저 나한테 말을 걸었어, 아니다, 내가 먼저 말 걸었던가, 그건 기억이 안 나네. 아무튼 절대, 절대 아니야. 우리 둘 다 서로에게 끌린 건 확실해. 그러니까 그 사람이 나한테서 도망쳤을 리 없어."

정말 그 사람이 일부러 도망친 거면 어쩌지?

나는 내 생각에 의구심이 들기 시작했다.

"헤어지기 전에 혹시 그 여자가 싫어할 만한 말을 한 건 없어? 설마 그럴 리 없지만, 혹시 동전 얘기한 거 아니야, 전 여친한테 청혼하다가……."

"아니야, 안 좋은 이야기는 한마디도 안 했어. 진짜 우리 둘 다 즐거웠단 말이야. 그 사람이 나를 마음에 들어한 건 확실해."

진짜?

"이상하게 들릴 수 있다는 건 알지만, 나 그 사람 진짜 좋아해. 진짜로 말이야. 제이드랑 헤어진 뒤로 난 아무한테도 관심이 생기질 않았어, 그런데 우리는 불꽃 같은 게 튀었어, 무슨 말인지 알지? 그 사람 어떻게 찾지?"

"일단 가서 찾아보자. 멀리 가지 못했을 거야." 제시가 몸에 두르고 있던 은박지를 벗어던지며 말했다.

"너 쉬어야 하는 거 아니야?"

"아니야, 난 괜찮아. 운명의 상대를 만나는 게 매일 있는 일은 아니잖아. 가자, 얼른 가서 그 사람 찾아보자. 부모님한테는 조금 늦게 만나겠다고 문자할게." 제시는 절뚝거리고 따라오면서 말했다.

우리는 요크 공작 기념비를 지나 더몰 거리를 따라 걸어갔다.

"어디서 헤어졌어?"

"임뱅크먼트 지하철역 바로 근처였어. 경찰이 사람들을 통제하는 중이었는데 아마 그 사람은 길 건너편에서 막혀서 날 못 따라온 거 같아."

"그럼 혹시 그 사람이 아직 그 근처에 있을 수도 있지 않을까? 이렇게 사람들이 많으니까 빨리 움직이지 못했을 거야."

"그럴 수도 있겠지, 그런데 미술관으로 다시 돌아갔을지도 모르겠어. 네가 달리는 모습을 같이 본 다음에 다시 미술관으로 돌아가서 반 고흐의 「해바라기」를 보자고 그 사람이 말했거든."

"좋아, 일단 임뱅크먼트 역으로 갔다가 거기서 그 사람을 못 찾으면 미술관으로 가는 건 어때?" 제시가 제안했다. "근데 그 사람은 어떻게 생겼어?"

다른 지친 대회 참가자들 뒤를 따라 터덜터덜 걸어가면서 나는 그녀를 머릿속에 떠올리려고 애썼다.

"그러니까 20대 초반에서 중반 정도일 거야. 갈색 머리를 동그랗게 틀어올렸고. 키는 165센티미터 정도."

"옷은?"

"노란 재킷에 청바지……. 그리고 가방에 알록달록한 배지가 여러 개 달려 있어." 나는 최대한 많이 기억해내려고 애썼다.

우리는 트라팔가 광장 아래쪽 가장자리를 따라 걸었다. 내셔널 갤러리가 광장 반대편에 우뚝 서 있었다.

"우리가 흩어져야 더 많은 곳을 살펴볼 수 있지 않을까?" 제이크가 제안했다. "우리 중 한 사람이 임뱅크먼트 역 주위를 돌아다니고 나머지 둘은 곧장 미술관으로 가는 거 어때?"

"좋아, 괜찮은 생각인 것 같아." 나는 그녀가 있을 가능성이 가장 높은 곳을 생각한 다음, 동전을 던져서 내가 갈 곳을 정하기로 했다.

"판결이 어떻게 나왔어?" 줄지어 가는 사람들 때문에 떨어져 서 있던 제이크가 물었다.

"나와 제시가 미술관으로 갈게. 네가 임뱅크먼트 역 근처를 살펴보면 어때?"

"좋아, 네 설명에 부합하는 여자가 있으면 바로 가서 말 걸어볼게."

"정말 고맙다, 제이크." 제시와 나는 반대 방향으로 가서 아까 나를 붙잡아두었던 그 경비원에게로 다가갔다. 그는 이번에는 유니콘 복장을 보고도 우리를 붙잡지 않고 그냥 통과시켜주었다.

아무래도 65만 명이나 되는 마라톤 관람객이 찾아온 런던에서 그녀를 찾을 확률은 살아 있는 유니콘을 볼 확률만큼이나 낮을 것 같았다.

"미안해, 아직 축하한다는 말도 못 했네." 석조 계단을 올라가면서 내가 제시에게 사과했다. 내 일만 신경 쓰느라 제시의 중요한 순간을 빼앗았다는 생각이 들었다.

"괜찮아, 너는 지난 몇 달 동안 내가 마라톤 이야기하는 거 다 들어줬잖아. 그보다 이 일이 훨씬 더 중요해."

"죄송한데, 반 고흐의 「해바라기」는 어디 있습니까?" 나는 전시실을 돌아다니던 자원봉사자에게 물었다.

"44번 전시실입니다. 곧장 가서 오른쪽으로 가시면 돼요."

그녀를 찾아 미술관 안을 걸어가는데 데자뷔가 느껴졌다. 하지만 이번에는 그녀가 어디로 갈지 나는 알고 있다.

그녀는 「해바라기」 옆에서 나를 기다리고 있을 것이다.

라미네이트 바닥 위를 걸어가는데 관람객들이 줄어들면서 내가 찾던 그림이 눈에 띄었다. 전시실 안을 둘러보기도 전에 빛나는 노란 그림이 내 시선을 사로잡았다.

그 사람은 어디 있지?

우리는 그 사람을 찾아 전시실 안을 돌아다녔다.

여기 있어야 되는데.

"앉아서 기다려볼까?" 더 이상 걷기 힘든지 제시가 물었다.

우리는 가죽 소파에 앉아서 「해바라기」를 보기 위해 끝도 없이 밀려오는 사람들을 구경했다. 기다리고 또 기다렸다. 하지만 그녀는 나타나지 않았다. 제이크가 자신도 못 찾았다고 문자를 보냈다.

"오늘 그 사람을 못 찾아도 인터넷으로 찾을 수 있을 거야. 그 사람의 신분을 알 만한 거리는 없어?" 제시는 내 기분을 달래주려고 애썼다.

나는 생각나는 모든 것을 떠올렸지만 그 무엇도 분명하지 않았다. 그녀의 미소를 바라보고 반짝이는 갈색 눈동자를 바라보았지만 그것만 가지고는 그녀의 이름을 알아낼 수 없다.

"영국인이었어? 억양은 어땠는데?" 제시는 내 기억을 되살리려고 애썼다.

"영국인 맞아, 그런데 별다른 억양이 없었어. 잠깐만, 맞아, 런던 출신이라고 했어."

"그럼 무슨 일을 하는지는 말했어?"

"어, 했어, 물론 했지, 지금은 외국에 있는 서점에서 일한다고 했는데, 그 서점 근처에 반 고흐의 다른 「해바라기」 그림이 있다고 했어."

"완벽해. 그럼 그녀가 어디 사는지는 아는 거네. 그건 아주 좋은 정보야. 그 다른 「해바라기」 그림이 어디 있는데?"

우리는 실력 있는 퀴즈 팀이라면 이 정도는 당연히 알아야 한다는 생각이 들어 서로를 바라보았다.

우린 텔레비전 퀴즈 쇼에 나가서 망신만 당할 거야.

제시가 휴대전화를 꺼내더니 밀려든 축하 문자들은 보지도 않고 구글에서 고흐의 「해바라기」를 검색했다.

"고흐가 「해바라기」를 두 개 이상 그린 거 알아?" 제시가 검색한 걸 읽자 나는 심장이 무너져내렸다.

그래, 쉬울 리가 없지.

"몇 점이나 있는데?" 나는 대답을 듣기가 두려웠다.

"열두 점."

열두 점! 뭐? 진짜?

"아니, 잠깐만, 두 가지의 시리즈로 나뉘대." 제시는 큰소리로 읽기 시작했다. "1887년 파리에서 제작된 첫 번째 시리즈는 바닥에 있는 해바라기를 그린 반면, 그로부터 1년 뒤 아를에서 제작된 두 번째 시리즈는 꽃병에 담긴 해바라기 다발을 그렸다. 그러니까 우리가 찾아야 하는 건 두 번째 시리즈야, 그게 여기에 있는 그림과 같은 거야."

나는 제시를 보며 지금 들은 정보를 이해하려고 애썼다.

"두 번째 시리즈는 모두 일곱 작품이네."

그나마 열두 점보다는 낫네.

"잠깐만." 제시는 이제 마치 혼잣말하듯 읽어내려갔다. "그중 하나는 제2차세계대전 중에 소실됐고, 하나는 개인 수집가가 소장하고 있다. 그러니까 우리는 다섯 점만 찾으면 돼."

훨씬 더 낫네.

"그 나머지 네 점이 우연히도 전부 같은 미술관에 있는 일은 없겠지?" 나는 혹시나 하는 마음으로 물었다.

"아니, 안타깝게도 그런 일은 없네. 사실, 같은 나라에 있는 것도 없어. 그러니까 하나는 여기 런던에 있고……. 다른 그림들은 암스테르담, 뮌헨, 필라델피아 그리고 도쿄에 있어."

필라델피아? 도쿄?

"그나마 네 개 도시로 범위가 줄어들었네. 와, 이제 도쿄에 서점이 몇 개나 있는지만 알아내면 되겠네!"

"괜찮아, 그나마 그 정도는 해볼 만하잖아. 그런데 괜찮다면 아무래도 난 조금만 더 있으면 뻗을 거 같아. 넌 여기 있어도 괜찮아." 제시가 손목시계를 보며 미안한 듯 말했다. 제시는 정말 피곤할 게 뻔했다.

"괜찮아, 그냥 가자. 그 사람 안 올 거 같아. 같이 기다려줘서 진짜 고맙다."

"그 사람 꼭 찾을 수 있을 거야." 제시가 희망적으로 말했다.

나는 마지막으로 한 번 더 전시실을 둘러보며「해바라기」를 쳐다보았다. '나도 꼭 그렇게 됐으면 좋겠어.'

14

고등학교 졸업식 날, 나는 요란하게 팡파르를 울리고 멋진 기념 행사를 하면서 학교에 다시 찾아오는 상상을 했다. 모여든 사람들은 내 이름을 소리쳐 부르고, 나는 건물 입구에 멈춰선 리무진에서 내리는 상상 말이다. 하지만 지금 나는 엄마의 차를 얻어 타고 졸업 10주년 동창회에 가는 중이다.

몇 주 전부터 이날이 오는 게 걱정이었다. 학교가 싫어서가 아니었다. 솔직히 나는 학교를 좋아했다. 학교가 얼마나 좋았냐 하면, 가끔은 내 인생 최고의 날들이 고등학교 다닐 때가 아니었을까, 하는 생각이 들 정도다. 모든 결정이 나를 위해 이루어졌고 무엇을 해야 하는지도 미리 정해져 있는 그때는 사는 것이 지금보다 훨씬 쉬웠다. 그 시절 가장 큰 걱정이라고는 맨 먼저 점심을 먹을 수 있을까, 쉬는 시간에 누구와 함께 축구를 할 것인가 정도였다. 그런데 지난 10년 동안 내가 이루어놓은 게 하나도 없어서 친구들에게 보여줄 게 아무것도 없다는 사실에 나는 동창회에 가는 것이 너무 두려웠다.

아빠가 동창회 초대장을 달력에 붙이는 순간 나는 동창회를 피할 수 없게 되었다. 동전마저 부모님 편을 들었다.

배신자 녀석.

엄마가 학교까지 차를 운전해가는 20분 내내, 나는 뚱한 얼굴로 조수석에 앉아 아무 말도 하지 않았다.

"친구들 다시 만나서 어떻게 변했는지 보면 반가울 거야. 나도 옛날 학교 친구들 만나고 싶네." 중앙분리대가 있는 고속도로를 달리며 엄마가 말했다. 엄마도 몇 해 전 고등학교 졸업 30주년 동창회에 갔고 친구들과 계속 연락을 하겠다고 우겼지만, 그때 이후로 엄마는 그 친구들과 한 번도 만나지 않았다.

"얘, 조시, 말 좀 해봐……. 무슨 일이니? 옛날 친구들을 다 만나면 나는 네 기분이 좋아질 줄 알았는데 말이다." 엄마는 같이 차만 타면 늘 진지한 이야기를 꺼냈고 도망칠 곳이 없는 나는 꼼짝 없이 걸려들었다. 아마 엄마는 내가 문을 열고 뛰어내리지 못하게 차 문도 잠갔을지 모른다.

"제이드 때문에 마음이 아픈 건 나도 알지만 벌써 몇 달이나 지났잖니. 그래서 엄마는 네가 걱정이야. 우리야 네가 집에 돌아온 게 좋지만 아무것도 안 하고 가만히 앉아 있기만 해서는 새 출발을 할 수 없잖니."

내가 집에 돌아온 걸 부모님이 정말로 좋아하는지 잘 모르겠다. 지난 분기 수도세 청구서가 온 뒤로 아빠는 샤워 가능 시간을 알려주기 위해 샤워기 옆에 조리용 타이머를 가져다 놓았다.

드디어 나도 침묵을 깨고 입을 열었다. "우선, 저는 지금 아무것도 안 하고 있는 게 아니에요. 일자리 구하려고 최선을 다하고 있다고요. 지원서도 500장 정도 보냈거든요. 말 그대로 취직하는 게 불가능한 상황이 된 게 제 잘못은 아니잖아요. 그리고 두 번째, 엄마가 믿든 말든 제이드 때문이 아니에요. 지난 몇 달 동안 아주 힘들었는데 이제 다시 운이 돌아오고 있는 건지, 멋진 사람을 만났어요. 그런데 그것도 실패하고 말았단 말이에요. 그래서 죄송하지만 제가 기분이 좋을 수가 없어요."

"다른 사람을 만났다고? 왜 나한테 말 안 했니? 정말 잘 됐구나. 언제 만났는데?" 흥분해서 도로에서 눈을 떼는 바람에 하마터면 엄마는 다른 차를 박을 뻔했다.

"그건 문제도 아니에요."

"오늘 다시 학교에 가긴 하지만 네 나이에 맞게 행동하면 안 되겠니, 조시? 이런 일은 나한테 말해줘도 되잖아."

교통 신호 때문에 우리는 멈췄다. 우리 옆 차선에 있는 아우디가 라디오 1 채널 방송을 굉장히 큰 소리로 요란하게 틀어댔다. 나는 엄마와 대화를 그만둘 구실을 찾아 조수석의 글러브박스에서 엄마의 CD들을 뒤지다가 심플리 레드(1980년대 결성된 영국 팝밴드/옮긴이)를 골라 틀려고 했는데, 케이스와 CD가 뒤죽박죽으로 섞여 있었다.

"런던에 갔을 때였어요. 여자를 만났는데 그 사람에 대해서 아는 게 별로 없어서 다시 만날 수 있는 가능성이 사실상 제로예요."

"사람 일은 모르는 거야. 나도 전에 뜬금없이 아나벨 생각이 난 거야, 전에 같이 일하던 사람이거든. 그런데 그날 오후에 차를 타고 가다가 그 사람 옆으로 지나가게 됐지 뭐니. 그레이엄은 그게 공시성共時性이라고 했어."

"우리 집에서 5분 거리에 살고 있고, 매번 같은 시간에 개 산책을 시키는 분과 만나는 거랑은 다른 것 같지만……그래도 계속 그 사람 생각하면서 그 사람이 마법처럼 내 앞에 나타날 거라는 희망을 잃지는 않을게요. 그렇게 하면 돈도 벌 수 있고 취업도 할 수 있겠죠?"

가파른 언덕길을 올라가려고 엄마가 기어를 바꾸는 바람에 차가 덜 컹거리며 끼익거렸다.

"저기 모퉁이에서 내려주실래요?" 엄마의 차를 타고 온 걸 남들한테 들키기 싫어서 내가 부탁했다.

"알았어, 오늘 저녁에는 웃는 널 볼 수 있기 바란다. 네가 생각한 것보다 더 즐겁게 보내길 바라, 게리, 아니, 조시……" 차가 멈추기도 전에 뛰어내리는 나를 향해 엄마가 소리쳤다. 나는 엄마가 나와 아빠 이름을 혼동하는 걸 이해할 수가 없었다. 내 이름을 지은 장본인이 바로 엄마인데 말이다.

"이야 이게 누구야! 조시, 너 어떻게 살았어?"

운도 지지리 없지, 내가 엄마 차에서 내리는데 하필 재수 없는 루크 피어스가 옆으로 지나갈 게 뭐람.

"그저 그렇지 뭐, 루크. 내 차가 오늘 아침에 검사받으러 갔어, 짜증나게." 상황을 모면하기 위한 내 순발력에 감탄하다가 엄마가 임기응변에 능한 사람이 아니라는 게 떠올랐다.

"아들, 다 끝나고 집에 돌아올 때 문자 해……. 그리고 저녁때 먹고 싶은 거 있으면 엄마한테 꼭 알려줘." 엄마가 창밖으로 소리쳤다.

루크는 스마트키를 딸깍 눌러 최신형 벤츠를 잠갔다. 그러고서 우리는 함께 학교 정문을 향해 걸어갔다.

"아, 그래 조시. 치과 예약 언제로 잡아야 하는지 나한테 꼭 알려줘. 바이바이." 차를 몰고 떠나며 엄마가 다시 한번 소리쳤다.

오늘 진짜 피곤하겠네.

우리 학교는 졸업하고 10년이 지난 졸업생들을 위한 동창회를 열어서 졸업식 때 만들었던 타임캡슐을 꺼내는 행사를 한다. 이 행사는 졸업생들을 학교로 불러모아 기부금도 내라고 하고, 대부분의 졸업생들이 부모님 집으로부터 독립했을 테니 새로운 연락처도 등록하게 만드는 것이 목적이었다.

안내표시를 따라 학생 식당으로 가보니 다들 거기에 모여 있었다. 모든 것이 내가 기억하는 것보다 작아 보였지만, 변한 것은 거의 없는 것 같았다. 걸음을 멈추고 안내판에 붙은 사진들을 들여다보니 선생님들도 대부분 그대로 계셨다.

새로 페인트칠을 한 학생 식당으로 들어가면서 사람들을 둘러보는데, 대학 진학 준비 과정의 학생이 화이트와인을 건넸다. 재학생들은 너무 어려 보이고 동창회 임원들은 너무 나이 들어 보였다. 종목을 럭비에서 축구로 바꿨다는 이유로 3년 내내 나를 본 척도 안 한 옛날 럭비 감독 선생님이 눈에 띄었다. 화장실에서 담배를 피워서 학교 화재경보기를 울리게 하던 영어 선생님도 있었다. 나에게 너는 무엇이든 될 수 있다고, 꿈꾸는 것은 무엇이든 이룰 수 있다고 지겹게 말하던 선생님들을 둘러보았다. 그 시절 선생님들이 해준 말들은 다 쓸데없는 헛소리였다. 선생님들은 우리한테 피타고라스의 정리나 주기율표 같은 거 말고 실연이나 환멸에 대처하는 법을 가르쳐줬어야 했다.

나는 술을 홀짝이며 테이블 위에 펼쳐놓은 학교 잡지들을 훑어보았다. 학교에 찾아와 연설을 하고 재학생들에게 영감을 준 동창들에 대한 소개는 휙휙 지나쳤다. 내게 연설을 부탁한 초청장은 아마 아빠가 우체국에서 잃어버린 것 같다.

고개를 들어 학생 식당 안을 둘러보니 추억들이 파도처럼 밀려왔다.

"조시!"

오랫동안 안 들었는데도 익숙한 목소리가 들렸다. 항상 무엇이든 자신이 가장 잘한다고 생각하는 건방진 윌 스티븐스가 다가왔다.

"잘 지냈어?"

그가 내 등을 세게 쳤다.

"친구야, 어떻게 지냈어? 너 런던에 있었잖아, 아닌가? 그리고 호텔에서 근무한다고 들었는데? 맞아?"

인터넷이 동창회의 재미를 다 빼앗아갔다. 자판만 누르면 모든 소식을 알 수 있으니 동창회에서 오랜만에 만난 친구의 근황을 듣는 재미와 기대감은 사라져버렸다. 서로에 대해 이미 다 알고 있고 심지어 최근 몇 년간 매끼 어떤 식사를 했는지까지 아는 경우도 있으니 오랜만에 만났다고 해도 다들 할 말이 별로 없었다.

"아, 이제는 거기 안 다녀. 지금은 이직 준비 중이야."

"솔직히, 평생 한 가지 직업에 매달리는 사람이 있다고 한다면 네가 바로 그런 사람이라는 데 내 집을 걸었을 거야."

네 집을 안 걸어서 참 다행이다.

그때 벽에 있는 과학자, 자선활동가, 유명 연예인처럼 대단한 업적을 세운 유명한 참석자들 명단 아래 있는 반장 명단에 새겨진 내 이름이 눈에 띄었다.

"요즘은 무슨 일 해?" 월에게 묻기는 했지만 사실 대답이 궁금하지는 않았다.

"런던에서 헤드헌팅 회사에 다니고 있어."

다들 금융업 아니면 인재 스카우트 업계에서 일하는 것 같았다. 인재 스카우트 회사에서 인재 스카우트 전문가를 스카우트하면 진짜 복잡하겠네.

"하는 일은 재미있어?"

"어, 나쁘지는 않아, 많이 버니까 불평하면 안 되지. 네 여자친구는? 같이 안 왔어? 너도 곧 결혼하겠네, 둘이 사귄 지 좀 됐잖아, 안 그래?"

"그게, 몇 달 전에 헤어졌어, 그래서 나 다시 싱글이야. 너는?"

그 질문과 동시에 금발에 키 큰 미인이 나타나 친구의 팔을 잡았다. 그녀는 빅토리아 시크릿 모델 같았다. 그제야 내가 학교 다닐 때 이 녀석을 왜 싫어했는지 기억났다.

"나와 에린은 작년에 몰디브에서 결혼했어, 그리고 보다시피 새로운 가족 구성원이 곧 생길 거야."

나는 아름다운 얼굴을 쳐다보느라 지금 윌이 톡톡 치는 그녀의 불룩 나온 배를 미처 보지 못했다. 사람도 아니고 고작 토끼 한 마리 키우는 것도 그렇게 힘든 나로서는 부모가 된다는 친구에게 축하한다고 해야 할지 유감이라고 해야 할지 선뜻 말이 나오지 않았다. 그런데 그녀가 자랑스러운 듯 만삭의 배를 껴안는 것을 보고서야 두 사람을 축하해주 어야 한다는 것을 깨달았다.

함께 주위를 둘러보며 윌은 다른 친구들의 근황을 알려주었다. 에디 는 치과의사가 되었고, 알렉스는 정계에 입문했고, 그렉은 여행사를 운 영하고, 루이스는 회계사라고 했다. 예전에 나와 친했던 친구들은 아무 도 안 오고 뭔가 자랑할 게 있는 녀석들만 온 것 같았다. 학교 다닐 때 꼴 보기 싫던 녀석들이 더 꼴 보기 싫어져서 나타난 것이다.

"토미가 이제 의사라는 게 믿어져? 그 녀석 얼마 전에 의대 졸업했잖 아. 난 그 녀석한테 아내의 출산은 절대 안 맡길 거야!"

토미는 학교 다니는 내내 사물함에 학교에서는 금지된 물건을 숨겨 두고는 그것을 친구들에게 팔아 돈을 벌었고, 지나치게 폭력적인 놀이 를 하느라 거의 매일 머리를 다쳐서 보건실에 가곤 했다.

그에 비해 내 학생기록부에는 칭찬으로 가득했다. 학생기록부대로라 면 나도 지금 멋진 삶을 살고 있어야 했다. 대체 뭐가 잘못된 걸까. 어 제 나는 오후 2시에 잠에서 깨 겨우 손톱이나 깎고는 대단한 일이라도 한 것처럼 뿌듯해하면서, 너무 힘들다고 발톱 깎는 건 포기했다. 그리 고 넷플릭스의 드라마 시리즈를 연달아 보았고 선반 쌓는 일에 낸 지원 서는 퇴짜를 맞았다.

내가 왜 이렇게 됐을까?

"우리가 진작 만나지 않았다니, 진짜 안타깝다. 세월이 이렇게 빨리 흘러갔다는 게 믿어져?" 윌은 그 사이 우리에게 다가온 또다른 학창 시절 럭비 선수 휴고에게 물었다.

"알겠지만, 내가 미치게 바쁘거든, 그리고 너도 그럴 거고, 내 말 무슨 뜻인지 알 거야." 휴고는 콧방귀를 뀌더니 화이트와인 잔을 내려놓고는 신이 난 듯이 팔꿈치로 나를 꾹 찔렀다.

재수 없어.

"윌리엄스 선생님은 여전히 화끈하네."

여기는 남학교여서 40세 미만의 여선생님은 무조건 인기가 있었다. 그런데 그중에서도 특히 모든 학생들의 선망의 대상이던 여선생님이 계셨는데, 심지어 그분이 끝을 씹은 연필이나 마시고 버린 빈 물병을 모으는 학생까지 있을 정도였다.

"미안한데, 친구들, 내가 가서 솜씨 좀 발휘하고 올게." 휴고가 자신만만하게 윌리엄스 선생님에게 다가갔지만 창피할 정도로 무시당하자 나는 고소하다는 생각이 들었다. 그런데 휴고가 떠나자마자 학교 발전위원회 임원이 서류를 가지고 다가와 떠들어대기 시작했다.

"안녕하세요, 혹시 학교 발전 기금과 재학생 장학금 마련을 위한 모금에 관심 없으세요? 현재 전체 학생의 10퍼센트가 학비 지원을 받고 있는데 늘 그랬다시피, 졸업생들의 지원이 절실히 필요합니다."

그런 사정은 나도 잘 안다. 왜냐하면 나도 이 장학금을 받아 학교를 다녔기 때문이다. 아빠의 수입으로는 나를 이 학교에 보낼 수 없었다. 학교 발전위원회 임원은 자동이체 양식과 세금 면제 기부금 양식을 나눠주었다.

나는 나 자신이나 제러미도 부양할 수 없는 처지였지만 다른 사람들이 모두 기부금을 낸다고 하니까 나만 이상하게 보이기 싫어서 일반 기부를 신청하고 말았다.

난 절대 부모님 집에서 독립하지 못할 거야. 첫 번째 기부금이 빠져나가기 전에 은행에 연락해서 자동이체를 해지해달라고 하자.

징 소리가 울리자 다들 대화를 멈췄다.

"모두들 아래로 내려가주겠니?" 교장이 폴로 채를 들고 말했다.

우리 모두 그를 따라서 중앙 계단을 내려가 학생 식당 앞 잔디밭으로 나갔다. 그곳에서는 학교 정원사가 타임캡슐을 꺼내기 위해 이미 땅을 파고 있었다. 나는 학생 식당 앞 작은 잔디밭 하나 관리하고자 상근 정원사를 고용하는 걸 이해할 수 없었다. 타임캡슐이 나오자 나는 그 속에 든 물건들이 다 썩었을 것이라고 생각했다. 그런데 신기하게도 우리가 넣은 편지들은 모두 완벽하게 보존되어 있었고, 교장 선생님이 그 편지들을 나눠주었다. 나는 윌이 편지에 쓴 목표를 흘끗 봤다. 머리 염색하기, 이케아 구경 가기.

나는 머뭇거리며 앞면에 내 이름을 휘갈겨 쓴 봉투에서 편지를 꺼냈다. 편지에는 지금보다 훨씬 단정한 글씨체로 이렇게 적혀 있었다.

스물여덟 살이 되면 :
나는 슈퍼모델과 결혼했을 것이다.
나는 성공한 사업가가 되었을 것이다.
나는 LA에 집이 있을 것이다.
나는 람보르기니를 운전할 것이다.
나는 세계여행을 할 것이다.
나는 세계적으로 유명한 사람이 되었을 것이다.

하지만 현실의 나는 스물여덟 살인 지금 싱글에 백수인 채로 부모님 집에 얹혀살며 운전도 할 줄 모르고, 스페인 말고는 가본 외국도 없으며, 심지어 엄마는 내 이름도 기억 못 한다.

빌어먹을.

15

"걔라면 팀을 먼저 생각할 거야, 정말로 퀴즈 쇼에 신청한 것도 걔잖아."

"조시, 오늘은 개 기념일이잖아. 그러니까 오늘 밤은 제이크와 함께 시간을 보내도록 놔두는 게 맞아."

"기념일 축하는 다른 날 저녁에 해도 되잖아, 안 그래?"

"하지만 그러면 기념일이 이미 지나가는 거잖아?"

"대체 만난 지 7개월 된 기념일을 축하하는 사람이 어디 있어?"

"내 기억에 너와 제이드도 했거든! 그리고 그 기념일 때문에 네가 퀴즈 모임에 빠진 것도 난 똑똑히 기억하고 있어."

지금은 수요일 저녁이다. 그런데 제이크가 제이크와의 데이트 때문에 나와 제시를 버렸다. 제시와 나는 술집 퀴즈 대회를 포기하기로 했다. 인원이 세 명일 때도 네 명일 때도 이기지 못하는 퀴즈 극단주의자 팀한테 두 명으로 도전하면 보나마나 질 게 뻔했다. 대신 지금 우리는 베이커리 카페인 핑크맨에서 텔레비전 퀴즈 쇼 대비용으로 만든 상식 퀴즈 카드 한 꾸러미와 찻주전자를 앞에 두고 앉아 있었다. 브리스틀 대학교 법대 건물인 윌스 메모리얼 빌딩에서 2분 거리에 있는 이 카페는 낮에는 학생들이 가득한데, 저녁에 오니 노트북 컴퓨터를 하는 남자 하나를 빼고는 긴 나무 테이블 좌석들이 거의 다 비어 있었다.

"그래서 마라톤을 뛴 피로에서는 완전히 회복된 거야?" 마라톤 대회도 벌써 2주일 전이고, 그 대회 이후로 오늘이 제시를 처음 만난 날이다.

"영원히 회복 못 할 것 같아. 아무래도 척추지압사한테 몇 년 동안 돈을 바쳐야 할 거 같아. 대회 다음날은 정말 너무 끔찍했고, 지금도 다리가 꽤 아파."

"또 할 거야?"

"모르겠어, 고통스럽긴 하지만 굉장히 멋진 경험이었거든. 또 할지도 모르지. 하지만 일단 지금은 네 차례야. 내가 가서 널 응원해줄게, 네가 지나가는 건 안 볼 거지만 말이야." 그렇게 말하면서 제시가 눈썹을 치켜올렸다.

얘도 다 알고 있었구나.

"그래, 그건 정말 미안해. 진짜 특수한 상황이긴 했지만 말이야."

"아직도 그 사람을 찾기를 바라고 있어?"

"찾았으면 좋겠어."

"그럼 좋아. 우리 이제 어떻게 할까?"

"우리라니?"

"나도 이 일에 너만큼 투자했어. 마라톤이 끝나자마자 곧장 런던을 몇 시간 동안 돌아다녔잖아, 그러니까 우리가 함께 그 여자를 찾을 거야."

"글쎄, 사람들 사이에서 그녀를 찾을 수 있을지 모른다는 생각에 마라톤 텔레비전 중계를 처음부터 끝까지 다 봤거든, 그런데도 못 찾았어. 중계에서 너도 못 봤지만 너와 똑같은 복장을 한 사람은 봤어."

"알아, 나도 너한테 말하려고 했어. 그 사람은 자기 사진을 「데일리 메일」에 실었어. 그 신문사는 왜 내 사진은 안 썼지?"

"말도 안 돼. 그 녀석이 너를 따라 한 건데."

"내년에 어떤 복장 할 거야?" 제시가 물었다.

"나 내년엔 절대 안 한다니까, 알았어?" 나는 동전이 시키는 대로 똑같이 먹음직스럽게 생긴 타르트 대신 당근 케이크 한 조각을 입에 넣으며 말했다. 이 카페는 제이드의 아파트와 가까워서 예전에는 엄청난 유혹을 집 앞에 두고 사는 것 같았다. 그런데 지금 케이크를 한 입 먹다가 내가 마라톤 대회 다음부터 제이드 생각을 전혀 하지 않았다는 것을 깨달았다.

"그러니까 우리가 그 여자에 대해 아는 걸 다시 한번 쭉 되짚어보는 게 어때?" 제시가 가방에서 수첩과 펜을 꺼내면서 말했다. 그러고는 종이를 넘겨 빈 곳 맨 위에 **해바라기 걸**이라고 쓰고 밑줄을 그었다.

"사실 별거 없어. 마라톤 끝나고 너한테 얘기한 게 전부야. 나이는 20대인 것 같고, 검은색 머리에……." 그녀의 모습이 내 머릿속에서도 뒤죽박죽이 되어가고 있어 걱정이었다. 그녀의 모습을 잊고 싶지 않았다.

제시는 내가 한 말들을 과녁처럼 그린 곳에 써넣었다. 내가 보기에 제시는 내 설명을 듣고 그녀를 그리는 것 같았다.

"범위를 좁혀갈 수 있을 만한 내용이 없네."

"맞아."

"그래도 그녀가 뮌헨, 암스테르담, 도쿄 아니면 필라델피아 중에 한 곳에 산다는 건 알아냈잖아."

"그건 맞아."

"그러니까 이 도시들의 인구를 모두 합치면 얼마나 될까? 수백만은 되겠지?"

"1,300만, 대략. 내가 찾아봤어."

제시는 마치 계산이라도 한 것처럼 모든 걸 다 적었다.

"그러니까 그 여자가 너한테 거짓말을 하지 않았고 그 도시들 중 한 곳에 살고 있다고 해도 네가 그 사람을 찾을 수 있는 확률은 1,300만

분의 일이라는 거네?"

"그 사람이 서점에 근무한다는 건 아니까 범위가 더 좁아져야지."

"그런데 그런 외국 도시에 영어책을 파는 서점이 얼마나 있을까? 거기에 메일을 보내서 네 설명에 부합하는 사람이 근무하는지 물어보는 건 어때?"

"안 돼, 그럼 내가 스토커 같잖아. 그리고 답을 보내줄 것 같지도 않고 말이야. 아마 사기라고 생각할 거야."

"좋아, 그럼 네가 직접 그 도시들을 찾아가서 그 서점에 그 여자가 근무하는지 확인하는 건 어때?"

"반 고흐처럼?"

"반 고흐처럼이라니, 무슨 뜻이야?"

"아, 그 사람이 이야기한 건데 반 고흐도 사랑하는 여자를 찾아서 외국까지 갔었대. 사촌이었던 것 같아."

"그건 좀 이상하네."

"내 생각도 그래."

"그럼, 영감을 받을 게 있네." 제시는 차를 한 모금 마셨다. "반 고흐한테 영감을 받아서 사촌 대신 그 사람을 찾으러 가는 거야."

"좋은 생각이야. 그런데 내가 해외여행을 하는 건 말할 것도 없고 지금 여기서 케이크 한 조각 먹을 때도 마이너스 통장을 쓴다는 사실을 생각했어야지."

카페의 다른 쪽 자리에 있는 커플이 주문한 음식이 나오면서 풍겨오는 사워도우 피자 냄새에 나는 정신이 팔렸다.

"그 사람을 찾아낼 다른 방법은 없을까?"

"이름을 모르면 힘들지. 이름이나 성만 알아도 페이스북에서 찾아볼 수 있을 텐데, 지금은 뭘로 검색해? 필라델피아에서 온 검은 머리 여자,

이렇게 검색할 수는 없잖아?" 이미 내가 그런 식으로 검색을 했고 혹시 하는 마음에 여러 페이지에 달하는 검색 결과를 샅샅이 살펴봤다는 건 제시한테 말하지 않았다. 그뿐만 아니라 구글로 영어책 서점을 다 검색하고 직원들도 다 확인했지만 그 여자는 찾지 못했다. 그리고 데이트앱에 새 계정으로 가입해서 뮌헨, 암스테르담, 도쿄, 필라델피아에서 등록한 여성회원 수천 명을 살펴보았다.

제시가 말을 멈추고 수첩을 읽었다.

"그 여자를 찾는 온라인 캠페인 같은 걸 시작하면 어떨까? 효과가 있을지도 모르는데."

"아니야, 그건 절대 안 돼. 그건 서점에 이메일을 보내는 거보다 더 스토커 같잖아."

"정말? 로맨틱한 게 아니고?"

"잘 모르겠어. 좀 더 자세한 걸 물어보지 않은 나한테 화가 나. 내가 그렇게 멍청했다니 믿어지질 않아. 꿈에 그리던 여자를 만났는데 이름도 모르잖아."

"넌 모든 걸 너무 로맨틱하게 보지 않도록 조심할 필요가 있어. 그 여자가 물론 멋진 사람이겠지만 너는 그 사람과 기껏해야……그래 얼마?……길어봤자 30분 정도밖에 같이 안 있었잖아? 잭 더 리퍼도 처음 만나서 30분 쯤은 친절하게 굴었을 거야."

몇 주 전 했던 연쇄살인범 관련 퀴즈가 제시의 기억에 똑똑히 남아 있는 게 분명했다.

"저기, 만약에 네가 그 여자를 다시 찾는다고 해도 너무 큰 기대는 안 하는 게 좋을 거야. 다른 쪽으로 생각해보면…."

"너 또 비유해서 설명하려고 그러는 거지?"

"응. 네가 가구점에 있다고 상상해봐……."

"너 이거 지금 막 생각해낸 거지?"

"집중해. 넌 지금 새 테이블을 사려고 가구점에 와 있어. 알겠어?"

"알았어, 나는 지금 새 테이블을 찾고 있다. 돈도 없고 내 집도 없지만 아무튼 새 테이블을 사고 싶다."

"짜증나게 굴지 좀 마, 나 지금 너 도와주려고 이러는 거잖아."

"알았어, 미안해, 계속해봐."

"가구점 안을 돌아다니는데 여러 가지 테이블이 많이 있어. 모양이 마음에 드는 것도 있고, 네 아파트에 안 어울리는 것도 있어. 그러다 완벽하다고 생각되는 걸 발견했어. 아주 멋지게 생겼어."

"좋아, 재미있네. 그런데 문제가 뭔데?"

"문제는 네가 아무 준비 없이 거기 왔다는 거야. 필요한 테이블의 정확한 크기를 몰라. 그래서 마음에 드는 테이블을 발견했지만 크기가 집에 맞는지도 모르겠고 집과 어울리는지 아닌지도 모르는 거야. 그뿐만 아니라 마음에 드는 테이블을 제대로 살펴보지도 않았어. 어쩌면 테이블 다리가 튼튼하지 않을지도 모르고 아래쪽에 못이 튀어나왔을지도 모르고……."

나는 제시의 말에 계속 고개를 끄덕였다.

"그런데 마음에 드는 테이블에 정신이 팔려서 다른 테이블은 쳐다보지도 않았어. 네 아파트에 더 잘 맞는 테이블이 있을지도 모르는데 말이야."

"그래서 지금 하고 싶은 말이 뭐야? 환불할 수 있게 영수증 잘 챙기라는 거야?"

"내 말은 이 여자……아니 미안해, 이 테이블이 첫눈에는 마음에 들었지만 네가 생각하는 것만큼 좋은 게 아닐지도 모르고 어쩌면 이 테이블 때문에 더 좋은 다른 테이블을 못 봤을지도 모른다는 거야."

"하지만 이 테이블이 진짜 나한테 완벽하게 딱 맞는 테이블이고 눈에 보이는 것만큼 좋은 테이블이고, 다른 테이블을 구경하려고 가구점 안을 돌아다니는 사이에 다른 사람이 와서 이 완벽한 테이블을 사가면 어떡해?"

"그럴 수도 있지. 그럼 이 테이블을 찾을 수 있는 다른 방법을 생각해보는 게 낫겠다."

우리 옆자리에 앉은 남자는 더 이상 노트북 컴퓨터를 들여다보지 않고 미친 사람 보듯 우리를 빤히 쳐다보고 있었다.

"솔직히 말해서 말이야, 제시, 너는 지금 여성을 물건 취급하고 있는 거야." 나는 농담을 던지고서 카드 한 장을 집어들었다. "일단 우리 퀴즈 연습이나 시작하는 게 어때?"

여름

16

"관계가 끝났다는 것을 깨달은 그들은 비탄에 잠기고 마음의 상처가 깊어 절망한 채로 여기 이 다리로 달려와 자살을 결심하게 됩니다. 그래서 다리에서 뛰어내려⋯⋯."

나는 아직 그 단계는 아니야, 절대로 아니야 아직은.

드디어 취업을 했다. 브리스틀 관광 가이드. 그래서 지금 클리프턴 현수교 옆에 서서 관광객들에게 새러 앤 헨리의 이야기를 들려주고 있다. 동창회에 가길 잘한 것이, 거기에 간 덕분에 그렉이 여름 동안 그의 회사에서 일할 가이드를 찾는다는 정보를 듣게 되었다. 집에서 독립할 수 있는 기회를 위해 동전을 던졌고, 드디어 친절을 발휘해야 하는 분야에서 근무했던 경험도 살리고 역사학 학위까지 이용할 수 있는 기회가 왔다.

"그런데 그 당시 여성들은 폭이 넓은 크리놀린 치마가 일반적인 옷차림이었고 게다가 그날은 바람이 심하게 불었습니다. 세찬 바람이 그녀의 치마를 떠오르게 만들어 치마가 마치 낙하산 역할을 하면서 추락을 방해했습니다. 그 결과 새러 앤 헨리는 약 75미터 높이의 다리에서 뛰어내렸는데도 큰 부상 없이 다리 아래 협곡의 진흙 바닥에 떨어졌고⋯⋯." 두세 번 관광객들을 안내해본 후에 나는 관광객들이 이점바드

킹덤 브루넬의 건설 기술보다는 다리에서 벌어진 자살 사건에 대해 더 관심이 많다는 것을 알게 되었다.

솔직히 말하자면 이 일은 내가 어려서부터 꿈꿔온 장래 희망은 절대 아니다. 눈이 시린 야광 초록색 티셔츠 차림으로 관광객들을 이끌고 브리스틀을 돌아다니며 '관광객들이 적당하다고 생각하는 액수'만큼만 대가를 받는 이 일을 하려고 19년이나 교육을 받은 것이 아니다. 하지만 지금 당장은 마이너스 통장의 대출금을 갚고 제러미의 사료값을 벌기 위해서라면 무슨 일이든 해야 한다. 게다가 아빠는 우리집으로부터 네 번째 건넛집인 도슨 씨 부부네가 하숙인을 구했다는 소리를 듣자 내게 하숙비를 받고 싶어하는 눈치였다. 나는 이제껏 부모님 집에서 함께 사는 이점이 돈을 아낄 수 있다는 것인 줄만 알았다.

그런데 그게 아닌가 보다.

우리는 천문대에서 내려와 시온 힐의 아름다운 저택들 앞을 지나 현재는 사용하지 않는 클리프튼 산악 지하 철도 옆에 멈췄다. 나는 관광객들에게 해야 할 이야기를 모두 머릿속에 정리하고 늘 하던 농담도 준비했다. 오늘의 관광객 그룹은 프랑스의 10대 소녀 셋, 중년의 독일 부부, 호주에서 온 배낭족 한 명, 친구들끼리 여행 왔다는 스페인 사람들 그리고 지금까지 만난 중에 가장 짜증 나는 미국 여성 한 명으로 구성되었다.

"영국 남서쪽에 있는 도시 바스가 온천으로 유명하지만 브리스틀도 그에 대적하기 위해 노력했고, 여기 온천수는 치유 효과가 매우 뛰어나……."

"제인 오스틴이 아직 바스에 살아요?" 미국 여자 손님이 이 질문을 한 게 벌써 열다섯 번째이다. 그것도 20분 사이에 말이다.

"안타깝게도 그분은 너무 비싼 집값 때문에 시내 중심가를 떠나 이사

가야만 했습니다." 나는 이렇게 대답하고 싶었다. 하지만 제인 오스틴이 사망한 지 200년이 넘었다고 정중하게 대답했다.

"제가 말씀드린 대로, 브리스틀과 바스는 경쟁을 시작했고, 이곳의 물이 훨씬 맛도 좋습니다. 혹시 바스에 있는 로마 목욕탕에 가시면 그곳 물은 절대 마시지 마세요, 맛이 아주 끔찍하거든요." 내 말에 호주 남자 손님과 프랑스 여자 손님들이 킥킥 웃었다. 독일 부부는 돌처럼 무표정했고 미국 여자 손님은 또다른 질문을 궁리하는 것 같았다.

그렉은 이 일이 매력적이고 젊은 독신 여성을 만나기 아주 좋은 일이라고 내게 말했다. 그런데 짜증스럽고, 귀찮고, 꼬치꼬치 캐묻기 좋아하는 관광객들이 있다는 말은 해주지 않았다.

내가 예전에 다니던 이발소 앞을 지나가지 않으려고 한참 멀리 돌아서 캐벗타워에 도착하자마자 비가 내리기 시작했다. 나는 이런 날씨에 굳이 돌아다니겠다고 하는 이 관광객들을 이해할 수가 없었다. 이들은 비 오는 날에 돌아다녀야 영국 분위기를 제대로 느낄 수 있다고 생각하나 보다. 다들 우산을 챙겨온 걸 보면 말이다. 하지만 우산도 없이 홀딱 젖은 나는 이러다 폐렴에 걸릴지도 모른다.

"영국에서 존 캐벗이라고도 불리는 조반니 카보토는 아시아를 찾아 항해를 나섰습니다. 그런데 잘못된 경로로 접어들어 아시아가 아닌 엉뚱한 곳에 가고 맙니다. 그곳은 바로 북아메리카 대륙이었습니다." 콘크리트 위로 쏟아지는 빗소리를 이기려고 나는 소리쳐 설명을 이어갔다. "그는 그 땅을 뉴 펀들랜드(새로 찾은 땅이라는 의미/옮긴이)라고 명명했습니다. 창의력이 뛰어난 사람은 아니었던 거죠."

비가 점점 더 거세게 퍼부었다. 나는 물벼락을 맞으며 퀴즈를 푸는 어린이 게임쇼 안에 들어와 있는 기분이었다. 설명을 반쯤 했을 무렵, 다른 제이크와 손잡고 관광객들 뒤로 걸어가는 내 친구 제이크가 눈에 띄었다.

저 녀석들 여기서 뭐 하는 거야?

제이크가 걸음을 멈추더니 다가오지 말라는 듯 우스꽝스러운 표정을 지어 보였다. 저 녀석은 아직 어린애가 분명하다. 제이크가 텔레비전 퀴즈 쇼를 잊지 않게 하려고 일부러 내 뒤를 졸졸 쫓아다니는 중이라고 해도 나는 별로 놀라지 않을 것이다. 그만큼 제이크는 퀴즈 쇼 출연 때문에 지나치게 흥분해 있었다. 다행히 제이크가 비에 머리가 젖는 것을 싫어해서 나를 오래 따라다니지는 않았다. 오늘은 함께 다니는 관광객들을 상대하는 것만으로도 이미 지쳤기 때문에 제이크가 더 이상 따라오지 않는 게 다행이다 싶었다.

두 시간의 관광이 끝나갈 무렵 나는 파크 스트리트 막바지에 있는 거리 예술가의 스텐실 공예품 가판대들 중 한 곳을 가리켰다. 그리고 내 그룹의 관광객들에게로 돌아서서, 자동차 소리와 다른 쪽에서 나타난 경쟁 관광 가이드 일행의 소리에 잠기지 않도록 큰소리로 설명하기 시작했다. 내 라이벌은 해적 차림을 하고 있었다. 내가 그 정도까지 이 일에 매달리지 않아서 다행이라는 생각이 들었다.

적어도 아직은 아니다.

"처음에 말씀드린 것처럼 제 안내는 무료입니다. 하지만 여러분께서 오늘 관광을 통해 얻은 즐거움의 가치만큼 마음을 표현해주신다면 진심으로 감사하겠습니다. 오늘 함께 해주셔서 감사드리며, 브리스틀에서 보내는 남은 시간도 즐겁게 지내시기 바랍니다."

관광객들에게 소리 없는 박수를 받으며 뒷걸음질을 친 나는 옷이 흠뻑 젖은 채로 누구든 앞으로 나와서 내 주머니에 돈을 넣어주기를 기다렸다. 이 일을 시작하고나서 곧 나는 단체 관광객들의 심리 상태를 파악했다. 맨 처음 팁을 주는 사람이 얼마를 내든지 간에 나머지 사람들

174

도 모두 그를 따라한다는 것이다.

팁 문화가 자연스러운 미국 여자 손님이 맨 먼저 다가왔다.

그러더니 달랑 20펜스를 내밀었다.

17

22일 동안 브리스틀 관광 가이드를 하고, 하루 휴가를 얻은 나는 종일 텔레비전 앞에서 느긋하게 보낼 생각이었다. 그런데 엄마는 다른 계획을 가지고 있었다.

"서둘러, 11시에 원예용품점 앞에서 할아버지, 할머니랑 만나기로 했다고 말했잖아." 엄마가 내 침실 커튼을 열어젖히자 앞이 보이지 않을 정도로 환한 여름 햇빛이 쏟아져 들어왔다.

나이 드신 분들은 왜 그렇게 원예용품점을 좋아하는지 모르겠다. 대체 거기가 왜 재미있는 것일까?

"나도 가야 돼요?"

"당연하지, 두 분을 못 뵌 지도 한참 되었잖니. 그리고 줄리네에 생일 선물 가져다주러 가야 한다고 엄마가 말했잖아."

줄리 오니언은 엄마가 나를 낳고 알게 된 산후 조리 모임에서 만난 친구다. 내가 어렸을 때 엄마와 나는 줄리 아줌마와 그녀의 딸 엘리자베스와 자주 만나곤 했다. 엄마는 늘 그들의 진짜 성이 양파를 뜻하는 어니언과 철자가 똑같은데 세련되게 발음하려고 '오'와 '니언' 사이에 작은따옴표를 집어넣었다고(O'Nion, 이렇게 말이다) 말하곤 했다. 그렇지만 그들은 폴로가 민트 사탕이 아니라 스포츠 경기라는 것 정도는 모를 리가 없는 사람들이다.

"정말?"

"응, 정말이라니까, 얼른 가자."

"동전한테 먼저 물어보고."

"그럼 얼른 물어봐." 엄마가 한숨을 내쉬었다.

"앞면이면 난 오늘 하루 종일 넷플릭스 볼 거고 뒷면이면 엄마랑 같이 나갈게요."

원예용품점은 내가 어려서 갔을 때와는 완전히 다르게 변해 있었다. 그냥 식물만 파는 곳이 아니라 홈인테리어, 패션, 애완용품 코너를 갖춘 본격적인 '쇼핑 센터'였다. 그렇다는 것은 여기서 제러미의 먹이도 살 수 있다는 뜻이었다. 20분 정도 돌아다니다가 허리가 아프신 할아버지와 나는 카페에서 기다리고 엄마와 할머니만 식물들을 구경하러 갔다.

"그래서 퀴즈 쇼에 나갈 준비는 다 했니?" 할아버지께서 물어보셨다. "이제 얼마 안 남았잖아."

할아버지께서 사주신 데니쉬 페이스트리를 한입 가득 먹고 있던 나는 얼른 씹어 삼켰다.

"알아요, 그래서 걱정이에요. 아무래도 망할 거 같아요."

"아니야, 너흰 잘할 거야. 너 똑똑한 아이잖니, 그리고 우리도 응원해줄게."

"감사합니다, 하지만 너무 큰 기대는 하지 마세요. 제이크의 말을 듣고 공부를 더 했어야 했는데 그러질 않았어요." 나는 페이스트리를 한입 더 물었다. "그런데 이 데니쉬 페이스트리 진짜 맛있어요. 할아버지는 정말 안 드셔도 괜찮겠어요?"

노인들이 원예용품점을 좋아하는 건 이런 카페가 있기 때문인지도 모르겠다.

"괜찮아, 안 먹는 게 나아. 나는 차만 마시련다. 다른 건 다 괜찮니?"

"일은 괜찮아요, 똑같은 이야기를 하고 또 하는 게 지겹긴 하지만요. 그리고 재미있는 사람들을 만날 때도 있고요."

"특별한 사람은 없고?" 할아버지가 눈썹을 치켜올리며 물었다.

"안타깝게도 그런 사람은 없네요."

"런던에서 만났다는 그 아가씨는 어떻게 됐니?" 할아버지가 윙크를 하며 물었다.

"그건 어떻게 아세요?" 이렇게 묻는 내 목소리가 높아졌다.

"네 엄마가 이야기해주더구나."

"그렇지, 당연히 엄마한테서 들으셨겠죠. 몰라요, 모르겠어요. 그 사람에 대해 아는 게 별로 없어요, 어디 사는지도 모르고. 아마 그 사람을 만나는 것보다는 퀴즈 쇼에서 우승할 확률이 더 높을 거예요, 그나마 퀴즈 쇼에서 이길 확률도 별로 높지 않지만요. 그리고 그 사람을 찾으러 갈 돈도 없어요."

할아버지는 기억을 떠올리려는 듯한 얼굴로 차를 한 모금 마셨다.

"너 어렸을 때 네가 브리스틀 미술관에 데려가서 그림 찾기 놀이를 했던 거 기억나니?"

"그럼요, 당연하죠. 아주 똑똑하게 기억하고 있죠. 그 아가씨에게도 그 얘길했는 걸요. 그리고 그녀랑도 똑같이 그 놀이를 했어요."

"그럼 그 아가씨를 찾는 것도 똑같은 거라고 생각하렴. 훨씬 더 큰 보물찾기인 셈이지."

"굉장히 더 큰 보물찾기네요."

"그렇지, 그런데 내가 너한테 하곤 했던 말도 기억나니?"

"그럼요, 늘 이렇게 말하셨잖아요, '포기하지 마.' 그래서 몇 시간이나 찾아다니다가 알게 됐잖아요. 그 그림이 다른 곳에 가 있다는 걸요."

"그랬지, 그날 우리 거기 참 오래 있었어, 그렇지?" 할아버지가 웃음을 터뜨렸다. "그래도 중요한 건 네가 정말로 포기하지 않았다는 거야. 내가 너희 할머니한테 구애할 때 무려 여섯 번이나 데이트 신청을 하고서야 겨우 함께 춤추러 가는 데 성공했단다. 너도 그 사람이 특별한 사람이라고 생각되면 포기하지 마."

할아버지 이야기에 귀를 기울이며 나는 페이스트리를 마저 먹었다.

"어떻게 할머니 마음을 사로잡으신 거예요?" 내가 물었다.

"네 할머니가 마을 회관에서 춤을 배웠어. 나는 거기서 오르간 연주를 했고. 매주 연주를 하면서 네 할머니가 춤추는 걸 지켜봤지. 그리고 매번 수업이 끝날 때마다 네 할머니한테 언제 같이 춤을 추자고 청했단다. 결국 네 할머니가 내 청을 받아주었고, 나는 우리가 평생 함께 춤을 출 거라는 걸 알았어." 할아버지는 식물을 들고 돌아오는 할머니와 엄마를 쳐다보았다.

"심심하지 않으셨어요?" 우리가 앉아 있는 테이블로 다가오며 엄마가 물었다.

"그럼. 우린 축구 이야기하고 있었다." 할아버지는 내게 싱긋 미소를 지어 보이며 대답했다.

"이만 돌아가야겠어요, 저는 줄리네에 가봐야 하거든요. 엄마, 아버지도 집으로 가실 거죠?"

"너 먼저 가렴, 나는 화장실에 다시 가야겠다. 너도 내 나이가 되면 어떤지 알게 될 거다." 할아버지가 나를 보며 얼굴을 찡그렸다.

할아버지, 할머니와 포옹을 하며 작별인사를 하고서 나는 엄마를 도와주기 위해 식물을 들어올렸다.

"퀴즈 쇼 꼭 볼게. 그 전에 못 볼지 모르니까 미리 말하마, 행운을 빈다." 할아버지는 악수를 하는 척하면서 내 손에 20파운드 지폐 하나를 슬쩍 쥐어주셨다. "그 사람 찾는 비용에 보태렴." 할아버지가 속삭였다.

우리는 오니언 가족의 클리프턴 저택 앞에 차를 세웠다. 연철 발코니로 아름답게 마무리된 조지 왕조 풍의 4층 건물 앞 거리에는, 엄마의 포드 피에스타와는 비교도 안 되게 비싼 재규어와 벤틀리 같은 차들이 늘어서 있었다.

"너랑 줄리가 마지막으로 만난 게 언제지?" 엄마가 물었다.

"적어도 10년은 된 거 같아요. 그렇지만 이 집에는 어린아이였을 때 이후로는 안 왔을 거예요."

차에서 내리기 전에 엄마가 말을 멈추더니 나를 돌아봤다. "내가 엘리자베스도 여기 와 있다고 말했던가?"

나를 여기 끌고 온 이유가 있었네.

"아니요, 안 했거든요, 엄마, 절대 안 했어요."

말하지 않은 거 엄마도 알고 있잖아요.

내가 엘리자베스를 마지막으로 본 건 그녀가 멀리 떨어진 기숙학교에 입학하기 전이니까 우리가 일곱 살 때였다. 엄마는 아직도 내게 그녀의 최근 소식을 알려주고 있고, 우리는 해마다 페이스북으로 생일 축하 메일을 주고받고 있다.

"왜 미리 말 안 했어요? 소개해주려면 최소한 제대로 준비라도 하게 해줘야죠. 모습도 엉망인데." 차에서 내리면서 내가 말했다.

어렸을 때 이 집에서 놀던 기억이 났다. 그래서 고개를 들어 저택과 그 뒤에 펼쳐진 건물 마당을 바라보았다. 기억하던 대로 여전히 크고 넓었다. 엄마는 차 문을 잠그고 보닛 앞으로 걸어갔다.

"우선, 너, 소개해줄 생각 없어. 그리고 둘째, 넌 아주 잘생겼어." 엄마는 손가락에 침을 묻혀 내 얼굴에 묻은 페이스트리 가루를 닦아내며 말했다.

"엄마, 하지 말아요." 나는 엄마한테서 뒷걸음쳤다. "이런 방법 안 통한다는 거 엄마도 알잖아요, 안 그래요?"

"너, 엘리자베스하고 결혼하겠다고 했던 거 내가 똑똑히 기억해."

"그때는 일곱 살이었거든요."

"더 어렸을 때는 너희 둘 다 진짜 친하게 잘 놀았잖아, 엘리자베스는 지금 아주 성공했어. 그리고 집안도 좋고."

"우리가 아직도 어른들의 중매가 필요한 중세에 사는 줄 몰랐네요."

"네가 런던에서 만났다는 그 이름도 모르는 아가씨를 마음에 들어한다는 건 엄마도 알아, 하지만 그 여자는 다시는 못 만날지도 모르잖아, 그러니까 찾아오는 기회를 군이 마다할 필요는 없는 거 아니니, 안 그래?"

엄마가 말하던 그 공시성이라는 것에 대한 믿음은 어디로 간 거야?

우리는 으리으리한 검은색 현관문을 향해 화분으로 장식된 계단을 올라갔다. 문이 활짝 열리자 집사가 나와 우리를 맞이할 줄 알았는데, 오니언 부인이 직접 나왔다. 마지막으로 만났을 때보다는 조금 나이가 들어 보였다. 금발도 희끗희끗하게 변해 있었다.

"어머, 두 사람 잘 왔어. 정말 반갑다, 조슈아. 너무 오랜만이야."

조슈아는 출생 증명서에 적힌 이후로 한 번도 불린 적이 없는 내 이름이다.

집안도 저택을 소유한 세월에 걸맞게 아름답게 꾸며져 있었다. 벽에는 황금색 액자에 고상하게 생긴 사람들의 초상화가 걸려 있었다.

"엘리자베스, 누가 왔는지 보렴." 으리으리한 계단으로 내려오는 짧은 검은 머리에 키 크고 날씬한 여자를 향해 오니언 부인이 소리쳤다. 그녀는 예뻤다.

"안녕, 조시, 만나서 반가워." 우리에게 다가온 그녀가 내 볼에 입을 맞췄다. 엄마는 좋아서 어쩔 줄을 몰랐다.

"너희 둘이 지난 이야기 나누게 우리가 자리를 피해줄까?" 엄마가 우리 둘을 거실로 밀며 말했다.

"좋은 생각이네, 나는 물 끓이러 갈게. 우리는 온실에 있을 테니까 나중에 오렴." 오니언 부인도 맞장구를 쳤다.

조금 전까지는 아니었는지 몰라도 지금은 소개팅이 확실하다.

나는 엘리자베스를 따라 거실로 갔다. 거실이라는 명칭은 우리 집과 똑같았지만 우리집과는 완전히 다른 곳이었다. 마치 문화재 같았다. 그래서 고가구에 흠집이라도 날까 봐 겁이 나서 함부로 앉을 수도 없었다.

"괜찮아, 앉아." 엘리자베스가 팔걸이 의자를 향해 손짓하며 말했다. 마치 왕족의 먼 친척과 저녁 식사를 함께하는 경품에 당첨된 듯한 기분이었다.

"그래, 어떻게 지냈어?" 그녀 맞은편에 앉으며 내가 물었다. 거실이 너무 넓어서 내 말소리가 안 들릴까 봐 소리를 지르다시피 했다.

"뭐, 지난 20년 동안 어떻게 지냈냐고 묻는 거야?" 엘리자베스가 큰 소리로 웃었다.

그렇게 재미있는 말도 아니었는데.

"어, 그런 셈이네."

"음, 뭐부터 시작할까? 내가 기숙학교에 간 건 너도 기억할 거야, 거긴 굉장했어. 거기서 아주 좋은 경험을 많이 했지, 집도 그립고 엄마도 보고 싶었지만 대단한 사람들을 많이 만났고, 그 덕분에 인생의 기초를 잘 다지게 됐지……."

지난 20년 동안 네가 한 일을 낱낱이 다 알 필요는 없어.

"그러다가 내가 하는 예술에 집중하고 싶어서 1년 동안 기숙학교를 나왔다가 나미비아로 자원봉사 활동을 떠났어. 그걸 어떻게 말해야 좋을까? 정말 아름다운 나라였는데, 많은 생각을 하게 만든 경험이었어. 그러다 엄마가 의회 인턴직을 구해주셨고…….”

진짜 모든 일을 다 말할 건가 봐.

“그후에 옥스퍼드에 입학해서 인문학을 공부했어. 정말 멋진 시간이었어, 경외롭고 훌륭하신 교수님들한테 수업도 받았고. 어쨌든, 거기서 학사 학위를 따고 나서 치과 의사가 되기로 결심했어, 그래서 맨체스터 대학교 치의학과에 진학해서……졸업을……언제했더라? 벌써 2년이 지났네……. 믿어지니? 이제 난 자격증을 가진 치과의사라고 당당히 말할 수 있어.”

“그렇구나. 축하해.” 나는 긴 이야기를 듣느라 하마터면 졸 뻔했다.

엘리자베스가 내 지난날에 대해서도 물을까 봐 살짝 걱정이 되었다. 왜냐하면 나는 그녀만큼 멋진 대답을 해줄 수가 없었기 때문이다. 하지만 그건 괜한 걱정이었다. 엘리자베스는 나에 대해서는 묻지 않았다.

“그래서 일은 재미있어? 치아 들여다보는 거 말이야.” 침묵을 깨려고 내가 물었다. 그런데 내가 귀족 억양을 어색하게 흉내낸다는 것을 깨달았다.

“아, 그럼, 아주 멋진 직업이잖아. 얼마 전에는 아주 특이한 환자가 왔었는데…….”

엘리자베스는 아름답고, 지적이고, 집안도 좋고, 직업도 훌륭하다. 게다가 나의 어린 시절 친구이기도 하다. 이건 성인이 되어서 로맨틱한 사이로 발전하기에 딱 좋은 조건이지만, 우리 둘 사이에는 아무런 느낌도 없었다. 나는 엘리자베스가 아니라 해바라기 걸과 함께 있고 싶었다. 엘리자베스가 자기 이야기만 줄줄 늘어놓는 사이 나는 멍해지면서 해바라기 걸을 떠올리기 시작했다. 혹시 그 사람이 소개팅이라도 하면 어쩌지? 다른 남자들을 만났을까? 벌써 나를 잊어버린 건 아닐까?

"그럼 우리도 가서 차 마실까, 조시?……조시?" 20분 동안 자기 이야기만 늘어놓던 엘리자베스가 갑자기 질문을 하는 바람에 나는 화들짝 놀랐다.

"아, 그래, 좋은 생각이야." 환자 치아에 홈을 메운 이야기를 더 이상 안 들어도 된다는 사실이 반가워서 나는 예의 바르게 미소를 지으며 대답했다.

치과의사인 엘리자베스와 대화하는 게 이를 뽑는 것만큼이나 괴롭다니, 참 모순이다.

엘리자베스는 나를 데리고 복도를 걸어갔다. 이 저택이 얼마나 웅장한지 나는 그동안 잊고 있었다. 입구에서부터 오디오 가이드를 대여해서 박물관에나 있음직한 예술 작품들 앞에서 설명을 듣고 싶을 정도였다. 실내 온실도 화려한 접시들, 그림들, 조각상들로 꾸며져 있었다.

우리가 걸어 들어가자 푹신한 쿠션이 있는 긴 소파에 앉아 있던 엄마가 마치 약혼 소식이라도 기다렸다는 듯 기대에 찬 얼굴로 쳐다보았다.

"꽤 빨리 왔네. 둘이 이야기는 잘 통했어?"

"재미있었어요, 감사해요." 나는 엄마 옆에 앉으며 과장되게 말했다.

오니언 부인은 찻잔을 들고 우리 맞은편에 있는 베이지색 긴 의자에 앉아 있었다. 나는 슬쩍 위를 보다가 그녀 머리 위에도 초상화가 걸려 있는 것을 발견했다.

그것은 그녀의 초상화였다.

게다가 누드화였다.

말 그대로 홀딱 다 벗은 누드화말이다.

의자도 오니언 부인이 지금 앉아 있는 바로 그 의자였다. 다리를 벌리고 있는 자세도 똑같았다.

나는 보지 않으려고 애썼지만 초상화가 바로 내 정면에 있어서 시선을 피할 수가 없었다.

그만 봐, 조시.

나는 오니언 부인을 똑바로 보았다. 옷을 입은 쪽 말이다.

"그림들 마음에 드니 조슈아? 전부 엘리자베스가 그린 거란다."

말도 안 돼.

"엘리자베스는 정말 재능이 많아, 그렇지?"

나는 실내 온실을 둘러보았다. 다른 그림들은 신체의 은밀한 부위를 확대한 것이었는데 나는 모델이 오니언 부인이 아니기만 바랐다.

"어, 아니, 와우, 좋아, 아니, 그러니까 내 생각에는……그림 내용이……너 진짜 재능이 많구나…….."

도대체 엄마는 나를 여기 왜 데리고 온 거야?

나는 이제 더 이상 기다리지 않겠다고 결심했다. 할아버지 말씀이 옳았다. 나는 해바라기 걸을 찾기로 했다.

18

"야, 나 오늘 느낌이 좋아."

"생각이 달라졌나 보네. 텔레비전 출연 반대하는 줄 알았는데."

드디어 그날이 왔다. 우리가 텔레비전에 출연하는 날 말이다. 15분의 영광을 누릴 수 있는 날. 지금은 오전 8시 30분이고 우리는 택시를 타고 브리스틀 시내 중심가에서 조금 벗어난 스튜디오로 가는 중이다. 제시와 내가 뒷좌석에 앉고 자기 마음대로 오늘의 팀 리더가 된 제이크가 앞 좌석에 앉았다.

"나는 반대한 적 없어." 나는 거짓말을 했다. "그래, 처음에는 신나서 어쩔 줄 몰라하는 정도는 아니었던 거 인정해, 하지만 지금은 해바라기 걸을 찾는 데 도움이 될지도 모른다는 생각이 들어."

"뭐? 어디 사는지도 모르는 그 여자가 텔레비전에서 너를 보고 연락이라도 해오기를 바란다는 거야?" 제시가 믿을 수 없다는 투로 말했다.

"아니면 우리가 창피당하는 걸 보고는 '아는 게 하나도 없는 저런 남자를 피하다니 정말 다행이야'라고 생각할지도 모르지." 제이크가 뒤를 돌아보며 농담을 던졌다.

우리 둘 다 그 말은 못 들은 척했다.

"그보다는 그 사람을 찾으러 가려면 돈이 필요한데 이 퀴즈 쇼야말로 필요한 돈을 마련할 수 있는 최고의 방법이라는 생각이 들었어."

"정말? 그 여자를 찾으러 외국까지 가겠다는 거야?" 제시는 내가 자신의 아이디어를 귀 기울여 들었다는 사실에 놀란 것 같았다. "정말 그 여자를 찾을 수 있을 거라고 생각하는 거야?"

"모르겠어, 하지만 시도는 해보고 싶어."

"아주 좋은 생각인 것 같아." 제시가 미소를 지었다.

"맞아. 될까 안 될까 상상만 하기보다는 일단 저질러보는 게 더 낫지." 제이크가 어디선가 본 말을 인용했다.

"네가 그런 철학적인 생각을 하는 줄 몰랐네. 그건 어디서 읽은 거야?"

"어느 밤에 갔던 게이 클럽 벽에 있던 포스터에 써 있었어."

"그래, 그랬겠지."

"동전한테는 물어봤어? 이것도 동전 던져서 결정한 거지?"

사실 동전이 내 생각을 반대할까 봐 이 일에 대해서는 여태껏 동전 던지기를 하지 않았다.

"좋아, 그럼 해보자."

나는 동전을 높이 던져 올렸다. 하마터면 택시 천장에 부딪칠 뻔했다. 운전기사가 우리가 무슨 짓을 하는지 궁금한 듯 백미러로 뒤를 살폈다.

"동전이 허락했어." 동전이 내 손바닥에 안전하게 착지하자 나는 신이 나서 발표했다.

그리고 유리창 밖을 내다보며 그녀와의 재회를 상상했다.

"희망에 부풀어 있는 너한테 찬물을 끼얹는 거 같아서 미안한데, 조시, 상금을 타려면 먼저 퀴즈 쇼에서 우승을 해야 되거든." 제시가 내 어깨를 톡톡 치고는 머뭇거리며 말했다.

"우리가 우승하면." 제이크가 지나치게 자신만만한 목소리로 말했다. "적어도 너 데이트할 때 상대방의 저녁 식사값은 낼 수 있을 거야."

"하나도 재미없거든?"

"심지어 네 저녁 식사값도 낼 수 있을걸." 제시가 불쑥 끼어들었다. "미안, 이 말을 안 할 수는 없었어." 제시는 미안하다는 듯 내 손 위에 손을 얹었다.

둘은 내 소개팅 사건을 두고 여태 나를 놀리고 있었다.

"만약 이기면 너희 둘은 상금으로 뭐할 거야?" 내가 물었다.

"솔직히 난 생각 안 해봤어. 그래도 머리는 잘라야지." 제시가 허리까지 길게 자란 검은 머리카락을 두고 말했다.

머리카락을 자르는 일이 어떻게 우승 상금으로 할 수 있는 가장 신나는 일인지 이해할 수가 없었다. 그리고 왜 하필이면 전국에 방송되는 텔레비전 프로그램에 출연한 다음에 머리를 자르려고 하는지도 이해가 되지 않았다.

"곧 휴가철이잖아. 나도 그렇고 제이크도 그렇고 베를린에 가보고 싶어. 그래서 아마 우리는 베를린으로 며칠 여행을 갈 거 같아."

택시가 보틀 야드 스튜디오 입구 밖에 정차했다. 한때 와인 양조장 겸 와인을 병에 담는 공장이었던 이곳은 이제는 세계적으로 유명한 텔레비전 프로그램들을 제작하는 스튜디오로 탈바꿈했다고 간판에 써 있었는데, 겉보기에는 여전히 오래된 공장 같았다.

"할리우드하고는 많이 다르네." 차창 밖을 내다보며 내가 말했다.

"좋아요, 여러분, 여러분은 오늘 촬영분의 두 번째 꼭지에 나가실 거예요. 그래서 대기 시간이 좀 길 거 같아요. 먼저 의상부터 확인하고 나서 쇼를 준비할 수 있는 그린룸으로 안내하겠습니다." 잡일을 담당하는 열여덟 살 정도 되어 보이는 여드름 많은 소녀가 클립보드를 잔뜩 든 채 미로처럼 복잡한 복도를 앞장서 걸으며 설명했다.

이 스튜디오에서 제작하는 다른 프로그램 사진들이 벽마다 붙어 있었다. 제이크는 마이클 쉰, 에이든 터너, 베네딕트 컴버배치 같은 영국 배우들의 발자취를 따라가는 거라며 흥분했다.

"여기서는 샤론이 담당할 거예요. 여러분 의상에 대해 샤론이 도와줄 거예요. 드실 것 좀 가져다 드릴까요? 베이컨 샌드위치가 준비되어 있어요. 아니면 비건 음식도 있고요."

"베이컨 샌드위치가 좋겠네요, 감사합니다." 우리 셋 다 동시에 고개를 끄덕였다.

"이제 너도 채식하는 거 아니었어?" 나는 제이크를 돌아보았다.

다른 제이크와 비건이 되기로 굳게 약속했다던 우리의 제이크는 고개를 푹 숙였다.

"알았어, 그럼 저는 비건으로 할게요, 감사합니다."

샤론은 검은 단발머리에 스타일이 상당히 특이한 50대 여성이었다.

"모두 무난한 상의 두세 벌 가져오셨나요?" 샤론이 물었다. 우리는 스타일리스트가 의상을 선택할 수 있도록 각자 자기 옷을 가져오라는 지시를 받았다. 브랜드나 구호 같은 것이 적혀 있지 않은 옷이어야 한다고 했다. "어떤 걸 가져오셨나 한 번 볼게요."

샤론은 나를 향해 돌아서더니 가져온 옷을 전부 하나씩 입어보게 하고는 최종적으로 평범한 흰색 티셔츠를 골랐다.

그런 다음 샤론은 제시의 알록달록한 옷들을 보고는 흠칫 놀랐다.

"미안한데, 이 옷들은 전부 적당하지가 않아요. 대신 이거 입어보실래요?" 샤론이 제시에게 무난한 남색 티셔츠를 주고 탈의실로 밀었다. "촬영이 끝난 다음에 반드시 돌려주셔야 합니다." 샤론은 마치 제시가 겨우 값싼 티셔츠 한 장을 훔치려고 시내 외곽에 있는 텔레비전 스튜디오에 와서 하루 종일 앉아 있다고 생각하는 듯이 퉁명스럽게 말했다.

제이크가 옷을 갈아입으려고 하는데 한 진행 요원이 베이컨 샌드위치를 가지고 돌아왔다. 내가 샌드위치를 한 입 깨무는 순간 내 하얀색 티셔츠로 케첩이 튀었다. 나는 샤론이 봤는지 확인하려고 휙 돌아섰다가 그녀가 내게 옷을 갈아입으라고 하기 전에 얼른 얼룩을 닦아냈다.

우리는 드디어 그린룸으로 들어갔다. 그런데 연예계 기사에서 본 신비로운 그린룸과는 아주 달랐다. 조금도 화려하지 않았다. 가죽 소파 몇 개와 퀴즈를 푸는 데 도움이 될지도 모를 오늘 자 신문 몇 부뿐이었다. 제시와 나는 의자에 앉았는데 제이크는 좁은 방을 이리저리 돌아다니며 혀를 풀겠다고 빠른말 놀이를 계속했다. "내가 그린 기린 그림은 목이 긴 그린 그림인가 목이 안 긴 기린 그림인가."

나는 티셔츠에 묻은 케첩 얼룩을 닦아내려고 계속 애썼는데 오히려 얼룩이 더 번졌다. 그때 다시 문이 휙 열렸다. 그리고 잡일 담당이 숨을 헐떡이며 들어왔다. 정말 자신의 직책에 맞게 일하는 사람인 것 같았다.

"방해해서 죄송해요. 오늘 퀴즈 쇼의 상대 팀이 도착했어요. 서로 싸우지 마세요!" 그녀는 농담을 하며 상대 팀을 그린룸으로 안내했다.

그들을 본 나는 다시 한번 그들을 보지 않을 수 없었다.

말도 안 되는 일이 벌어졌다.

어떻게 그들일 수가 있지.

퀴즈 극단주의자들이 마치 진짜 싸움이라도 하려는 것처럼 성큼성큼 걸어들어왔다.

"여기서 만나네요." 이 기막힌 우연의 일치를 우리보다 더 재미있어 하면서 그들이 동시에 인사했다.

해바라기 걸을 찾겠다는 내 계획은 벌써 와르르 무너졌다.

"서로 아는 사이세요?" 잡일 담당이 물었다.

"네, 불행히도요." 나는 작은 소리로 중얼거렸다.

"같은 술집의 퀴즈 쇼에 참가하는 사이예요." 제시가 대답했다.

"어머, 신기해라. 누가 더 많이 이겨요?"

"저쪽이요. 항상 이겨요." 나는 낙담한 채로 말했다.

"두 팀 모두 행운을 빌어요. 필요한 게 있으면 큰 소리로 저를 불러 주세요." 그 말을 남기고 잡일 담당은 돌아서서 문을 닫았고 방 안에는 어색한 침묵이 맴돌았다.

그나마 저 녀석들이 우리를 아는 척하긴 했네.

"너 이 퀴즈 쇼 소식은 어디서 들었어?" 퀴즈 극단주의자 녀석들이 그린룸의 맞은편 끝에 자리(그나마 우리 자리에서 2, 3미터도 떨어지지 않은 곳이었다)를 잡는 사이 나는 제이크에게 물었다.

"술집에서."

"누구한테서?"

"저기, 네가 지금 물어서 하는 말인데, 저 녀석들 중 한 명한테서 들었어. 술을 주문하고 기다리고 있는데 빅D가 저 녀석들하고 퀴즈 참가 신청에 대해서 이야기하고 있더라고……."

"그러니까 적어도 네가 우리한테 이 퀴즈 쇼 이야기할 때는 우리가 퀴즈 극단주의자 팀이랑 대결할 가능성은 없었던 거겠지……?"

"우리가 저들이랑 대결하게 될 줄은 나도 몰랐지, 알았겠어?"

"야, 그럼 이번엔 가능성 없다."

"솔직히 처음부터 가능성이 있다고는 생각 안 했거든." 제시가 끼어들었다.

"그런 소리하지 마." 나는 제이크가 처칠처럼 열변을 토하리라는 것을 이미 예상했다. "오늘이야말로 드디어 우리가 저들을 꺾을 날이야, 퀴즈 극단주의자 팀을 무너뜨려서 우리가 역사를 만드는 날이라고. 그래, 지금까지는 우리가 맨날 빌빌거리고 졌어, 하지만 쥐구멍에도 볕들 날이 있고, 오늘이 바로 그날이야."

"제이크, 저 사람들 귀에 지금 우리가 하는 말 다 들리는 거 알아?" 제시가 아직도 우리를 빤히 쳐다보는 상대 팀을 흘긋 보며 말했다.

"어쨌든, 우리는 우리가 할 일에 집중하자, 저 팀 신경 쓰지 말고. 그럼 좀더 풀어보자……."

제시와 나는 절망적인 표정으로 서로를 바라보았다.

제이크가 상식 책을 다시 뒤적였다.

"우리 이거 몇 주 동안 안 한 거 같은데. 아이폰의 최초 모델이 출시된 해는?" 제이크가 물었다.

"2008년?" 내가 추측했다.

"아니라니까, 조시! 틀렸어. 2007년이잖아. 그리스어로 붉은?"

나는 당황스러운 얼굴로 제시를 보았다. 그리고 방 건너편에 있는 퀴즈 극단주의자 팀을 보았다. 우리 이야기에 귀를 기울이고 있는 그들은 이 문제의 답을 정확히 아는 얼굴이었다.

"나 그거 모르는데." 내가 속삭였다.

"파이로Pyro."

"아, 맞다. 그거지." 제시가 고개를 끄덕였다.

"아폴로 11호 탑승 우주인들 중에 달에 내리지 못한 사람은?"

제시가 흥분해서 벌떡 일어섰다.

"나 이거 알아……. 그……그게……아니다, 기억이 안 나."

"마이클 콜린스." 제이크가 한숨을 내쉬었다.

"맞아, 나 알고 있었는데."

"솔직히, 이런 문제가 퀴즈 쇼에 나올 확률이 얼마나 되겠어?" 우리가 우승할 가능성이 거의 없다는 사실에 절망한 나는 맥빠진 목소리로 말했다.

"그거야 알 수 없지, 안 그래? 그리고 두뇌의 시동을 걸어두는 게 좋잖아." 제이크가 품은 희망의 불씨는 아직 꺼지지 않았다.

"쟤들은 연습도 안 해." 퀴즈 극단주의자 팀을 향해 고갯짓하며 내가 말했다.

"연습이 필요 없으니까 안 하지." 제시가 말했다.

프로듀서가 찾아와 빠르게 규칙 설명을 하고는 헤드셋 마이크에 대고 소리를 지르며 나가자 우리 친구들과 가족들이 그린룸으로 들어왔다.

우리는 각자 입장권을 네 장씩 받았다. 그래서 나는 엄마, 아빠, 할머니, 할아버지에게 입장권을 드렸다. 이 상황에서 가족이 나를 가장 창피하게 만들 것 같아서 나는 불안감이 밀려왔다. 엄마는 지나칠 정도로 격식을 갖춰 차려입었고, 할머니는 제이크를 제이크한테서 빼앗아 춤을 추기 시작했다. 그리고 아버지는 공짜 음식을 마구 먹어치웠다. 퀴즈 극단주의자 팀 가족들은 깔끔한 차림에 진지한 모습이었다.

그런데 할아버지가 보이지 않아서 복잡한 그린룸을 조용히 빠져나갔다. 할아버지는 복도에 있는 의자에 혼자 앉아 있었다.

"괜찮으세요, 할아버지?"

"잘 있었니, 조시? 저 안이 좀 시끄럽더구나. 그래, 너는 어떻니?" 할아버지는 천천히 일어나 팔로 나를 감싸안았다.

"전에도 우승할 가능성은 별로 없었는데, 지금은 그 가능성이 사라졌어요. 저 팀은 우리가 평소 참가하던 술집 퀴즈 대회에서 항상 우리를 이기던 팀이에요."

"얘야, 믿음을 가지렴. 무슨 일이 있든 우리가 너를 자랑스러워한다는 걸 잊지 마라."

"자, 이제 10분 후면 시작이니까 나와서 메이크업 준비하세요." 잡일 담당이 시끌벅적한 그린룸의 소음을 뚫고 소리치더니 우리에게 거울 방으로 이동하라고 지시했다.

"행운을 빈다, 조시. 그런 거 없어도 잘하겠지만." 할아버지가 내 등을 두드리며 말했다.

메이크업 담당자가 얼굴에 파우더를 두드려주었다. 나는 화장을 하면 내가 데이비드 베컴으로 변신할 줄 알았는데 거울을 보니 거의 달라진 게 없었다. 외모를 업그레이드시킨 다음 우리는 스튜디오로 갔다. 그곳은 내가 예상했던 것보다 작은 곳이었다. 그리고 사회자도 그랬다. 더 작고, 더 뚱뚱하고, 더 대머리였다. 남색 정장을 차려입은 그는 최근 몇 년 동안 스캔들로 신문에 오르내리던 한물간 배우였다.

"안녕들 하십니까? 너무 신나죠?" 그는 조금도 신나지 않은 목소리로 말하며 우리와 차례로 악수를 했다. 연기력이 이렇게까지 나쁜 사람은 아니었는데.

"여러분 모두 행운을 빕니다." 자신이 겨우 이런 일이나 한다는 사실에 얼마나 화가 났는지 그의 눈이 잘 말해주고 있었다.

제이크와 제시 중간에 앉은 나는 주위를 둘러보다가 관객석 맨 앞줄에 있는 사람들에게 시선이 갔다. 제이크의 제이크는 스튜디오 사진을 인스타그램에 올리려다가 혼나고 있었다. 엄마는 계속 머리를 톡톡 쳤다. 좋은 기운을 불러오는 방법이라고 심리치료사가 가르쳐줬단다. 할머니는 아직 녹화를 시작하지도 않은 카메라를 향해 연신 미소를 지으며 텔레비전에 나갈 기회만 노렸다. 할아버지는 나를 향해 응원의 미소를 지었다.

"셋, 둘, 하나……."

드디어 시작이다.

조명은 눈이 부실 정도로 밝고 타오를 것처럼 뜨거웠다. 온몸의 신경이 곤두섰다. 카메라들이 나를 빤히 노려보는 것만 같았다. 리틀D의 퀴즈 대회와는 비교할 수 없을 정도로 부담스러웠다. 내가 하는 행동 하나하나에 신경이 쓰였다. 긴장을 풀 수 없어서 몸을 곧추세우고 앉았다.

"'지식의 열쇠로 우승의 문을 열어라'에 오신 여러분 환영합니다." 카메라가 녹화를 시작하자 사회자가 자신의 상징 같은 미소를 지었다.

"방법은 간단합니다. 얼굴을 마주 보고 푸는 상식 퀴즈 3단계를 통해 가장 많은 점수를 얻는 팀이 열쇠를 차지하게 됩니다. 그리고 이 열쇠는 두 개의 문 중 하나를 열 수 있습니다. 하나의 문 안에는 1,000파운드의 상금이 기다리고 있고, 나머지 문 안에는 아무것도 없습니다." 사회자는 우리를 향해 돌아섰다. "아시겠습니까?" 우리 모두 고개를 끄덕였다.

"그럼 1단계를 시작하기 전에 오늘의 참가자들을 만나보시겠습니다."

목요일 오후 4시, 집에 앉아 텔레비전 채널을 이리저리 돌릴 때는 이런 시시한 퀴즈 쇼 하나 만드는 데 시간이 얼마나 걸리는지 생각도 하지 않는다. 지금 여기서는 사회자가 대사를 하나 틀려도 녹화를 중단하고, 카메라가 정확한 앵글을 찍지 못해도 녹화를 중단하고, 관객석에서 기침 소리만 들려도 녹화를 중단했다. 드디어 마지막 단계에 다다랐을 때 우리는 겨우 11 대 9로 쫓아가고 있었다.

"그럼 오늘의 마지막 단계 주제는……." 사회자가 가짜 버튼을 누르자 다른 누군가가 조작하는 화면이 번쩍이며 글자가 나타났다. '디즈니 영화들.'

제시가 의자에서 벌떡 일어섰다.

"우와, 내가 아는 게 나올 거 같아." 제시가 속삭였다.

"너는 맨날 그렇게 말하잖아." 나도 속삭였다.

"아니야, 이번에는 정말 그럴 거 같아."

"그럼 문제를 말씀드리겠습니다……."

긴장을 고조시키는 음악이 흐르고 조명이 스튜디오를 번쩍번쩍 비추면서 타이머가 요란하게 째깍거리기 시작했다.

"디즈니 공주들 중에서 유일하게 실제 인물에게서 영감을 받아 탄생한 공주는 누구일까요?" 사회자가 진행 카드를 읽었다.

제시가 버저를 눌렀다.

"포카혼타스."

"정답입니다. 「인어공주」에 등장하는 어설라Ursula가 기르는 애완용 장어 둘의 이름은 무엇일까요?"

"플롯섬과 젯섬." 제시는 흥분해서 하마터면 말을 더듬을 뻔했다.

"이번에도 정답입니다."

화면에 새 점수가 나타났다. 11 대 11.

"미키 마우스가 최초로 등장한 단편 영화는 무엇입니까?"

나와 제이크가 기대에 차서 제시를 쳐다보았다. 그런데 제시가 미안하다는 듯 고개를 저었다.

그때 퀴즈 극단주의자 팀이 버저를 눌렀다.

"「미친 비행기」." 그들이 자신만만하게 대답했다.

"정답입니다. 퀴즈 극단주의자 팀이 다시 앞서갑니다."

빌어먹을.

12 대 11.

"「미녀와 야수」의 여주인공 벨의 탄생에 영감을 준 실제 여배우는 누구일까요?"

"캐서린 헵번." 제시가 환하게 미소를 지으며 대답했다.

얘는 그런 걸 어떻게 다 알지?

12 대 12.

"디즈니 영화 주인공 중에서 유일하게 영화 전체를 통틀어 한마디도 하지 않은 캐릭터는 누구일까요?"

나는 제이크와 제시를 쳐다보다가 퀴즈 극단주의자 팀에게로 시선을 옮겼다. 모두가 멍한 표정이었다.

"진행 속도를 높여야겠군요……. 버저를 누르실 분 안 계십니까?" 타이머가 째깍거리며 시간이 줄어들었다. 다섯, 넷, 셋…….

제시가 겨우 시간 맞춰 버저를 눌렀다.

"덤보?"

"정답입니다!" 버저가 울렸다. "여기까지입니다. 시간이 다 됐습니다. 정말 아슬아슬했습니다!"

퀴즈 극단주의자 팀은 충격을 받은 표정으로 등받이에 축 늘어졌다.

"축하드립니다. 올제이스 팀, 이 대결에서 13 대 12로 아슬아슬하게 우승을 차지했습니다."

이게 진짜야?

흥분한 제시를 쳐다보며 나는 내 몸을 꼬집었다. 우리가 이겼다는 게 믿어지지 않았다.

"상대 팀을 이겼지만 상금을 획득하려면 한 번 더 도전을 해야 합니다. 제가 여러분에게 이 열쇠를 드리겠습니다. 그러면 여러분은 두 개의 문 중에 하나를 선택해서 여시면 됩니다. 한쪽 문에는 상금이 있고 다른 문에는 아무것도 없습니다."

갑자기 빨간 스포트라이트가 우리를 비췄다. 음향 효과가 울리면서 다시 긴장이 고조되었다.

"어느 문으로 가야 되지?" 제이크가 물었다.

우리는 서로를 쳐다보았다.

나는 제이크와 제시의 눈빛과 눈을 찌를 듯한 조명을 피해 할아버지를 찾았다. 자세히 보니 할아버지는 동전 던지는 시늉을 하고 있었다.

방송에서 그런 거 해도 되나?

어쩐지 데자뷔를 보는 것 같았다.

"우리 동전 던져볼래?" 나는 마이크에 잡히지 않을 만큼 작은 소리로 물었다.

"술집 퀴즈 대회에서 동점일 때 해봤는데 실패했잖아."

"동전이 그때의 실수를 만회할지도 모르잖아."

"지금이 바로 그때일 가능성이 높아."

제이크는 확률에 대해 잘 모르는 걸로 아는데.

"좋아, 동전한테 결정하라고 하자."

"저희 동전 던져봐도 될까요?" 내가 머뭇거리며 사회자에게 물었다.

"대답을 결정하려고 동전을 던지겠다는 출전자는 처음입니다." 사회자가 못 믿겠다는 듯이 주위를 두리번거렸다.

점점 커져가는 긴장감에 신이 난 프로듀서가 두 엄지를 번쩍 들어올리더니 카메라 감독에게 동전 던지기를 클로즈업하라고 지시했다.

"좋아, 1번 문이 앞면, 2번 문이 뒷면이야. 괜찮지?" 내가 물었다.

제이크와 제시 둘 다 고개를 끄덕였다.

나는 동전을 던졌다.

"뒷면이야!"

"그러면 2번 문으로 가시겠습니까?" 사회자가 물었다.

"네, 그렇게 하겠습니다."

"정말 그렇게 하실 겁니까?"

"네, 그러겠습니다."

"최종 결정입니까?"

"최종 결정입니다."

빨랑빨랑 진행해요.

"2번 문 뒤에 뭐가 있는지 확인해보겠습니다⋯⋯."

규칙적으로 쿵쿵 울리는 음악 소리에 맞춰 내 심장 박동도 점점 빨라졌다. 긴장되어서 미칠 것 같았다⋯⋯.

"성공입니다, 1,000파운드를 차지하셨습니다!"

감독이 '컷'이라고 외치자마자 우리는 관객석으로 달려갔고, 축하의 포옹이 이어졌다.

"축하해!"

"잘했어!"

"정말 잘했어!"

촬영 세트를 돌아보니 퀴즈 극단주의자 팀은 아직도 자리에 앉아 무엇이 잘못되었는지 찾아내려고 애쓰며 게임을 복기하고 있었다.

"1,000파운드로 뭐할 거야? 어디 보자, 각자 333파운드 씩인가?" 새로운 계획에 투자하라고 유혹하려는 듯 아빠가 물었다.

"제이크는 휴가를 갈 거고, 그리고, 제시, 너 이제 머리 잘라도 되겠네." 다가오는 두 친구에게 내가 말했다. 제시는 제이크를 보고 내게로 시선을 옮기며 활짝 미소를 지었다.

"조시, 사실 우리는 이 상금을 너한테 주기로 미리 결정했어. 너 이돈으로 해바라기 걸 찾아가봐."

"말도 안 되는 소리 하지 마!"

"아니야, 정말이야, 조시. 우리는 너한테 이 돈 주고 싶어."

"진심이야? 나 혼자 이걸 다 받을 수는 없어."

"아니야, 그래도 괜찮아, 거절은 거절할게."

"나는 지금 당장은 일 때문에 꼼짝할 수가 없어. 그래서 나랑 제이크는 한동안 여행 같은 건 못 갈 거야. 이 돈은 우리보다 너한테 더 필요할 거야." 제이크가 말했다.

"그리고 내가 머리 자르는 것보다 네가 해바라기 걸 찾는 게 훨씬 더 중요한 일이잖아!"

"진짜 고맙다. 진짜 너무너무 고마워." 나는 할 말이 생각나지 않았다. "야, 진짜 너희가 최고야. 그 사람을 찾으러 갈 수 있다니. 믿어지지가 않아."

나는 금방이라도 눈물이 쏟아질 것 같았다.

친구들과 부둥켜안는데 스튜디오 저편에 있던 할아버지가 나를 향해 빙긋 미소를 지었다.

가을

19

지금 우리는 브리스틀 공항의 출발 안내판 앞에 서 있다. 휴일을 맞아 여행을 가는 사람들이 빗속에서 공항 버스에서 내려 회전문을 통과하여 끝도 없이 내 옆을 지나가 탑승 수속 창구로 향했다. 큼직한 여행 가방을 끌고 가는 사람도 있고, 허둥지둥 들어와 뛰어가는 사람도 있고, 마지막으로 가방을 다시 열었다가 당황하며 다시 닫는 사람도 있었다. 휴일은 긴장을 늦출 수 없는 때인 것 같다.

"내가 이러는 게 맞다고 생각해?"

"우리 생각은 중요하지 않아, 네 생각이 중요하지, 너는 이게 맞다고 생각해? 가는 사람은 너잖아!"

"알아, 그래도 가망 없는 헛된 일에 돈을 너무 많이 쓰는 것 같아서 그렇지. 만날 수 있을지 없을지도 모르는 여자를 찾는 데 이렇게 많은 돈을 써도 되는 걸까?"

"정확히는 우리 돈이지." 제이크가 끼어들었다. 평소에는 오전에 돌아다니지 않는 그였다.

"돈 생각은 하지 마." 제시는 조금 더 힘이 나는 말을 해주었다.

"알아, 하지만 여름도 끝나가는데 나는 다시 백수가 됐잖아. 상금으로 다른 일을 찾을 때까지 버텨야 하는데……."

“너 꼭 그녀를 찾고 싶어했잖아. 마음이 변한 거야?”

“나도 모르겠어……. 솔직히 만약에 다시 실연당한다면 어떻게 될까라는 생각이 들었는데……. 그러면 이번에는 감당 못 할 것 같아. 어쩌면 그냥 모르는 채로 사는 게 나을지도 모르겠어.”

“그래도 가서 그 사람을 찾고 정말 서로 운명인지 확인해봐. 안 그러면 평생 미련이 남을 거고 장기적으로 봤을 때 그게 더 안 좋아. 지금만 봐도 그 사람 때문에 다른 사람은 아예 만날 생각도 안 하고 있잖아.”

“그건 그래.”

“그리고 동전도 너한테 가라고 했잖아. 올해 내내 네가 떠든 대로 동전의 결정을 따라야지.”

나는 고개를 끄덕였다. 나도 다 안다. 내 마음 깊은 곳에서도 가고 싶다고 말하고 있다.

“하지만 네가 겁이 나서 포기한다고 해도 우리는 괜찮아. 네가 100퍼센트 확신이 없다면 이대로 버스에 올라타서 다시 돌아가면 그만이야.” 제시가 말했다.

“하지만 여기까지 오는 데 7파운드 50펜스나 되는 공항 버스 요금이 들었어. 우리를 여기까지 끌고 왔으니까 이 녀석은 가야 돼.” 제이크가 또 끼어들었다. 평소에는 대중교통을 이용하지 않는 그였다.

“그래, 너희 말이 맞아. 나 정말 그 사람 찾고 싶어. 내가 걱정되는 건 찾지 못하면 어쩌나, 하는 것뿐이야. 아니면 찾긴 찾았는데 그 사람이 이사를 갔다거나, 만나는 사람이 있다거나, 아니면 우리가 서로 통하지 않는다거나, 아니면, 그러니까 그 사람이 나를 잊어버렸으면 어쩌나 걱정될 뿐이야.”

“그 사람이 **기적처럼** 너와 사랑에 빠질 수도 있잖아.” 제이크가 또 끼어들었다.

기적처럼이라는 말이 약간 거슬렸지만 나는 따지지 않기로 했다.

"바르셀로나행 EZY 6025기 마지막 탑승 안내입니다." 자동 음성 방송이 지각하는 승객들에게 화가 나기라도 한 듯 단호한 투로 말했다.

"그럼 뮌헨이야 아니면 암스테르담이야?" 포근한 침대로 돌아가고 싶은 듯 하품을 하면서 제이크가 물었다. 새벽 동이 트자마자 일어나야 하는 그가 오늘 하루 휴가를 내고 여기까지 와주었다. "어디에 먼저 갈지 동전한테 물어봐."

필라델피아나 도쿄는 지금 당장은 금전적으로 갈 수 있는 형편이 되지 않아서 후보에서 제외했다. 그래서 남은 두 후보지가 지금 내 앞에서 반짝반짝 빛나고 있었다.

08 : 50 BMl84l 뮌헨
09 : 25 U26l6l 암스테르담

무작정 공항으로 달려와 아무 비행기나 타는 상상을 늘 하곤 했는데, 막상 그렇게 하려니 너무 부담스럽고 어디를 선택해야 할지 정하기가 어려웠다.

나는 주머니에서 동전을 꺼내 허공으로 튕겨 올렸다.

"정말 내가 너희 돈 써도 괜찮은 거 맞아?"

제이크가 눈을 부라렸다.

"그래, 써도 괜찮다니까. 우리가 바라는 건 네 행복이야. 너는 행복할 자격이 있는 사람이라고." 제시가 말했다.

"괜찮아. 나중에 그 사람이 백만장자라는 게 밝혀지면 그때 갚으면 되니까." 제이크가 오늘 아침 처음으로 미소를 지으며 말했다. "행운을 빈다, 가서 꼭 그 사람 찾아, 동전 던지기 대마왕아."

"그리고 제시, 제러미 맡아줘서 고마워. 그 녀석 당근말고 케일 잘 먹는 거 잊지 마."

"걱정하지 마, 내가 너 대신 잘 돌봐줄게."

금방이라도 울음을 터뜨릴 것 같은 얼굴로 제시가 나를 꽉 끌어안았다. 제이크도 장난스럽게 우리와 같이 포옹을 했고 어느새인가 우리는 브리스틀 공항 한복판에서 셋이 얼싸안고 있었다.

"친구들, 고맙다, 나중에 보자!"

나는 동전이 옳은 선택을 했기를 바라며 탑승 수속 창구로 향했다.

20

"그래서, 독일은 휴가차 오신 겁니까?"

입국심사대에 늘어선 줄 맨 앞에 온 나는 안드레아스 케플러에게 여권을 건넸다. 이 사람의 이름을 아는 건 이름표에 딱 써 있었기 때문이다. 비행기에서는 별일 없었다. 난기류를 만나 추락해서 죽을까 봐 겁이 났던 것만 빼면. 그것도 두 번이나 그랬지만.

왜 그랬는지 모르겠지만 나는 가장 무섭게 생긴 직원이 있는 입국심사대에 줄을 섰다. 안드레아스는 아무도 자기 나라에 발을 들이지 못하게 하겠다고 결심한 사람 같았다. 마치 자국의 이민 정책에 질려서 독일 땅으로 들어오는 외국인을 개인적으로라도 막기 위해서 이 직업을 택한 것처럼 보일 정도였다.

그는 강한 독일 억양으로 예상 가능한 질문들을 하면서 나와는 눈도 마주치지 않고 내 여권만 뚫어지게 들여다보았다. 내 여권은 두 시간 전 브리스틀 공항에서 검사를 받았는데, 여기 오는 사이에 대체 무슨 문제가 생겼다고 그렇게 들여다보는지 알 수가 없었다.

이 질문은 어떻게 대답해야 하지!?

"정확히 말하자면 뮌헨에 있는 영어 서적 전문 서점에서 근무하는 것으로 추측되는 여성을 찾으려고 왔습니다. 제가 그 사람을 사랑하는

207

거 같아서요."

이렇게 대답하면 안 되는데.

안드레아스가 갑자기 내 여권에서 시선을 들더니 나를 살펴보았다. 아무래도 내 대답이 마음에 들지 않는 것 같았다.

입국심사대 직원들이 심문을 마치 경찰처럼 하는 것인지 아니면 친절하게 잡담이나 하는 것인지 전혀 모르겠다. 굳은 표정에 몸에는 문신을 하고 유리 칸막이 뒤에 앉아 있는 이 독일 남자가 내 독일 여행의 복잡한 사정에 대해 전부 캐물으려는 거야, 아니면 내가 불법 약물을 밀수하는 게 아니라는 것만 확인하려는 거야?

"독일에는 얼마나 오래 계실 겁니까?" 마치 나 때문에 경보음이라도 울렸다는 듯이 좀더 심각한 목소리로 물었다.

"그 사람을 찾을 때까지 아니면 돈이 다 떨어질 때까지 있을 거 같은데요."

비행기를 타고 오면서 귀가 먹먹하게 막혀서 나는 이 독일 남자의 말소리가 잘 들리지 않아서 대답도 크게 했다.

"돈은 얼마나 가져왔습니까?"

별걸 다 묻네.

"1,000파운드요, 상금으로 받은 건데, 그게 정확히 말하자면 나 혼자 딴 건 아니에요. 내 친구들이 보태줬어요."

또 쓸데없는 이야기하고 있잖아, 조시. 그건 투 머치라고.

입국심사대 직원이 처음부터 예의 바르게 대화를 이어갔다고 해도 이제 더 이상은 그렇게 하지 않을 것 같았다. 전자식 입국심사대로 갔어야 했다. 그것도 무사히 통과하지는 못했겠지만, 여기보다는 나을 것 같았다.

내 뒤로 줄이 길어지면서 바로 뒤에 있는 사업가처럼 보이는 남자가 짜증스럽게 몸을 움직이며 스피커의 안내방송보다도 더 요란하게 한숨을 내쉬었다. 내가 일부러 안드레아스를 붙잡고 시간을 질질 끄는 게 아닌데도 말이다.

"어디서 지낼 예정입니까?"

"아직 예약 안 했어요. 그것까지 생각할 시간이 없었어요. 아마 호스텔에서 묵을 거 같아요."

안드레아스가 고개를 설레설레 저었다. 나는 겁이 나기 시작했다. 지금까지 나한테 한 질문이 다른 사람들한테도 다 하는 기본적인 질문이 아닌가? 혹시 나를 의심하나? 내 왼쪽 입국심사대에서 나와 동시에 여권을 건넨 여자는 이미 심사대를 통과했다. 아무래도 이건 좋은 징조가 아니다.

이 사람은 대체 나를 뭘로 생각하는 거야? 마약 밀수꾼? 테러리스트? 불법 이민자? 아니면 간첩? 대학 때 제2차 세계대전 당시 독일에서는 간첩을 찾아내기 위해 '다람쥐'라는 단어를 이용했다는 걸 읽은 기억이 났다. 그런데 나는 독일어로 다람쥐를 뜻하는 '아이히혼첸 Eichhörnchen'을 발음할 줄 모른다. 만약 독일에서 아직도 케케묵은 그 방법을 사용한다면 나는 이제 큰일 났다.

"직업은 뭡니까?"

좋아. 이건 제대로 대답할 수 있어.

"여행 가이드예요. 관광객들과 함께 도보 여행을 하면서 도시를 소개해주는 일이죠." 나는 이게 마지막 질문이고 이만 나를 보내주기를 바라며 분명하고 간결하게 말했다.

"여행은 어디로 갑니까?"

젠장.

"아, 죄송해요. 그 일은 브리스틀에서 했는데, 여름 동안만 했어요."

"그래서 지금은 직업이 없습니까?"

안드레아스는 거짓말쟁이를 싫어하는 것 같았다. 아니면 백수를 싫어하는 걸 수도 있고, 그의 얼굴이 일그러지기 시작했다. 이마의 주름도 튀어나왔다. 그리고 내 여권을 더 단단히 쥐었다.

"그러니까, 네, 그렇게 본다면 직업이 없는 셈이죠."

갑자기 정신이 번쩍 들었다. 내가 무슨 짓을 한 거지? 그리고 지금 여기서 뭐 하는 거야? 무슨 일이 있었는지 다 잊었어? 여자 하나 때문에 가진 돈을 전부 날렸잖아. 또다시 말이야. 제이드한테 당하고도 또 똑같은 짓을 하는 거야?

안드레아스가 나를 쳐다보더니 다시 내 여권을 내려다보고는 같은 행동을 한번 더 반복했다. 9년 전에 찍은 내 여권 사진이 지금 안드레아스 앞에 있는 나와 달라 보일 수 있다는 생각이 문득 들었다. 그래서 여권 사진과 똑같은 자세를 취하고 일부러 미소도 짓지 않으려고 애썼다. 왜 여권 사진은 다들 화난 사람처럼 찍는지 이해할 수가 없다.

"그러니까 당신은 직업도 없고, 지낼 곳도 없는 상태로 이름도 모르는 여자를 찾아서 독일로 왔군요……."

눈썹에서 땀이 흘러내리는 느낌이 들었다. 그런데 그걸 나는 느끼기만 할 뿐이지만 안드레아스는 눈으로 볼 수 있다. 그 생각이 들자 나는 땀이 더 났다.

내가 범죄자처럼 보이고 있는 게 분명했다. 이제 안드레아스가 보안요원을 불러 나를 저 뒤쪽 어딘가로 데려갈 것이다. 공항 잠복 경찰들이 나오는 리얼리티 프로그램에서 그런 장면을 본 적 있다. 나는 불안해서 배낭을 내려다보며 혹시 실수로 칼이나 폭탄을 챙겨왔으면 어쩌지, 혹시 내가 모르는 사이에 누군가 내 배낭에 이상한 걸 슬쩍 집어넣었으면 어쩌지, 하고 걱정했다. 비행기 안에서 동전은 계속 내 편을 들어주었다. 그래서 나는 신문, 꽝이 나온 긁는 복권, 그리고 머핀 하나를 샀다. 혹시 그 머핀 안에 마약이 들었으면 어쩌지?

이제 끝이야…….

"그럼……행운을 빕니다, 그 여자분 꼭 만나시기 바랍니다."

안드레아스는 여권을 돌려주며 싱긋 미소를 짓고 윙크까지 했다. 나는 어리둥절한 얼굴로 그를 빤히 바라보기만 했다.

이거 혹시 내 상상 아니야?

"셸링 거리에 있는 영어서적 서점에 한 번 가보세요……. 이름은 워즈워스 서점이에요."

입국심사대를 지나며 보니 안드레아스의 책상 위에는 『제인 에어』가 놓여 있었다.

안드레아스는 사실 낭만적인 중년이었던 것이다.

나는 다른 공항 직원과 더는 마주치지 않으려고 재빨리 수화물 찾는 곳을 지나 독일의 태양 아래로 나갔다.

이제 인구 150만 명의 이 도시에서 해바라기 걸만 찾으면 된다. 최소한 맨 처음 찾아갈 목적지는 정해졌다.

21

"축제 때문에 올해는 약 600만 명의 관광객이 찾아올 것으로 예상되는데요, 그래서 어디든 굉장히 복잡할 겁니다." 공항 버스에서 옆자리에 앉은 젊은 남자가 설명했다. 그는 파란 체크무늬 셔츠에 전통 의상인 레이더호젠(무릎 길이의 가죽 바지에 자수 장식 있는 멜빵이 달린 티롤 지방 민속의상/옮긴이)을 차려입었는데 축제 이야기를 하기 전까지는 나는 독일인들이 전부 이런 옷을 입는 줄 알았다.

옥토버페스트가 사실은 9월에 열리는 줄 누가 알았겠어?

그런데 나 빼고 다 알고 있는 것 같았다.

마치 이건 가짜 광고 같았다. 11월에 크리스마스를 즐기는 것처럼 말이다.

그러니까 150만 분의 1이었던 내 확률은 이미 750만 분의 1로 늘어났다. 예전에는 짚더미 사이에서 바늘 찾기였다면, 지금은 짚더미가 가득 쌓인 운동장에서 바늘 찾기로 바뀐 것이다.

중앙역 앞에서 버스에서 내린 뒤로 체크무늬 셔츠를 입은 수천 명의 사람들이 내 옆으로 지나갔다. 다들 같은 방향으로 가고 있었는데, 아마도 맥주를 마시러 가는 것 같았다. 또한 머리를 땋고 던들(허리에 주름을 많이 잡은 치마와 블라우스에 조끼를 덧입은 알프스 지방의 민속의상/옮긴이) 차림을 한 여자들 수십 명이 지나갔다.

이런 사람들 틈에서는 청바지와 스웨터 차림의 내가 이상해 보일 게 뻔했다. 그렇지만 밀려오는 사람들을 뚫고 안드레아스가 추천한 워즈 워스 서점을 향해 걸어갔다. 스마트폰으로 재빨리 검색해보니 이 도시 에는 영어 전문 서점이 두 곳밖에 없었다. 그리고 그 둘 다 고흐의 「해 바라기」가 전시된 노이에 피나코테크과는 몇 분밖에 안 걸리는 거리에 위치해 있었다.

걸어갈수록 학생 할인 문구가 걸려 있는 카페와 테이크아웃 음식점 들이 많이 눈에 띄는 것으로 보아 대학가로 향하고 있는 게 확실해졌 다. 10대들이 청바지가 가득 든 가방을 들고 빈티지 옷가게에서 나와서 거리로 몰려나왔다. 아마 그 청바지들은 무게를 달아 파는 것일 것이 다. 나는 노란 재킷이 눈에 띌 때마다 화들짝 놀랐다. 마치 해바라기 걸 이 맨날 그 재킷만 입고 다니기라도 하는 것처럼 말이다. 학생들 무리 를 따라 뮌헨 대학교 영문학과로 향했다. 그 바로 옆이 내가 가려는 서 점이었다. 적갈색 간판이 목적지에 도착했음을 알려주었다. 나는 밤색 철제 문으로 걸어들어갔다. 뱃속이 나비가 날아다니기라도 하는 것처 럼 울렁거렸다.

서점 안에 있는 얼마 되지 않는 손님들은 안드레아스와는 달랐다. 다 들 젊고, 배낭을 메고 있었고 아마도 바로 옆 건물에서 영어를 공부하는 학생들인 것 같았다. 오른쪽 벽에는 워즈워스 서점 1985년 개업이라는 글자를 가운데에 검은색과 흰색으로 수 놓은 아주 큰 양탄자가 걸려 있 었다. 이곳은 그저 영어책만 파는 것이 아니라 영국 문화도 소개하는 곳 같았다. 차 쟁반, 도자기 잔, 왕실 기념품, 마멀레이드 병, 앙증맞은 냅 킨, 헨리 8세와 그의 여섯 왕비들이 그려진 엽서도 팔고 있었다. 그리고 정원 가꾸기 코너에는 엘런 티치마치(정원 가꾸기로 유명한 영국의 전문 방송인/

^{옮긴이)} 책도 있었다. 그가 독일에서도 이렇게 인기가 있는 줄은 몰랐다.

서점은 내 예상보다 작고 실내가 3층의 복층 구조였다. 나는 책을 찾는 척하면서 이리저리 돌아다니면서 해바라기 걸이 있는지 유심히 살폈다. 그런데 주위에는 내가 찾는 그 사람은 말할 것도 없고 직원도 아예 보이지 않았다. 첫 번째 복층으로 올라가니 DVD 코너가 있었다. 진열된 상품을 훑어보니 해리 포터나 제임스 본드부터 몬티 파이튼이나 코미디 시리즈「캐리온」까지, 거의 다 영국 영화와 드라마, 텔레비전 쇼들이었다. 독일인들은 영국에서「미스터 빈」만 계속 보는 줄 아나?

반대쪽 벽에는 편지를 담은 액자들이 걸려 있었다. 전부 클래런스 하우스(런던의 영국 왕실 저택/옮긴이)에서 이 서점으로 보낸 편지들이었다. 첫 번째 편지는 엘리자베스 여왕의 어머니의 비서가 보낸 것으로, 여왕의 어머니께서 워즈 워스 서점 개업식에 참석할 수 없다는 내용이었다. 두 번째 편지는 여왕의 어머니의 생일을 축하해줘서 고맙다는 내용이었다. 세 번째 편지는 서점의 창립기념일 행사에 참석할 수 없다는 내용이었다. 나는 네 번째 편지에는 여왕의 어머니께서 제발 그만 좀 귀찮게 하라고 쓰지 않았을까라고 상상했는데, 다음 편지를 읽기 전에 편지들이 있는 코너 모퉁이에 있는 다리가 눈에 띄었다. 50대로 보이는 남자가 짙은 회색 카펫 바닥에 무릎을 꿇고서, 서가에 새 책들을 꽂고 있었다. 그래서 쉽게 눈에 띄지 않았던 것이다.

"실례합니다……." 내가 뒤에서 다가가는 바람에 남자는 살짝 놀랐다.

"Hallo, kann ich Ihnen helfen?" 남자는 반사적으로 독일어로 말하다가 자신이 영어를 할 줄 안다는 것을 깨달았다. "어, 죄송합니다. 도와드릴 일이 있나요?"

"네, 도와주시면 좋겠어요. 저기, 뜬금없는 질문이긴 한데, 제가 여기서 근무하는 걸로 알고 있는 여성을 찾고 있어요. 20대 정도고 검은 머리에 영국인인데⋯⋯." 나는 말을 얼버무렸다.

그러자 남자가 어리둥절한 얼굴로 나를 쳐다보았다.

"여기 직원 중에 혹시 갈색 머리의 젊은 영국 여성이 있나요?"

이번에는 훨씬 더 천천히 말했다. 하지만 이 남자가 내 말뜻을 이해하지 못해서 어리둥절해하는 건 아닌 것 같았다.

"클라라 말씀이십니까?" 남자가 일어나더니 이제는 나를 내려다보며 물었다. 키가 180센티미터는 되는 것 같았다.

"그럴지도 모르는데, 실은 제가 이름을 몰라요."

남자는 내가 왜 이런 질문을 하는지 모르겠다는 얼굴로 나를 쳐다보았다.

"가서 그 사람을 데려오겠습니다."

이렇게 쉽게 만나는 거야? 정말 운명이 내 편인가 봐. 첫 번째 시도에 그 사람을 찾아내다니. 제이크와 제시는 분명히 못 믿을 거야.

남자는 여전히 어리둥절한 얼굴을 하고서 손님들과 서가들 사이를 지나 서점 뒤쪽에 있는 문으로 갔다.

나는 심장이 더 빨리 뛰고 두 손에서 땀이 났다.

그 사람한테 뭐라고 말하지?

그 사람을 이렇게 금방 만나게 될 줄은 상상도 못 했다. 그래서 만나면 무슨 말을 할지도 아직 생각해보지 못했다. 게다가 서점 주인이 바로 옆에 서 있고, 손님들로 붐비는 서점 안에서 그녀를 만나게 될 줄은 상상도 못 했다. 그 사람을 만나려고 뮌헨까지 온 걸 어떻게 설명하지? 그들이 돌아오기 전에 그냥 여기에서 도망치는 게 나을지도 모르겠다는 생각까지 들었다.

도망칠까 말까 고민하며 이리저리 돌아다니는데 조금 전의 그 남자가 돌아왔다. 그런데 혼자였다. 어쩌면 그녀가 나를 발견하고는 만나지 않겠다고 했는지도 모른다. 그렇다면 이제 이 남자가 나한테 경찰을 부르기 전에 당장 여기에서 나가라고 할 것이다.

"죄송합니다. 클라라가 오늘은 퇴근한 것 같습니다. 오후에 수업을 듣거든요."

"알겠습니다. 클라라가 영국인이 맞는지만 확인할 수 있을까요? 그리고 키가 이 정도 되고, 갈색 머리인가요?" 나는 내 손으로 그녀의 키를 설명했다.

"네, 맞습니다. 클라라 맞아요. 아마 내일 오전에는 근무할 겁니다. 혹시 필요하시다면 전화를 해볼까요?"

"아니요, 괜찮아요, 제가 내일 다시 올게요. 도와주셔서 정말 감사합니다." 내 생각에 아무래도 전화 통화가 더 당황스러울 것 같았다. 나는 그에게 클라라의 얼굴을 확인할 수 있도록 사진을 보여달라고 부탁하고 싶었지만 그럴 용기까지는 없었다. 그래서 그냥 내일까지 기다렸다가 그녀를 직접 만나기로 했다.

이렇게 운이 좋다는 게 믿어지지 않아서 싱글벙글거리며 서점에서 나왔다. 심장이 쿵쿵 요란하게 뛰었다.

그리고 이미 머릿속에서는 내일 해바라기 걸 아니, 클라라를 만나는 모습이 펼쳐지고 있었다. 그녀 이름이 클라라일 거라고는 예상하지 못했다. 하지만 대학교 바로 옆에 있는 이 서점에서 일하는 건 당연하다는 생각이 들었다. 그녀는 옆에 있는 대학교에서 영어를 전공할 것이다. 지금은 어디 있을까? 궁금했다. 혹시 그녀가 있을까 싶어서 주변의 학생들을 둘러보았다. 지금은 강의를 듣고 있을지도 모른다. 혹시 옥토버페스타에 간 건 아닐까? 그녀가 던들을 입고 맥주를 마시고 테이블 위에 올라가서 춤추고 있는 건 아닐까?

막 모퉁이를 돌아가다가 '뮌헨의 독서가'라는 또다른 영어 전문 서점도 일단 확인하기로 했다. 이곳은 복잡한 대학 교정에서 조금 떨어져 있어서 좀더 차분해 보였다. 중고 전문 서점이어서 신간은 창가에 세워둔 몇 권밖에 없었고, 왕실 기념품 같은 것도 보이지 않았다. 책을 겉표지로 판단하면 안 되는 것처럼 서점도 바깥에서 보이는 모습으로만 판단해서는 안 된다. 입구에는 반값 할인 서적들을 담은 파란색 나무상자들이 쌓여 있었다. 나는 가장자리가 낡은 제임스 패터슨의 소설과 오래된 여행 가이드책들을 휘리릭 넘기며 대충 훑어보고는, 서점 안으로 들어갔다.

서점은 병원 대기실 같았다. 밝은색 나무 합판 마루에는 큼직한 초록색 식물이 자라는 새하얀 화분들과 편안해 보이는 의자들이 있었다. 그리고 바닥에서 천장까지 닿는 검은색 책꽂이들이 서로 다른 각도로 놓여 있어서 마치 미로처럼 이어지며 공간을 나누고 있었다. 영화배우 스탠리 투치와 쌍둥이라고 해도 믿을 수 있을 것 같은, 대머리에 안경을 쓴 미국 남자가 계산대 뒤에 앉아서 전화로 반려동물에 대해 이야기하고 있었다. 논픽션 코너를 돌아다니던 나는 의도한 것은 아니지만, 그의 통화를 엿듣게 되었다. 얼마 지나지 않아 그가 기르는 개 이름이 디킨슨이라는 것도 알게 되었다.

"그게 어떤 건지 알 거야……. 그래, 맞아, 바로 그렇다니까……적응하려면 시간이 좀 걸려. 내 기억에 우리가 그 새끼 고양이 둘을 데려왔을 때……그래, 맞아……. 이제 서로 친해지고 디킨슨하고도 친해질 거야. 맙소사……."

"실례합니다, 다니엘 스틸 신간은 언제쯤 들어올까요?" 여자가 묻는 소리가 들렸다.

"누가 중고로 내놓으면 그때 들어오겠죠." 남자는 그렇게 말하고서 다시 전화 통화를 이어갔다.

나는 그가 통화를 끝내기를 기다렸다가 계산대로 걸어갔다.

"에스프레소 한 잔 드릴까요?" 내가 다가가자 남자가 강한 뉴욕 억양으로 물었다.

나는 지금 여기가 서점이 아니라 스타벅스인가 싶어 당황해서 그를 쳐다보았다. 그러다가 계산대에 붙여진, 뜨거운 음료를 판다는 문구가 눈에 들어왔다. 이 남자는 금방 내줄 수 있도록 컴퓨터 옆에 커피 주전자를 내려놓았다.

"아니오, 괜찮아요, 저기, 혹시 여기서 근무하는 영국 여성이 있나요? 20대 정도 되고 갈색 머리인데요?"

"미안하지만 여기서 일하는 사람은 나 혼자뿐이고 나는 20년 넘게 머리카락이라고는 구경도 못 해봤네요." 남자는 자기 농담에 자기가 웃었다. 나도 무례해 보이지 않도록 같이 살짝 웃었다.

그래도 실망하지 않고 이 서점을 나올 수 있었던 건 클라라가 해바라기 걸이 맞는다고 확신했기 때문이다. 그보다 지금 더 급한 문제는 오늘 밤 어디서 자느냐 하는 것이었다. 지금 이 도시의 모든 호텔, 호스텔, 그리고 게스트하우스가 전 세계에서 밀려오는 관광객들 때문에 예약이 꽉 찼거나, 평소보다 값이 엄청나게 올랐다. 나는 뮌헨 신시청사 글로켄슈필 앞에 모인 관광객들 사이를 뚫고 다시 시내로 돌아왔다.

네 번째 호텔에서도 퇴짜를 맞고 오늘 밤에는 길바닥에서 자야겠구나 싶어서 적당한 자리를 찾으려는데 중앙역 근처에 '방 있음'이라는 간판이 있는 호스텔이 눈에 딱 들어왔다. 하느님 감사합니다라고 생각했지만, 그건 체크인 데스크에서 가격을 알려주기 전까지만이었다. 내가 호스텔 가격은 잘 아는 사람이지만 1인실이 딱 하나 남은 상황에서 값을 많이 깎을 수가 없었다. 내키지 않았지만 상금 중에서 꽤 많은 액수를 건네고 위로 올라갔다. 3층까지 가는데 엘리베이터로 5분이나 걸리는 걸 보면서 그제야 나는 이곳이 뮌헨에서 가장 좋은 잠자리는 아니겠구나 하는 생각을 했다. 열쇠로 문을 열고 안으로 들어가보니 내 몸뚱이 하나와 가방 하나 들어가기도 좁았다. 9월에 옥토버페스트라는 이름의 축제를 하는 것도 가짜 광고 같은데, 벽장이나 다름없는 곳을 '특급 개인실'이라고 부르면서 숙박비로 150유로나 받는 것은 진짜로 가짜 광고가 확실하다. '벽장'을 '방'이라고 한 것도 거짓이다. 게다가 커튼 하나 없으면서 '개인실'이라고 한 것은, 선을 넘은 거짓이다. 심지어 내 방 창문은 고층 상업 건물과 마주 보고 있었다. 욕실에서 옷을 갈아입을 수는 있지만, 이곳은 '욕실'이란 명칭과 전혀 맞지 않았다. 우선 욕실인데도 '목욕'을 할 수 없다. 심지어 문도 없다. 대체 누구 생각인지는 모르겠지만 변기가 세면대 밑에 있어서 몸을 마음대로 움직일 수 있는 곡예사가 아니면 볼일도 볼 수 없다. 하지만 가장 이상한 점은 바닥에 난방이 된다는 것이다. 커튼도 없고, 욕실 문도 없는 이 방에서 내가 누릴 수 있는 호사는 온돌 하나뿐이다.

그래도 중요한 것은 내일이다. 내일이면 클라라를 다시 만날 수 있다.

22

나는 침대에 누워서 시간이 가기만을 기다렸다. 식구들이 모두 잠에서 깨기를 기다리는 일곱 살 꼬마가 된 것 같았다.

스물아홉 살 생일이라 신나서 이러는 건 절대 아니다. 그건 생각만 해도 끔찍하다. 아무것도 한 일 없이 또 한 해가 지났다는 뜻이니까 말이다. 사실, 나는 싸구려 식당에서 식중독에 걸린 스물한 살 생일 이후로 생일이 신나고 즐거웠던 적이 없다. 그 식당을 고른 사람은 아빠였다. 그날 나는 화장실에서 밤새 토했다.

하지만 오늘은 다르다. 오늘은 내 인생 최고의 생일이 될 것이다.

제이크와 제시가 내 생일에 대해 짓궂은 농담을 문자로 보냈는데도 나는 아무렇지 않았다. 엄마와 아빠가 보낸 다섯 살짜리 꼬마한테나 어울릴 법한 축구화 모양 카드를 열어볼 때에도 화나지 않았다.

서점은 오전 10시에 문을 열고, 여기부터 걸어서 겨우 20분밖에 걸리지 않는다. 그래서 조식 뷔페에서 달걀도 잔뜩 먹고 짐도 천천히 챙겼다. 모든 게 팔만 뻗으면 닿을 수 있는 콧구멍만 한 방에 있으니 짐 챙기기는 쉬웠다.

"편히 지내셨습니까?" 열쇠를 반납하는데 호스텔의 젊은 남자 접수원이 물었다.

일단 잠을 거의 못 잤어요. 신경도 쓰이고 취해서 돌아오는 손님들이 하도 시끄럽게 떠들어서요. 그래서 내가 몰골이 지금 이 모양이에요. 거기다 에어 컨을 밤새 켜놓아서 내 상태가 더 엉망이 됐어요. 눈은 충혈되고, 붓고, 피부 는 푸석푸석하고. 코까지 막힌 이런 상태에서 꿈에 그리던 재회가 제대로 되 겠어요? 게다가 숙박비가 150유로나 되는데도 샤워젤도 안 주다니 정말 너 무했어요.

"네, 감사합니다." 나는 열쇠를 반납하고 나서 뮌헨의 시원한 아침 공 기 속으로 서둘러 나왔다. 호스텔 직원은 거기서 오래 근무했으니 굳이 사실을 알고 싶어하지 않을 것 같았다.

서점으로 가는데 뮌헨 도보 여행단의 소리가 들렸다. 호스텔에는 이 여행과 베르히테스가덴과 노이슈반슈타인 성 인근으로 가는 당일치기 여행을 광고하는 포스터가 잔뜩 붙어 있었다.

"이웃 도시를 습격해서 축제 기념 기둥을 훔치는, 오랜 전통이 있습 니다. 기둥을 훔치는 데 성공하면, 도둑맞은 도시는 자기들을 이기는 데에 공적을 세운 이들을 위해 잔치를 열어줘야 했답니다."

큰 무리의 관광객들이 뮌헨의 축제 기둥 주위에 모여 열심히 설명을 듣고 있었다. 이 여행단을 이끄는 독일 여성은 스코틀랜드 드라마를 보 며 영어를 배운 듯 스코틀랜드 억양이 강한 영어로 말했다.

"몇 년 전, 뮌헨 공항 축제 기념 기둥이 도난당하는 일이 벌어졌습니 다. 기둥이 사라진 걸 발견한 공항 직원이 뮌헨 시 경찰에 도움을 청했 는데, 전화기 너머로 공항 경찰은 놀림만 당했어요. 알고 보니 뮌헨 시 경찰들이 공항의 축제 기둥을 훔치고는 보안 영상도 바꿔치기해서 자 신들이 한 짓을 들키지 않게 한 거예요. 결국 축제 기둥을 돌려받기 위 해 뮌헨 공항은 뮌헨 시를 위한 파티를 열어야 했답니다!"

관광객들 모두 웃음을 터뜨렸다. 나는 저 여행 가이드가 똑같은 이야기를 몇 번째 하는 걸까, 궁금했다.

서점을 향해 걸어가면서 머릿속으로는 클라라를 만나서 할 말을 생각했다.

말이 안 된다는 건 알아요, 그리고, 음, 나를 또 만날 거라고 예상 못 했겠지만, 그게, 정말로 내가 그쪽을 좋아하는 거 같아요, 어, 그런데 그쪽 생각은 어때요?

할 말을 연습하다 보니 내가 마치 로맨틱 코미디 영화에 나오는 휴 그랜트와 같은 말을 한다는 생각이 들었다. 어젯밤에 거울을 보면서 연습할 때는 비록 거울을 보기 위해 몸을 이리저리 비틀어야 했지만, 그래도 제법 그럴듯하게 들렸는데 말이다.

서둘러 가다 보니 몇 분 정도 일찍 서점이 있는 거리에 도착했다. 서점 개점 시간에 맞춰 도착하면 진심을 보여줄 수 있을 것 같았지만, 서점이 문을 열기도 전에 밖에서 기다리는 건 필요 이상으로 상대에게 부담을 줄 것 같았다. 그래서 대신 근처를 돌아다니며 멀리서 서점에 들어가는 사람들을 바라보며 그녀가 나타나는지 기다리기로 했다. 그 사이에 할아버지와 할머니께 생일 축하 문자를 보내주셔서 감사하다는 전화를 하기로 했다.

"칠 육 구 팔 이 사."

대체 왜 할머니는 전화 받을 때마다 당신 전화번호를 읊는지 이해할 수가 없다.

"여보세요." 내가 말했다.

"안녕하세요. 저는 잘 있습니다. 오늘은 어떠세요?" 할머니는 아주 예의 바르게 말했다.

평소에도 최소 1분은 지나야 전화 건 사람이 나라는 것을 알아차리기 때문에 나는 빠르게 말을 이었다.

"할머지, 저 조시예요. 잘 계시죠?"

"아, 조시구나. 전화해줘서 고맙다. 생일 축하해! 누가 생일 그네(생일 맞은 사람의 팔다리를 붙잡고 들어올려 나이만큼 흔드는 전통/옮긴이)는 태워줬니?"

"아직이요."

"생일 축하 합니다……." 쌀쌀한 길거리에 서서 서점을 보고 있는 내게 할머니는 생일 축하 노래를 끝까지 불러주었다.

"감사합니다, 할머니. 전 그냥 생일 축하 문자 보내주셔서 감사하다고 인사드리려고 전화한 거예요."

"괜찮아. 네가 돌아오면 우리도 선물 받을 텐데 뭘."

"아, 그런가. 알겠어요."

"그건 그렇고, 독일 가는 길은 아는지 물어보고 싶었어. 너 지금 독일에 있는 거 맞지?"

"네, 맞아요, 할머니, 저 지금 뮌헨에 있어요."

할머니가 지도책을 넘기는 소리가 들렸다. 그 지도책은 영연방이 세계를 통치하던 시절에 출간된 것이다. 그래서 지도책에 나온 나라들 중 절반 정도는 더 이상 존재하지 않거나, 나라 이름이 바뀌었거나 다른 나라와 합병되었다.

"거기까지는 어떻게 갔니?"

"잘 모르겠어요, 제가 비행기를 몰지 않아서요." 나는 서점을 지켜보는 데 신경 쓰느라 버릇없이 대답했다.

그때 어제 만난 남자가 서점 문을 열고 밖에 있는 간판을 움직였다.

"죄송해요, 할머니, 저 가봐야 돼요."

"잠깐만. 할아버지가 생일을 축하하고 싶으시대."

"죄송해요, 할머니. 할아버지한테 제가 조금 이따가 전화 드린다고 전해주시겠어요? 진짜 감사합니다, 할머니. 나중에 봬요."

나는 전화를 끊었다.

도시의 시계들이 일제히 종을 울리자 갑자기 학생들이 길거리로 쏟아져 나와 각자 교실로 찾아갔다. 그들 사이를 뚫고 가는데 심장이 빠르게 뛰고 금방이라도 토할 것 같았다. 그런데 서점 문 앞에 거의 다 와서 나는 갑자기 길 위에 딱 멈춰섰다. 다리가 움직이지 않는 것이었다.

지금이야? 지금이 바로 그 순간인 거야? 이거 꿈 아니지?

올해가 시작되면서 이 순간이 오기까지 있었던 모든 일들 그리고 나를 여기까지 오게 한 동전의 결정들이 떠올랐다. 나는 힘을 내서 천천히 걸음을 옮겼다.

가자, 조시, 할 수 있어.

나는 다시 서점 밖에서 걸음을 멈추고 크게 심호흡을 했다.

자, 가자.

서점 문을 열고 안으로 들어가자마자 클라라가 눈에 들어왔다.

그녀는 복층 구조인 서점의 1층 계산대 뒤에 서 있었다. 청록색 점퍼 차림에 검은색 뿔테 안경을 쓰고 갈색 머리는 뒤로 땋아내렸다. 내가 안으로 들어오자 그녀는 하던 일에서 고개를 들며 미소를 지었다.

"Guten Morgen." 그녀가 소리쳤다.

나는 심장이 쿵 내려앉았다.

그녀는 나를 알아보지 못했다.

나 역시 그녀를 알아보지 못했다.

클라라는 갈색 머리의 20대 영국 여자가 확실했다. 하지만 해바라기 걸이 아니었다.

나는 실망감을 감추려고 애쓰며 그녀를 빤히 바라보았다.

"안녕하세요?" 그녀가 말을 걸었다. "무엇을 도와드릴까요?"

"어, 아니, 죄송해요, 전 괜찮아요. 고맙습니다." 나는 계단을 올라가며 도무지 믿기지 않는 마음으로 그녀의 이름표를 읽었다.

어떻게 이럴 수가 있지?

나는 이 서점이 바로 그녀가 근무하는 곳이라고, 드디어 우리가 재회할 거라고 철석같이 믿었다.

나는 볼일이 있는 사람처럼 서점 안으로 자신 있게 들어왔기 때문에 뭐라도 하나 사지 않으면 이상한 사람처럼 보일 것 같았다. 얼른 계산대에 있는 앤 볼린 엽서를 하나 집어들고 아무 말없이 계산을 했다. 그러고는 서점을 나오는데, 다급하게 들어와서는 참형 당한 왕비의 그림 엽서를 사는 것도 정상으로 보이지는 않을 거라는 생각이 들었다.

실의에 빠져 터덜터덜 밖으로 나왔다. 어쩐지 독일에 오기 전보다도 더 그녀에게서 멀어진 것 같은 느낌이 들었다. 또다시 그녀의 이름조차 모르는 상태로 돌아갔다.

정말로 이 일이 그렇게 쉬울 거라고 생각했어?

나는 곧장 공항으로 가서 암스테르담행 비행기를 타고 싶었다. 그런데 고흐의 「해바라기」가 있는 미술관에 가봐야겠다는 생각이 들었다. 동전이 미술관에 가보라고 했다. 가는 길에 제과점에 들어가 나를 위해 작은 생일 케이크를 사서 나중에 먹으려고 가방에 넣었다.

맥주 축제가 한창이라 박물관 거리는 뮌헨에서 가장 한산한 지역처럼 보였다. 로마 시대부터 현대에 이르기까지 다양한 시기의 예술품을 전시하는 박물관들이 울창한 정원들에 둘러싸여 있었다. 나는 18세기부터 19세기 유럽 미술품을 주로 전시하는 노이에 피나코테크를 찾았다. 그런데 거대한 야수 같은 이 건물의 내부로 들어가는 문이 보이지 않아서 건물을 한 바퀴 빙 돌아야만 했다. 들어가는 방향을 알려주는 표지판 같은 것은 하나도 없었다. 그러다가 한참 만에 입구를 발견해서 안으로 들어갔다. 안내 데스크에 있는 나이 든 여성이 나를 맞이하며 가방을 보관하라며 계단 아래에 있는 녹슨 사물함을 가리켰다. 루브르 박물관과는 사뭇 달랐다.

나는 미술관의 전시 일정을 살펴보다가 반 고흐의 작품들이 끝에서 두 번째 전시실에 있는 것을 확인하고는 다른 전시실들을 빠르게 지나갔다. 게인즈버러, 레이놀즈, 고야, 들라크루아의 작품들도 거의 한 번 제대로 쳐다보지 않고 지나쳤다. 그런데 미술관 안이 너무 조용했다. 내가 말한 조용하다는 것은 아무도 없다는 뜻이었다. 그리스 풍경화가 가득한 전시실에 들어설 때까지 사람을 한 명도 보지 못했다. 뮌헨에 있는 사람들 거의 대부분이 맥주를 마시러 갔고, 미술에 관심 있는 몇몇 관광객은 아직도 건물 입구를 찾지 못해 밖에서 헤매고 있나 보다.

마네, 세잔……점점 가까워지고 있었다. 드디어 반 고흐의 작품들이 전시된 라일락 느낌의 연보라색 전시실에 다다르자 해바라기 걸이 고흐의 「해바라기」를 구경하고 있을지도 모른다는 기대감이 살짝 생겼다. 하지만 미술관의 다른 곳과 마찬가지로, 이 전시실에도 사람은 없었다. 여기 있는 것이라고는 반 고흐의 그림 네 점, 고갱 그림 두 점, 세 뤼시에 그림 한 점 그리고 로댕의 조각 하나 그리고 나뿐이었다. 머릿속으로 온갖 상상을 하던 나 혼자뿐이었다.

전시실 구석에 있는 가습기가 돌아가는 소리가 탁탁 울렸다. 나는 전시실 한가운데 있는 소파에 앉아 고흐의 「해바라기」를 보았다. 그리고 처음으로 이 그림의 색깔들, 굵은 붓 터치 그리고 단순한 아름다움을 제대로 감상했다.

「해바라기」를 보면서 그녀도 바로 이 의자에서 저 그림을 봤을까라는 궁금증이 생겼다. 저 그림이 대답해줄 수 있다면 얼마나 좋을까.

23

소란스러워서 보니 소동이 벌어져 있었다.

솔직히 그런 광경을 보게 되리라고는 상상도 하지 못했다.

땅딸막한 중년 남자가 유럽의 흔한 적갈색 테라코타 도로 위를 긴 렌즈가 달린 니콘 카메라를 목에 달랑달랑 매달고 달려가다가 옆걸음질 치며 사람들 사이로 숨었다. 그리고 그 뒤를 180센티미터는 될 것 같은 큰 키의 검은색 란제리만 걸친 금발 '성 노동자'가 더 빠른 속도로 쫓고 있었다. 모여 있던 사람들은 이 여자가 지나갈 수 있도록 더 빨리 옆으로 비켜주었다.

도망치던 남자를 붙잡은 여자가 그의 카메라를 빼앗더니 운하로 집어던지고는 욕을 퍼부었다. 남자는 홍등가 여기저기에 써 있는 '빌어먹을 촬영 금지'라는 경고문을 보지 못한 게 분명했다. 무슨 행동이든 허용되는 더 발런(암스테르담 최대 규모의 홍등가/옮긴이)이지만 딱 한 가지 규칙이 있다. 그건 절대 사진 촬영을 해서는 안 된다는 것이다. 카메라를 빼앗긴 남자는 놀라고 당황해서 그 자리에 얼어붙은 듯 꼼짝도 못하고 서 있었다. 여자는 홱 돌아서더니 자신의 부스로 성큼성큼 걸어갔다.

이게 암스테르담이구나.

내가 뮌헨에 더 머물고 싶었어도 그곳에서 하루 더 묵을 돈이 모자랐다. 게다가 해바라기 걸이 거기 없다는 걸 확인하고 나서는 더 이상 뮌헨에 머무를 이유가 없었다. 그래서 미술관에서 곧장 공항으로 가서 네덜란드 수도로 날아왔고 인터넷으로 게스트하우스에 예약했다.

운하를 따라 이어진 형광등 켜진 유리 부스들 옆을 지나며, 나는 스마트폰으로 내가 사진을 찍고 있는 것이 아님을 확실히 보여주려고 애를 쓰며 숙소 가는 길을 검색했다. 그런데 온몸에 문신과 피어싱을 한 여자가 안으로 들어오라는 듯 부스 유리창을 톡톡 치며 나를 불렀다. 성 노동자가 부르다니 내가 매력이 있나 싶어서 묘하게 기분이 좋아졌는데, 30초 뒤 그녀가 20미터 정도 뒤에서 따라오던 뚱보 남자를 향해서도 유리창을 두드리는 걸 보고는 마치 실연당한 듯 실망감이 밀려왔다.

그런데 어린아이를 데리고 온 가족이 내 옆으로 걸어갔다. 아무래도 길을 잘못 찾아온 것 같았다.

"아빠, 저기는 무슨 가게야?" 일곱 살도 되지 않은 것 같은 여자아이가 물었다.

적당한 설명을 짜내느라 아버지의 머릿속이 복잡할 것 같았다.

"저 사람들은 이발사야, 남자들이 저기 가서 머리 깎는 거야."

잠깐이지만 아이의 아빠는 문제가 해결되었다 싶어 안심하는 얼굴이었다.

"그런데 왜 대머리 아저씨가 머리를 깎으러 가?" 부스 안으로 들어가는 덩치 큰 대머리 남자를 보며 아이가 물었다.

이 가족은 서둘러 옆길로 빠져나갔다. 나는 운하에서 불어오는 바람에 몸이 떨려 어디에라도 들어가 잠깐이라도 몸을 녹이고 싶었다. 게다가 다리들과 운하들이 모두 똑같이 생겨서 방향을 찾을 수가 없었다. 결국 나는 똑같은 성 노동자 부스 옆을 세 번이나 지나갔다. 이건 실수였다, 정말로.

그런데 이 근처를 빙빙 맴도는 사람은 나 혼자가 아니었다. 어둠이 내려앉자 흥분한 남자들 한 무리가 홍등가로 몰려왔다. 나는 서로를 부추기는 얼빠진 사내들 사이를 힘겹게 빠져나갔다.

스마트폰의 데이터가 부족했지만 제정신이 아닌 남자들한테 길을 물어봤자 아무 소용이 없을 것 같았다. 그렇다고 냉랭한 거리를 계속 돌아다닐 수도 없어서 어쩔 수 없이 부스들 중 하나에 다가갔다. 그 안의 여자는 그나마 다른 여자들보다 나이도 좀더 들어 보이고, 옷도 조금은 더 많이 걸쳐서 조금은 얌전해 보였다.

"안녕, 자기야, 뭐하고 싶어? 50유로만 내."

조금은 얌전해 보인다는 말 취소……

"어, 됐어요." 나는 당황했다.

"얼른 들어와." 내 대답은 들은 척도 않고 여자가 말했다. 화장을 진하게 하고 태닝 로션을 바른 그녀는 형광 불빛 아래에서 이가 새하얗게 번들거렸다.

내가 부스 안으로 걸어들어가자 여자가 서둘러 내 뒤에서 문을 닫았다. 그러더니 지폐를 건네주길 기다리며 기대에 차서 나를 빤히 바라보았다.

"오늘 저녁에 바쁘셨어요?" 나는 가벼운 대화를 시도했는데 생각해보니 이건 성 노동자보다는 택시 기사에게 하기 적당한 말인 것 같았다.

"어떻게 해줄까? 위층에 가, 우리."

"저기, 여기가 어디인지 알려주실 수 있어요?" 나는 네덜란드 억양을 흉내 낼 생각도 못 하고 일단 내 휴대전화 화면을 가리켰다.

"오줌 싸게? 꺼져!" 나는 무슨 말인가 싶어 일단 바지 앞섶을 확인했다. 그러다 이 여자가 '오줌싸개 같은 놈아'라고 욕하려다 잘못 말했다는 것을 깨달았다.

"조시?" 누군가 나를 불렀다.

온 세상을 통틀어 매춘업소처럼 아는 사람을 만나기에 난처한 곳도 없을 것이다. 두 손이 바지 앞섶에 가 있는 지금 이 순간에는 더욱더 그랬다.

"어머나, 세상에, 조시, 진짜 당신이네요, 맞죠?"

어리벙벙해진 내가 바깥으로 나오자 부스 문이 쾅하고 닫혔다. 이런 말도 안 되는 꼴로 있는 나를 누가 알아본 건지 당황하며 고개를 들었다. 이 상황을 어떻게 설명하지? 내가 그저 길을 물어보려고 저 안에 들어갔다는 걸 믿어줄 사람은 아마 없을 것이다.

대체 누구지?

부디, 제발. 해바라기 걸이 나를 본 거면 절대 안 되는데.

어두워서 나는 내 앞에 서 있는 여자가 누구인지 알아볼 수가 없었다. 통통하고 귀엽고 짧은 금발이었다. 얼른 기억을 더듬어보았다. 나랑 같이 근무했던 사람인가? 초등학교 동창인가? 아니면 친구의 친구?

점점 더 어색해졌다. 아는 척을 해야 할까?

"걱정 말아요, 우리 모르는 사이예요!" 여자가 말했다. 그제야 나는 적어도 30초 동안 아무 말도 못하고 이 사람을 빤히 쳐다보기만 했다는 것을 깨달았다.

"아, 그……그렇군요, 그럼 나를 어떻게 아는지 물어봐도 되겠네요?" 나는 불안하게 웃음을 터뜨렸다.

"당신의 여정을 뒤따르고 있었어요."

"무슨 여정이요?"

"해바라기 걸을 찾는 여정 말이에요, 맞죠?"

나는 미심쩍은 얼굴로 그녀를 바라보았다.

"그건 어떻게 알았어요?"

"온라인으로 따라가는 중이거든요."

"저기, 미안한데요, 지금 제가 좀 혼란스럽거든요, 내 여정을 어떻게 온라인으로 따라온다는 거예요?"

스토커 같은 이 사람은 대체 누구야?

여자가 청바지 앞주머니에서 스마트폰을 꺼내더니 암호를 입력하고는 인스타그램을 열었다. 그리고 몇 번 클릭을 하더니 내 눈앞으로 스마트폰을 내밀었다.

"봐요!"

내 사진이 있는 인스타그램 계정이 눈앞에 나타났다. 하지만 내 계정은 아니었다.

#해바라기걸찾기

나는 여자의 스마트폰을 받아 첫 번째 사진을 클릭하고 글을 읽었다.

"현재 조시는 암스테르담. 그의 해바라기 걸 찾기를 도와주실 분? 그녀에 대해 아는 분은 DM 또는 이메일 FindSunflowerGirl@hotmail.com 으로 연락 주세요. J+J."

그래, 이 녀석들 말고 누가 있겠어.

팔로워 수 4,327. 우와.

나는 화면을 내려 포스팅을 살폈다. 내 사진들, 고흐의 「해바라기」 그림들, 마라톤 대회 사진, 포토샵으로 만든 '구함' 표시. 가장 최근에 업로드한 사진은 이틀 전에 올린 것이었다.

제이크와 제시가 이렇게까지 했다니 믿을 수가 없었다. 나는 말이 나오지 않았다.

당장 친구들에게 전화를 하고 싶었지만 내 스마트폰은 여분의 데이터가 없었다. 나에 대한 인스타그램 포스팅을 다 보고 나서 여자에게 스마트폰을 돌려주었다.

"보여줘서 고마워요. 이런 게 올라온 줄 전혀 몰랐어요." 나는 아직도 어리둥절하고 조금 화도 났다.

"정말 좋은 친구들이에요. 아니, 도우려는 거 맞죠?" 여자는 내 기분이 좋지만은 않다는 걸 느낀 듯했다.

"그렇게 볼 수도 있죠."

"혹시 도움이 더 필요하세요? 한 잔 하러 갈래요? 해바라기 걸 찾기가 어떻게 되고 있는지 듣고 싶어요."

"저기, 나는 실은 지금 가야 할 곳이……."

"이곳을 잘 아는 도우미가 있으면 좋잖아요."

"그건 그렇죠, 그런데 나는……."

"가요!"

여자는 더 이상 내 대답을 들을 생각이 없었다. 나에게 선택할 틈을 주지 않았다.

그녀는 홍등가에서 나를 데리고 빠져나갔다. 그리고 다행히 내가 그 부스에서 무엇을 했는지에 대해서도 묻지 않았다.

24

젊은이들이 더 많은 지역으로 걸어가면서 여자는 여행 가이드라도 되는 듯이 이곳저곳을 설명해주었다. 아무래도 내가 예약한 게스트하우스에서는 점점 멀어지는 것 같았지만, 길가로 쭉 이어진 세련된 오픈 플랜(건물 내부가 벽으로 나뉘지 않은 구조/옮긴이)식 사무실 창문들을 들여다보며 나는 그녀의 안내를 거절하지 않았다. 우리는 넓은 극장을 개조한 트렌디한 카페로 들어갔다. 메뉴를 보니 이곳은 비건들의 천국인 것 같았다.

"디카페인 저지방 라테로 할게요, 고마워요." 여자는 그렇게 말하고서 자리를 잡았다.

나는 주문을 하고 커피를 받아서 돈이 얼마나 남았는지 머릿속으로 계산하며 여자가 앉은 곳으로 갔다.

"이름을 안 물어봤네요." 해바라기 걸의 이름을 묻지 않았던 전적이 있는 나로서는 똑같은 실수를 저지를 수는 없었다.

"에바예요. 만나서 반가워요, 조시." 에바가 손을 쑥 내밀어 내 손을 잡고 흔들었다. 악수를 좋아하는 걸 보니 피터 삼촌과 잘 맞을 것 같았다.

"당신 영국인이죠, 그렇죠? 기사에서 봤는데 암스테르담에서 사망하는 영국 남자의 83퍼센트가 운하에서 발견된대요, 그러니까 조심하세요." 에바가 미소를 지으며 말했다.

나도 만나서 반갑네요.

"언제나 그렇게 죽음과 관련된 정보로 첫 만남을 시작하나요?"

그래도 나는 되도록 물에 너무 가까이 가지 말아야겠다고 마음속으로 다짐했다.

"늘 그런 건 아니지만, 그래도 꽤 쓸모있는 정보잖아요, 안 그래요?"

나는 에바의 괴짜 같은 면에 웃음이 나왔다.

"그래서, 내가 사람을 찾는다는 건 어떻게 알았어요?" 내가 물었다.

"내가 얼마 전에 여자친구랑 헤어졌어요. 아니 걔가 나를 차버렸다고 하는 게 맞겠네. 그게 2-3주 전이거든요. 저번에 내가 가장 친한 친구랑 로맨스는 죽었다, 뭐 그런 이야기를 하고 있었는데……."

요즘은 다들 실연당하는 게 유행인가? 실연 같은 건 나만 당하는 줄 알았는데.

내가 에바를 위로하려고 했는데 그녀의 말이 하도 빨라서 내가 끼어들 수가 없었다.

"그래서, 간단하게 말하자면……영국에서도 이렇게 말하는 거 맞죠? 친구가 그쪽 계정에 대해서 말해줬고, 그래서 내가 지금 이렇게 그 일에 완전히 빠져버린 거예요. 나는 이게 진짜 로맨틱하다고 생각해요. 나도 누군가 나를 찾으러 와줬으면 좋겠어요. 그런데 이렇게 당신과 마주치다니 진짜 신기해요. 잠깐만요, 내 친구한테도 알려줘야겠어요."

내가 마다하기도 전에 에바는 내 얼굴 앞에 자기 스마트폰을 들이대더니 눈이 멀 정도로 환하게 플래시를 번쩍이며 내 사진을 찍었다.

"엄마야, 플래시가 왜 켜지는지 모르겠네. 다시 하나 찍을게요."

유명인이 되는 게 이런 기분인가?

"줄리아가 굉장히 부러워할 거예요. 아니, 그보다 우릴 만나러 오겠냐고 물어봐야겠다."

에바가 친구에게 문자를 보내기 시작했다.

"그래서, 내가 어디까지 이야기했죠? 아, 맞다. 그래서 내가 여자친구랑 깨지고 난 뒤에 그쪽 계정을 알게 된 거예요."

"그런 일이 있었다니 유감이네요. 지금은 괜찮아요?"

"내 이야기가 중요한 게 아니죠. 유명인사는 그쪽이잖아요, 조시. 그래서 그 해바라기 걸이 여기 암스테르담에 있는 거 같아요?"

"그게, 뮌헨에 없었으니까 여기 있었으면 좋겠어요. 내가 할 수 있는 게 더는 없어요. 도쿄나 필라델피아에 갈 형편은 안 되거든요."

"저기, 만약에 그 사람이 여기 없어도 암스테르담에 멋진 여자들이 아주 많아요. 그리고 돈도 안 내도 되고……." 에바가 과장되게 윙크를 했다.

"아, 아니에요, 그건 절대……." 나는 페퍼민트 차를 마시다 사레들릴 뻔했다.

"괜찮아요, 네덜란드 사람들은 열린 마음을 가지고 있어요, 조시."

"멋지고, 열린 마음에……그리고 네덜란드인들의 다른 특징은 뭐가 있는데요?"

"우리는 모두 다, 음, 그걸 뭐라고 하죠, 솔직하다, 그렇게 말하면 돼나요?"

"맞아요. 솔직하다, 직설적이다, 그런 뜻이죠?"

"네, 우리 네덜란드 사람들은 굉장히 직설적이에요. 우리는 생각하는 걸 그대로 말해요. 그래서 좋은 점은 상대가 사실을 말하는지 아닌지 걱정할 필요 없다는 거예요. 나는 늘 솔직해요. 내가 그쪽이 보기 싫으면 꺼지라고 말할 거예요. 하지만 오늘은 그쪽한테 솔직하게 안 할게요, 그쪽 생일이잖아요!"

하루 종일 너무 흥분해서 오늘이 내 생일이라는 것도 잊고 있었다. 제이크와 제시가 온 세상에 오늘이 내 생일이라는 것도 알린 게 분명했다.

"나에 대해 모르는 게 있긴 해요?"

"모르겠네요. 그런데 그거 꽤 재미있는 게임처럼 들리네요. 내가 모르는 그쪽에 대해 말해봐요."

"난 올해 내내 큰 결정을 내릴 때마다 동전 던지기로 정하고 있어요."

이 말을 입 밖으로 내뱉고 나서야 나는 괜한 말을 했다고 후회했다. 안 그래도 제이크가 절대 이 말을 하지 말라고 했는데, 나는 너무 피곤했고 맨 먼저 머릿속에 떠오른 게 동전 던지기였다.

"그건 몰랐어요. 그거 되게 이상한데……. 그래도 멋진데요. 아니, 이거 진짜 재미있네. 그럼 동전한테 물어봐요."

나는 에바가 마약이라도 한 건지 아니면 원래 이렇게 쉽게 흥분하는 사람인지 알 수가 없었다.

"이거 장난감이 아니거든요."

"내가 한 잔 더 마셔도 되는지 동전한테 물어봐요."

그건 당신 동전한테 물어보면 되잖아.

나는 에바를 위해서 동전을 던졌다. 뒷면.

"금요일 밤에 줄리아랑 놀아야 되는지 물어봐요."

이러다 오늘 밤새 할지도 모르겠네.

앞면.

"내가 연애 다시 시작해야 하는지 물어봐요."

"동전이 이제 피곤할 거 같아요."

"조시, 그럼 우리 내일은 몇 시부터 찾기 시작할까요?"

"그쪽도 나랑 같이 찾겠다고요, 진짜로?"

"여기 현지인 도움이 필요할 거예요. 그리고 만약에 정말로 그 사람을 찾게 된다면 당신은 진짜 도움이 필요해요. 여자 대하는 법을 잘 모르잖아요, 내가 보기에는 그래 보이는데."

진짜 솔직하네.

"그리고 당신보다는 내가 그 여자한테 물어보는 게 더 나을 거예요. 솔직히 당신은 스토커처럼 보이거든요."

또 솔직하네.

"직업이 없어요, 아니면 내일 다른 할 일 없어요?"

"없어요, 내일은 쉬는 날이에요. 아주 완벽하죠, 그죠? 그러니까 음, 내일 9시에 반 고흐 미술관 앞에서 만나서 거기서부터 시작해볼까요?"

그렇게 말하더니 에바는 가방과 코트를 동시에 집어들고는 내가 숙소 가는 길을 물어보기도 전에 가버렸다.

숙소를 찾기 위해 카페의 무료 와이파이 ─ 비밀번호는 마틴 루터 킹이었다 ─ 에 접속하고도 내가 예상한 것보다 훨씬 더 시간이 지난 후에야 게스트하우스 카운터에 도착할 수 있었다. 그래서 내 방에 들어가자마자 침대에 쓰러졌다. 너무 피곤해서 제이크와 제시한테도 전화를 하지 못했고 할아버지께 전화하는 것도 잊었다. 그리고 가방 지퍼를 열고 나서야 생일 케이크 생각이 났다. 으깨진 케이크를 꺼내 상상의 촛불을 껐다.

그리고 내일 꼭 그녀를 찾게 해달라는 소원을 빌었다.

25

"여보세요?"

분명 제시 목소리가 아니었다. 더 낮고, 북부 억양이고, 그리고 결정적으로 남자 목소리였다. 나는 아이폰 화면을 내려다보며 내가 제대로 전화를 걸었는지 확인했다. 나는 분명히 제대로 걸었다.

"어, 여보세요, 혹시 제시 있나요?"

"물론이죠, 금방 바꿔줄게요. 그런데 좀 이른 시간이네, 그렇죠, 친구?" 남자가 한숨을 내쉬었다. 분명 귀에 익은 목소리인데 누구인지 생각이 나지 않았다.

나는 손목시계를 봤다. 오전 8시였다. 시차 때문에 내가 있는 곳이 한 시간 빠르다는 것을 잊고 있었다. 제시가 전화를 받자 나는 미안하다고 말하려다가 화를 내려고 전화했다는 것이 떠올랐다.

"안녕, 조시, 너 괜찮아?" 이건 제시 목소리가 확실했다.

"그 사람 누구야?"

작은 소리가 들렸다. 제시가 움직이는 소리 같았다.

"여보세요, 미안, 중요한 사람 아니야."

중요한 사람이 확실하군.

"인스타그램 계정은 어떻게 된 거야?"

"그래, 좋은 아침이야, 조시. 나도 괜찮아, 너는."

"인스타그램 계정 어떻게 된 거냐니까?" 나는 다시 물었다.

"너 지금 나 심문해? 그러니까 네가 그걸 봤다는 뜻인 거지?"

"그래, 봤어, 그것도 그 계정을 팔로잉하던 여자를 우연히 만났는데 그 여자가 나를 알아보는 바람에 알게 됐다고. 너희 때문에 이제 나는 어디를 가든 이상한 사람으로 찍히게 생겼어."

"이 일이 있기 전부터 다들 널 이상한 사람이라고 생각했거든, 조시."

"지금 농담하는 거 아니거든. 핑크맨에서 내가 분명히 너한테 SNS 같은 거 하지 말라고 했잖아. 그런데 나 몰래 이렇게 해버렸잖아. 네 멋대로 올리면 어떻게 해."

"미안해, 하지만 우린 널 도우려고 한 거야. 당장 날아가서 너를 도와주려고도 했지만 이렇게 하는 편이 더 효율적일 것 같았어."

"대체 누구 아이디어야?"

"나하고 제이크하고 같이 의논하고 있었는데 제이크의 제이크가 도와주겠다고 나섰고 그래서 같이 하게 됐어."

그랬겠지. 안 그래도 SNS 마케팅 전문가의 솜씨가 심하게 느껴지더라.

"그래서 너희가 다 같이 했다 이거구나, 잘했네. 나만 빼고 말이야. 그런데 적어도 나한테 미리 귀띔 정도는 해줬어야 하는 거 아니야?"

"그렇지, 그랬어야 되는 건데. 미안해."

"나 이제 스토커처럼 보일 거 아니야. 이러면 오히려 그 사람이 겁을 먹을 거야."

"아니야, 절대 그렇지 않을 거야. 네가 원한다면 계정 폐쇄할게. 하지만 관심을 보이는 사람들이 많아. 그리고 암스테르담에 있는 사람들이 이 계정을 보면 분명히 효과가 있을 거야."

그건 맞지. 어쩜 이게 그렇게 나쁜 생각은 아닐지도 몰라.

"뭐 좀 알아낸 건 있어?"

"아직은 확실한 게 없어."

"그게 무슨 소리야?"

"아무것도 아니야. 그래도 네가 가까이 가고 있는 거 같아."

"너, 나한테 숨기는 거 있지? 그게 뭔데?"

"알았어, 자기가 해바라기 걸이라고 주장하는 여자들한테서 문자가 몇 개 왔거든. 그런데 내가 보기에는 다들 그 사람이 아닌 거 같아, 우리가 생각하는 곳에 살고 있지 않더라고. 하나는 파리, 하나는 멜버른 이래, 그리고 또 한 명은 한국이었을 거야. 몇 명 없어. 어쨌든 너랑 사귀고 싶어하는 여자들이 있다는 것 자체가 이상하더라."

"혹시 모르니까 그 사람들 문자 잘 가지고 있어." 나는 농담으로 말했다.

"그리고 메일을 하나 받았는데, 제이크는 그 사람이 진짜일 수도 있다고 생각하는데, 나는 잘 모르겠어."

"뭐라고 써 있었는데?"

"자기가 해바라기 걸이라고 주장하는 사람한테서 온 건데……." 제시는 잠시 말을 멈췄다. "자기는 남자친구가 있으니까 SNS 계정을 멈춰 달래."

나는 심장이 덜컹 내려앉았다.

"자기 일도 아닌데 굳이 그렇게 거짓말을 하는 사람이 있을까?" 내가 물었다.

"나도 모르겠어, 하지만 나는 이 사람 가짜 같아."

"그럼 제이크는 왜 그 여자가 진짜라고 생각한 건데?"

"네가 그날 뭘 입었는지 그 여자가 알고 있더라고."

이제는 심장이 무너져내렸다.

240

"끝났네, 그 사람이 그걸 어떻게 알았겠어? 그럼 그 사람이 맞네. 이미 남자친구가 있네."

"잘 모르겠어. 메일이 무례하다고 해야 하나, 좀 이상했어. 그리고 내가 이것저것 좀 물었더니 답장을 안 하더라고. 네가 말한 그 여자라면 네가 자신을 찾지 않기 바라더라도 좀더 친절하게 메일을 보냈을 것 같은데 말이야."

나는 제시의 말에 대해 생각해보았다.

"저기, 그냥 해본 이야기니까 너무 심각하게 생각하지는 마. 내 생각에는 아직 그 사람 만날 가능성이 있어. 어쨌든 네가 거기 갔으니까 오늘은 서점을 다니면서 운을 시험해봐. 우리는 오늘 저녁까지 계정 열어 놓고 어떻게 되는지 볼게."

"알았어, 무슨 일이 생기는지 알려줄게. 넌 얼른 중요한 사람 아닌 그 사람한테 돌아가봐."

"나 지금 제러미 밥 주러 가는 거야. 행운을 빌어."

"고마워, 제시, 그런데 내가 너희 둘더러 사귀라고 한 적은 없는 거 같은데."

전화를 끊으면서 나는 제시가 받았다는 메일도 궁금하고 제시 옆에 있는 남자도 궁금했다.

26

반 고흐 미술관에 가자마자 그녀가 눈에 띄었다. 솔직히, 눈에 띄지 않을 수가 없었다. 다른 관광객들은 전부 반바지에 티셔츠 차림인데, 이 사람만 셜록 홈스처럼 입고 있었으니까. 진짜 셜록 홈스와 다른 점이라면 파이프 담배를 물지 않은 것뿐이었다.

"돋보기는 왜 가지고 왔어요?" 만난 지 12시간도 채 안 되는 사람치고는 지나치게 다정하게 포옹하며 반기는 그녀에게 나는 신기해서 물었다. 그런데 같이 포옹을 하다가 나는 실수로 그녀의 모자를 떨어뜨렸다.

"탐정이라면 이렇게 입어야죠. 그쪽이 그렇게 입고 다니니까 그 사람을 아직 못 찾은 거라고요." 에바가 내 청바지를 손으로 가리켰다. 나는 며칠 전부터 입었던 검은색 청바지에 후드 티셔츠 차림이었다.

"우리가 서점 몇 군데 들러서 내가 찾는 사람이 그곳에서 일하는지 아닌지만 확인하면 된다는 거 알고 있죠? 살인 사건을 해결하는 게 아니고요?"

"알았어요, 알았어." 에바는 짜증이 난 듯 돋보기와 나머지 탐정 도구들을 모두 배낭에 집어넣었다. 도청 장치도 눈에 띄었지만 나는 그것까지는 말하지 않기로 했다. 에바도 홍등가에서 나를 만난 것에 대해 입을 다물어주었으니까.

"내 사진을 해바라기 걸 찾기 인스타그램에 올려도 되는데, 안 찍어요?"

"그래서 이렇게 입고 온 거예요? 사진 찍으려고? 그 계정을 운영하는 사람이 내가 아니라는 거 알잖아요?"

"그래도 친구한테 사진 보내서 계정에 올리라고 할 수도 있잖아요?"

"정말 그렇게까지 해서 그 계정에 올리고 싶어요?" 내 물음에 에바는 열정적으로 고개를 끄덕이더니 배낭에서 돋보기를 다시 꺼내 포즈를 취했다.

내가 스마트폰으로 에바의 사진을 찍는데 어디선가 축구공이 날아왔다. 가까이 있던 공원에서 꼬마가 그 공을 쫓아 뛰어오는 바람에 잔디밭을 차지하고 있던 갈매기 여러 마리가 푸드득 날아올랐다.

"자, 그럼 어디 먼저 갈까요?" 촬영을 끝내고서 내가 물었다.

에바가 요즘에는 좀처럼 보기 힘든 커다란 암스테르담 지도를 꺼냈다.

"암스테르담 중심가에 영어 전문 서점은 네 곳이에요. 네 곳 모두 「해바라기」가 전시된 반 고흐 미술관에서 가까워요. 내가 빨간 펜으로 표시했어요."

에바는 숙제라도 한 것 같았다. 빨간 동그라미로 표시된 네 곳 모두 우리가 가야 할 곳들이었다. 저 중의 한 곳에 정말 그녀가 있을까?

"내가 생각해봤는데 이 길로 가면 돼요. 여기로 갔다가 이렇게 돌아서 가는 거예요." 에바는 마치 경기의 작전을 지시하는 축구 감독처럼 손가락으로 지도를 가리키며 우리가 갈 경로를 설명했다.

"굉장하네요."

거의 5분 동안 지도를 이리저리 접던 에바는 결국 대충 구겨서 배낭에 쑤셔넣었다.

"서두르지 말아요. 출발해볼까요." 내가 장난스럽게 말했다.

"아직은 아무 데도 안 갈 거예요. 어디든 가기 전에 먼저 미술관부터 가야 해요. 고흐의「해바라기」를 보지 않으면 암스테르담 여행을 했다고 할 수 없다고요, 특히 당신 같은 경우는 더욱더 그렇죠."

"정말로 꼭 그렇게 해야 돼요?"

"우리는 그녀의 마음을 알아야 해요. 해바라기 걸과 마음이 통해야 한다고요."

나는 어리벙벙한 얼굴로 에바를 바라보았다.

"얼른요, 조시, 그 사람 찾고 싶어요, 안 찾고 싶어요?"

"입장권 같은 거 예약해야 하는 되잖아요?"

"걱정 말아요, 내가 어젯밤에 미리 예약해뒀어요. 그리고 돈은 나중에 줘도 되니까 걱정 말아요."

입장권을 예약했다고? 미치겠네. 돈 을 더 아껴야 한다는 뜻이잖아.

"가서 오디오 가이드 도구부터 먼저 챙겨요." 나한테 선택할 틈도 주지 않고 에바가 말했다.

이런, 돈이 더 들어가잖아.

결국 우리는 에스컬레이터를 타고 미술관으로 향했다. 그런데 가방을 보관소에 맡겨야 한다는 말에 에바는 탐정 도구들을 들고 들어가지 못한다고 속상해했다.

사람들이 길게 줄을 서 있었지만 미술관 안은 기분 나쁠 정도로 조용했다. 다들 오디오 가이드용 헤드폰을 쓰고 돌아다니고 있었기 때문이다. 들리는 소리라고는 에바의 목소리뿐이었다. 이 사람은 자기가 소리를 지르고 있는 줄도 몰랐다.

우리는 반 고흐의 초기 작품들은 건너뛰고 곧장 가장 인기 있는 작품으로 향했다. 그 작품은 황금색 액자에 싸여 미술관 가운데 있는 청록색 벽에 홀로 걸려 있었다. 뮌헨에서와는 달리, 여기서는 주위에 모여 있는 사람들이 너무 많아서 그림이 제대로 보이지 않았다. 그런데 사람들은 작품의 근접 사진과 추가 설명이 있는 멀티미디어 가이드 기기를 들여다보느라 모두 아래를 보고 있었다.

"반 고흐에게 노란색은 행복의 상징이었습니다. 그는 세 가지 색조의 노란색만을 이용해서 이 작품을 완성했습니다. 네덜란드 문학에서 해바라기는 헌신과 충실함의 상징입니다. 또한 이 작품은 시들어가는 여러 단계를 통해 삶과 죽음의 주기를 생각하게 합니다."

우리는 한 층을 더 올라갔다.

"이거 좀 봐요." 나는 헤드폰을 벗고서 반 고흐와 그의 동생 테오가 주고받았다는 원본 편지를 훑어보면서 에바를 불렀다. "그녀가 최근에 반 고흐의 편지를 읽었다고 했어요. 그러니까 어쩌면 여기서 이걸 봤을지도 몰라요."

"가능성이 있네요. 기념품점에 한 번 가봐요." 에바가 나를 끌고 전시실을 가로질러 구석에 조그맣게 있는 기념품점으로 갔다. "여기 뭐가 있는지 봐요." 에바가 진짜 탐정처럼 말했다.

열쇠고리, 연필, 티셔츠 등, 상상할 수 있는 모든 기념품들에「해바라기」그림이 인쇄되어 있었다. 그리고 펭귄 클래식 출판사에서 나온 『반 고흐의 편지』라는 책도 높이 쌓여 있었다.

"그녀가 여기 와서 미술관에 있는 편지들을 보고는 이 책을 샀을지도 몰라요."

"그럴듯하네요." 에바는 내 이론에 동의한다는 듯 고개를 끄덕였다. "우리도 그녀와 마음이 통하기 위해서 책 한 권 살까요?"

"사실 난 이거 벌써 읽었어요." 나는 에바가 나한테 건넨 책을 내려놓으며 대답했다.

나는 해바라기 걸이 이 책을 말한 바로 그다음 날에 언젠가 다시 만나게 되면 이 책에 대해 이야기할 수 있도록 전자책으로 읽었다.

　1층으로 다시 내려가서 오디오 가이드 기기를 반납하면서 나는 에바에게 이 미술관에 오는 것이 좋은 접근법이라고 생각하지는 않았지만, 지금은 좀더 긍정적으로 생각하게 되었다는 말을 굳이 하지 않기로 했다.

　"이제 우리가 그녀와 마음이 통해서 그녀를 찾을 수 있게 될 것 같아요?" 미술관 밖의 신선한 공기 속으로 나오며 내가 비꼬듯 말했다.

　"그럴 거 같아요. 그런데 나 지금 배가 많이 고프거든요. 아직 아침도 안 먹었는데, 우리 우선 뭐 좀 먹으러 갈래요? 오믈렛 좋아해요? 잘됐네, 당신에게 딱 맞는 곳을 내가 알고 있어요."

　"그러니까 먹고 싶은 오믈렛은 다 먹을 수 있어요. 정말 굉장하죠?" 에바는 넓은 부스에 자리를 잡으며 말했다. 프라이팬으로 요리하는 소리와 경쟁이라도 하듯 예전 뮤지컬 곡들이 스피커를 통해 요란하게 흘러나오고 있었다.

　"뭐 먹을래요? 동전으로 결정할래요? 내가 해봐도 돼요?"

　"물론이죠." 나는 에바에게 동전을 건넸다.

　오믈렛과 오믈렛 중에 선택하는데 굳이 동전을 던져야 하나.

　식당은 오믈렛 전문이라는 것을 요란하게 알리고 있었다. 벽마다 달걀 프라이 그림이 있고, 주방장은 등에 "달걀의 달인"이라고 적힌 빨간 티셔츠를 입고 있었다. 그를 지켜보았는데 그는 정말로 그 별명에 걸맞게 오믈렛 네 개를 동시에 만들어냈다.

　"그런데 그 사람을 만나면 무슨 말을 할 거예요?"

　"아직 생각 안 해봤어요."

　"아직 생각 안 해봤다니, 그게 무슨 소리예요? 할 말을 생각해놔야죠. 만약 독일에서 그 사람을 만났으면 어떻게 했을 거 같아요? 설마 아무 말도 안 하고 가만히 서서 그냥 쳐다보기만 하지는 않았겠죠?"

"그러진 않았겠죠, 말을 하긴 했겠죠, 그런데……."

"우리 역할극 해볼래요?"

"무슨 역할극이요? 그 사람 만났을 때 할 대화 말이에요?"

"네. 내가 해바라기 걸을 할 테니까 그쪽은 그냥 그쪽 역할 해요. 우리는 서점에서 만난 거예요."

"이런 거까지 할 필요는 없잖아요."

"해야죠, 당신은 연습이 필요해요. 딱 한 번의 기회밖에 없잖아요. 나는 당신이 그 기회를 날려버리는 걸 바라지 않아요."

"우리, 식사부터 먼저 하면 안 될까요?"

내가 하고 싶은 말은 머릿속에 분명히 있었다. 하지만 그 말을 에바한테 들려주고 싶지 않았다.

"배가 많이 고픈가 보네요. 그럼 우리 음식 나올 때까지만 해봐요."

멈출 생각이 없네.

"안녕하십니까? 우리 런던에서 만났는데 기억나요? 마라톤 대회 있던 날 내셔널 갤러리에서 만났잖아요." 나는 우스꽝스러운 목소리로 말했다.

"'안녕하십니까?'라고 시작할 거라고요? 진짜 그럴 거예요? 너무 자신 없는 것처럼 들리잖아요. 좀더 당당해야 돼요. 자신 있게. 자, 다시 해봐요."

내가 왜 이 사람하고 같이 다닌다고 했을까?

"반가워요, 우리 런던에서 만났잖아요, 마라톤 대회 하던 날 내셔널 갤러리에서, 그때 데이트 신청하고 싶었는데 당신 전화번호를 몰라서 여기까지 당신을 추적해왔어요."

"맙소사, 진짜 스토커 같잖아요. '당신을 추적해왔어요'라고요? 그런 말은 절대 하지 말아요."

"좋아요, 그럼 뭐라고 해야 되는데요?" 나는 화내지 않으려고 꾹 참았다.

"그래서 연습을 해야 된다는 거예요, 맞죠? 만약 그 사람이 당신을 기억 못 하면 어떻게 할 거예요? 아니면 그 사람이 당신을 기억하기는 하는데 당신을 마음에 들어하지 않으면요? 아니면 그 사람한테 애인이 있으면 어쩔 거예요?"

"저기, 나 도와주려는 게 맞긴 해요?"

27

배부르게 오믈렛을 먹고 식당을 나오는데 불쑥 나타난 자전거에 부딪쳐 땅바닥으로 나뒹굴 뻔했다. 나는 암스테르담 거리 시스템을 도무지 이해하지 못하겠다. 그런데 더 무서운 것은 여기 사람들도 거리 시스템을 이해 못하는 것처럼 보인다는 점이다. 자전거, 오토바이, 차, 그리고 대형 트럭이 차도와 인도 가리지 않고 사방에서 달려온다. 심지어 전차도 정해진 선로를 무시하고 제멋대로 달리는 것처럼 보일 정도다.

"자, 여기가 첫 번째 서점이에요." 에바가 운하 옆에 있는 높은 건물을 가리켰다. 살짝 튀어나온 귀여운 파란색 간판에 하얀 글씨로 "중고 영어 서적"이라고 적혀 있었다. "안에 들어가면 말은 내가 할게요. 그 사람을 보면 바로 나한테 알려줘요. 하지만 그렇지 않은 경우에는 내가 물어볼게요."

그녀를 찾는 일을 에바가 가로채간 것 같은 기분이 들었다.

우리가 안으로 들어가자 계산대 뒤에 서 있던 남자는 분명 셜록 홈스처럼 차려입은 사람이 왜 자기 서점에 들어올까, 의아하게 생각했을 것이다. 아마 우리 둘은 코스프레 대회에 참가하는 사람들처럼 보였을 것이다.

"Hallo(안녕하세요)." 남자가 인사했다.

"Hallo." 에바도 인사했다.

이 정도 네덜란드어는 알아들을 수 있지만 나는 그냥 고개만 끄덕이고 서점 안쪽으로 들어갔다.

서점은 우리가 발을 디딜 때마다 내는 삐거덕거리는 바닥 소리만 빼고는 너무 완벽하게 조용해서 우리는 마치 서점이 아니라 이 남자의 집을 구경하는 것 같았다. 에바가 1층을 살펴보는 사이 나는 낮은 천장에 머리를 부딪치지 않으려고 몸을 웅크린 채로 지하층을 살폈다. 그곳도 무덤 속처럼 조용하고, 오래된 책의 곰팡내가 가득했다.

갑자기 에바가 어깨를 탁 치는 바람에 나는 화들짝 놀랐다.

"미안한데, 그 사람은 여기 없어요. 여기서 일하는 사람은 저 남자 하나뿐이래요. 다음 서점으로 가요."

하나 제외.

우리는 대마초와 성 박물관들에서 벗어나서 암스테르담의 중심 쇼핑가로 가서 지도에서 빨간 동그라미로 표시된 워터스톤스 서점(영국의 서점 체인/옮긴이)으로 향했다. 정면의 쇼윈도에는 해리 포터, 패딩턴 베어, 피터 래빗, 이상한 나라의 앨리스 등 영국 아동 문학에서 가장 유명한 주인공들이 전시되어 있었다. 검은색에 가까운 초록색 무늬가 있는 카펫이 깔린 바닥과 마호가니 책꽂이들이 있는 내부는 다른 워터스톤스 지점들과 완전히 똑같았다. 책뿐만 아니라 보드게임, 기념품, 공책까지 파는 네 개의 층을 살피기 위해 우리는 흩어졌다.

"해바라기 걸과 맞는 사람은 안 보여요, 그리고 여기서 근무하는 남자 둘한테 물었는데 최근에는 그런 여자가 여기서 일한 적 없는 것 같대요." 다시 나를 만난 에바가 말했다. 나는 영국 음식들이 진열된 선반들 앞에서 얼어붙은 듯 가만히 서 있었다. 2층에 자리한 이 코너는 요리를 좋아하는 사람들에게는 천국 같은 곳이었다. 터녹의 티케이크, 워커스 쇼트브레드, 요크셔 홍차, 홉놉스, 제미 다저스, 라일스 골든 시럽, 브랜스톤 피클, 아아 비스토 그레비, 보브릴, 마마이트 등등⋯⋯.

"내 말 들었어요?" 에바가 나를 흔들었다.

"네, 여기도 그녀는 없네요. 하지만 아직 가볼 곳이 두 곳 더 남았어요." 내가 대답했다.

"홉놉스Hobnobs가 뭐예요?" 내가 빤히 쳐다보는 걸 알아차린 에바가 물었다.

"홉놉스 안 먹어봤어요?"

"그거 혹시 영국인들이 쓰는, 거기를 뜻하는 말 아니에요?"

"놉(knob : 문손잡이라는 뜻으로, 영국에서 남성 성기를 가리키는 은어로도 쓰인다/옮긴이) 말이에요?" 나는 웃음이 터졌다. "아니에요, 이건 비스킷 종류예요. 내가 하나 사줄 테니까 먹어봐요."

영국에 비해 지나치게 값이 비싸기는 했지만 에너지를 보충하려면 간식이 필요하기도 했고, 나도 뭔가 힘이 될 만한 게 필요해서 비스킷을 사기로 했다.

"생각보다 맛있네요." 서점을 나서기도 전에 벌써 비스킷을 반 통이나 우적우적 먹어치운 에바가 말했다.

다음 목적지는 100미터도 떨어지지 않은 곳에 있었다. 하지만 뉴잉글리시 북스토어에서는 채 2분도 머물지 않았다. 슈퍼드라이, 망고, 리바이스 같은 패션 브랜드 전문점들이 줄지어 선 거리는 세계의 어느 도시들과 비슷했고, 이 서점도 흔히 볼 수 있는 할인 서점으로, 유명한 로맨스 소설들과 세계 각국 언어로 번역된 『안네의 일기』를 싸게 팔고 있었다. 서점에서는 네덜란드 여성 두 명이, 한 명은 서가에 책을 꽂고 나머지 한 명은 계산대 뒤에 서서 서로 이야기를 하고 있었고, 지역 라디오 방송이 배경 음악처럼 흘렀다. 나는 명상을 위한 컬러링북들을 훑어보면서 벌써 반년이나 지난 올해 달력을 누가 사갈까라는 생각을 하다가 에바가 까딱까딱 고갯짓하는 것을 보고는 함께 거리로 나왔다.

"그녀가 아메리칸 북스토어에 근무할 거라는 데에 우리의 마지막 희망을 걸어봐요." 에바가 희망적으로 말했다. 하지만 내 마음속의 유리잔은 절반도 남지 않았다. "지름길로 가요. 이쪽이에요."

향수 냄새를 강하게 풍기는 좁은 골목길을 지나면서 나는 머리가 어질어질해질 지경이었다. 그런데 서점으로 들어가기 전에 에바가 나를 옆으로 잡아끌더니 이렇게 말했다.

"여기가 마지막 서점인 건 아는데, 만약 여기에 그녀가 없다고 해도 그녀를 영영 찾지 못한다는 뜻은 아니에요. 그녀는 분명 어딘가에 있고, 다시 만날 운명이라면 꼭 다시 만나게 될 거예요."

에바 때문에 짜증날 때도 많았지만 지금 이 말은 많은 위로가 되었고 지금까지 나를 도와준 것도 고마웠다.

"고마워요. 그녀가 여기서 일하기를 바라자고요. 그러면 모든 게 훨씬 쉬워질 테니까."

입구 오른쪽에 있는 계산대 뒤에 걸린 「해바라기」의 포스터가 맨 먼저 내 눈에 띄었다.

정말 여기인가?

이건 좋은 신호가 틀림없었다. 이곳은 대형 서점이었다. 여러 층이니 기회도 그만큼 더 많은 셈이었다. 에바는 사진이나 그림이 많은 이른바 커피 테이블용 도서와 잡지 코너가 있는 1층을 둘러보았다. 고급 잡지부터 패션지와 주간지까지 생각할 수 있는 모든 잡지들이 할인 판매되고 있었다.

나는 계단으로 올라갔는데, 음악 분야 도서로 가득 찬 붙박이 책꽂이가 2층으로 이어졌다. 2층으로 들어서니 페이퍼백 소설들이 가득한 넓고 큰 책꽂이들이 나를 맞이했고 에티오피아 공정 무역 커피와 케이크를 파는 카페가 보였다. 스피커에서 재즈 음악이 흘러나오는 카페에서는 두 사람이 커피를 마시며 책을 읽고 있었다.

나는 한 층을 더 올라가서 전기傳記 코너를 둘러보았다. 이 층은 손님들과 직원들로 제법 소란스러웠지만 해바라기 걸은 보이지 않았다. 잘생긴 남자는 이곳이 서점이 아니라 자기 거실이라도 되는 듯이 가죽 의자에 편하게 기대앉아 책을 읽고 있었다. 맨 위층은 밧줄로 막혀 있고, '직원 외 출입 금지'라는 푯말이 붙어 있었다.

혹시 그녀가 저 위에 있는 건 아닐까?

돌아서니 에바가 보였다.

"좋은 소식과 나쁜 소식이 있어요." 내게 다가오며 에바가 말했다.

"이야기해봐요."

"어느 쪽 먼저 할까요?"

"뭐든 중요한 거 먼저 말해봐요."

얼른 털어놔요.

"좋은 소식은, 내 생각에 그녀를 찾은 거 같아요. 매니저 말이 그 설명에 맞는 영국 여자가 여기서 근무한 적이 있대요."

나는 얼굴이 밝아졌다.

"근무한 적이 있다고요? 그럼 지금은 어디 있는데요?" 그녀를 찾는 일이 거의 성공하기 직전이라는 생각이 들자 나는 다급해졌다.

"그런데, 그게 나쁜 소식이에요. 몇 주 전에 여기를 그만뒀대요."

내가 대체 왜 그렇게 꾸물거리다 왔을까?

그녀를 만날 뻔했는데 놓쳐버렸다는 생각에 나는 심장이 쿵 내려앉았다. 이제는 그녀가 어디에 있을지 짐작도 할 수 없게 되어버렸다.

"저기, 그럼 그녀가 지금은 어디서 일하는지 혹시 모른대요?"

"어, 그게 진짜 나쁜 소식인데요. 그녀가 뉴질랜드로 이사간다고 했대요."

뉴질랜드? 거기까지 가서 그녀를 찾을 돈이 없는데. 뉴캐슬이나 뉴키로 이사가지 왜 하필 뉴질랜드야?

"그리고 당신이 알아야 할 게 또 있어요."

"그게 뭔데요?"

에바는 당황하는 눈치였다. 이 사람이 할 말을 잃은 건 처음이었다.

"아무래도 그 사람이 이사를 갈 때……."

에바는 말을 끝맺는 것을 힘들어하는 것 같았다.

"그러니까 이사를 갈 때 거기에……애인이랑 같이 가는 거 같았대요."

"왜 그 이야기를 먼저 안 했어요? 그게 더 중요한 거라는 건 뻔하잖아요. 그럼 좋은 소식은 하나도 없는 거네, 안 그래요?" 나는 에바한테 화를 냈다. 에바가 잘못한 건 하나도 없는데.

"미안해요, 난……."

"그러니까 제시가 받았다는 이메일, 그게 진짜 그 사람한테서 온 게 맞네." 나는 에바의 말을 끊고 말했다.

"그런 거 같아요. 일이 이렇게 돼서 유감이에요, 조시. 난 정말 당신을 돕고 싶었는데."

나는 미국 서점의 자기계발서 코너에서 홍등가에서 처음 만난 셜록 홈스 차림의 네덜란드 여자를 껴안았다.

28

나는 지금 암스테르담 스키폴 국제공항으로 향하는 기차에 앉아 있다. 완전히 바보가 된 것만 같다.

나는 퀴즈 대회 상금을 아무 짝에도 쓸모가 없는 일에 쏟아부었다. 당연히 그 사람은 누군가를 만나기 위해 거기에 갔던 것이다. 아니면 이미 그 자리에 남자친구가 있었던 건가?

비가 기차 유리창을 세차게 때렸다. 객차 안을 둘러보다 보니 가방을 붙잡고 또 서로를 붙잡고 있는 커플들이 보였다. 그들은 신나고 로맨틱한 해외여행을 떠나는 중이다. 하지만 나는 홀로 쓸쓸히 영국으로 돌아가는 길이다. 마치 이런 일을 예전에도 똑같이 겪은 것만 같은 느낌이 들었다.

그래서 영국 남자들이 운하에서 발견되는 걸까?

기차가 공항에 도착하자 나는 다음 출발 비행기 정보를 확인하려고 전광판을 올려다보았다. 어디든 상관없이 가장 저렴한 영국 공항으로 날아갈 생각이었다. 물론 급히 돌아가야 하는 일이 있는 것은 아니었다. 이지젯 항공 카운터 앞에 줄을 서 있는데 스마트폰이 울렸다.

"안녕, 제시." 나는 축 처진 목소리로 전화를 받았다.

"안녕, 조시. 너 맞아?"

"여보세요, 내 목소리 들려?" 나는 스마트폰 액정화면에 신호 감도를 나타내는 줄이 몇 개나 뜨는지 확인하며 말했다.

"그럼, 그런데 너 지금 어디야?"

"여기 암스테르담 공항이야. 그만 돌아가려고."

"잘 안 들려. 좀더 크게 말하면 안 돼? 너 지금 공항이라고?"

내 머리 바로 위에 있는 스피커가 요란하게 떠들어대고 있었다.

"응, 나 지금 공항이야. 이제 돌아가려고." 기차가 도착하고 사람들이 내리면서 점점 더 복잡해지고 시끄러워지는 공항 소음에 지지 않으려고 나는 큰소리로 스마트폰에 대고 소리를 질렀다.

"왜 돌아오는데? 무슨 일 있었어?"

"다 끝났어. 마지막으로 찾아간 서점 매니저가 거기서 근무하던 영국 여자가 남자친구와 뉴질랜드로 이사 가려고 최근에 그만뒀대. 네가 받았다는 그 메일 내용에 딱 들어맞았어." 나는 침울한 목소리로 짧게 설명했다.

스마트폰 너머에 있는 제시는 아무 말도 하지 않았다.

"그랬구나, 실망스러운 소식이네. 하지만 그 여자가 네가 만난 그 여자인지 확실히 모르잖아, 그리고 내가 받은 메일은 다른 사람이 보낸 걸 수도 있고 말이야."

"몰라, 어쨌든 이제 그만두는 게 맞는 것 같아. 노력은 해봤으니까 이제는 집으로 돌아가야 할 때 같아."

"지금 그만둘 수는 없어."

"하지만 제시……."

"너한테 알려줄 소식이 몇 개 있어. 내가 전화한 건 필라델피아에 있다는 「해바라기」가 지금은 미국에 없다는 걸 알려주기 위해서야. 파리에 있는 오르세 미술관에 임대해줘서 지난 6개월간 거기에 있었대. 그리고 그 전시가 이번 달에 끝난대."

나는 뭐라고 말해야 할지 생각이 나지 않았다. 브리스틀 미술관에서 할머니와 할아버지와 함께 그림을 찾다가 그 그림이 다른 미술관으로 임대되었다는 걸 알게 되었던 과거의 기억이 떠올랐다.

"내 말 듣고 있어?" 제시가 물었다. "직장에서 어떤 사람한테 네 이야기를 하게 됐는데 2-3주 전쯤 파리에서 그 그림을 봤다고 했어."

"그래, 알려준 건 고마운데, 오늘 알아낸 것과 네가 받은 메일을 생각해보면 그녀는 여기 암스테르담에 있었던 게 맞는 것 같아."

"하지만 생각해봐, 만약에……진짜 만약에 그 메일이 가짜라면 말이야. 그리고 그림 다섯 점 중에 세 점은 그 사람이 본 그림이 아니라는 걸 확인했잖아, 그러니까 그 사람이 파리에 있을 확률은 50 대 50인 거야. 그렇다면 마지막으로 한번 더 도전해볼 가치가 있지 않을까?"

"그럴 수도 있지, 하지만 그건 그녀가 내게 처음에 했던 말이 전부 정확하고 이사도 가지 않았다는 가정하에서만 가능성이 있는 거잖아. 하지만 일이 틀어질 수 있는 시나리오는 백만 가지도 넘어. 솔직히 그녀는 세계 어디든 있을 수 있어. 그리고 내가 자기를 찾기를 바라지 않는 게 분명해, 그게 아니라면 네 인스타그램 계정에 답을 했겠지."

"그게 무슨 소리야. 그 여자가 아예 인스타그램을 못 봤을 수도 있잖아. 이런 경우야말로 동전을 던져서 결정해야 하는 거 아니야?"

제시가 나한테 동전의 결정을 따르라고 하다니, 나는 너무 놀랐다.

대체 제시가 왜 이러는 거지?

이런 결정을 운이나 운명에 맡기고 싶지 않았다. 나보다 더 높은, 그 어떤 힘이 내 삶을 통제하게 하고 싶지 않았다. 나는 그냥 집에 돌아가고 싶었다. 더 이상은 못할 것 같았다.

"얼른, 어서 해봐." 내가 머뭇거리고 있는 걸 느낀 제시가 재촉했다.

나는 마지못해 주머니에서 동전을 꺼내 스마트폰을 머리와 어깨 사이에 끼운 채 엉거주춤한 자세로 던졌다. 동전이 바닥에 떨어졌다.

"어떻게 됐어?" 제시의 목소리가 들렸다.

나는 허리를 숙여 동전의 어느 면이 위로 올라왔는지 확인했다.

"동전이 나더러 파리로 가라고 하네." 나는 작은 소리로 대답했다.

29

제시와의 통화가 끝나자마자 짧고 빨간 머리에 몸집이 작고 두 팔이 문신으로 뒤덮인 여자가 내 어깨를 톡톡 쳤다.

"미안해요, 일부러 들으려던 건 아닌데 혹시 파리에 가시나요? 방금 나를 여기 데려다준 친구가 자기 차로 헤로나로 돌아가거든요. 당신이 필요하다면 파리를 경유해서 갈 수도 있는데 타고 갈래요?"

여자는 이지젯 항공 카운터 앞에 줄을 서 있는 내내 내 뒤에서 엉망이 되어버린 내 사랑 타령을 들었던 것이다.

"우와, 세상에나, 그럴게요. 이런 일이 있을 수 있다니. 정말 고마워요. 진짜 너무 좋은 분이세요. 사실 돈도 거의 없는데 파리까지 공짜로 갈 수 있다면 진짜 큰 도움이 될 거예요."

"좋아요, 친구가 아직 떠나지 않았는지 확인해볼게요."

나는 스마트폰을 주머니에 다시 집어넣다가 그대로 멈췄다. 나 지금 미친 거 아니야? 진짜 이 제안을 받아들이겠다는 거야? 전혀 모르는 사람 차를 얻어탄다고 하면 엄마가 뭐라고 하시겠어? 그것도 잠깐 집 앞에 가는 것도 아니고 다른 나라로 가는 건데 말이야?

여자가 돌아서서 친구에게 전화하는 사이에 나는 동전을 던져서 차를 탈지 말지 결정하기로 했다. 조금 전까지만 해도 집으로 돌아갈 생각이었는데 이제는 파리에 갈 생각을 하려니 머릿속이 너무 복잡했다.

여자는 스페인어로 통화하면서 수도 없이 힘차게 고개를 끄덕였다.

"잘 됐어요, 친구가 아직 가지 않았대요."

"정말 고마워요, 진짜 말할 수 없이 감사해요." 나는 같은 말을 반복하며 친절한 여자를 따라 공항 터미널을 나왔다. 그녀는 자기는 비행기를 타고 스페인에 가지만, 친구는 짐 때문에 차로 스페인에 가야 한다고 설명했다.

"들어보니 여자분을 찾으러 간다고 하던데 맞아요?"

"네, 맞아요."

"와, 꼭 그분을 찾기 바라요. 사랑을 찾는 분을 돕게 돼서 기뻐요."

단기 주차용 주차장으로 들어가니 새하얀 최신 아우디가 기다리고 있었다. 시동도 아직 걸려 있었다. 우리가 다가가자 큰 키에 구릿빛 피부 그리고 짙은 색 머리의 30대 후반 정도 되는 남자가 운전석에서 풀쩍 뛰어내렸다. 바르셀로나 축구팀 셔츠 차림을 한 그는 긴 갈색 머리를 정수리로 틀어올려 묶었다.

"올라, 지저스." 자신의 이름이라고 알리기 위해 제 가슴을 툭툭 치며 남자가 말했다.

"나는 조시." 대답을 하고 나니 내 이름이 좀 초라하게 느껴졌다. "태워줘서 고맙습니다. 정말 친절하세요." 나는 커다란 여행 가방들과 접어놓은 가구들로 벌써 꽉 찬 뒷좌석에 내 가방을 밀어넣었다.

"미안, 나 영어 잘……못해."

"파리까지……태워줘서……정말……친절하세요. 정말……고맙습니다." 나는 같은 말을 천천히 그리고 또렷하게 다시 말했다.

"오케이." 남자가 미소를 지었다.

"이 사람 영어 잘 못해요." 여자가 작은 기내용 여행 가방을 들어올리며 미안한 듯 말했다. "하지만 파리 중심부에 잘 내려줄 거예요." 나는 다시 한번 그녀에게 고맙다고 인사하고 조수석에 풀쩍 올라타다가 비에 젖은 내 구두 때문에 먼지 하나 없이 깨끗한 바닥에 진흙을 묻히고 말았다. 여자는 남자에게 스페인어 아니면 카탈루냐어로 뭐라 말하더니 우리에게 손을 흔들며 작별인사를 했다.

차가 주차장을 빠져나오는데 나는 갑자기 좋은 생각이 떠올랐다. 그래서 얼른 스마트폰을 꺼내 구글 번역 앱에 질문 하나를 써넣었다.

"Eres parti……partidario del club de fútbol de Barcelona?(바르셀로나 축구팀 팬입니까?)" 내 스페인어 발음은 아마 최악이었을 것이다.

그 때문인지 내가 영어로 물어볼 때보다 그는 더 못 알아들었다.

그래서 대신 스마트폰 화면을 그의 얼굴 앞에 들이밀어서 번역된 문장을 직접 보게 했다.

"노." 그가 자기 눈을 가리키며 말했다.

"어, 눈……안경?" 내가 말했다. 우리는 마치 몸으로 말하기 게임을 하면서 내가 답을 맞추는 중인 것 같았다.

"Sí(네), 안경 없어."

"메시 좋아해요?" 나는 그의 셔츠를 가리켰다.

"메시, 네. 최고."

그게 우리 대화의 끝이었다.

나는 그가 운전에 집중하게 내버려두기로 결정했다. 눈이 나쁘다고 했으니 그러는 편이 나을 것 같았다. 나는 등받이에 몸을 기대고 앞으로 대여섯 시간은 멋진 풍경이 이어지길 기대하며 창밖을 내다보았다. 파리로 가고 있다는 것만 생각하기로 했다. 아주 작기는 하지만 해바라기 걸을 만날 가능성이 아직 남아 있다. 희미하지만 희망의 불씨가 아직 꺼지지 않은 것이다.

고속도로를 빤히 내다보는데 지저스라는 이름의 이 남자가 기적처럼 나를 구해주었다는 생각이 문득 들었다.

솔직히 예수(지저스는 예수의 영어식 발음/옮긴이)의 재림이 이런 식으로 이루어질 거라고는 상상해본 적은 없다.

생수 하나를 고를 때도 동전을 던져 결정하는 내 입장에서는 종교를 선택하는 것은 결정 능력 밖의 일이다. 우리 가족을 보자면 언제나 일 년에 두 번은 기독교인이 된다. 그래서 예수님 생일과 부활을 축하하지 만 그외의 날들은 단 한순간도 예수님에 대해 생각하지 않는다. 게다 가 아빠는 이 두 번의 미사 때도 찬송가 가사를 축구 응원 구호로 바꿔 불렀고, 지방 의회가 임명한 "신이 벌 주셔야 마땅할" 주차 단속 요원 이 너무 열정이 넘쳐서 교회 밖에 있는 이중 노란 선 안에 주차한 차들 을 견인해가기 시작하자 그걸 핑계로 미사에 참석하지 말자고 했다. 나 도 어렸을 때는 청소년 기도회에 다녔지만 질문을 너무 많이 한다고 쫓 겨났고, 신부님은 용서에 대해 설교하면서도 아직까지도 부활절 미사 때 마지막에 주는 초콜릿을 내게는 주지 않는다. 그렇지만 암스테르담 스키폴 국제공항에서 지저스라는 이름을 가진 남자의 차를 얻어타는 기적을 경험한다면, 누구나 신의 존재에 대해 다시 한번 생각해보게 될 것이다.

내가 보기에 지저스는 적어도 32킬로미터 전부터 뭔가를 말하려고 애 쓰고 있는 것 같았다. 현대적인 옷을 입은 그를 곁눈질로 보고 있자니 나는 그가 옷차림을 바꿀 때가 되긴 했다는 생각이 들었다. 스테인드글 라스에 늘 똑같은 옷을 입은 모습으로 등장하니 창피할 만도 했다.

"으으으, 지저스가 당신 용서해." 내가 지저분하게 만든 바닥 매트를 손으로 가리키며 그가 웃음을 터뜨렸다.

"아, 정말 미안해요." 나는 진흙 덩이를 주워 창밖으로 내던지려고 했는데 그는 이미 시선을 돌렸고 우리 사이에는 다시 침묵이 흘렀다.

나는 스마트폰으로 구글 맵을 열어 우리가 가야 하는 경로와 앞으로 얼마나 더 가야 하는지를 확인했다. 우리는 위트레흐트, 안트베르펜과 헨트 그리고 릴을 지나야 했는데, 나는 암스테르담을 벗어나기도 전에 잠이 들었다.

한 시간쯤 지났을까 지저스가 소리를 지르는 바람에 나는 번쩍 잠이 깼다.

"미친놈!"

무슨 일이야?

"지저스, 미친놈!" 그가 다시 소리를 질렀다. 혹시 갑자기 끼어들기를 한 차가 있는지 주위를 둘러보았지만 우리 주변에 다른 차는 없었다.

우리가 어디 있는지, 어디로 가는지 모르지만 나는 신의 아들이 이런 욕을 할 거라고는 상상도 하지 못했다.

이번에는 지저스가 한 손으로 핸들을 쥔 채 자기 뺨을 때리기 시작했다. 나는 차라리 그가 말을 하지 않던 때가 더 낫다는 생각이 들었다.

나 지금 누구랑 같이 차에 타고 있는 거지? 생전 처음 보는 사람 차를 얻어 타다니. 내가 함부로 사람을 믿었나 봐.

지저스는 아주 빠르게 스페인어를 지껄여댔는데 내가 딱 하나 알아들은 말은 "젠장"뿐이었다.

문득 나한테 욕을 하는 건가라는 걱정이 들었다. 차에서 잠을 잔 게 무례하게 보일 수도 있겠다는 생각이 들기는 했지만, 아무리 그래도 이렇게 욕하는 건 너무 심했다. 나는 지저스를 보지 않으려고 앞만 똑바로 쳐다보았다.

휴게소가 나오자 지저스는 그곳으로 들어가 차를 세웠다. 이제 여기서 나를 죽이고 토막내서 여기저기에 버릴 건가? 그리고 어느 식당 뒷

마당에 파묻혀 있다가 며칠 뒤에 발견되는 건가?

지저스가 미소를 짓더니 카페에 가겠다는 몸짓을 했다. 나도 너무 당황해서 어색하게 미소를 짓고는 적어도 내가 어디서 실종되었는지는 누군가에게 알려야겠다는 생각에 제이크에게 전화하기로 했다.

제이크는 전혀 바쁘지 않은 것 같았다. 전화벨이 한 번 울리자마자 곧바로 받은 걸 보니 말이다.

"제이크, 나한테 어떤 일이 있었는지 아마 너 절대 못 믿을 거야."

"해바라기 걸을 찾은 거야?"

"아니, 바보 같은 소리 하지 마."

"음, 그럼 내가 너한테 빌려준 돈 다시 갚기로 결심했어?"

"아니, 나 지금 지저스랑 같이 있어."

"지저스? 예수? 세상에, 조시, 너 암스테르담에서 대마초 피웠어? 설마 그런 거 파는 커피숍에 들어간 건 아니지, 그렇지?"

"아니야, 그런 데 안 갔어. 영국으로 돌아가려고 공항에 갔는데 거기서 지저스를 만났는데 나를 파리까지 태워주기로 했어."

"어디에 태워주는데, 당나귀?"

"아니야, 제이크, 그가 차를 렌트했어."

갑자기 내가 무덤에서 예수를 봤다고 사람들을 설득하는 마리아 막달레나가 된 기분이 들었다.

"당연히 그렇겠지. 내가 정리해볼게. 파리까지 차를 얻어타고 간다는 거지? 예수의 차를? 그런데 예수가 암스테르담에는 왜 갔대? 거기는 예수가 갈 만한 곳이 아닌데 말이야."

"그건 나도 모르지. 중요한 건 그게 아니야. 아마 그 오랜 세월 동안 암스테르담에 한 번도 안 가봐서 이번에 갔나 보지." 나는 중얼거렸다.

"그럴 수도 있겠네. 사도들하고 여행을 갔을 수도 있지. 유다가 암스테르담에서 총각 파티라도 했나.”

“어쨌든, 너한테 전화한 건 내가 안트베르펜 근처 고속도로 휴게소에 예수와 같이 있다는 사실을 알려주기 위해서야, 혹시 나한테 무슨 일이 생길 경우에 대비해서 말이야.” 예수가 욕을 했다는 말은 덧붙이지 않았다.

“거기서 무슨 일이 생기겠어? 본디오 빌라도가 너를 추격하기라도 할까 봐? 너는 하느님의 아들과 같이 있는 거야, 그러니까 안전하겠지.” 나는 제이크가 눈을 부라리는 소리가 들릴 것만 같았다.

“퍽도 재미있겠다. 이만 끊을게. 그가 카페에서 돌아오고 있어.”

“그가 물병에 든 물을 와인으로 바꾸면 꼭 알려줘.”

예수가 테이크아웃 잔에 든 커피를 가지고 차로 돌아오자 나는 의심 많은 도마(예수가 사흘 만에 부활했을 때 몸의 상처를 확인해야만 믿겠다고 했던 의심 많은 제자/옮긴이)에게 작별인사를 했다.

“커피……enfocar 도와준다.” 지저스가 커피를 가리키고 미소 지으며 말했다.

나는 당황한 얼굴로 그를 보았다.

“Enfocar……. 영어로는 무슨 뜻인지 모르겠어.” 이제는 지저스가 스마트폰으로 번역하기 시작했다. “집중하다?” 그가 찾아낸 단어를 내게 보여주었다.

그제야 나는 지저스가 무슨 말을 하려는지 깨달았다. 그는 욕을 하던 게 아니었다. 나한테 소리를 지른 것도 아니었다. 그저 피곤했던 것뿐이다.

미친놈(fucker)이라고 욕을 한 게 아니라 스페인어로 enfocar라고 했던 것이다.

자신에게 집중하라고 소리쳤던 거야.

그제야 아까 상황이 이해가 갔다.

아직도 몇 시간 더 가야 하기 때문에 나는 커피가 지저스에게 꼭 도움이 되기를 바랐다. 이제는 미치광이 살인마 손에 죽는 걸 걱정할 게 아니라 교통사고로 죽는 걸 걱정하게 생겼다.

지저스가 오디오를 손으로 가리켰다. 음악을 들으면서 졸음을 쫓아서 우리 둘 다 교통사고로 죽는 걸 막으려는 것 같았다. 그러더니 외국 라디오 방송국 주파수를 이리저리 돌리다가 CD를 오디오 기기에 집어넣었다.

영어는 제대로 못 하면서도 지저스는 앤드루 로이드 웨버의 「오페라의 유령」에 나오는 노래 가사는 다 외우고 있었다. 그래서 우리는 여행 내내 「오페라의 유령」의 OST를 함께 불렀다. 그가 팬텀 파트를 부르고 싶다고 해서 내가 크리스틴 다에가 되기로 했다. 지저스는 목소리가 정말 좋았다.

함께 노래를 부르느라 어디까지 왔는지도 모르고 있었는데, 파리의 상징적인 건물들과 경치를 보고서야 목적지에 왔다는 걸 깨달았다. 파리 중심부에 있는 파리 북역 바깥에 차를 세울 즈음, 우리의 노래도 모두 끝났다. 빛의 도시에 어둠이 내리고 있었다.

"도와줘서 정말 고마워요. 진짜 큰 도움이 되었습니다." 나는 반쯤 문 밖으로 나가며 지저스와 악수를 했다. 그러고 나서 양손 엄지를 번쩍 쳐들자 그제야 지저스가 내 말 뜻을 알아듣는 것 같았다.

"저기……나 신 아니다. 나는 지저스다." 그가 킥킥 웃음을 터뜨렸다.

나는 올해 크리스마스 미사 때 신부님을 만나면 견진성사를 받을 준비가 되었다고 말하기로 결심했다.

30

나는 어렸을 때 이후로 2층 침대에서 자본 적이 없는데 그 이유가 지금 기억났다. 지금 나는 밤새 방귀를 엄청 뀌고 코도 심하게 고는 남자 밑에 누워 있다. 이 작은 방의 또다른 2층 침대는 큰 덩치에 문신을 하고 무시무시하게 생겨서 당장이라도 나를 죽일 것 같은 남자 둘이 차지했다. 그래서 당연하게도 나는 거의 잠을 자지 못했다.

날이 밝자 숙소에서 나온 나는 하품을 하면서 제시에게 전화를 걸었다. 해바라기 걸은 지금쯤 뉴질랜드 퀸스타운에서 180센티미터 키에 모델처럼 생긴 남자친구와 번지점프나 하고 있을 거라는 생각이 자꾸 들기는 했지만 자신감도 꽤 생겼다. 세 번째 도시는 운이 좋을 거라는 느낌이랄까. 게다가 나는 하늘나라에 새 친구도 생겼다.

"제이크한테 들었는데 너 재미있는 여행을 했다더라."

"맞아, 이런 걸 뭐라고 해야 하나? 하느님의 뜻은 신비롭게 이루어진다라고나 할까."

"오, 하느님, 걔 말이 맞네, 너 미쳤구나."

"하느님의 이름을 헛되이 부르지 말라."

제시와 통화를 하느라 방향을 확인하지 못하고 길을 돌고돌아서 영어 전문 서점들이 있는 레프트 뱅크(파리 센 강의 왼쪽 지역/옮긴이)로 갔다. 웅장한 파리 국립 오페라 극장 앞을 지나갈 때는 지저스가 좋아하는 팬

텀이 살던 곳이라는 생각이 들어 나 혼자 슬쩍 미소를 지었다.

"너 혹시 파리에 있다는 여자와 연락했다고 말하지 않았어? 어쩌면 그 사람일지도 몰라."

"그래, 맞아. 있었어, DM 말고 이메일을 보냈던 걸로 기억하는데 그 사람 메일을 찾을 수가 없어. 그리고 그 사람 이름이 뭐였는지도 기억이 안 나."

"그 사람 이름을 모르다니, 너나 나나 똑같네."

"미안, 그 사람이 해바라기 걸일 거라곤 생각 못 했어. 당시에는 그 여자가 파리에 살고 있을 줄은 몰랐으니까. 하지만 분명히 메일이 남아 있기는 할 거야."

"문자나 메일을 잃어버릴 거면, 인스타그램 계정을 운영하는 의미가 없잖아?" 나는 분통을 터뜨렸다.

"꼭 찾을게, 걱정하지 마. 오늘 계획은 뭐야?"

"짜증 내서 미안해. 내가 좀 피곤해. 오늘 아침에는 서점 몇 군데 확인하려고. 그러니까 잘 되라고 기도 좀 해줘."

"당연하지 아주 많이 해줄게. 이번에는 정말 성공할 거 같아. 무슨 소식이든 바로바로 알려줘야 돼."

아름다운 튈르리 정원의 초록색 데크체어에 비스듬히 기대앉은 사람들 옆을 지나 나는 센 강 다리를 건넜다. 노점 장사꾼이 기대에 찬 얼굴로 사랑의 자물쇠를 내밀었다.

"나도 이걸 줄 사람이 있으면 좋겠네요." 나는 미안하다는 뜻으로 그에게 말했다.

이 사람은 장사 솜씨가 꽤 좋은 것 같았다. 다리 난간에 색깔도 모양도 크기도 제각각인 수백 개의 자물쇠가 주렁주렁 달려 있는 걸 보면 말이다. 자물쇠마다 유성펜으로 쓰고 그린 이니셜과 사랑과 심장을 의미하는 그림이 있었다. 센 강의 퐁데자르 다리가 이런 자물쇠들의 무게 때문에 가라앉아서 자물쇠를 제거해야 했다는 글을 읽은 적 있지만, 사랑의 징표를 남길 새로운 곳을 찾아다니는 연인들은 막을 수 없었나 보다. 하지만 자물쇠를 매달고 나서 열쇠를 강물에 던지지 말고 혹시 나중에 헤어질 경우를 대비해서 번호로 된 자물쇠를 사용하는 게 낫지 않을까.

저 앞에서 오르세 미술관이 나를 기다리고 있었다. 그리고 반 고흐 전시회를 알리는 큼지막한 「해바라기」 포스터가 나를 반겼다.

다시 시작이구나.

저 그림이 그 그림일까?

나는 멈춰 서서 포스터 내용을 읽었다. 세계적인 은행들과 여러 기관들이 후원하는 이 전시는 「해바라기」를 필라델피아로 반환하기 전까지 앞으로 딱 2주일 더 계속될 예정이었다. 길게 줄을 서기 전에 서두르려는 관광객들이 바삐 미술관으로 입장하고 있다. 나는 미술관을 지나 강을 따라 걸으며 고서적상들에서 파는 그림 엽서, 사진, 헌책들을 구경했다.

그러다가 찜해놓은 서점 세 곳을 둘러보기 위해 강 반대쪽으로 방향을 바꿔서 먼저 샌프란시스코 북스로 향했다. 퉁명스러운 프랑스 남자가 혼자 지키고 있는 이 자그마한 서점에서 나는 2분도 채 머물지 않았다. 여기 고서적상 구역에 있는 나머지 서점들은 전부 문을 닫은 것 같았다. 친절한 남자가 밖에서 보온병에 든 커피를 파는 애비 북샵은 처음 간 곳보다는 훨씬 더 우호적인 분위기였다. 그런데 이 남자가 밖에 있는 이유가 있었다. 서점 안에 책이 너무 높게 그리고 많이 쌓여 있어서 비집고 들어갈 틈이 없었던 것이다. 그녀가 이런 서점 안쪽에 숨어 있을 것 같지는 않았다.

노트르담 반대편에 있는 노란색의 셰익스피어 앤드 컴퍼니 서점 앞에 도착했을 즈음에는 너무 많이 걸어 발이 피곤했다. 서점 밖은 근처 카페의 야외 좌석에서 키슈 파이와 케이크를 먹는 사람들과 돌아다니는 사람들로 분주했다. 또한 서점 안으로 들어오고 나가는 관광객들이 줄을 지어 가득했는데, 그들 대부분은 사진을 찍어 인스타그램에 올리지 말라는 요청을 무시했다. 그도 그럴 것이 이 서점은 사진에 꼭 담고 싶은 만큼 무척 아름다웠다. 모자이크로 꾸며진 바닥부터 저 위에 매달린 소박한 샹들리에 그리고 벽과 계단에 적힌 명언들까지, 너무 아름다워서 여기에 있는 책들마저 행복해하는 것 같았다. 손님들이 다니는 통로는 토끼굴처럼 좁고 복잡하게 얽혀 있어서 블루 오이스터 티룸과 올드 스모키 리딩 룸 사이에서는 심각한 정체 현상이 일어나고 있었다. 나는 그 사이를 뚫고 지나가 삐걱거리는 빨간 계단을 올라가는데 2층 문 위에 검은색으로 적힌 글자가 눈에 띄었다.

'낯선 이를 홀대하지 마라, 변장한 천사일지 모르니.'

그 순간 해바라기 걸 가방에 달린 분홍색 배지에 이 문구가 적혀 있던 것이 머릿속에 번쩍 떠올랐다. 왜 이걸 진작 기억 못 했지?

여기가 바로 그 서점이야.

확실해.

새로 찾은 희망을 품고서 2층을 돌아다녔다. 모퉁이를 돌 때마다 그녀가 보이기를 간절히 바랐다. 구식 타자기를 치는 사람 옆을 지나고, 모두 카디건을 입고 독서 모임을 하는 것 같은 사람들이 우쭐대면서 『트리 스트램』(대단히 특이한 작품으로 평가받는 영국 작가 L. 스턴의 18세기 장편소설/옮긴이)에 대해 이야기하는 곳도 지났다. 그러다가 불빛이 희미하게 켜져 있고 피아노가 있는 공간으로 들어갔다. 전구 세 개 중에 두 개만 불이 들어온 자그마한 샹들리에가 벽감 속에 있는 구식 피아노를 비추고 있었다. 오후 7시 이후에는 피아노 연주를 삼가달라고 빨간 마커펜으로 휘갈겨 쓴 메모가 놓여 있었다. 이유는 고양이를 깨울지도 모르기 때문이란다. 다시 계단을 내려가려는데 쪽지들이 붙은 거울이 눈에 띄었다. 전 세계에서 온 사람들이 종잇조각이나 입장권 끄트머리, 아니면 엽서에 글을 써서 이 거울에 붙여두었다. 그중에 이런 글이 있었다. '이카루스는 깊이 생각하지 않았다, 그러니 당신도 깊이 생각하지 말고 덤벼라.'

나는 북적대는 사람들 사이를 뚫고 곧장 계산대로 갔다.

"안녕하세요."

계산대 뒤에 있는 남자는 줄 쳐진 종이에 뭔가를 쓰는데 집중하느라 내가 말을 건네도 고개도 들지 않았다.

"Bonjour, 안녕하세요?" 나는 다시 말을 건넸다.

"네, 뭘 도와드릴까요?"

남자는 손으로 쓰는 걸 멈추지 않았다. 해바라기 걸 가방에 있던 배지와 똑같은 배지들이 가득 담긴 상자가 판매용으로 계산대 위에 있었다.

"여기서 근무하는 영국 여성이 있습니까? 20대 정도에 머리는 갈색 머리에 예쁜……."

그제야 남자가 나를 쳐다보았다.

"누구시죠?"

나는 이 작자한테 내 사연을 몽땅 이야기하고 싶지는 않았다.

"그냥 친구인데요."

"여기 근무하는지 아닌지도 모르는 여자분의 친구인데, 그 여자분의 성함도 모른다는 그런 말씀이신가요?" 남자가 비꼬듯이 물었다.

"네, 이상하게 들린다는 건 알아요, 하지만 여기서 근무하는 분들 중에 그런 분 없어요? 아니면 지금은 다른 곳에 있나요?"

"지금은 여기 없는데요." 남자는 여전히 비협조적이었다.

"그럼 여기서 근무하기는 한다는 거죠? 부탁인데 그분한테 이걸 좀 전해주시고 저한테 연락해달라고 전해주실 수 있어요?"

나는 남자에게 내 전화번호와 간단한 전갈 그리고 반 고흐의 편지 인용문을 미리 적어 준비해온 편지를 건넸다. 그 인용문은 이런 것이었다. '만약 우리가 그 무엇도 시도할 용기가 없다면 인생이 무슨 의미가 있겠어?'

남자는 의심스럽다는 눈빛으로 나를 보며 그 편지를 받아들었다. 나는 그가 내 편지를 곧장 쓰레기통에 처박을 줄 알았다.

"그 사람에게 전해줄게요." 남자는 마지못해 대답했다.

나는 도와줘서 고맙다고 인사하고 서점에서 분주하고 밝은 바깥으로 나왔다. 그리고 별다른 목적지도 없이 노트르담으로 가는 다리를 천천히 건너기 시작했다. 그때 주머니에 있는 스마트폰이 진동했다.

'「해바라기」 앞에서 오후 3시에 만나.'

31

너무 빠르잖아.

문자를 읽는데 뱃속이 마구 울렁거렸다.

제시였다.

왜 제시가 「해바라기」 앞에서 만나자는 거지? 제시가 파리에 온 건가? 왜? 그럼 왜 여기 온다고 아까 전화로 말을 안 한 거야?

지금 이 문자가 무슨 뜻이냐는 답문을 보냈다. 그런데 지금 비행기 안에 있는 건지 아니면 내 문자를 무시하는 건지는 모르겠지만 더 이상 답이 오지 않았다. 카페에 죽치고 앉아 혹시 해바라기 걸한테서도 문자가 오지 않을까 하는 기대를 품고서, 스마트폰을 들여다보며 제시에게서 답이 오기를 기다렸다. 서점에 있던 남자가 아직 편지를 전해주지 않았을지도 모른다는 생각이 들었다. 불안해서 미칠 것 같았다. 그 서점에 다시 가보고 싶었지만, 손목 시계를 보니 미술관에 가야 할 시간이었다. 그런데 오르세 미술관에 도착하자마자 나는 「해바라기」 앞에서 만나자는 제시의 생각이 좋은 생각이 아니라는 것을 알게 되었다. 특히 토요일 오후 3시는 더욱더.

이것은 마치 12월 31일 밤에 뉴욕의 타임스 스퀘어 한복판에서 만나자는 것이나 다름없었다. 관광객이 최고로 몰리는 성수기가 지났는데도 미술관으로 들어가려는 줄은 여전히 길게 뻗어 뱀처럼 구불구불 건물을 휘감고 이어졌다. 아침에 부지런히 미술관으로 가던 그 관광객들이 현명했던 것이었다.

겨우 미술관으로 들어간 나는 웅장한 구조에 입이 딱 벌어졌다. 기차역을 개조한 미술관은 대리석 바닥과 화려하게 장식한 천장이 더해져 한때 기차역이었다는 사실이 믿어지지 않을 정도로 완벽하게 변신해 있었다. 안내판들이 「해바라기」의 전시실을 알려주었다. 그리고 머리 위에 있는 어마어마하게 큰 시계가 째깍거리며 만날 시간을 향해 가고 있었다. 이제 20분 남았다.

나는 「해바라기」의 전시실로 들어가 작품들을 훑어보고 설명들을 읽었다. 금세 주위에 사람들이 모여들었다. 다들 목에는 빨간 이름표 줄을 걸고 귀에는 스마트폰 대신 오디오 가이드용 헤드폰을 딱 붙이고 있었다. 그리고 똑같은 그림 앞에 멈춰 섰다가, 헤드폰에서 움직이라고 지시하면 마치 개가 모는 양 떼처럼 우르르 다음 작품으로 이동했다.

나는 이제는 마치 반 고흐 전문가라도 된 기분을 느끼며, 「아름다운 별이 빛나는 밤」의 앞을 지나 「해바라기」와 나란히 있는 나무 벤치에 자리를 잡고 앉았다. 여러 색조의 노란색이 가득한 작품을 15분 넘게 빤히 쳐다보고 있자니 전시실을 돌아다니는 경비원이 나를 수상하게 여기기 시작한다는 느낌이 들었다. 내가 솜씨 좋은 예술품 도둑으로 보일까 아니면 미술사적으로 위대한 작품을 파괴하려는 미친놈으로 보일까, 궁금했다. 아마 후자로 보이겠지.

오후 3시가 되었다.

제시는 어디 있는 거야? 왜 전화도 안 받고 문자에 답도 안 하는 거야?

나는 발로 바닥을 탁탁 두드리고 손가락을 꼼지락거렸다. 돌아보니 제시 대신 관광객 한 무리가 서로 먼저 사진을 찍으려고 다투며 몰려왔다. 기진맥진한 가이드가 사진 촬영은 안 된다고 막았지만 소용없었다. 마치 모든 객석에서 플래시가 터지는 웸블리 스타디움 콘서트를 보는 것 같았다. 이러다 빛 때문에 발작이라도 일으킬 것 같았다.

가방을 소지하면 안 된다는 규칙을 몰래 어긴 미국 남자가 DSLR 카메라로 해바라기를 클로즈업 촬영하려고 나를 밀쳤다. 그는 단 1초도 그림을 감상할 생각은 하지 않고, 곧장 다른 사람을 밀치고는 다음 작품을 찍으려고 부리나케 갔다. 저럴 거면 그냥 구글에서 작품 이미지를 다운받는 게 더 편하지 않나? 그다음으로 북유럽 출신 같은 여자가 내 앞을 지나갔다. 빨간 베레모, 빨간 립스틱, 그리고 가로줄 무늬 티셔츠가 마치 프랑스 공식 드레스 코드라도 되는 것처럼 차려입은 이 사람은 걸음을 멈추고「해바라기」옆에 있는 설명을 읽으며 맞다는 듯이 고개를 끄덕거렸다. 그녀 뒤에는 솔직히 나처럼「해바라기」말고 반 고흐의 다른 그림에는 전혀 관심 없어 보이는 프랑스 10대 학생들이 잔뜩 있었다. 그중 두 소녀가 혀를 쑥 내밀고 해바라기 그림 앞에서 셀카를 찍었다. 나는 제시가 어디선가 불쑥 나타나서 내 옆에 앉을 거라고 예상하며 주위를 둘러보았다.

얼른 좀 와라.

나는 다시 한번 제시에게 전화를 걸었지만 받지 않았다.

대체 여기서 얼마나 더 기다려야 하는 거야?

나는「해바라기」옆에 있는 반 고흐의 침실 그림을 빤히 보다가 그가 싱글 침대에 노란색 베개 두 개를 나란히 그려놓았다는 것을 알아차렸다. 반 고흐가 저 침대를 함께 쓸 누군가를 만나길 바랐을까. 사랑을 찾지 못한 반 고흐가 가엾다는 생각이 들면서 나는 그런 운명이 되지 않기를 바랐다.

"Bonjour!"

누가 내 등을 손으로 탁 쳤다. 드디어.

나는 돌아앉았다.

그녀였다.

정말 그녀였다.

드디어.

제시가 아니었다.

해바라기 걸이었다.

"Bonjour!" 우리가 왜 프랑스어로 인사를 하는지 잘 모르겠지만 이 사람을 만나 너무 놀란 나도 인사를 건넸다.

이 사람이 손에 런던 내셔널 갤러리에서 발행한「해바라기」그림 엽서를 쥐고 있는 것이 내 눈에 들어왔다.

"드디어 이거 찾았어요!"

그리고 난 당신을 찾았어요.

그녀가 내게 몸을 숙이더니 살짝 포옹을 했다.

"늦어서 미안해요, 들어오는 줄이 어마어마하게 길더라고요. 오늘은 당신이 유니콘 머리띠를 안 하고 와서 좀 서운하네요."

나는 웃음이 터졌다. 이 사람은 내가 유럽 대륙을 돌아다니며 찾아헤매던 바로 그 노란 재킷을 입고 있었다.

'어떻게? 누가? 왜?' 이 사람이 내 마음을 읽을 수 있기를 바랐다. 지금 나는 입 밖으로 말이 나올 것 같지 않았다.

"당신 친구 제시예요. 당신이 나를 찾는다는 걸 인스타그램에서 보고 내가 일주일 전에 그 사람한테 메일을 보냈어요, 그런데 답이 오지 않아서 그냥 끝이라고 생각했죠. 그런데 오늘 그 사람한테서 답이 왔는데 여기서 당신을 만나라고 하더라고요. 인터넷이 진짜 대단해요, 그죠?"

진짜 그러네요.

"그럼 그 인스타그램을 본 거예요?"

"네, 정확히 말하자면 고향에 있는 친구가 그걸 봤어요. 나는 인스타그램이나 페이스북 둘 다 안 하거든요. 원래 이렇게 여자를 찾아서 온 유럽을 돌아다니는 사람이에요?" 그녀가 활짝 미소를 지으며 물었다.

"아주 가끔요." 나도 창피했지만 농담으로 답했다. 아직도 마음이 두근두근거렸지만 그래도 드디어 입밖으로 말이 나왔다.

"반 고흐가 자랑스러워하겠어요. 하지만 런던에서 나한테 전화번호를 물었다면, 일이 훨씬 더 쉬웠을 거라고 생각 안 해요?"

"나도 그럴 생각이었어요. 그런데 내가 묻기도 전에 당신이 사라져버렸어요!"

"내가 사라졌다고요? 길을 건널 때 당신이 사라진 거죠! 난 당신이 내가 지겨워져서 도망친 줄 알았단 말이에요."

"아니, 절대 그런 거 아니에요. 우리가 헤어지고 나서 당신을 찾으려고 얼마나 돌아다녔는지 몰라요. 결승선까지 걸어갔다가 다시 임뱅크먼트 역에도 가보고, 미술관에도 가봤지만 당신을 찾을 수 없었어요."

"나도 마찬가지예요. 아마 서로 계속 길이 엇갈렸나 봐요. 머리에 유니콘 뿔을 쓴 사람 찾기가 그렇게 힘들 줄은 몰랐어요. 어디서도 당신을 찾을 수가 없었어요. 그날 사람이 너무 많았잖아요."

"맞아요, 진짜 너무너무 많았죠. 그때 당신을 놓쳐서 미안해요."

"아니에요. 미안할 것 없어요. 난 당신이 나를 찾는다는 걸 알고서 진짜 놀랐어요. 좋은 의미로요."

"그러니까 나를 이상하다고 생각한 건 아니라는 거죠?"

"사실 좀 이상하긴 해요. 아니, 농담이에요. 아주 귀여웠어요."

"귀엽다고요?"

"그럼, 아주 로맨틱했어요. 이 표현이 더 나아요?"

우리는 서로 눈이 마주쳤다. 그녀의 눈은 정말로 세상에서 가장 아름다운 갈색 눈이었다.

"네, 훨씬 나아요."

그녀가 시선을 들어 우리 앞에 있는 그림을 보았다.

"적어도 우리가 드디어「해바라기」를 같이 보게 되었네요. 정확히 처음은 아니지만. 이건 런던 내셔널 갤러리에 있는 것하고는 좀 다르네요." 그녀가 그림 엽서와 벽에 걸린 해바라기를 비교했다.

"이 버전은 뮌헨에 있는 것과 더 비슷한 것 같아요, 그리고 암스테르담에 있는 게 런던에 있는 것과 더 비슷하고요."

"와, 이제 반 고흐 전문가 다 되었네요. 당신이 나를 찾아서 암스테르담과 뮌헨까지 갔었다는 게 아직도 믿어지지 않아요."

"까짓거, 사실은 휴가 갔던 거예요." 내가 농담을 했다.

"어련하시겠어요, 하지만 그렇게 무관심한 척하는 거 더 이상 안 통할 것 같은데." 그녀가 미소를 지었다.

함께 거기 서서 해바라기를 감상하며 분위기에 빠져드는데 또다른 관광객 무리가 불빛이 흐릿한 전시실로 우르르 몰려왔다.

"여기서 나갈까요?" 그녀가 제안했다.

만난 지 10분도 채 되지 않았지만 나는 이 사람 찾는 걸 포기하지 않아서 정말 다행이라고 생각했다. 이 사람은 내 기억보다 더 아름답고, 더 재미있고, 카리스마도 있었다.

우리는 미술관을 빠져나와 아직도 길게 이어져 건물을 휘감고 있는 긴 줄 옆을 천천히 걸었다. 울 모자와 울 장갑을 착용하고서 프렌치 혼French horn을 연주하는 길거리 연주자 옆에서 춤을 추는 할머니를 보자 나의 할머니가 떠올라서 나는 미소를 지었다.

프랑스에서는 저걸 프렌치 혼이 아니고 그냥 혼이라고 부르겠지.

"세상에서 가장 맛있는 핫 초콜릿 마실래요?"

"개인 취향 같은데요."

"날 믿어봐요, 진짜 마음에 들 거예요. 초콜릿은 내게 허락된 유일한 죄악이에요."

우리는 레프트 뱅크 거리를 이리저리 지나갔다. 거리 옆에서는 사람들이 앉아서 커피를 마시고 있었다. 영국에서는 M25(런던 순환 고속도로/옮긴이) 옆에서 차 마실 생각은은 하지 못하겠지만 파리에서는 이런 게 멋있어 보였다.

"본점은 강 건너 루브르 박물관 근처에 있는데 거긴 늘 엄청 붐벼요, 하지만 지금 가는 곳은 그냥 가면 돼요. 그래서 먹고 싶은 핫 초콜릿을 훨씬 쉽게 살 수 있죠."

우리는 앙젤리나로 들어갔다. 달콤하고 예쁜 케이크를 파는 작지만 완벽하게 꾸며진 찻집이었다. 그녀는 유창한 프랑스어로 주문을 하고 바리스타와 잠시 이야기를 나누고는 테이크아웃용 핫 초콜릿 두 잔을 가지고 돌아왔다.

"내가 낼게요." 나는 손으로 지갑을 찾으며 말했다.

"괜찮아요. 나 찾으려고 이미 돈 많이 썼잖아요."

나는 따뜻하고 진한 핫 초콜릿을 마셨다. 정말 맛있었다.

"말 그대로 컵 속의 작은 행복 아니에요?"

"진짜 맛있네요, 여기 중독된 이유를 알겠어요. 그런데 프랑스어는 언제 배웠어요?"

"그게, 엄마가 프랑스 사람이에요. 결혼 전에 마드모아젤 오클레르라고 불렸던 엄마는 런던에서 아빠를 만났고, 내게 두 나라 언어를 모두 가르쳐주셨어요. 하지만 나도 여기로 이사 오기 전까지는 프랑스어를 이 정도로 유창하게 하진 못했어요."

밖으로 나오면서 나는 그녀가 나올 수 있도록 문을 잡아주었다.

"그러고 보니 낯선 사람한테 엄마의 처녀 때 성을 말해버렸네. 이건 별로 현명한 짓이 아닌데, 그죠? 부디 내 노후자금 50파운드는 훔쳐가지 않겠다고 약속해요."

"알았어요, 그럼 나한테 고향 집 주소나 반려동물 이름은 절대 말하지 말아요."

"명심할게요. 하지만 여기서 일하기 시작하고부터 프랑스어 실력이 훨씬 더 좋아졌다는 건 말해야겠어요. 혹시 궁금할까 봐 말하는데 지금은 셰익스피어 앤드 컴퍼니라는 서점에서 일하고 있어요."

"알아요, 사실 오늘 아침에 거기 갔었어요, 당신 찾으러. 정말 멋진 곳이더라고요."

"그렇죠? 나도 거기 정말 좋아해요. 처음에는 대학 공부를 마치고 파리에 한 달 정도만 머물 계획으로 왔는데 그 서점을 발견하고 텀블위드 Tumbleweed로 시작했다가 거기서 정규직을 제안해서 지금까지 있게 된 거예요."

"텀블위드가 뭔데요?"

"아, 미안해요, 하루에 책을 한 권 읽고, 서점 일을 돕고, 떠날 때 자서전을 한 장 쓰는 조건만 지키면 기본적으로 서점에서 공짜로 살 수 있어요. 그걸 회전초라는 뜻의 텀블위드라고 불러요, 바람에 이리저리 굴러다니는 잡초 있잖아요, 이 전통을 수십 년째 이어오고 있대요."

"와, 그거 멋진데요. 그래서 지금도 그 서점에서 살고 있어요?"

"아니요, 지금은 이사했어요. 거기서 사는 게 근사하긴 한데, 사생활이 없잖아요. 그리고 이제는 월급도 받으니까 소르본 대학 근처에 아파트를 임대했어요."

도로들이 점점 좁아지면서 주위 사람들과 뒤섞이는 바람에 나란히 걸으며 이야기하는 게 불편해져서 우리는 한 줄로 걸어야만 했다.

"지금도 하루에 책 한 권씩 읽어요?"

"저기, 나 지금 고해성사를 해야겠어요." 그녀는 큰 개를 끌고 가는 자그마한 여자가 우리 옆을 지나갈 때까지 기다렸다. "다른 사람한테는 절대 말하지 말아요, 실은 나 책 한 권을 끝까지 다 읽은 적이 없어요, 텀블위드였을 때도요."

"그게 무슨 뜻이에요, 책 한 권을 끝까지 다 읽은 적이 없다니? 서점에서 일하면서 어떻게 책 한 권을 다 읽지 않을 수가 있어요?" 내가 물었다.

"읽기는 읽죠. 그것도 아주 많이. 내 말 오해하지 말아요. 난 그냥 끝을 안 읽는 것뿐이에요. 바보 같은 소리로 들릴 수도 있는데, 그래서 다른 사람들한테 말 안 하는 거예요. 그냥 내 생각인데, 굳이 결말을 알 필요가 없잖아요?"

"왜 알기 싫은데요?"

"무슨 일이 일어나는지 다 아는 거 너무 슬프다고 생각 안 해요? 난 그 책의 세계관 안에서 그 안에 있는 인물들과 함께 무슨 일이든 일어날 수 있는 열린 결말로 머무는 게 좋아요."

"그럼 당신은 로미오와 줄리엣한테 무슨 일이 일어났는지 아니면 해리 포터나 제이 개츠비가 어떻게 됐는지도 모르겠네요?"

"그건 너무 극단적인 예잖아요, 하지만 일단 대부분의 책은 어떻게 끝나는지 몰라요, 그러니까 부디 결말을 말하지 말아줘요."

"나만 이상한 게 아니었네요."

"그래도 당신이 이상한 사람이라는 사실은 변함없어요. 조시, 그러니까 걱정 말아요."

그녀 같은 사람은 처음이야.

오토바이 한 대가 조명등을 번쩍이며 모퉁이를 돌아나오자, 우리는 요란한 엔진 소리가 사라질 때까지 잠시 대화를 멈췄다.

"그런데 이건 말해야겠어요, 누군지는 모르지만 오늘 아침에 근무하던 사람, 별로 친절하지 않더라고요."

"어머, 그래요? 어떻게 생겼는데요?"

"검은색에 가까운 꾀죄죄한 머리에 꽤 작았어요." 나는 손으로 그 남자의 키를 대충 표시했다. "당신한테 내 이야기를 자세히 전해주기 싫어하는 티가 역력했어요."

"아, 알겠다, 톰이네요. 과잉보호하려는 경향이 있기는 한데 진짜 괜찮은 사람이에요. 이제 곧 여행을 계속하기 위해 떠날 거예요. 아마 그때 팀블위드 책에 자기 소개 글을 쓰는 중이었을 거예요, 그래서 말을 거는 당신이 달갑지 않았을 거예요. 그 책에 보면 자신을 찾으려고 파리에 온 사람들이나 서점에서 있었던 사랑 이야기, 또 자기 소개 글 중에 진짜 재미있는 게 많아요."

"당신은 어떤 거 썼어요?"

"나중에 보여줄게요, 보고 싶어요?"

"네, 꼭 보고 싶어요."

일이 잘 풀리네.

"그럼 거기서 계속 일할 생각이에요?"

"모르겠어요. 아직은 구체적인 계획이 아무것도 없어요. 대학에서 영문학을 전공했는데 그걸로 뭘 해야 할까요? 언젠가는 출판사에서 일하고 싶지만 우선은 여행을 하고 싶어요. 내 생각 어떤 거 같아요?"

그녀가 금속 대문을 열자 잘 가꾼 꽃들이 가득한 초록의 정원이 나타났다. 그리고 강 건너에 노트르담 대성당이 우뚝 서 있고 요란한 자동차 경적 소리와 사이렌 소리와 경쟁하듯 새들이 시끄럽게 지저귀고 있었다. 주위를 둘러보니 이 공원은 서점 바로 옆에 있었다.

"지금은 여기서 관광을 끝마치겠습니다. 마지막으로 하나 더 소개하자면 이 나무가 파리에서 가장 오래된 나무예요." 그녀가 주위에 저지선이 둘러져 있고 두 개의 콘크리트 지지대에 기대 서 있는 커다란 주엽나무를 가리켰다.

"그건 어떻게 알아요?"

"반대쪽에 안내판이 있는데 거기 보면 파리에서 가장 오래된 나무라고 적혀 있거든요." 그녀가 웃음을 터뜨렸다. "다시 만났는데 이렇게 금방 헤어져서 미안해요. 하지만 10분 뒤면 근무 시간이거든요, 혹시 괜찮다면 나랑 잠깐 같이 앉아 있을래요?"

"당연히 괜찮죠." 우리는 여러 벤치들 중 하나에 함께 앉았다. 발밑에 모래와 자갈이 느껴졌다.

"저기, 당신 이야기를 좀더 해봐요. 스토커라는 거 빼고는 내가 당신에 대해 아는 게 거의 없거든요." 그녀는 당장은 이 농담을 그만둘 생각이 없어 보였다.

"뭐가 알고 싶어요?"

"이 게임 알아요? 진실 두 개 하고 거짓 하나 말해야 하는 게임이요."

"아, 좋아요. 잠깐만 시간을 줘요, 재미있는 거 생각해보게."

"알았어요, 내가 심판할 거예요." 그녀가 핫초콜릿을 홀짝 마시며 말했다. 나는 진작에 다 마셨다.

나에 대한 흥미로운 거 세 가지가 뭐가 있지?

동전 던지기…….

그건 절대 말하면 안 된다는 제이크의 목소리가 귓가에 들리는 것만 같았다.

나에 대해 흥미로운 게 뭐가 있지?

없잖아.

"그럼 합니다, 나는 피아노를 칠 줄 알고, GCSE(영국 중등과정에 치는 시험/옮긴이) 역사 과목에서 전국 10위를 했어요, 그리고 제러미라는 토끼를 길러요."

"와, 이거 어려운데요. 당신이 토끼를 기를 사람 같지는 않은데. 그렇다고 해서 GCSE에서 상위 10위를 할 만한 사람으로 보이지도 않는단 말이에요." 그녀가 나를 놀렸다.

"그렇게 봐줘서 고맙네요!"

"토끼 기르는 게 거짓말이에요, 그리고 만약에 당신이 정말로 피아노를 칠 줄 안다면 당장 서점으로 데려갈 거고, 나를 위해 연주를 해줘요. 예전부터 날 위해 피아노로 사랑 노래를 연주해줄 사람이 있다면 정말 로맨틱할 거라고 생각했거든요. 서점에 있는 동안 피아노를 배우려고 했는데 아직까지 칠 줄 아는 건 '젓가락 행진곡'밖에 없어요."

"실망시켜서 미안한데 바로 거짓말이 피아노를 칠 줄 안다는 거였어요. 내 외할아버지께선 피아노를 정말 치세요. 그래서 나도 늘 배우고 싶었어요. 그냥 근사한 곡 딱 하나만이라도 칠 줄 알았으면 좋겠어요, '헤이 주드Hey Jude' 같은 것도 좋고, 베토벤도 괜찮고, 아무튼 그래서 같은 사람에게 절대 두 번 연주는 안 해준다고, 앵콜도 받지 않겠다고 하는 거죠."

"그럼 배우면 되잖아요?"

"그럴게요, 당신이 원한다면요. 자, 이제 당신이 세 가지를 말할 차례예요."

노트르담 대성당이 종을 울리기 시작했다.

"종소리가 나를 구했네요. 미안하지만 이제 가봐야 돼요." 나는 손목시계를 흘끗 보았다. 10분이 어떻게 이렇게 빨리 지나가지? "하지만 다음을 위해 생각을 해둘게요. 그리고 제러미 이야기도 듣고 싶어요."

다음이라고 했지. 만세.

"다음이 언제인데요?"

"내일 쉬는 날인데, 우리 만날래요? 근데 다른 계획이 있으면 관광을 하든 다른 걸 하든 괜찮아요, 나는 만났으니까."

"아니에요, 내일 만나요."

"좋아요, 일요일은 언제나 가장 좋은 날이라니까. 내가 가장 좋아하는 곳들을 제대로 소개할게요. 아침에 할 일이 좀 있으니까 오후 1시에 만날래요? 그리고 이게 내 전화번호예요, 이제 우리 다시 헤어지는 일은 없을 거예요." 그렇게 말하면서 그녀가 수첩에서 종이를 찢어 급하게 숫자를 적었다.

그리고 내 볼에 입을 맞추고는 서점을 향해 걸어갔다.

"잠깐만요." 내가 금속 대문을 여는 그녀를 불렀다. "나 아직 그쪽 이름 모르거든요?"

그녀가 돌아서더니 미소를 지었다.

"루시예요."

32

"그러니까 여기가 가장 좋은 곳은 아니에요, 그건 나도 인정해요, 하지만 근사해요, 그건 장담할 수 있어요." 포르트 드 클리냥쿠르 지하철역 출구에서 만난 루시가 말했다. 흰 티셔츠와 청 멜빵바지 차림의 루시는 아름다웠다. 포옹으로 인사를 나누는데 꽃향기 나는 향수 냄새가 은은하게 풍겼다.

우리 주위에는 맥도날드와 KFC가 있고, 낙서한 사람 이름과 낙서가 가득한 주택들이 있고, 건설현장 노동자들이 중앙 도로를 파헤치고 있었다. 복잡하고, 냄새나고, 소란스러운 이곳은 그림 엽서를 보며 내가 기대한 파리와는 거리가 멀었다. 그래도 루시와 같이 이곳을 구경할 생각을 하니 나는 마냥 행복했다.

우리는 복잡한 거리를 걸어서 주유소를 지나 방수포로 지붕을 한 임시 가판대들이 잔뜩 있는 곳으로 향했다. 여기서는 온갖 종류의 옷을 다 팔았다. 스카프, 모자, 후드 티셔츠, 구두도 팔았다. 30초 정도 더 가자 이번에는 아이폰, 디오르 향수, 아디다스 운동화를 사라고 들이밀었다.

"지금 나 어디로 데려가는 거예요?" 내가 물었다.

종이상자 위에서 컵 세 개를 이리저리 옮기는 야바위꾼도 있었다. 관광객들이 아직도 이런 속임수에 넘어간다는 게 믿어지지 않았지만 여섯 명 정도가 그 주위에 모여 있었다.

"조금만 더 있으면 알 거예요."

눈 앞으로 흘러내린 머리카락을 넘기며 루시가 대답했다. 머리카락을 뒤로 묶었지만 구불구불한 머리카락 두 가닥이 그녀 눈앞에서 휘날렸다. 그리고 귀에 한 피어싱 여러 개가 햇빛에 반짝거렸다.

"걱정 말아요, 당신 마음에 들 거예요." 루시가 나를 안심시켰다.

그 말이 끝나자마자 큼직한 여행용 가죽 가방을 든 한 무리의 남자들이 우리 옆으로 빠르게 달려갔다. 그리고 경찰 넷이 그 뒤를 쫓으며 도로를 가로지르는 바람에 차들이 끼익, 소리를 내며 급정거를 했다. 앞서 달려간 남자들이 짝퉁 구찌 핸드백을 팔다 도망치는 것 같았다.

루브르 박물관에 가는 건 아닌 거 같지?

"자, 바로 저기예요. 거의 다 왔어요."

우리는 큰길에서 살짝 벗어나서 경찰차 사이렌 소리를 뒤로 하고 좁은 골목으로 들어갔다. 그런데 금세 골목이 끝나면서 세상에서 가장 멋진 벼룩시장이 내 눈 앞에 펼쳐졌다.

우리 앞에 수백 개의 열린 차고가 있는데, 저마다 빨간 이끼로 장식하고 장난감 차부터 보석, 성냥갑, LP, 구식 전자오락기까지 온갖 것을 다 팔고 있었다.

"대부분의 벼룩시장이 관광객 전용 상품 아니면 바가지 씌운 물건이나 파는 것 같은데 여기는 진짜 구제품 애호가들의 천국이에요. 늘 멋진 걸 찾을 수 있거든요. 말 그대로 내 아파트에 있는 물건은 전부 여기서 샀어요."

루시 말이 맞았다. 여기는 "아이 러브 파리"라고 적힌 후드티는 없었다. 대신, 대부분의 판매자들이 주머니에 든 물건을 다 꺼내서 가판대에 쌓아두고 파는 것 같았다. 입장권 쪼가리에 감아놓은 이어폰도 있고, 찢어진 잡지도 있고, 신발 한 짝을 잃어버렸을 때에 대비해 필요할 것 같은 구두 한 짝도 있었다. 가격도 모르고 얼마나 사용했는지도 알 수 없는 텅 빈 프린터 카트리지, 깨진 물총, 팔다리가 잘린 바비 인형도 있었다. 하지만 별 볼 일 없는 크리스마스 선물들 사이에도 근사한 보물은 있기 마련이다.

나는 제이크와 제시의 응원에 보답하는 선물로 수공예로 만든 파리 기념품을 두 개 사기로 했다. 그래서 10유로짜리를 5유로로 깎아서 사고는 마치 수십억 파운드짜리 기업 인수 협상에 성공한 기분으로 그 자리를 떠났다.

루시가 가득 쌓인 도자기와 포크, 스푼 등을 구경하는 사이에 나는 다른 가판대에서 어떤 여성의 마드리드 기록이 담긴 스크랩북을 훑어보았다. 유명한 곳에서 미소를 지으며 찍은 흑백 사진들, 차표나 비행기표 쪼가리, 호텔 영수증, 손으로 직접 적은 메모가 들어 있었다. 이런 걸 왜 팔지?

"이거 모두 진짜 근사해요." 루시가 옛날 사진들을 쭉 훑어보면서 내 옆에 와서 말했다. "난 이런 거 좋아해요. 이런 사람들이 어떻게 살았는지 더 깊이 알고 싶어지거든요."

"이 여자는 누굴까요? 뭘 했을까요? 누구를 찾아갔을까요?"

"사진은 누가 찍어줬을까요? 로맨틱한 사이였을까요? 둘의 사이는 잘 되었을까요? 우리 한 번 추적해봐요."

"나는 올 한 해 동안 해야 할 여자 뒤쫓는 일은 이미 다 한 거 같은데요." 우리 둘은 함께 웃음을 터뜨렸다.

우리는 미로처럼 이어진 차고들을 따라 걷다가 둘 다 마음에 드는 게 있으면 멈춰 서서 구경하며, 각자의 집을 상상해보거나, 아니면 미래에 둘이 같이 살 집을 나 혼자 상상했다. 고가구는 인테리어 디자이너의

꿈이다.

"Bonjour, chérie, comment vas-tu?(안녕하세요, 아가씨, 잘 지내죠?)"

서로 잘 아는 사이로 보이는, 백발에 카리스마 넘치게 생긴 프랑스 남자가 루시와 포옹과 뽀뽀를 하며 인사했다. 그의 가판대에는 단추부터 도로명 주소 안내판, 문손잡이까지 별의별 물건이 다 있었다. 둘이 웃으며 프랑스어로 농담을 주고받는 걸 보고 있자니, 살짝 질투가 느껴지면서 중학교 때 배운 프랑스어 단어가 하나라도 기억나기를 바랐다. 나는 무슨 말인지 알아듣지도 못하면서 미소를 지었다. 루시가 돈을 건네자 남자는 책 한 권을 건넸다. 루시는 얼른 그 책을 가방에 집어넣었다.

"뭐 샀어요?" 내 옆으로 다시 온 루시에게 물었다.

"나중에 보여줄게요. 여기 구경 다 했으면 내가 좋아하는 다른 곳에 가볼래요?"

루시를 따라서 파리를 가로지르는 메트로를 타고 가는 내내 우리는 농담을 하며 웃었다. 나는 가족과 친구들 이야기를 했고, 루시도 자신의 가족과 친구 이야기를 했다. 루시의 부모님은 외무부에서 일하고, 루시의 가장 친한 친구가 6개월 동안 남아프리카에서 지내기 위해 얼마 전에 떠났다고 했다. 제이크와 제시한테 잠시 대화를 방해받은 우리는 이번에는 어린 시절 이야기로 넘어갔다. 루시는 재미있는 사람처럼 보이려고 이해하기 어려운 책들에 나오는 행동이나 말을 흉내 냈다고 했다. 대학 시절 이야기도 하면서 케임브리지와 런던에서의 경험을 비교하기도 했다. 시제리안 선데이(Caesarian Sunday : 외출을 갈망하던 영국군이 거리로 쏟아져 나오던 사건에서 유래한 기념일로 주로 5월 첫 번째 주말에 파티를 벌이며 즐긴다/옮긴이) 경험담과 정신이 나갈 정도로 술을 마신 일도 이야기했다. 루시는 "소설가 잭 케루악과 비트 세대"라는 주제로 논문을 썼고 나는

289

"9년 전쟁의 영향"을 주제로 논문을 썼다. 좋아하는 영화, 음식, 음악 이야기도 했다. 레드 마리나라 소스가 더 좋으냐, 브라운 소스가 더 좋으냐도 따졌다. 애니메이션「토이 스토리」중 몇 편이 최고인가도 따졌다. 루시는 케이트 부시를 좋아했는데 이제는 에드 시런이 새롭게 좋아졌다고 했다. 지하철 역 하나를 지날 때마다 나는 점점 더 루시에게 빠져들었다.

필리프 오귀스트 역에서 내리자 페르 라셰즈 묘지가 우리 앞에 있었다.

"아까는 대규모 경찰 추격전에 말려들게 하더니 이제는 묘지로 데려왔네요. 진짜 사람 감동하게 만드는 법 잘 아시네, 안 그래요?" 나는 웃음이 터져나왔다. "이 근처에 우리가 꼭 봐야 하는 유명한 탑이라도 있는 거예요?"

"그 정도로 대규모 경찰 추격전이라고 하면 안 되죠! 그래도 벼룩시장은 좋아했잖아요, 그러니까 그런 식으로 날 모함하지 말아요. 그리고 내 생각에 분명히 여기도 당신 마음에 들 거예요. 내가 좋아하는 곳이 묘지라는 게 이상해요?"

"그렇지는 않아요. 아니, 사실 조금 이상하긴 해요." 루시가 어제 했던 비슷한 말이 떠올라 나는 미소를 지으며 대답했다.

묘지에 어울리게 묘비석 파는 가게가 있고 그 옆에 넓은 석조 대문이 있었다. 우리는 그 대문을 통해 묘지로 들어갔다. 안에서는 수십 명의 관광객이 지도를 들여다보고 있었다. 일요일 오후에 무덤을 구경하는 사람들이 이렇게나 많다는 사실에 나는 놀라지 않을 수 없었다.

"저 사람들 모두 짐 모리슨 무덤을 보러 왔을 거예요, 웃기죠, 그는 죽지 않았을지도 모르는데 말이에요."

"설마 그 많은 음모론을 믿는 건 아니겠죠." 나는 웃음을 터뜨렸다.

"부검도 하지 않았잖아요, 그러니 알게 뭐예요? 어쩌면 그는 아직도 어딘가에 살아 있을지 몰라요."

"그럼 다음에는 엘비스 프레슬리가 아직 살아 있다고 우길 거예요?"

"당연히 살아 있죠." 루시는 심각한 표정을 유지하려고 애쓰며 말했다.

"재미있네요. 여기에 또 어떤 유명인사가 묻혀 있어요?"

"아주 많아요. 오스카 와일드, 에디트 피아프, 쇼팽, 몰리에르, 마르셀 프루스트, 거트루드 스타인 무덤이 다 여기 있어요. 난 그들 무덤 옆에 묻혀 있는 보통 사람들이 너무 가엾어요. 관광객들 때문에 하루 종일 무덤이 짓밟히거든요. 이쪽으로 가봐요." 내가 영국인 커플을 따라가려는데 루시가 자신의 오른쪽을 가리켰다. 우리는 다른 사람들과 정반대 방향으로 콘크리트 길을 따라갔다. "조심해요." 낙엽 밑에 깔려 있던 튀어나온 나무뿌리에 발이 걸려 넘어질 뻔한 나에게 루시가 말했다.

"여기가 미로 같기는 하지만 나는 여기를 걸어 다니면서 묘비명을 읽고, 여기 묻혀 있는 사람은 어떻게 살았을까 상상하는 걸 정말 좋아해요. 좀 소름 끼치는 행동이라는 건 알지만 여기 오면 인생이 얼마나 짧은지 다시 한번 깨닫게 되고, 그 짧은 인생을 소중하게 써야 한다는 생각을 하게 돼요."

"그래서 매주 여기에 와요?"

"네, 되도록 그러려고 해요. 도시에서 벗어날 수 있어서 좋아요. 여기는 100만 명이 넘는 사람이 묻혀 있으니까 읽을 묘비명도 아직 많이 남았어요. 진짜 가슴 아픈 것도 있지만 꽤 재미있는 것도 있어요. 예를 들어, 이것 좀 봐요." 루시가 어느 묘비를 가리키며 그 내용을 번역해주었다. "나는 사랑에 잘 속지만 로맨틱한 사람이 정말 좋다."

나는 루시의 말을 생각하며 모양이 제각각인 묘비들을 훑어보았다.

"사랑해본 적 있어요?" 나는 머뭇거리며 루시에게 물었다.

"한 번 있는데, 잘 안 됐어요." 그렇게만 말해서 나는 루시가 그 일에 대해서는 더 이상 말을 안 하려나 보다라고 생각했다. "그 사람을 진짜 좋아했어요. 꽤 오래 사귀었죠, 거의 2년쯤. 그런데 그는 우리가 사귀는 사이라는 걸 인정하려고 하지 않았어요. 나와 함께 하고 싶은지 아닌지를 모르는 것 같았어요, 아니 그런 문제에 대해 자신이 뭘 원하는지 아예 모르는 것 같았어요. 그래서 결국 그런 걸 아는 사람이 내게 맞는다는 결론을 내렸죠."

"그런 일이 있었다니 유감이네요." 무덤들 사이를 이리저리 걸어가며 내가 말했다.

"그때 말고는 사람을 오래 사귄 적이 거의 없어요, 그때 경험까지 더한다고 해도 말이에요. 아마 대학교 다닐 때 너무 도서관에만 처박혀 있어서 그런 것 같아요. 그리고 남자를 만날 때 묘지에 데려오는 것도 이제 그만해야 할까 봐요, 그게 낫겠죠? 아무래도 남자를 묘지에 데려오는 게 실패 요인인 것 같아요."

"아니에요, 그렇지 않아요. 난 당신이 날 여기 데려와서 진짜 좋아요. 아주, 아주 좋아요."

"당신은 어때요? 사랑해본 적 있어요?"

나는 모든 걸 솔직하게 말해야 할지 고민하느라 잠시 가만히 있었다.

"얼른 말해봐요, 난 다 털어놨단 말이에요."

나도 에라 모르겠다, 하는 심정으로 다 털어놓기로 했다.

"12월 31일 밤에 여자친구한테 청혼을 했어요."

"와, 그래서요." 루시는 내 왼손을 흘끗 보며 반지를 꼈는지 살폈다.

"그런데 그녀가 거절하면서 따로 만나는 사람이 있다고 했고, 그때 우리는 런던아이에 타고 있었죠. 그래서 대화가 끝나고도 30분을 그 사람과 같이 있어야 했어요. 결코 즐거운 상황은 아니었죠."

루시가 웃음을 터뜨렸다. 다들 유감이라고 말한 내 경험에 대해 루시는 너무도 다른 반응을 보였다.

"이런 이야기를 듣고 그렇게 웃으면 안 되죠."

"진짜 미안해요. 웃을 생각은 아니었는데, 하지만 생각해봐요, 당신이 당사자만 아니라면 굉장히 웃긴 상황이잖아요."

"하지만 안타깝게도 내가 그 당사자였거든요. 그런데 지금 생각해보니까 웃긴 상황이긴 하네요." 나는 미소를 지었다.

"그래도 진심으로 미안해요. 내가 말도 안 되는 소리를 했어요. 아, 어떡해, 그리고 보니 당신 처음 만나고 5분도 안 돼서 반 고흐가 청혼에 실패한 이야기를 했었네요. 왜 그때 아무 말도 안 했어요?" 루시는 두 손으로 머리를 감싸며 말했다.

"못 믿겠지만, 청혼에 실패한 이야기가 여자를 꼬시는 데 효과가 있을 줄 몰랐어요."

"그럼 귀를 자른다는 말은 여자 꼬시는 데 효과가 있을 것 같아서 한 거예요?" 루시가 웃음을 터뜨렸다. "그래도 흔히 하는 말처럼, 한 번도 사랑해보지 않은 것보다는 사랑하다 헤어지는 게 더 낫지 않아요?"

"모르겠어요. 나는 그냥 내가 정말로 하고 싶은 것보다 해야 한다고 생각하는 걸 했던 거 같아요."

제이드와 4년을 함께했지만 지금 루시와 보낸 짧은 몇 시간 같은 느낌이 든 적은 한 번도 없었다.

우리는 언덕으로 올라가 벤치에 앉았다. 초록색 페인트 칠이 벗겨진 벤치 하나가 남아 있었다. 그 자리에서는 파리의 아름다운 풍경이 잘 보였다. 루시가 왜 이곳을 좋아하는지 그제야 알 것 같았다.

"내가 아까 뭐 샀는지 물어봤잖아요." 가방에 손을 넣어 벼룩시장에서 산 책을 꺼내며 루시가 말했다.

"네, 무슨 책이에요?"

293

"스탕달의 『아르망스』예요. 읽어본 적 있어요?"

"그랬다고 대답 못 하겠네요."

"매주 그 벼룩시장에서 프랑스 소설을 한 권 사서 오후에 여기 와서 읽어요. 그러면 프랑스어 공부에도 도움이 되고요. 난 고전 문학을 다 읽으려고 계획 중이에요."

"그래도 결말은 안 읽는 거 맞죠?"

"아직도 그게 이상하다고 생각하는구나, 그렇죠? 책도 그렇고, 묘지에 가는 것도 그렇고. 내 얘긴 이제 그만해야겠네요."

"아니에요, 그런 바보 같은 생각은 하지 말아요. 당신 같은 사람은 처음이라는 건 인정할게요." 내 말에 루시가 두 손으로 자신의 눈을 가렸다. "하지만 좋은 의미에서 그렇다는 말이에요, 약속해요. 당신이 남들과 달라서 좋아요. 그리고 당신이 가장 좋아하는 곳에 나를 데리고 와줘서 정말 고마워요."

"여기 묻혀 있는 사람들하고 비슷한 거 같아요. 왜 마지막을 향해 달려가고 싶어해요? 한 번 끝나면 영원히 끝나버리는 거잖아요. 영화도 그렇고 롤러코스터도 그렇고, 심지어 섹스도 그렇잖아요. 끝이 위대할 수 있지만 반대로 끔찍할 수도 있어요. 하지만 모든 건 결국은 하나씩 쌓여가는 거예요, 여행 같은 거죠, 오르막이 있으면 내리막도 있고, 저 앞에 뭐가 있을지 모르는 미스터리 같은 거, 예상하지 못한 반전이 있는, 놀라움의 연속인 거죠. 그런데 어떤 결말이 기다리고 있을지 다 알면 무슨 재미가 있겠어요? 뭐하러 마지막 쪽을 펼쳐서 놀라움을 망치려고 해요? 모르겠어요, 그냥 내 말 무시해요. 이제 그만 말할게요."

루시는 책을 펼쳐 첫 쪽부터 읽기 시작했다.

"그거 번역해줄 수 있어요?"

루시는 햇빛 속에 앉아 새로 산 책을 소리 내어 읽었다. 갈색 머리카락이 그녀의 등 뒤로 구불구불 흘러내렸다.

해가 저물기 시작할 무렵, 우리는 다시 도심으로 돌아왔고, 루시를 아파트까지 바래다준 나는 현관문 틈으로 안을 살짝 들여다보았다.

"미안해요, 너무 지저분하죠. 남들은 식물이나 수염을 기르는데 나는 책을 기르나 봐요. 책이 점점 집을 차지하고 있네요." 루시는 자신의 어깨너머를 돌아보며 말했다. 정말로 자그마한 원룸 아파트 사방에 금방이라도 서점을 차릴 수 있을 정도로 많은 책들이 마치 젠가를 하듯이 여기저기에 무더기로 잔뜩 쌓여 있었다. "생일이 언제예요?" 루시 뒤로 보이는 벽장 위에는 축하 카드들이 장식되어 있었다.

"5월이에요."

"5월이라고요? 그런데 아직까지 생일 카드를 붙여둔 거예요? 지난주인 줄 알았잖아요."

"난 생일 카드를 하루 이틀 장식했다가 치워버리면 너무 아쉬워요, 그래서 다음 해 생일까지 장식했다가 새로운 생일 카드로 바꿔요."

내가 엄마, 아빠한테 받은 축구화 모양 생일 카드는 이미 내 가방 밑바닥에 처박혔을 텐데.

현관 앞에 선 채로 우리는 대화를 이어갔는데, 대부분이 별 의미 없는 잡담이었다. 그러면서 내 머릿속에서는 루시와 키스를 할 것인가, 말 것인가라는 고민이 계속 이어지고 있었다.

"오늘 정말 완벽한 하루였어요." 루시가 미소를 지었다.

"나도 그래요. 정말 근사했어요."

정말 루시에게 키스하고 싶었지만 일단 한걸음 물러나서 포옹을 했다. 포옹을 끝내고 서로의 품에서 벗어난 우리는 잠시 그대로 선 채 서로의 눈을 바라보았다. 하지만 결국 나는 좀더 용감하지 못한 내 자신을 탓하며 반짝이는 파리의 밤거리로 걸어나갔다.

33

"너희 지금 여기서 뭐 하는 거야?" 호스텔의 내 방문을 여는데 생각하지도 못한 두 사람이 있었다.

"우리 돈 돌려받으려고 왔지."

"그만해, 제이크." 제시가 제이크를 밀쳐내고 나를 포옹했다. "미안, 조시, 쟤 말은 무시해. 널 도와주려고 온 거야."

"너희가 파리까지 오다니, 진짜 못 믿겠다. 얼른 들어와." 나는 친구들에게 안쪽으로 들어오라고 말했다. 방을 같이 쓰는 사람들은 지금 모두 나가고 없었다. "여기 얼마나 오래 있을 거야?"

"걱정하지 마, 파리의 사랑을 방해하지는 않을 테니까. 나는 학교 때문에 내일 돌아가야 하고, 제이크네 호텔도 제이크 없으면 난리가 날 테니까 우리는 오늘만 여기 있을 거야. 네가 여행하는 거 보고 우리도 뭔가 미친 짓을 하고 싶어졌고 비행기 표도 별로 안 비싸서 이렇게 왔어."

"정말 고마워, 하지만 이렇게까진 하지 않아도 되는데."

"조시. 우리 농담은 하지 말자. 넌 우리의 도움이 꼭 필요해. 네가 드디어 그녀를 찾았는데 이걸 망치게 놔둘 순 없다고."

"나에 대한 그런 믿음 정말 고맙다. 친구들아!"

"어쨌든 해바라기 걸을 찾은 것도 우리 덕분이잖아."

"루시야." 나는 제이크의 말을 바로잡아주었다.

"미안, 루시."

"아니야, 나도 알아. 가장 정직하지 못한 방법을 쓰기는 했지만 그래도 네가 한 일 다 정말 고마워. 네가 여기 와 있다니 정말 믿어지지 않아." 그런데 이 친구 둘이 이렇게 방까지 들어올 수 있는 걸로 보면, 이 호스텔 보안이 엉망인 것 같아서 나는 좀 걱정이 되었다.

"우리가 네 계획을 방해하는 건 아니지?" 제시가 물었다.

"아니야, 전혀 그렇지 않아. 오늘 밤에 루시를 만날 거라서 그녀가 일 끝나면 뭘 할지 계획을 세우고 있던 참이었어."

"그럼 우리가 시간 딱 맞춰 왔네. 그런 계획은 우리가 꼭 필요하지. 우선 네가 신용카드 챙기는 거부터 도와줄게!" 제이크가 코트를 벗어 2층 침대의 아래층으로 던지며 나를 놀렸다.

이 녀석들은 저 이야기를 대체 언제까지 할 작정이야?

"좋아, 루시를 위해 어떤 특별한 걸 계획 중인데?" 제시가 진지하게 물었다.

"몇 가지 생각해둔 게 있어. 그런데 일단 여기서 나가서 이야기할까?" 나는 파리의 수많은 아름다운 곳들을 놔두고 굳이 이런 우중충한 호스텔 방에서 이야기를 할 필요가 있을까 싶었다.

"좋은 생각이야. 어디로 갈까?"

"난 아무 데나 괜찮아. 너흰 파리에 하루만 있을 거잖아. 그러니까 너희 마음대로 골라!"

30분 뒤, 우리는 수백 명은 될 것 같은 사람들과 함께 사크레쾨르 대성당 앞 계단에 앉아 크레페를 먹고 있었다. 그리고 우리 앞에 있는 자갈 도로를 따라 쉴 새 없이 이어지는 관광객들을 구경했다. 그들 모두 거

대한 대성당 앞에 멈춰 서서 사진을 찍고는 다시 떠나갔다. 맑고 파란 하늘 덕분에 오늘은 특별한 필터 없이도 멋진 사진을 찍을 수 있을 것 같았다.

"우리 파리에 좀더 자주 오는 게 어때? 그냥 밖에 앉아서 음식을 먹으며 도시를 구경할 수 있다니, 정말 근사하지?" 제시는 루시에 대해 꼬치꼬치 묻다가 잠깐 다른 이야기를 꺼냈다.

"그런데 생각을 좀 해봐. 그 퀴즈 쇼가 텔레비전에 방송되는 순간 우리는 더 이상 이런 여유를 못 누릴지도 몰라. 순식간에 팬들한테 둘러싸일 테니까 말이야." 제이크가 말했다.

"어련하겠어, 제이크, 그럼 정말 문제가 크겠네. 사인해달라, 셀카 찍자, 하고 팬들이 몰려들기 전에 평범한 일상을 실컷 즐겨." 제시와 나는 웃음이 터졌다.

우리 앞, 돌계단의 맨 아래에서 어쿠스틱 기타와 마이크 스탠드를 준비한 이탈리아인 버스킹 연주자가 점점 늘어나는 관광객들에게 이탈리아의 유명한 칸초네인 "볼라레volare"를 연주하기 시작했다. 모여 있던 사람들은 음악에 맞춰 살랑살랑 몸을 흔들었다.

"그런데 제러미는 잘 있어? 걔는 어떻게 하고 온 거야?" 버스킹 연주자의 음악이 끝나갈 즈음 마지막 남은 크레페 조각을 입에 넣으며 내가 물었다. 가엾은 토끼는 이 집 저 집으로 옮겨 다니고 있었다.

"난 그 아이의 입맛이 까다롭다는 말이 농담인 줄 알았거든. 그런데 우와, 난 토끼는 아무거나 다 먹는 줄 알았어. 그런데 애는 그렇지가 않은 거야. 그래도 걱정 마, 오늘은 이지와 베선이 봐주고 있으니까."

제시의 룸메이트들이 제러미를 잘 돌볼 수 있을까?

베레모를 쓰고 총을 든 경찰관 둘이 계단을 올라가려고 하기에 나는 옆으로 몸을 숙여 피했다. 그 사이 구경꾼 여럿이 이탈리아인 버스킹 연주자의 CD를 사려고 앞으로 몰려갔다. 그는 사람들을 다루는 솜씨가 좋아서 돈을 꽤 잘 벌 것 같았다. "노 워먼 노 크라이"의 가사를 "나는 우리가 사크레퀴르 계단에 앉아 있던 때를 기억해"라고 바꿔 부를 때는 특히 더 큰 박수가 쏟아졌다.

"네가 그렇게 앙큼한 줄 몰랐어. 해바라기 앞에서 만나도록 계획을 짜다니 말이야. 나는 네가 오는 줄 알았어. 그런데 내가 이렇게 생각할 거라는 거 알고 있었지?"

"당연하지. 내가 그런 작전을 짰다는 게 좀 뿌듯하긴 해. 루시가 나타났을 때의 네 표정을 보고 싶었는데 말이야. 그래서 그 사람은 네가 기억하는 것만큼 멋졌어?"

"놀라울 정도였어. 같이 이야기하기도 편하고, 우리 진짜 잘 통해. 루시는 벌써 멋진 일을 얼마나 많이 했는지 몰라. 어제는 바다에서 돌고래와 같이 수영한 이야기도 해줬고, 전 세계를 여행하고 싶다, 뭐 그런 이야기도 했어."

"너 그건 싫었겠네. 수영장 끝 가장 얕은 곳에 서 있는 것도 잘 못하잖아, 그러니 바다에서 수영하는 건 말할 것도 없지."

"그래, 마음껏 놀려. 내 말이 무슨 뜻인지 알잖아. 우린 정말 딱딱 잘 맞는 것 같아."

"그건 우리도 알겠더라. 그 사람 찾은 뒤로 너랑 거의 연락이 안 되는 걸 보니까 말이야."

"알아, 미안. 엄마도 오늘 하루 종일 쉬지 않고 전화를 하는데, 내가 전화할 시간이 없었어."

"아니야, 난 그냥 농담이었어. 우리 둘 다 네가 그 사람을 찾아서 다시 행복해진 게 얼마나 기쁜지 몰라, 그렇지?" 제시가 우리보다는 크레페와 음악에 더 정신이 팔린 제이크를 쿡 찌르며 말했다.

"아, 그렇지. 그래서 정체 모를 그 아가씨는 언제 만날 수 있는데?" 제이크가 금방 생기를 띠며 물었다.

"곧, 아마도. 그래도 오늘 밤 내 데이트에 끼어드는 건 절대 안 돼."

"안 그런다고 약속할게. 못 믿겠으면 우리 비행기 표를 확인해도 돼." 제시가 나를 안심시켰다.

"너 언제 돌아올 거야? 이제 돈도 다 떨어지지 않았어?"

"그래서 어제 제이드한테 주려던 약혼반지 팔았어." 나는 친구들에게 그 소식을 전했다.

"그걸 팔았다고?"

"응. 암스테르담을 떠나면서 사실 돈이 떨어졌는데 만일의 경우에 대비해서 그 반지를 가져왔거든……."

"다른 사람한테 청혼할 경우를 대비해서 가져온 거야?"

"너 진짜 웃긴다, 제이크, 하지만 아니야. 돈이 급하게 필요한 경우에 쓰려고 가져온 거야. 그러다 루시를 만나자 드디어 때가 왔다고 생각해서 전당포에 맡겼어. 그 돈이면 아까 그 멋드러진 호스텔에서 며칠 더 묵을 수 있을 거야."

캐리커처 화가가 다가와 초상화를 그리지 않겠냐고 물었다. 제이크가 그리고 싶어하긴 했지만 누텔라가 입가에 잔뜩 묻은 우리한테 그다지 어울리는 선택이 아닌 것 같았다.

"어쨌든, 나에 대한 질문은 이 정도면 충분해. 이제는 너희 둘이 지난주에 뭘 했는지 좀 들어보자. 그날 내가 너한테 전화했을 때 들리던 그 목소리는 누구야? 중요한 사람이 아니라는 그 사람 말이야?"

제시가 당황한 표정을 지었다.

"너 못 들어? 그 개인 트레이너?" 제이크가 신이 나서 끼어들었다.

"그랬구나, 그래서 어디서 들어본 목소리 같았어." 팔굽혀 펴기를 한

번 하려고 끙끙대는 나를 내려다보던 애덤이 문득 떠올랐다. "그러니까 그 사람이랑 사귄다는 거야? 언제 그렇게 됐는데?"

"그런 거 같아."

"내숭 떨지 마. 올해 초부터 사귀었잖아."

"정말? 내가 체육관에 다니기 전부터 그랬단 말이야?"

"너 체육관에 한 번밖에 안 왔잖아!"

"그 수업 때문에 쓰러져 죽을 뻔해서 안 가는 거야. 그거 진짜 위험한 운동이더라."

"그때 너 진짜 운동한 것보다 무슨 운동을 할지 고르느라 시간을 더 보냈거든!"

"다른 이야기로 새지 마. 이런 일을 대체 어떻게 감쪽같이 숨긴 거야? 그리고 왜 나한테 말 안 했어?"

"우리가 사귀기 시작한 때가 너랑 제이드가 헤어진 직후여서 크게 떠들고 싶지가 않았어. 안 그래도 제이크가 새로 연애 시작하고 그렇게 자랑을 하는데……."

"나 자랑 안 했거든."

"그리고 괜히 떠들었다가 잘 안 될까 봐 걱정되기도 했어. 그래서 우리는 아주 천천히 시작하기로 했고, 아직 진짜 공식적으로 알리지도 않았어. 하지만 아주 잘 되고 있긴 해." 버스킹 연주자가 "라 밤바La Bamba"를 연주하며 모두에게 박수를 치라고 하는 바람에 너무 시끄러워서 나는 제시의 말소리를 들으려고 그녀에게 가까이 몸을 기울였다. 이 버스킹 연주자는 마치 글래스톤베리 페스티벌의 주인공이라도 되는 듯 열정적으로 연주했다.

"그럼 마라톤은? 체육관에서 애덤을 더 자주 볼 핑계가 필요해서 대회에 출전했던 거야?"

"거짓말은 안 할게. 어쨌든 애덤 덕분에 훈련을 더 열심히 했던 건 사실이야."

"난 네가 가엾은 아이들을 위한 모금을 하려고 마라톤을 하는 줄 알았는데 복근 있는 남자한테 돈 쓰려고 달렸던 거구나. 기가 막히네." 나는 제시를 놀렸다. "넌 별일 없었어, 제이크? 넌 언제 청혼할 거야? 반지를 너한테 팔 걸 그랬네!"

"아직은 아니야, 하지만 다 너무 좋아. 우린 같이 있는 게 너무 좋아. 그리고 모르겠어, 이 사람을 운명의 상대라고 생각한다면 내가 미친 걸까? 젠장, 나까지 너처럼 말하고 있잖아."

"우리를 봐, 다들 지금 행복하잖아." 가운데 앉은 제시가 두 팔을 뻗어 제이크와 나를 껴안았다. 우리는 함께 파리의 풍경을 보며 버스킹 연주자와 전 세계에서 온 수백 명의 관광객이 함께 "이매진Imagine"을 부르는 모습을 바라보고 있다.

"진짜 미쳤어, 안 그래? 우리가 사랑을 위해 한 일들을 생각해봐. 난 유럽을 여행했고, 제시는 마라톤을 했고 너는 비건이 됐잖아." 마지막 남은 크레페 조각을 음미하는 제이크에게 내가 말했다.

"젠장, 제이크한테 내가 이거 먹었다고 말하지 마. 파리에서 있었던 일은 파리에 묻어두는 거야, 알았지?"

34

"어디 가는 거예요?"

"안 가르쳐줄 거예요. 곧 알게 돼요." 흐린 가로등이 켜진 파리의 거리를 앞장서 걸어가며 내가 말했다. 자갈 도로에 점점 많아지는 물웅덩이마다 노란빛이 반사되었다. 조금 전까지만 해도 맑았는데 이제는 비가 내리고 있었다.

"그래도 너무 큰 기대는 하지 말아요. 묘지에 데려가는 건 아니니까."

"나도 그건 바라지 않아요, 당신이 말한 대로 잘 차려입었으니까요."

루시가 더 이상은 아름다워질 수 있을 거라 생각하지 못했는데, 놀랍게도 어제보다 더 아름다워졌다. 청바지를 버리고 소매가 긴 검정 드레스를 입은 루시는 가볍게 화장을 해서 검은색 눈동자와 도톰한 입술이 더 강조되었다. 거기에 우아한 은목걸이와 은팔찌까지 했다. 고맙게도 제시가 깨끗한 옷을 가져다주어서 나도 그럭저럭 봐줄 만하게 차려입었다.

나는 루시가 부슬부슬 내리는 비를 맞지 않게 우산을 높이 들었다. 그리고 하이힐 때문에 자갈 도로에서 비틀거리는 그녀의 손을 잡아주었다. 루시가 나를 쳐다보더니 반지 낀 손으로 내 손을 깍지 끼워 잡으며 미소를 지었다.

"오늘 아침에 생각해봤는데요, 내가 당신을 찾는다는 인스타그램 페이지를 당신 친구가 왜 당신한테 보냈을까요?" 나는 갑자기 그 일이 말이 안 된다는 생각이 들었다.

"그게 무슨 말이에요?"

"전에 그랬잖아요, 당신 친구가 그 인스타그램 페이지를 찾아냈다고. 그게 당신을 찾는 내용이라는 걸 당신 친구가 어떻게 알았을까요? 혹시 당신이 친구들한테 내 이야기를 했어요?"

"그랬나 봐요. 나도 당신을 찾고 싶었던 거 같아요." 루시의 얼굴이 붉어졌다. "그래도 너무 잘난 척하면 안 돼요, 알겠죠?"

"안 그럴게요, 하지만 당신도 나랑 같은 마음이었다는 말을 들으니까 너무 좋은데요."

"문제는, 난 당신을 찾을 수 있는 단서가 전혀 없었다는 거예요. 우리가 서로 헤어지고 나서야 우리가 나와 미술에 대한 이야기만 했다는 걸 깨달았어요. 당신은 당신의 친구 제시가 마라톤 대회에 출전했다는 거 말고는 당신에 대해 아무것도 말하지 않았어요. 그래서 난 마라톤 대회에 출전한 사람들의 이름까지도 찾아봤지만, 당신과 연결 지을 수 있는 이름은 발견하지 못했어요."

"말도 안 되는 미친 짓이죠, 진짜, 이름을 아는 사람 찾는 것도 쉬운 일이 아닌데, 이름도 모르는 사람을 찾겠다고 나섰으니 말이에요."

"그래도 우린 결국 이렇게 만났잖아요." 루시가 내 손을 꼭 붙잡았다. 그녀의 팔찌가 내 피부에 닿았다.

우리가 함께한 지 이제 겨우 이틀 정도밖에 되지 않았다는 사실이 믿어지지 않았다. 나는 우리가 오랜 세월을 함께 한 것처럼 느껴졌다.

주머니에 있는 스마트폰이 계속 진동했지만 센 강을 건너 라이트 뱅크로 가는 동안 나는 방해받고 싶지 않았다. 비가 내렸지만 이곳은 손에 손을 잡고 걸어가는 사람들로 붐볐다. 우리 오른쪽에서는 튈르리 정원의 나무들 위로 대형 관람차의 객차들이 차례차례 올라왔다.

"최초의 대형 관람차는 시카고 세계 박람회 때 만들어졌는데, 그 이유가 그 바로 전에 열린 세계 박람회 때 세워진 에펠탑을 이기기 위해서였다는 거 알아요?" 나는 텔레비전 퀴즈 쇼에 나갔을 때 알게 된 상식을 떠올렸다.

"설마 관람차 타려고 여기까지 데려온 건 아니죠? 청혼은 꿈도 꾸지 말아요!" 루시가 농담을 했다.

"안 할 테니까 걱정 말아요. 관람차는 평생 안 타도 될 만큼 충분히 탔으니까." 내 대답에 루시가 힘내라는 듯 내 손을 꽉 잡아주었다.

"그러지 말고 우리 어디 가는 건지 말해줘요. 아니면 적어도 힌트라도 줘요."

"그럼 거기 가서 놀라지 않고 시시해질 텐데 그래도 괜찮아요?"

"괜찮아요, 말해줘요!"

"내가 선택할 수 있는 걸 몇 가지 생각해냈고 제이크와 제시도 도와줬어요."

"친구들이 당신을 만나려고 여기까지 찾아왔다는 게 아직도 믿어지지 않아요. 정말 좋은 친구들이에요. 친구들이 그렇게 빨리 떠나지 않고 우리와 같이 만났으면 정말 좋았을 텐데."

"곧 친구들은 만날 수 있을 거예요. 그래서 추리고 추려고 둘 중에 하나를 고르기로 했고 드디어 내가 동전을 던져야 할 때가 되어서……."

"어디서 데이트할지를 동전을 던져서 결정했다는 거예요? 좋아요, 아주 흥미로운 접근이네요."

내가 이 얘기를 왜 하고 있지?

그냥 루시한테 다 털어놓을까? 이 이야기를 하지 말라고 한 사람은 제이크뿐이잖아.

"저, 내가 당신한테 하지 않은 이야기가 있어요. 사연이 좀 길어요."

"해봐요." 바다처럼 펼쳐진 우산들의 행렬을 따라 센 강 위를 걸으며 루시가 미소를 지었다.

"간단히 말하면, 올해가 시작되면서부터 동전을 하나 가지고 다니면서 결정을 해야 할 때마다 그 동전을 던져서 그 결과대로 하고 있어요."

"진짜예요? 농담인지 아닌지 잘 모르겠네."

"진짜예요. 그러니까 일종의 새해 결심 같은 거였어요. 그 당시에는 내가 뭘 하고 싶은지도 모르겠고 뭘 선택해야 하는지도 몰랐어요. 내가 이미 한 선택과 결정들이 만족스럽지도 않았고요. 그러다가 이런 생각이 떠오른 거예요."

"좋아요, 그래서 결정을 할 때마다 동전을 던진 거예요?"

"그게, 처음에는 모든 결정을 할 때마다 던졌어요. 정말로 결정이나 선택 하나하나 전부 다요. 어떤 양말을 신을지, 뭘 먹을지, 텔레비전은 뭘 볼지 전부 다 동전을 던져서 결정했어요. 그러다 한 달 두 달 지나면서 하루에 서너 번씩만, 훨씬 더 중요한 결정을 내릴 때만 동전을 던지게 됐어요."

"그래서 그걸 지금까지 계속하고 있는 거예요?" 루시가 신기하다는 듯 물었다.

"네, 제이드와 그런 일이 있고 나서 올해가 시작되고 이틀인가 지난 다음부터 시작했어요. 할아버지가 동전을 던지시는 걸 보고 이런 생각이 떠올랐어요. 그래서 이렇게 된 거예요. 여러 달이 지났지만 아직도 그렇게 하고 있어요."

"당신은 알면 알수록 점점 더 이상한 사람이네, 안 그래요?" 우산 아래에서 서로 가볍게 껴안으며 루시가 웃음을 터뜨렸다.

우리는 말없이 강둑을 따라 걸으며 빗속에서도 아름다운 도시를 바라보았다.

"여기 와서 날 찾겠다고 결정할 때도 동전을 던졌는지 물어봐도 돼요?" 조금 지나서 루시가 물었다.

"어, 네, 그랬어요. 동전이 허락했으니까 참 다행이죠?" 나는 웃음을 터뜨렸다.

그런데 루시가 아무 대꾸도 하지 않았다. 문득 내 대답이 기분 좋게 들리지 않았을 거라는 생각이 들었다.

"그런 거랑 상관없이 난 정말 당신을 찾고 싶었어요. 그런데 엄마가 오랜 집안 친구 같은 사람과 나를 소개해주려고 했고, 그 일이 있고 나서 정말로 당신을 찾아나서도 되는지 아닌지 보려고 동전을 던졌던 거예요."

루시는 내 말을 곱씹는 듯 잠시 아무 말이 없었다. 나는 상황을 호전시킨 게 아니라 악화시켰다는 느낌이 들었다.

"그러니까 나인지 그녀인지 동전을 던져서 정했다는 뜻이네요?" 장난스럽던 목소리가 순식간에 진지하게 변하면서 그녀가 나를 올려다보았다.

"아니, 내 말은 그런 뜻이 아니에요. 그렇게 말하니까 내가 나쁜 사람 같잖아요." 나는 불안한 웃음이 터져 나왔다. "저기, 우리 엄마는 내가 어렸을 때부터 엘리자베스랑 결혼하기를 바랐어요, 그래서 내가 그녀 집에 갔는데 자기가 그린 누드화를 보여주더라고요……. 그때 깨달았어요, 내가 당신을 좋아한다는 걸, 그래서 동전을 던진 건데……. 아 진짜 이걸 제대로 설명을 못 하겠네요."

조시, 입 닥쳐.

루시가 잡고 있던 내 손을 놓았다.

307

"내가 알고 싶은 건 동전이 여기에 오지 말라고 했어도 당신이 날 찾아서 여기 왔을까, 하는 거예요, 어때요?" "어, 내가 어떻게 했을지 나도 잘 모르겠는데……." 나는 말을 얼버무렸다.

"조시, 당신한테는 이 모든 게 그냥 장난이에요? 왜 나한테는 계속 이런 일만 생기지?" 루시가 하늘을 올려다보며 물었다. 나는 묘지에서 루시한테 들었던 남자 이야기가 떠올랐다. 루시는 그 남자를 좋아했지만, 그는 자신이 루시와 함께 하고 싶은지 아닌지조차 몰랐다고 했다.

"장난이라고 생각해본 적 없어요. 진심이에요." 나는 손을 내밀어 루시의 팔을 만지려고 했다. 그런데 루시가 움찔하며 우산 밖으로 물러났다. "비에 젖겠어요."

나는 어떻게 해야 할지, 무슨 말을 해야 할지 생각이 나지 않았다. 머릿속이 텅 비어버렸다. 루시는 얼굴이 일그러지더니 믿을 수 없다는 듯 고개를 설레설레 저었다.

"미안한데, 너무 큰 실수를 한 거 같아요. 그러니까, 당신을 잘 알지도 못하는데, 이렇게 서로 손을 잡고 파리를 걸어 다녔잖아요, 마치 운명의 짝이라도 되는 것처럼 말이에요. 내가 또 괜히 혼자 들떴나 봐요."

"그런 거 아니에요, 우리 이 문제에 대해 좀더 이야기하면 안 돼요?"

"아니요, 지금 당장은 못 하겠어요, 조시. 지금은 정말 이야기할 기분이 아니에요. 미안해요. 이게 생각만큼 나쁜 게 아닐 수도 있지만 지금 당장은 내가 바보가 된 기분이에요."

루시는 더 이상 나를 쳐다보지도 못한 채 눈물을 참으려고 눈만 깜박거렸다. 나는 너무 놀라고 또 뭘 어떻게 해야 할지 생각이 나지 않았다.

"나한테 시간을 좀 줄래요?" 나지막이 말하고서 루시는 돌아서서 빗속을 혼자서 먼저 걸어가버렸다.

어떻게 일을 이렇게 망칠 수가 있지?

조시, 넌 진짜 바보야.

"미안해요, 제발 돌아와요. 당신이 생각하는 그런 거 아니에요." 나는 강 위 길을 이리저리 돌아다니는 사람들 사이로 숨어버린 루시를 향해 소리쳤다.

우산을 내리고 루시를 뒤쫓아가려고 했지만 옆에서 걸어가는 사람들 때문에 앞이 막혔다.

"실례합니다, excusez-moi" 이렇게 말하며 나는 네 명인 한 가족 옆을 지나가려고 애를 썼다.

수많은 우산들이 내 길을 막고 시야를 가렸다. 눈으로 흘러내린 빗물을 훔치고 나니 더 이상 루시가 보이지 않았다. 사람들 사이로 들어갔다 나왔다가 하면서 루시를 찾았다. 마라톤 대회에서 그녀를 놓쳤던 때가 되풀이되는 느낌이었다. 그런데 이번에는 전적으로 내 잘못이었다.

남녀 한 쌍을 앞지를 생각에 나는 내리막길에서 달리는 자전거를 보지 못했다. 그리고 그 자전거에 탄 사람도 나를 보지 못했다.

쾅.

나는 아파서 소리를 질렀다. 다행히 부러진 곳은 없는 것 같았다. 내가 무사한지 보려고 사람들이 모여들었다. 그리고 자전거 주인도 내게 계속 사과하며 나를 일으켜주려고 했다.

몸을 숙여 동전을 줍고 스마트폰도 줍는데 갈비뼈 주위가 아팠다. 스마트폰은 액정이 완전히 깨졌다. 액정만 깨진 것인지 확인하려고 스마트폰 버튼을 눌러보았다. 그러자 읽지 않은 문자들과 받지 않은 전화 목록이 잠금 화면 위로 주르륵 나타났다. 전부 엄마한테서 온 것들이었다. 나는 맨 위에 기록된 문자를 열었다. 짧고 직설적인 문자 내용을 본 순간, 심장이 덜컹 내려앉았다.

"할아버지가 입원하셨다. 빨리 돌아와."

35

나는 사고 현장에서 비틀거리며 벗어나 엄마에게 전화를 걸었다. 엄마
는 할아버지의 상태가 좋지 않으니 되도록 빨리 돌아오라고 했다. 루시
를 찾아 잘못을 바로잡을 시간이 없었다.

나는 눈물이 뺨에서 떨어질 사이도 없이 빠르게 파리를 떠났다.

돌아가는 과정은 기억이 잘 나지 않는다. 짐을 챙기고 호스텔에서 체
크아웃을 한 다음 샤를 드골 공항에서 출발하는 마지막 비행기 표를
샀다. 프랑스에서 가장 복잡한 공항이지만 밤 10시에는 거의 텅 비어
있다시피 했다. 청소부들이 돌아다니고, 가게들은 전부 문을 닫았다.
나는 모두 미키마우스 귀 모양의 머리띠를 한 4명의 가족 옆에 앉았다.
두 아이는 꾸벅꾸벅 졸고 있었다. 이렇게 금방 제이크와 제시를 따라
돌아갈 거라고는 생각도 하지 못했다. 얼마나 더 오래 머물 생각이냐고
친구들이 물었을 때는 적어도 두세 시간보다는 길게 있기를 바랐다.

"Mesdames et messieurs(신사 숙녀 여러분)……." 스피커에서 웅웅 대
는 프랑스어 안내방송이 흘러나왔다. 나는 영어 안내방송이 나오기를
기다렸다. 그런데 주위에서 신음 소리가 들리는 걸로 봐서 다음에 무슨
말이 나올지 대충 짐작이 갔다.

"신사 숙녀 여러분, 브리스틀행 이지젯 항공 EZY6224편 승객 여러분

께 알립니다. 본 비행기는 약 45분 지연될 예정입니다. 전광판을 통해 변경된 비행시간을 확인하시기 바랍니다."

안 돼, 안 돼, 안 돼. 나 지금 당장 집으로 돌아가야 하는 거 몰라?

나는 일어나서 공항 안을 왔다 갔다 했다. 마지막까지 열려 있던 가게에서 누군가 금속 셔터 문을 와르르 내려 닫았다. 면세점의 토블론 초콜릿 광고가 눈에 띄자 수천 가지 추억이 떠올랐다. 이건 할아버지가 가장 좋아하는 초콜릿이어서 늘 당신의 팔걸이 의자 오른쪽에 감춰 두었다가 아무도 보지 않을 때 삼각형 모양 하나를 떼어내서 나와 몰래 나눠 먹곤 했다.

머릿속에서 비디오테이프가 돌아가는 것처럼 또렷하지 않은 어린 시절의 순간들이 되감기와 재생을 시작했다. 할아버지와 농담을 하고, 웨스턴 수퍼메어에서 미니 골프를 하고, 클리브던에서 슬롯머신에 동전을 넣고, 동네 공원에서 잃어버린 축구공을 찾고, 카운티 크리켓 그라운드에서는 관중석 플라스틱 의자에 땀 찬 바지가 찰싹 달라붙었고, 내 꼬마 낚싯대가 떠내려갈까 봐 할아버지가 개울에 뛰어들었던 적도 있다. 머릿속 비디오는 할아버지가 미소짓고 웃을 때마다 정지 화면처럼 그대로 멈추기를 반복했다. 그 얼굴을 다시는 못 볼지도 모르고, 다시는 할아버지와 이야기할 수 없을지도 모른다는 생각을 받아들일 수가 없었다. 가장 가슴 아픈 건 내가 성공하는 모습을 할아버지가 보지 못하고 돌아가실 거라는 사실이었다.

"실례합니다, 저기 죄송한데 혹시 영어할 줄 아세요?" 나는 가게 문을 닫고 있던 여자한테 달려갔다.

"조금요." 셔터를 반쯤 내린 여자가 대답했다.

"문을 닫는 중인 건 아는데, 혹시 토블론 초콜릿을 살 수 없을까요?"

"죄송해요, 영업 끝났어요." 여자는 퉁명스럽게 말했다.

"제발요? 돈은 여기 있어요." 나는 허겁지겁 주머니에서 5유로짜리 지폐 하나를 꺼내 여자 손에 건넸다. "할아버지 드리려고 그래요, 지금 병원에 입원 중이신데 가서 드리려고요, 그래서 지금 비행기를 타려는 건데……"

"알았어요, 여기 있어요." 여자가 내 말을 알아들은 것 같지는 않지만 얼른 가게 문을 닫고 싶은 것 같았다. 그래서 내 돈을 받고 얼른 초콜릿을 주었다.

토블론 초콜릿을 손에 들고 나는 좋은 소식이 있기를 바라며 전광판 앞으로 갔다.

한 시간 연착.

왜 점점 더 늦어지는 거야? 비행기가 뒤로 날아가나?

나는 주머니에서 스마트폰을 꺼내 엄마한테 또 문자가 오지 않았는지 확인했다. 없었다.

무소식이 희소식일까?

아니면 나쁜 소식일까?

엄마한테 전화해볼까도 생각했지만 괜히 방해가 될 것 같았다. 엄마한테서 답을 들을 자신도 없었다. 그래서 대신 최근 통화 기록을 쭉 보다가 루시의 이름을 클릭했다. 사과하고 싶었다. 무슨 일이 있었는지, 지금 내가 어디에 있는지 전부 설명하고 싶었다. 하지만 그런 것보다도 지금 나는 그녀의 목소리가 듣고 싶었다. 그런데 곧장 자동 응답기 목소리가 들렸다. 루시가 전화를 꺼놓았거나 아니면 내 번호를 차단한 것 같았다. 어느 쪽이든 그녀가 나와 통화하고 싶지 않은 건 분명했다.

원래 일정보다 두 시간이나 지나서야 나는 비행기에 탈 수 있었다. 비행 시간이 너무도 길게 느껴졌다. 심한 난기류에 비행기가 갑자기 움직이고 아래로 뚝 떨어지는 바람에 승무원들이 비틀거리고 쓰러졌다. 나는 좌석 팔걸이를 부여잡고서 두려움과 눈물을 참았다. 다른 승객들이 보았다면 내가 비행을 정말 싫어한다고 생각했을 것이다. 하지만 다행히 대부분이 자고 있었다. 비행기가 브리스틀에 착륙할 때까지, 나는 몸을 움찔거리며 지난주에 있었던 일들을 떠올렸다. 뮌헨에서의 흥분, 절망적이었던 암스테르담, 지저스와의 자동차 여행, 루시를 만난 기쁨, 그리고 할아버지의 입원.

비행기에서 내릴 때부터 달려서 길고 구불구불한 공항 터미널을 지나 이번에는 입국심사대도 별 문제 없이 쉽게 통과했다. 늦은 밤이라 입국심사대 관리들이 내 여권보다 시계를 살피는 데 더 정신이 팔려 있는 것 같았다. 입국심사대에 있는 여직원은 여권에 있는 사진을 보는 둥 마는 둥 하더니 도로 여권을 건네며 얼른 통과하라고 손짓을 했다.

나는 수많은 여행지에서 돌아오는 휴가객들을 뚫고 계속 걸었다. 모퉁이를 돌자 택시를 기다리는 사람들과 택시 기사들이 줄지어 있었다. 그런데 백발의 늙은 할아버지가 눈에 띄었다. 내 외할아버지와 조금도 닮지 않았는데도 어린 남자아이가 그에게 달려가자, 나는 눈물이 날 것 같아서 꼭 참아야만 했다. 그들을 보지 않으려고 오른쪽으로 고개를 돌려 일주일 전 제이크와 제시와 함께 서 있던 출발 안내 전광판이 있는 자리를 보았다. 아주 멀리 떠났다가 돌아온 것만 같았다. 너무 많은 것들이 변했다. 왜 이게 좋은 방법이라고 생각했을까? 왜 동전이 결정하는 대로 했을까?

이 모든 일이 시작된 바로 그 회전문을 통해 별 하나 없는 밤하늘 아래 서늘한 밖으로 나왔다. 손목시계를 한 시간 뒤로 늦추는데 아예 일주일 전으로 돌아갈 수 있으면 좋겠다는 생각이 들었다.

주차장에 있는 엄마의 차가 보였다. 밤늦은 시각이라 차가 몇 대 없어서 주차장은 조용했다.

배낭을 뒷좌석에 집어넣고 조수석 문을 열었다. 엄마가 곧장 내 손을 잡았다. 엄마의 눈이 빨갛게 부어 있었다.

"어쩌니, 조시……."

그 나머지 말은 내 귀에 들어오지 않았다.

어린이가 열두 살이 될 때까지 텔레비전에서 1만2,000번 이상의 죽음을 목격하게 된다고 주장하는 기사를 읽은 적이 있다.

그렇다면 우리는 죽음에 대해 준비가 되어 있어야 한다.

아예 면역이 되어 있어서 죽음이 아무렇지 않아야 한다.

하지만 텔레비전 화면 속에서 밤비의 엄마가 죽는 것을 보는 것과 현실에서 누군가 죽는 것은 다른 일이다. 비교도 할 수 없을 만큼 달랐다.

나는 할 말이 떠오르지 않았다. 마지막 휴가객이 차를 몰고 떠나 주차장에 우리만 남을 때까지, 평생처럼 느껴지는 그 시간 동안 나는 아무 말도 하지 못하고 가만히 앉아 있었다.

그렇다고 눈물이 나오는 것도 아니었다. 어떤 기분인지도 알 수가 없었다. 나는 그저 충격에 빠져 있을 뿐이었다.

"문자로 말하고 싶지는 않았는데 네가 전화를 안 받아서 어쩔 수 없었어." 엄마는 혼잣말하듯 말했다. "하루 종일 너한테 전화했어."

"알아요, 죄송해요. 스마트폰을 진동으로 해놨어요, 나중에 전화할 생각이었어요." 나는 거짓말을 했다. 만약 정말로 천국이라는 게 있고, 그래서 할아버지가 우리를 내려다볼 수 있다면, 내가 루시를 슬프게 만든 것을 가장 먼저 보셨을 것이고 지금은 내가 거짓말하는 것을 보고 계실 것이다.

"모든 게 너무 빨리 일어났어. 알고 보니 할아버지가 그동안 쭉 아파서……아니, 아프셨어, 꽤 오랫동안. 암이었는데……혼자만 아시고 아무한테도 말을 안 하셨어." 엄마는 담담하게 말했다.

나는 최근에 할아버지를 만났던 순간들을 떠올리자 내 생각에 빠져 있지만 않았어도 할아버지가 어떤 상태인지 제대로 볼 수 있었을 것이라는 후회가 밀려왔다. 이제는 더 이상 할아버지에게 생일 축하한다는 말을 듣지 못할 거라고 생각하자 마음이 너무 아팠다. 이제는 더 이상 할아버지와 대화를 할 수 없다. 이제는 끝이다. 영원히 할아버지를 만날 수 없다.

"너 괜찮니, 조시? 한마디도 안 하고 있잖니. 어떻게 지냈는지 말 좀 해봐. 여행은 어땠어?" 좀더 밝은 이야기를 꺼내서 분위기를 바꿔보려고 엄마가 물었다. 하지만 억지로 다른 이야기를 하는 것 역시 너무 괴로운 일이라는 걸 엄마는 깨닫지 못한 것 같았다.

"좋았어요, 엄마." 나는 거짓말을 했다.

그동안 있었던 일을 모두 다 말하고 싶지 않았다. 엄마에게 더 이상의 걱정거리를 안겨주고 싶지 않았다. 그리고 나도 그 모든 일에 대해 생각하고 싶지 않았다. 적어도 지금 당장은 그렇게 하고 싶지 않았다. 아직은 그렇게 할 수 없을 것 같았다.

할아버지가 돌아가셨는데도 계속 루시 생각이 나서 나는 죄책감이 들었다. 할아버지 생각을 해야 하는데도 루시를 잊지 못하는 내 자신이 싫었다. 마치 비디오테이프에 담긴 할아버지의 기억이 지워지고 대신 루시의 기억이 덧씌워진 것 같았다.

"저거 좀 봐!" 엄마가 흥분해서 소리치는 바람에 나는 혼자 생각에서 빠져나왔다.

엄마가 무슨 말을 하는지 알아들을 수가 없었다. 내 눈에는 아무도 보이지 않았다.

"누구 말이에요?" 나는 어리둥절하며 물었다.

"할아버지야."

세상에, 엄마가 정신이 나갔나 봐.

내가 슬픈 것만 생각하고 엄마가 얼마나 슬플지는 미처 생각하지 못하고 있었다.

"그게 무슨 말이에요, 할아버지라니? 엄마 괜찮아요?"

"비둘기 말이야, 난……할아버지가 비둘기가 되어 돌아왔다고 생각해." 엄마는 공항 불빛에 혼란스러워하며 차 옆의 아스팔트 바닥에서 절뚝거리고 돌아다니는 뚱뚱하고 지저분한 비둘기를 가리켰다.

나는 아무 말도 하지 않고 엄마가 계속 이야기하도록 내버려두었다.

"그래, 정신나간 소리로 들리는 건 아는데, 내가 병원을 나설 때 갑자기 비둘기 한 마리가 날아와서 차에 앉더니 나를 빤히 쳐다보는 거야. 근데 그 비둘기가 여기 다시 나타났단 말이야. 나를 따라온 게 분명해."

"진짜 미친 소리처럼 들려요, 엄마." 엄마를 안쓰러워하는 나의 마음이 전해지도록 말했다.

"널 기다리면서 그레이엄한테 전화했거든, 그런데 저 비둘기가 아버지일 수 있다고 했단 말이야. 우리는 어떤 동물로든 환생할 수 있대." 엄마는 변명을 하는 것처럼 말했다.

"그럼 할아버지가 이번 생에서 나쁜 짓을 해서 비둘기로 환생했다는 뜻이에요? 인간이 되지 못하고 벌을 받은 거냐고요?" 나는 엄마의 말 허리를 끊고 끼어들었다.

"그레이엄이 그러는데 잠깐 동안 동물로 살 수도 있고 몇 번 더 다른 모습으로 태어나다가 자신에게 맞는 새로운 몸을 찾아 인간으로 태어날 수도 있대." 이렇게 늦은 시간에 비둘기 이야기를 꺼내는 전화를 받은 그레이엄이 짜증이 나서 아무 이야기나 지껄여댄 거라고 나는 확신했다.

"넌 할아버지가 어떤 동물로 태어나는 게 어울릴 것 같니?"

"판다 아니면 북극곰?"

우리는 말없이 가만히 앉아 있었다. 엄마는 그 비둘기를 계속 빤히 바라보았고, 나는 북극곰이 된 할아버지를 상상했다.

"그럼 엄마는요? 엄마는 뭘로 다시 태어나고 싶어요?" 한참 만에 내가 물었다.

"잘 모르겠어, 그래도 엄마와 할머니는 신호를 하나 정해놨어, 내세가 있는지 없는지는 모르지만 우리 둘 중 누가 죽어도 그 신호를 보내서 서로를 알아볼 수 있도록 말이야."

"그게 무슨 말이에요? 불을 껐다켰다 하는 것 같은 신호를 정했다는 거예요?"

"이 녀석아, 그건 말해줄 수 없지, 우리만의 비밀이니까."

딱 한번 받은 견진성사 수업 내용이 전부인 기독교에 대한 내 지식에 따르면, 부활의 가능성은 더 적어 보였다. 할아버지는 돌아가신 지 아직 몇 시간도 지나지 않았는데, 저 초라한 비둘기는 적어도 태어난 지 하루는 더 되어 보였다. 그러니까 저 비둘기가 할아버지의 환생일지도 모른다는 생각은 여기서 접기로 했다.

엄마와 내가 비둘기를 빤히 쳐다보며 신비로운 기적을 보여주든지 아니면 구구거리고 울기를 그만두고 우리한테 말이라도 걸어주기를 기다리고 있는데 친구 비둘기가 날아왔다. 그리고 둘은 재빨리 금속 담장 위로 날아가 내 생각에는 비둘기 세계의 짝짓기라고 생각되는 행동을 하기 시작했다. 저 비둘기가 정말로 할아버지라면, 짝을 찾는 일에 시간을 낭비하지 않기로 결심한 것 같다.

"할머니한테는 그런 말 하지 마세요." 나는 엄마의 손을 잡고 말했다. "이제 그만 집에 가야죠?"

그제야 엄마는 비둘기한테서 시선을 뗐다.

"그래, 거기, 1파운드짜리 동전 있는지 봐줄래?" 엄마는 내 앞에 있는 글러브박스를 가리켰다.

"엄마 여기 주차한 지 얼마나 됐어요?" 엄마가 자동 주차 차단기 쪽으로 차를 모는 사이 나는 CD들과 사탕 봉지들을 뒤지며 물었다.

"모르겠어. 너 나오기 전까지는 30분 정도 기다린 거 같은데, 그다음에 우리가 얼마나 저기 있었는지……."

"엄마, 주차요금 확인 안 했어요?"

그제야 엄마는 차단기 옆에서 전조등 불빛을 받아 반짝이는 파란색 표지판을 봤다.

10분까지 = 1파운드
10-20분 = 3파운드
20-40분 = 5파운드
40-60분 = 20파운드
1-24시간 = 50파운드

엄마는 창문을 내리고 주차요금이 표시된 요금 정산기 화면을 빤히 노려보았다.

"뭔가 착오가 있는 게 분명해." 엄마가 말했다.

"얼마 나왔는데요?"

"50파운드래! 말도 안 돼!"

엄마는 충격을 받은 얼굴로 나를 보았다.

내게 할아버지의 부음을 전하면서 힘겹게 슬픔을 억누르던 엄마는 결국 눈물을 터뜨렸다. 그리고 몸을 숙여 엄마를 껴안고 위로하던 나도 결국 울음이 터졌다.

36

다들 이미 죽은 줄 알았던 사람의 장례식을 알리는 건 쉬운 일이 아니었다.

내가 이웃들에게 전화를 하자 다들 할아버지가 돌아가셨다는 것보다 일주일 전까지만 해도 살아 계셨다는 사실에 더 놀라는 것 같았다. 심지어 자신이 할아버지 장례식에 참석했었다고 생각하는 사람들까지 있었다. 예를 들면, 빅스 부인은 할아버지의 사망기사를 읽은 기억이 있다고 자신 있게 우기기까지 했다. 결국에는 할아버지가 돌아가신 사실을 받아들이며 '그분이 많이 그리울 거예요'라고 말할 때도 그다지 진심이 느껴지지 않았다.

하긴, 마을에서 거의 매주 장례식이 있으니 누구의 장례식에 갔는지 일일이 기억하기는 힘들 수도 있다. 캐드버리 지역의 평균 연령이 약 74세인 것을 감안하면, 이 지역에서 가장 잘 하는 일은 장례식일 것이다. 교회에서 부녀회 시장이 열릴 때를 제외하면 지역 주민들이 모여서 공짜 음식을 먹을 수 있는 기회는 장례식뿐이다. 그래서 많은 사람들이 남은 음식을 싸가서 다음 장례식 때까지 먹는다.

그런데 나는 지금까지 장례식에 가본 적이 한 번도 없었다. 에드워드 숙부의 장례식 때는 내가 너무 어려서 엄마가 데리고 가지 않았다. 친

할아버지와 친할머니 장례식 때는 내가 태어나지도 않았다. 그리고 우리 집은 내가 기르던 물고기가 죽었을 때 땅에 묻는 시늉도 하지 않았다. 그냥 변기에 툭 던져넣고 물을 내렸다. 아빠는 금붕어가 죽으면 그렇게 처리하면 된다고 내게 말했다.

장례식 날 아침, 입고 갈 검은 양복이 없다는 사실을 그제야 알고서 나는 기겁을 했다. 파리에서 돌아온 뒤로 정신도 없었고, 시간이 나면 추도사를 쓰거나 답을 주지 않는 루시에게 연락하느라 양복은 신경도 쓰지 못했다. 결국 엄마는 할머니를 모시러 가서 할아버지의 검은색 양복 한 벌을 골라왔다. 장례식장에 가는데 장례식장에 누워 계신 분의 옷을 입고 가려니 기분이 정말 이상했다. 게다가 할아버지가 나보다 키가 30센티미터 정도 작다는 문제도 있었다.

"할아버지한테는 이 옷이 더는 필요가 없잖니!" 엄마의 말에 나는 더이상 대꾸할 말이 없었다.

오후 1시에 검은색 리무진이 우리를 데리러 왔다. 걸어서 5분밖에 안 걸리고 우리 집 마당에서 종소리가 들릴 정도로 가까운 교회였지만, 걸어가면 돈을 아낄 수 있다는 아빠의 말에 엄마는 "전통은 전통"이라고 맞받아쳤다. 태어나서 처음 참석하는 장례식이고, 태어나서 처음 타보는 리무진이었지만 이런 일로 경험하기를 바란 적은 없었다. 아빠는 BBC 브리스틀 축구 해설 방송 주파수가 잘 잡힐 수 있도록 휴대용 라디오를 들고 가죽 좌석 여기저기로 몸을 옮겼다. 아빠는 이어폰이 귀에 딱 맞지 않는다고 귀에 끼지도 않아서 우리 모두는 축구 중계 방송을 들어야만 했다. 브리스틀의 승리에 아빠가 10파운드를 걸었는데 벌써 브리스틀이 1 대 0으로 끌려다니고 있었다. 안 그래도 아빠는 오늘 기분이 좋지 않았다. 할아버지 장례식이 브리스틀 축구 시합과 겹치는 데다가 할아버지께 드릴 크리스마스 선물을 지난주에 미리 샀는데 영수증을 챙기지 않아서 환불이 불가능하기 때문이었다.

엄마는 날아가는 비둘기를 찾으려는 듯 창밖을 빤히 내다보며 이마로 유리창을 반복해서 쿵쿵 찧었다. 아마도 엄마는 할아버지가 당신의 장례식에 찾아오기를 기다리는 것 같았다. 만약 정말로 할아버지가 당신의 장례식에 오신다면 조금 실망하실지도 모르겠다. 할아버지는 교회도 사람들이 북적거리는 것도 싫어하셨는데 교회에서 사람들을 불러모아놓고 장례식을 하는 건 할아버지한테 못할 짓을 하는 것만 같았다.

아직도 충격에서 헤어나오지 못한 할머니는 경마장으로 신나게 나들이라도 가는 듯이 차려입으셨다. 거기다 자동차 천장에 닿을 정도로 큰 모자를 쓰고 리무진이 들어갈 정도로 크게 입을 활짝 벌리고 미소까지 지었다. 할머니는 감정을 숨기려고 애를 썼다. 그러다 기침이 나자 할머니는 기침을 참으려고 초콜릿 사탕을 입에 마구 밀어넣기 시작했다. 그러다 할머니가 질식할까 봐 겁이 날 정도였다.

나는 추도사를 인쇄한 종이를 만지작거렸다. 손에 땀이 나서 종이 귀퉁이가 얼룩지고 구겨졌다. 차가 모퉁이를 돌자 저 앞에 할아버지의 관을 실은 영구차가 보였다.

나는 현실을 받아들이기 싫어서 얼른 시선을 돌렸다.

"괜찮으세요?" 나는 작은 소리로 할머니에게 물었다.

"그럼, 조시. 꽃이 정말 아름답지 않니? 메리가 정말 잘했구나……." 할머니는 떨리는 목소리로 더듬거리며 말했다. 그러더니 아무도 모르게 재빨리 눈물을 훔쳤다.

"괜찮으시다면 여기서 내려드리겠습니다. 그리고 끝나면 모시러 오겠습니다." 운전기사가 끼어들었다.

리무진 탄 시간은 기껏해야 2분 30초밖에 안 되겠네.

운전기사는 교회 밖에 주차한 영구차 뒤에 차를 세우고 우리를 내려주고는 주차금지선 밖에 주차할 공간을 찾아갔는데, 아마 우리 집보다 더 먼 곳으로 갔을 것이다. 고풍스럽고 전통적인 느낌의 교회는 어머니주일(Mothering Sunday : 이 시기 부모님 집을 찾는 이들이 많은 지방에서 붙여진 이름으로. 사순절 네 번째 일요일/옮긴이)에 예배를 보러 온 신도들이 손을 잡고 기도해도 될 정도로 자그마했다. 2주일 전만 해도 루시와 묘지를 구경했는데 이제는 장례식에 와 있다고 생각하니 기분이 이상했다.

나무 대문의 걸쇠를 벗기고 들어가서 묘지를 가로질러 교회로 가는데, 구석에 새로 쌓은 것처럼 보이는 흙더미가 있었다. 비석은 2-3주는 더 있어야 준비가 될 예정이었지만 할아버지 묏자리는 내가 모르는 다른 가족들 무덤 옆에 이미 정해져 있었다.

나는 깊이 숨을 들이마셨다가 내쉬었다.

땅에 파놓은 구멍을 보자 드디어 실감이 났다. 팔을 뻗어 할머니 손을 잡고 함께 걸었다. 할머니를 위해서이기도 했지만 나를 위해서이기도 했다.

할아버지를 잘 알지도 못하는 매들린 아주머니가 교회 문 앞에서 조문객들을 맞이하며 장례 미사 안내문을 나눠주었다. 이 분은 이 지역의 군수뿐만 아니라 교회 관리인 일까지 하나 보다. 지팡이를 짚고 뒤늦게 비틀거리며 오는 사람들도 있고, 늘 그랬던 것처럼 베릴 아주머니와 데즈먼드 아저씨는 시끄럽게 소동을 부리고 있었다.

"베릴의 휠체어가 교회로 못 들어온대요." 매들린 아주머니가 소리를 낮춰 설명하는 사이에 데즈먼드 아저씨는 휠체어로 교회 돌계단을 쿵쿵 쳤다. 그럴 때마다 베릴 아주머니의 몸이 앞뒤로 흔들렸고 휠체어는 여전히 돌계단을 올라가지 못해 아저씨는 점점 더 화가 났다.

"경사로가 없대요?" 엄마가 물었다.

"아무도 몰라요, 그리고 베릴 말로는 자기는 휠체어에서 일어날 수가 없다네요." 매들린 아주머니가 눈썹을 치켜뜨며 말했다. 베릴 아주머니에게 아무 문제가 없다는 건 우리 모두가 아는 사실이었기 때문이다.

"게리, 운구하는 사람들한테 가서 휠체어 좀 들어서 옮겨달라고 부탁해봐요." 엄마의 말에 아빠는 여전히 라디오 중계를 들으며 종종걸음으로 달려갔다.

하지만 이건 지금 당장은 조금도 중요한 일이 아니었다. 금방이라도 미사가 시작될지 모르는데 나는 이 모든 일을 세심하게 준비해온 엄마를 위해 그리고 그 누구보다도 할아버지를 위해 모든 것이 아무 탈 없이 순조롭게 진행되기를 바랐다.

"베릴, 기분이 어때요?" 엄마는 베릴 아주머니한테 질문을 하는 실수를 범하고 말았다.

"안 좋아요……. 아무래도 나 암 걸린 거 같아."

정말?

베릴 아주머니가 더 이상 자기 진단을 하기 전에, 그리고 오늘을 망쳐버린 아주머니에게 내가 화를 내기 전에 아빠가 휠체어를 들어올릴, 운구하는 사람들과 영구차 운전기사를 데리고 왔다.

그들은 아주머니의 휠체어를 들어 교회 안으로 옮기고는, 오래되고 울퉁불퉁한 교회 바닥 때문에 어쩔 수 없이 마치 가마를 옮기듯 휠체어를 들고 통로를 따라갔다. 장례식에 처음 참석해보지만 아마 다른 장례식은 이렇지 않을 것이라고 나는 생각했다.

우리가 그 뒤를 따르는데 오르간 연주가 시작되었다. 91세의 도리스 할머니가 찬송가 "저와 함께 하소서Abide With Me"를 연주했다. 그런데 음도 안 맞고 장례식에도 안 어울렸다. 오르간 연주 솜씨가 뛰어났던 할아버지께서 들으셨다면 아마 무덤에서 벌떡 일어나셨을지도 모르겠다. 이미 무덤에 묻히셨다면 말이다. 나는 엄마가 교회를 온통 비둘기 그림으로 장식해놓았을지도 모른다고 짐작했다. 그런데 엄마가 손댄 것은 예배에 참석하는 신도들에게 누구의 장례식인지 알려주기 위해서 교회 앞에 놓아둔 큼직한 할아버지 액자뿐이었다. 이 사진은 할아버지와 할머니의 결혼 50주년을 축하하기 위해 우리 가족이 다 함께 체더 협곡에 갔을 때 내가 직접 찍은 것이었다.

눈물이 나오려고 해서 간신히 참았다.

나는 발목 위로 깡총하게 올라간 바지 차림으로 교회 통로를 걸어갔다. 옷이 작아 팔을 움직이기도 어렵고 숨쉬기도 어려웠지만 상관없었다. 모르는 사람들이 대부분이었고, 낯익은 얼굴이 가끔 눈에 띄었다. 크리스마스 때마다 날짜가 지나 쓸 수 없는 일기장을 선물하던 아주 먼 친척도 왔고, 늘 내 이름을 잘못 말하던 친척도 왔다. 외모만 봐서는 이 두 사람도 다음 주면 장례식을 치를 것만 같았다. 제프 아저씨는 걱정스러울 정도로 창백하고 피로연에 나오는 음식 걱정을 하느라 벌써부터 속이 탈이 난 것 같은 얼굴이었다. 신도석 끝자리에 있던 캐런은 소리 내지 않고 입 모양만으로 '속상해서 어쩌니, 조시'라고 말했다. 나는 요즘 캐런이 할 줄 아는 말은 이것뿐인가라는 생각이 들기 시작했다. 신부님은 연단 뒤에 서서 강독 자료를 확인하고 있었는데, 아마 내 눈을 보자마자 돌아서겠지. 이제 나는 지저스와 친구니까 신부님도 지금까지와는 다르게 나를 대할 거야. 분명히 그럴 거야.

할머니가 교회 안을 돌아다니며 참석한 조문객들에게 감사 인사를 하는 사이 나는 맨 앞 신도석에 앉은 엄마 옆자리에 앉았다. 엄마는 고개를 숙이고 조용히 기도하고 있었다.

피터 삼촌과 사촌들은 그 뒷줄에 앉아 있었다. 그들 모두 선글라스를 쓰고 있었다. 실내에 있으면서도 말이다.

"어떻게 지내니?" 피터 삼촌이 나와 악수를 하며 물었다.

"그저 그래요." 내가 대답했다.

"네 아버지한테 내가 내기에 이겼다고 전해라. 네 약혼 파티인가 뭔가 했던 날에 내기를 했는데, 네 할아버지한테 몽땅 걸었단 말이야, 그런데 정말로 돌아가셨지 뭐야. 나 50파운드 벌었어."

교회 한 귀퉁이에서 아빠가 허공을 향해 주먹을 휘둘렀다. 아마 브리스틀 시티 팀이 동점 골을 넣었나 보다. 하지만 내기에서 졌다는 걸 알면 더 이상은 저렇게 기뻐하지 않겠지.

왜 아무도 슬퍼하는 사람이 없지?

베릴 아주머니는 앞이 잘 안 보인다고 불평을 하고 끙끙 앓는 소리를 내서, 운구원들이 교회에서 가장 좋은 위치로 아주머니의 휠체어를 옮겨주었고, 그 바람에 이제는 내 시야가 막혔다. 장례식장 직원 셋은 죽은 사람을 상대로 하는 직업을 선택한 것이 얼마나 좋은지 방금 깨달았을 것이다. 그들은 무거운 휠체어를 이리저리 옮기는 일이 끝나자마자 씩씩대면서 관을 운구하려고 밖으로 나갔다.

도리스 할머니의 독특한 "저와 함께 하소서" 연주가 밑도 끝도 없이 끝나자 엄마가 음악을 틀라는 신호를 했다. 조문객들을 맞이하는 일을 끝낸 매들린은 이제 오디오 기계 담당으로 변했다.

할머니가 우리 옆으로 와서 자리에 앉고, 웅성대는 소리가 그치자 오디오에서 냇 킹 콜의 "스마일Smile"이 흘러나오기 시작했다. 신부님이 모두 일어나라는 손짓을 했다. 이제는 베릴 아주머니도 자리에서 일어나지 않을까, 하고 나는 기대했다.

노래 가사를 새겨들으며 할아버지의 사진을 보았다. 그리고 할아버지가 나한테 윙크하는 모습을 상상했다. 우습게도 끝내 할아버지한테 전하지 못한 토블론 초콜릿이 생각났다. 더 이상 눈물을 참을 수가 없었다. 온몸이 떨리기 시작했다.

이거야, 바로 이런 기분이야.

마지막 인사 같은 거 하고 싶지 않아.

관이 들어오기를 기다리며 초조하게 계속 두리번거렸다. 그런데 2절이 끝나갈 때쯤 되자 뭔가 이상하다는 느낌이 들었다. 모두 주위를 두리번거렸지만 관이 들어올 기미가 보이지 않았다. 이 노래는 겨우 3분짜리다. 빨리 서둘러야 하는데.

"조시, 가서 무슨 일이 있는지 확인 좀 해볼래?" 엄마가 눈물이 그렁그렁한 눈으로 나를 돌아보며 속삭였다.

나는 최대한 침착한 척하며 통로를 걸어갔다. 차갑지만 상쾌한 공기 속으로 나갔지만 무슨 일이 일어났는지 금방 알아차리지 못했다.

영구차가 교회 밖에 없었다.

운구요원들은 도로 저 멀리에 있었다.

그런데 뛰어가고 있었다.

그들은 견인차를 쫓아가는 중이었다.

그리고 그 견인차 뒤에 영구차가 끌려가고 있었다.

할아버지 관이 실려 있는 영구차가 견인되고 있었던 것이다.

결혼식에서 도망친 신부 이야기는 많이 들어봤지만, 자기 장례식에서 도망친 시신은 아마 할아버지가 처음일 것이다. 운구 요원들이 베릴 아주머니를 도와주는 사이에 열정이 넘치는 주차 단속 요원들이 주차 금지 구역에 주차된 영구차를 견인해간 것이다.

슬픈 와중에도 나는 교회 오디오에서 흘러나오는 노래 제목을 따르지 않을 수 없었다. 눈물을 쏟으면서도 미소를 지었던 것이다. 그러다 급기야 웃음이 터져 나왔다.

할아버지는 마지막까지도 사람들한테서, 복잡한 모임에서, 그리고 교회로부터 달아나려고 애를 썼다.

나는 견인 트럭을 향해 손을 흔들었다.

그리고 할아버지에게도 손을 흔들어 작별인사를 했다.

37

"일반 버스 말고……."

"고속버스?"

"정답! 도로 위에 있는 가장 유명한 다리."

"어, 클리프턴 현수교?"

"그래, 거기서 마지막 단어."

"아, 현수교!"

"좋아. 어, 그래, 이건 조시라고 할 수 있지."

"늙었다?"

"아니, 그게 맞긴 하지. 그런데 조시가 게임할 때 어떻지?"

"경쟁심이 강하다?"

"이기지 못했을 때. 멋진 승자의 반대말." 모래시계의 마지막 모래가 똑 떨어지자 제이크가 다급하게 두 팔을 휘두르며 말했다.

"어……그……."

"끝! 그만!" 나는 정말로 시간이 끝나기 직전에 소리쳤다.

"어떻게 그걸 모를 수 있어?"

"답이 뭔데?"

"못난 패자."

"아아, 그런 게 있었지."

"그런 식으로 설명해줘서 고맙다, 친구들아. 그래서 너희 몇 장 땄어? 둘? 아니면 셋?" 나는 친구들의 빨간색 말을 게임 보드판 위에서 돌렸다.

"두 개뿐이야." 제이크가 카드를 세며 말했다. "이거 형편없어."

스포츠 분야는 제이크의 전문 분야가 아니었다.

리틀D가 휴가를 떠나서 이번 주는 술집 퀴즈 대회가 없었다. 그래서 우리는 대신 술집에서 보드게임을 하기로 했다. 피시 앤 칩스 냄새를 맡으니 배가 고팠다.

"내가 정말 못난 패자라면 이번 게임을 이긴 게 천만다행이네, 안 그래?" 나는 잘난 척 으스대며 웃었다. 왜냐하면 제시와 내가 "아티큘레이트Articulate"라는 보드게임에서 두 제이크를 일방적으로 이겼기 때문이다. 우리가 이렇게 이길 수 있었던 것은 또다른 제이크가 자신의 차례에 카드를 읽고 설명을 생각하는 데 시간을 너무 오래 끌었기 때문이다. 두 제이크가 서로 열렬히 사랑하는 것처럼 보이지만, 이 게임으로 인해 둘의 꿀 떨어지는 허니문 시절이 끝날지도 모른다.

"우린 한 잔 더 할 건데, 너희가 게임 말을 움직이지 못하게 내가 사진 찍었다는 거 잊지 마."

"우리를 그렇게 못 믿는 거야?"

"당연하지." 제이크가 웃음을 터뜨리더니 두 제이크는 지갑을 움켜쥐고 카운터로 갔다.

"루시한테서는 소식 없어?" 우리 둘만 남자, 제시가 나를 돌아보며 물었다.

"아무 소식 없어. 아직도 그녀한테 연락이 되질 않아. 내 번호를 차단한 거 같아."

"혹시 그 사람한테 메일 보내고 싶으면 말해, 그 사람이 보낸 메일 아직 가지고 있으니까."

"모르겠어. 만약 루시가 나랑 말하고 싶지 않다고 해도 내가 뭘 어떻게 하겠어? 그때 일을 생각하면 정말 가슴 아프지만, 그녀가 보기에 난 그저 동전 던져서 나온 결과 때문에 그녀를 찾으러 갔고 그 사실을 들키자 그녀를 떠난 남자일 뿐이잖아."

"네가 떠난 건 아주 정당한 이유가 있었잖아. 그 사람도 사실을 알고 나면 이해할 거야."

"하지만 루시는 모든 게 실수라고 했어."

"멍청하게 굴지 마, 조시. 그때는 그녀가 화났었잖아. 화나면 진심이 아닌 말도 막 할 수 있잖아, 넌 그런 적 없어? 그녀에게 너희 둘이 만난 게 실수가 아니라는 걸 보여줘. 꿈에 그리던 여자를 드디어 찾았는데 이대로 놓치면 안 되잖아."

제시가 와인 잔을 들어 한 모금 마셨다. "잘 안 되더라도 얼마나 더 나빠지겠어? 아무렴 런던아이 때보다 더 나쁜 일이 생기겠어?"

벌써 기분이 나빠지려 그러네.

"어쩌면 처음부터 어리석은 생각이었는지도 몰라. 잘 되더라도 내가 뭘 어떻게 하겠어? 그녀를 따라 파리로 이사를 가? 안 그래도 여기서 취직 제안까지 받았단 말이야."

"정말? 어떤 일인데?"

"두세 달 전에 지원했거든. 그런데 이제야 답이 왔어. 시내에 있는 취업 컨설팅 회사야. 꽤 괜찮은 일이야. 그리고 연금도 받을 수 있어."

"축하해! 진짜 잘 됐다, 너도 이제 취직할 때가 됐지. 9시부터 5시까지 책상에 앉아 일하는 네 모습이 상상이 가지 않지만 말이야. 진짜 그건 너답지 않은데, 안 그래? 정말 그 일 하고 싶어?"

"하다 보면 알게 되겠지. 그리고 지금 당장은 선택할 수 있는 게 없잖아."

"그럼 다른 문제는 없는 거야?" 제시가 물었다.

"그런 편이야, 걱정해줘서 고마워. 요즘은 시간이 나면 할머니와 같이 있어, 할아버지 유품 정리하는 것도 도와드리고, 할머니가 괜찮으신지 살펴드리고 있어. 할머니가 안쓰러워."

"할머니는 어떠셔?"

"말로는 괜찮다고 하시는데, 내가 보기에는 그런 척하시는 거 같아. 양파 피클 병을 열어줄 사람이 없다는 것만 속상하시대."

"내 생각에 지금 당장은 엄청난 충격일 거야. 모든 걸 받아들이려면 아마 시간이 좀더 걸릴 거야. 그래도 그렇게 항상 할머니를 도와드린다니 너, 참 착하다."

"나도 그럴 여유가 있어서 다행이라고 생각해. 할머니께서 할아버지 오르간을 버리려고 하시는 걸 겨우 말렸어. 그런데 할아버지 옷들을 정리하다가 할아버지와 할머니 짐과 데번행 버스표 두 장이 들어 있는 여행 가방을 찾아낸 거야. 할아버지는 할머니와 같이 깜짝 여행을 가려고 준비하셨나 봐. 아마 내가 여행 가는 걸 보고 할아버지도 여행을 가야겠다는 생각을 하신 게 아닌가 싶어."

"조시! 생각해봐, 그걸 보고도 지금 네가 뭘 해야 하는지 모르겠어? 우리 인생이 얼마나 짧은지 생각해보라고. 언제 끝날지 모르는 거잖아."

제시의 말이 맞는다는 생각은 들었지만 나는 아무 말도 할 수 없었다.

"동전 어떻게 했어? 지금도 동전 던지기 해?"

"파리에서 돌아오고 할아버지 장례식 이후에는 며칠 안 했어. 너와 제이크한테 내가 뭔가 끝까지 해낼 수 있다는 걸 증명해 보이려고 시작한 일이긴 한데, 어쨌든 지금까지 해냈네."

"저기, 내 생각에 그런 증명은 루시와의 일을 통해서 하는 게 더 나을 것 같아. 그녀와 함께 있을 때 네가 얼마나 행복한지 알게 되었잖아."

제시는 학교에서 개구쟁이 제자들을 노려보는 듯한 눈빛으로 나를 빤히 보며 말했다.

나는 슬쩍 눈을 피해 술잔을 가지고 돌아오는 두 제이크를 쳐다보았다. 함께 있는 둘은 참 행복해 보였다.

"좋아, 이제 우리 차례야, 맞지? 4개만 더 따면 우리가 이겨. 할 수 있어." 내가 말했다.

"좋아, 타이머 이리 내. 네가 직접 하는 건 못 믿어." 제이크가 손을 내밀었다.

"우리 주제가 뭐야?" 문제를 설명할 준비를 하고 카드더미를 집어들며 제시가 물었다.

"일하는 생활."

"너랑 상관없는 얘기네, 조시." 제이크가 농담을 던졌다.

38

"얼른, 재미있을 거야. 그리고 네가 아는 사람들도 많이 올 거야."

그 말을 듣자마자 깨달았어야 했다. 바로 그 때문에 재미가 없을 거라는 걸.

제이크와 동전은 내가 제이크의 회사 크리스마스 파티에 가면 모든 걸 싹 잊고 재미있게 놀 수 있을 거라고 했다. 하지만 브리스틀 동물원에 도착하자마자 5분도 지나지 않아 무려 일곱 명한테서 요즘 어떻게 지내느냐는 질문을 받았고, 그 즉시 싹 잊고 싶었던 모든 일들이 다시 떠올랐다.

할아버지, 루시, 엉망이 된 내 인생.

도무지 크리스마스를 즐길 기분이 아니었다.

이 파티에 오기로 한 게 잘못된 결정이었음을 깨달은 게 정확히 언제부터였지는 잘 모르겠지만, 아무튼 에피타이저로 나온 오래된 빵을 씹다가 이가 부러질 뻔했을 때, 내 걱정이 괜한 게 아니었다는 생각이 들었다.

"세상에, 이 빵 도대체 언제 만든 거야?" 내 옆에 앉아 빵을 찢어 먹으려다 실패하고 나이프로 잘라 먹으려던 시도마저 실패한 제이크가 말했다. 결국 우리는 닭간 파테 속만 먹었다.

"우리가 음식 값으로 대체 얼마를 낸 거야? 한 사람당 40파운드 아니었어?"

돈을 내고 이곳을 임대했는데도 우리가 동물원에 와 있다는 게 실감나지 않았다. 일단 우리는 동물원 정문으로 들어오지도 못했다. 대신우락부락하게 생긴 안내원 두 명이 지키고 있는 쪽문으로 들어왔다. 아무래도 이들은 파티에 온 사람들이 엉망으로 취해서 말썽을 피우면 상황을 정리하기 위해 고용된 것 같았다. 동물원에 왔다는 걸 실감 나게하는 것은 호랑이 털 무늬가 있는 흉측한 카펫뿐이다. 40파운드나 내고 동물원에서 파티를 하면 오랑우탄이 서빙을 할 줄 알았는데 그건 지나친 기대였다.

"내년에는 처음부터 다시 시작하자. 이런 크리스마스 파티는 그냥 시간 낭비일 뿐이야. 여기 오는 사람들은 남의 '뒷담화'나 하려고 오는 거잖아."

"그럼 오늘 저녁에는 행동 조심해, 매니저 양반, 월요일 아침에 직원들이 네 험담 안 하게 말이야."

"그런 걱정은 하지 마. 제이크랑 오늘 자정에 만나기로 했거든. 그러니까 오늘 밤은 술 먹고 '개가 되지는 않겠다' 이거지. 그런데 너 오늘 굉장히 근사해 보인다." 마치 내 생각을 그대로 옮긴 듯한 투로 제이크가 말했다.

나 아무래도 지나치게 차려입은 거 같아.

"네 이메일에 아주 단정한 캐주얼 차림이라고 써 있었잖아. 그게 무슨 뜻인지 알아야 말이지. 아주 단정하게 입으라는 뜻이야, 아니면 완전 캐주얼하게 입으라는 뜻이야? 어떻게 입는 게 아주 단정한 캐주얼인데? 아주 캐주얼한데 나비넥타이를 매는 게 아주 단정한 캐주얼이야?"

"내가 보니까 다른 사람들은 '아주'라는 부분을 무시한 거 같은데."

내가 파티장 안을 둘러보니 다른 남자들은 전부 청바지에 재킷 차림이었다. 하와이안 셔츠를 입은 사람도 한 명 눈에 띄었다. 60명에서 70명 정도 되는 사람들이 파트너를 동반했고, 내가 아는 얼굴도 몇 명 있었는데 그들 모두 제이크를 만나러 갔다가 본 사람이거나 아니면 나와 같이 근무하다가 다른 호텔로 이직한 사람들이었다.

"이 파티 때문에 정장 빌린 거야?"

"아니야, 사실 이거 제시 파티 때 입었던 그 턱시도야, 내가 드라이클리닝을 하긴 했지만. 옷 재활용은 다들 하잖아. 그리고 다른 사람들 보니까 너도 그때 입었던 강아지 의상을 입고 와도 전혀 튀지 않았을 거 같은데."

나 말고 정장을 입은 사람은 DJ뿐이었다. 기껏해야 스무 살 정도로 보이는 그는 뚱뚱한 몸에 수염을 잔뜩 길러 방금 교도소에서 출소한 사람처럼 보였지만 손을 씻으려는 노력은 했다. 나는 계속 이어지는 구닥다리 크리스마스 노래에 발장단을 맞추는 그의 발목을 유심히 살펴보았다. 혹시 전자발찌를 차고 있지는 않는지 확인하기 위해서였다. 그의 두 발은 음악을 즐기는 것 같았지만, 그의 얼굴은 파티에 온 다른 사람들처럼 지루하게 보였다. 하는 일이라고는 음악 앱 플레이리스트를 클릭하고 잡화점에만 가도 살 수 있는 알록달록한 디스코 클럽 조명 옆에 밤새 서 있는 것뿐인 DJ들도 이제 슬슬 일자리가 사라지지 않을까라는 생각이 들었다.

그리고 크리스마스 노래를 틀기에는 너무 이르다. 시간도 그렇고 날짜도 그렇다. 이제 겨우 저녁인 데다가 11월 초이니 말이다. 제이크가 근무하는 호텔은 연휴나 축제 기간에는 언제나 손님들이 많기 때문에 12월 전에 크리스마스 파티를 열었다. 심지어 작년에는 경비 절감을 위해 1월 중순에 파티를 열었는데 직원들 모두 크리스마스가 완전히 끝난 후라고 불평을 했다. 그래서 올해는 파티를 앞당겼는데, 그 덕분에 지금 여기 있는 사람들 대부분이 10개월 되지 않는 기간 동안 크리스마스 파티를 두 번이나 경험하게 되었다. 나 역시 여기 온 지 10분도 지나지 않았지만 도망치고 싶을 정도로 충분히 크리스마스 파티를 즐기고 있다.

돌덩이같이 딱딱해서 먹지도 못한 빵 접시를 치우고 구운 칠면조 요리를 가져온 여종업원 역시 괴로운 표정이었다. 그녀는 앞으로 몇 주일은 이런 일을 계속하게 될 것이다. 고기는 육즙도 없이 말랐고, 요리는 전부 너무 짜서 바닷물을 삼키는 것 같았다. 인사팀장 캐슬린이 아프리카에는 굶주린 아이들이 있는데 이렇게 음식을 남기는 건 나쁜 짓이라고 잔소리를 했다. 그러자 누군가 캐슬린에게 닥치라고 소리쳤다.

보나 마나 맛이 없을 게 뻔한 후식을 기다리면서 공짜 술로 기분을 달래고 있는데, 누군가의 크리스마스 크래커(크리스마스 파티 때 두 사람이 양쪽 끝을 잡아당기면 폭죽 터지는 소리가 나게 만든 긴 튜브 모양 꾸러미로 대개 이 안에 작은 선물이나 종이 모자 같은 것이 들어 있다/옮긴이)에서 튀어나온 점쟁이 물고기(손에 놓으면 이리저리 움직여 그 사람의 심리를 알려준다는 물고기 장난감/옮긴이)가 이 사람 저 사람의 손을 옮겨 다니고 있었다. 내가 받은 손톱깎기보다는 이 물고기가 훨씬 더 재미있어 보였다. 점쟁이 물고기가 제이크는 변덕스럽다, 캐슬린은 열정적이다, IT 팀 해리는 사랑에 빠졌다라고 하자 그에 대한 그럴싸한 소문이 순식간에 퍼져나갔다. 그런데 내 손바닥에 온 물고기는 움직이지 않고 가만히 누워만 있었다.

"어, 움직이지 않는 건 무슨 뜻이지?"

함께 근무할 때 내가 고객 관리 전화를 몽땅 떠넘기는 바람에 종종 화를 내곤 했던 애나가 점쟁이 물고기 설명서를 읽어주었다.

"죽은 사람이라는 뜻이래요."

지독하게 똑똑한 물고기네.

마지막 사람까지 식사를 다 마치자 DJ가 모두를 댄스 플로어로 나오라고 했다. 그가 입에서 마이크를 너무 멀리 들고 말한 덕분에 그의 말소리가 마치 기차역에서 환승을 알리는 소리처럼 웅웅 울려서 다들 알아듣지 못했다. 마이크가 치직대고 쉭쉭대더니 다들 귀가 멀 정도로 요란한 쇳소리를 냈다. 그제야 다들 디제이가 한 말을 알아듣고서 테이블과 의자를 파티장 한쪽으로 옮겨 댄스 플로어라고 할 만한 공간을 만들었다. 하지만 그곳에는 부서진 크래커, 알록달록한 종이 모자, 흘린 음식들이 엉망으로 흩어져 있었다.

40파운드나 낸 파티가 이 모양이야?

디제이가 웸!, 데드 오어 얼라이브, 릭 애슬리, 포리너가 포함된 플레이리스트의 음악을 틀었다. 그러자 중년들이 우르르 몰려나갔고 그 바람에 떨어진 방울양배추가 카펫 위에서 짓밟혀 으깨지고, 당근이 굴러다니고, 구운 감자 조각이 날아다녔다. 저마다 크리스마스 선물로 위장해 자기 술을 가지고 들어온 바람에 모두 잔뜩 취했다. 구석에서는 어떤 여자가 절대 남편이 아닌 것처럼 보이는 남자에게 슬쩍 자기 가슴을 보여주었다. 나는 사람들이 대체 왜 일 년 내내 볼 사람들 앞에서 일 년에 한 번씩 이렇게 미친 짓을 하는지 도무지 이해가 가지 않았다.

제이크는 나를 버리고 점점 길어지는 콩가 춤 행렬에 합류했다. 홀로 남겨진 나는 파티장 한쪽 벽에 기대 어색하게 서 있었다. 관리팀 남자 직원이 술을 리필하면서 접수팀 직원의 엉덩이를 꼬집는 게 내 눈에 띄었다.

그러다가 댄스 플로어 건너편에 있는 그녀가 보였다.

그와 동시에 그녀도 나를 보았고 우리는 눈이 마주쳤다. 나는 심장이 덜컹 내려앉았다. 그날 밤 이후로 처음이었다. 그녀에게 다가갈지 말지 결정을 못 하고 있는데, 그녀가 먼저 결정을 내리고 내게로 다가왔다. 그런데 내 앞에 오기 전부터 그녀가 술을 얼마나 많이 마셨는지 알 수 있을 정도로 취해 있었다. 와인 두세 잔만 마셔도 그녀가 얼마나 장난이 심해지는지가 기억났다.

"안녕, 자기야." 제이드가 마치 올 한 해는 존재하지도 않았다는 듯 팔짝팔짝 뛰어 내 뺨에 입술을 오래 붙이고 계속 뽀뽀를 하며 말했다. 내 마음을 갈기갈기 찢은 여자가 11개월 만에 처음 만나서 한다는 말이 '안녕, 자기'라니.

"여기는 어떻게 왔어? 여기서 만날 줄은 생각도 못 했는데." 내가 말했다.

어쨌든 턱시도 입고 오길 잘했네. 날 차버린 걸 아쉬워하겠지.

"아빠가 우리 호텔을 대표해서 초대받았는데 못 오시게 됐어, 그래서 내가 대신 참석한 거야. 그런데 한 시간 전에 연락을 받아서 음식은 하나도 못 먹었어."

말은 그렇게 했지만 제이드는 파티 소식을 방금 들은 사람치고는 너무 멋지게 차려입었다. 나는 한 번도 본 적 없는 근사한 빨간 드레스에 내가 마지막으로 봤을 때보다 훨씬 더 자연스러운 색으로 염색한 머리는 반짝이는 핀으로 틀어올렸다. 그리고 립스틱도 드레스와 어울리는 색이었다.

"조지는 오늘 밤에 같이 안 왔어?" 참지 못하고 그만 이 말이 튀어나왔다.

"안 왔어, 우리 헤어졌어. 그 사람은 자기 아내한테 돌아갔어."

이런 말은 부끄러워하며 할 줄 알았는데 제이드는 음악보다 더 큰 소리로 말했다.

"안됐네." 그렇게 말하고 나서야 그녀가 나를 속이고 바람피워서 나를 버리게 만든 남자와 헤어진 것을 안타까워했다는 생각이 들었다.

"자기는 어때? 찾는다던 여자는 만났어?" 제이드는 요란한 음악 소리 때문에 말소리가 안 들릴까 봐 아예 내 얼굴에 바짝 다가와서 물었다. 그녀의 숨에서 와인 냄새가 났다. 음식은 하나도 못 먹었지만 대신 공짜 술은 실컷 마셨나 보다.

"그건 어떻게 알았어?" 그렇게 묻는데 우리 눈이 다시 마주쳤다. 여러 기억들이 되살아났다.

제이드는 파티장을 한 번 둘러 보고서야 대답했다.

"기억이 안 나네, 아마 제이크의 인스타그램에서 봤나 봐."

"알았어, 그래, 그녀를 찾기는 했는데 잘 안 됐어." 나는 질투심을 유발할 만한 이야깃거리가 없는 게 아쉬웠다.

"그럼 우리 둘 다 싱글이네?"

"그런 거 같네."

음악이 너무 시끄러워서 우리는 제대로 대화를 할 수가 없었다. 그래서 나는 제이드의 입술을 보며 무슨 말을 하는지 짐작해야 했다.

"우리가 여기 왔던 거 기억나?" 제이드가 다시 소리를 질렀다.

"이 동물원에? 응, 정말 재미있었잖아, 안 그래?"

우리는 서로를 바라보았다. 나는 여기 동물원에서 했던 데이트 그리고 그 뒤 처음으로 함께 사랑을 나눴던 때가 떠올랐다.

"우리 나갈까?" 머리로 비상구를 가리키며 제이드가 물었다.

영화 「더티 댄싱」의 한 장면처럼, 위로 번쩍 들어올려졌던 캐슬린이 고통스럽게 바닥으로 쿵 떨어지는 것을 보자, 나는 그녀가 1980년대 유행가에 맞춰 구닥다리 춤을 추는 걸 더 이상은 못 보겠다는 생각이 들었다. 동전도 내게 여기서 탈출할 때가 되었다고 말했다. 그래서 나는 제이크를 남겨두고 제이드와 함께 밖으로 나왔다. 그제야 소리를 지르지 않고도 서로 이야기를 할 수 있었다.

"그래서 어떻게 지냈어?" 좁은 동물원을 나와 서늘한 바람을 맞으며 제이드가 물었다.

지금 이거 현실 맞아?

"솔직히, 전보다 괜찮았는데……할아버지께서 돌아가셨어."

"저런." 제이드가 내 손을 잡았다. "할아버지와 굉장히 가까웠잖아."

"그리고 일과 관련해서는 어떻게 되고 있는 건지 잘 모르겠어. 드디어 일자리 제의를 받기는 했는데……."

"잘 된 거 아니야?"

"맞아, 그런 셈이지, 그런데 그게 내가 정말로 원하는 일인지 잘 모르겠어."

그제야 우리가 여태 손을 잡고 있었다는 것을 깨달았다.

"그러다 다른 사람을 만나야겠다고 생각했는데……내가 망쳐버렸어. 다들 나를 더 이상 만나고 싶어하지 않아."

"유감이네."

"괜찮아."

술 취한 학생들 한 무리가 우리 옆으로 비틀거리며 지나갔다.

"미안해, 그……일들……있잖아, 우리 사이에 있었던 일들." 제이드가 더듬거리며 말했다.

취중 사과였지만 그래도 제이드한테 이런 말을 들으니 기분은 좋았다.

"왜 이러는 거야?"

"저기, 그러니까, 바보 같은 소리로 들리겠지만, 난 자기가 너무 착하다고 생각해. 이상한 말인가? 균형이 필요한 것 같아. 여자는 재수 없고 나쁜 남자를 좋아할 때가 있거든."

네가 나를 버린 뒤로 나는 일 년 내내 재수 없고 나쁜 남자였거든.

"그럼 조지는 나쁜 남자였어?"

"밤에만 좋았지." 마치 아직 파티에 있는 것처럼 제이드가 소리를 질렀다. 내가 겨우 몇 센티미터 앞에 있는데 말이다. "그런데 런던에 있는 호텔의 접수팀 직원하고도 사귄다는 걸 알게 됐어."

"저런."

왜 내가 계속 위로를 해야 하는 건데?

"솔직히, 처음 짜릿함이 사라지고 나니까 서로 공통점이 하나도 없는 거야. 그래서 자기와 함께했던 날들이 그리워지더라고."

"정말?"

습관에 욕망이 더해져 우리는 제이드의 아파트로 함께 걸어갔다. 잠긴 현관문을 여는 제이드를 따라 안으로 들어가는데, 여기에 다시 돌아올 거라는 상상은 해본 적도 없다는 생각이 들었다.

"주방에서 와인 병 가져올래? 마시던 게 하나 있을 거야." 발을 걷어차 구두를 벗고 소파에 털썩 주저앉으며 제이드가 말했다.

나는 어디에 무엇이 있는지 아직도 기억하고 있었다. 그리고 우리 둘 다 더 이상 취할 필요가 없는데도 나는 와인 잔 두 개와 와인 병을 가지고 왔다.

제이크가 파티에 내가 아는 사람들이 올 거라고 말했지만 오늘 밤에 이런 일이 벌어질 거라고는 상상도 하지 못했다.

"그리고 고백할 게 하나 더 있어." 옆에 앉은 내게 제이드가 말했다.

그리고 와인 잔을 내려놓고는 나를 돌아보았다.

"그러니까······저기······그 여자를 찾는 거 방해한 것도 미안해. 왜 그랬는지 모르겠는데, 내가 질투를 했나봐." 제이드가 혀 꼬부라진 소리로 말했다.

"잠깐만, 뭐라고? 그게 무슨 소리야? 무슨 짓을 했는데?"

제이드는 손을 내저어 와인을 찾더니 한 잔을 더 따르는 대신 아예 병째 벌컥벌컥 마셨다.

"제이드, 도대체 무슨 짓을 했는데?" 나는 진지한 목소리로 물었다.

"내가 그 사람이고 네가 나를 찾길 바라지 않는다는 메일을 제시한테 보냈어. 그런데 생각해봐, 결국 어떻게 됐는지……. 자기는 그 여자말고 지금 여기 이렇게 나와 함께 있는 게 더 좋잖아, 안 그래?"

"남자친구랑 이사한다고 했던 그 메일을 말하는 거야? 그게 너였어?"

당연하지. 그래야 말이 되지.

"그리고 페이스북에서 마라톤 대회 사진들을 봤으니까 내가 뭘 입고 있었는지도 알고 있었고 말이야."

"맞아, 나 꽤 영리하지, 안 그래?"

나는 제이드를 바라보았다. 화를 내야 할지 아니면 질투심을 불러일으켰다는 생각에 우쭐대야 할지 알 수가 없었다. 우리가 헤어진 뒤 처음으로 나 자신이 아니라 제이드가 불쌍하다는 생각이 들었다.

제이드가 내 손을 잡았다.

"왜 그런 짓을 했어?"

"모르겠어? 조시, 자기가 그리우니까 그랬지."

제이드가 내게로 몸을 숙이더니 진한 키스를 퍼부었다. 그녀의 혀가 내 혀를 휘감았다. 30초 동안 레드 와인 맛이 느껴지지 않고 마치 모든 것이 여기와는 다른 평행 우주로 이동한 것 같았다. 여기와 다른 선택을 하고, 모든 것이 제대로 된 세계. 두 손으로 제이드의 머리카락을 쓰다듬고 그녀의 허리를 잡아 꽉 끌어안았다. 향수 냄새에 취할 것 같았다.

런던아이를 가득 메웠던 그 향이네.

제이드가 내 셔츠 단추를 풀기 시작했다.

나 지금 뭐 하는 거지?

"미안, 잠깐만 기다려." 그렇게 말하면서 나는 뒤로 물러나 화장실로 갔다. 아직 이럴 마음의 준비가 되지 않았다.

"괜찮아. 빨리 와." 제이드가 윙크를 했다.

나는 화장실 문을 잠그고 거울에 비친 나를 노려보았다. 매일 이렇게 나 자신을 보곤 했는데, 마지막으로 여기 왔던 그날 이후로 내 모습이 변했는지 확인해보기로 했다.

지난 일 년 사이 내가 변했나?

주머니에서 천천히 동전을 꺼냈다.

제이드한테 차이고 나서 이 동전을 주웠지.

심장이 쿵쿵 뛰었다. 머리가 아팠다.

싫다고 말해, 조시. 그리고 여길 나가.

동전이 빙글 돌아 내 손바닥에 떨어졌다.

나는 동전을 손등에 엎었다. 앞면이면 하고 뒷면이면 안 한다.

아래를 내려다보았다.

앞면이 나왔다.

내가 바라던 일이잖아, 안 그래?

그럼 루시는?

삼세판으로 할까?

또 앞면.

그냥 딱 하룻밤이야. 옛정을 생각해서. 어차피 루시는 다시 못 만나잖아.

안 돼, 못 해. 제이드가 나한테 한 짓을 생각해봐.

다섯 번까지 던져볼까?

앞면.

앞면.

앞면.

343

가망이 없네?

동전의 판단을 따르겠다고 맹세했잖아. 그러니까 동전의 말을 따라야지.

나는 화장실 문을 열고 거실을 가로질러 걸었다. 제이드의 빨간 드레스가 바닥에 널브러져 있었다. 나는 침실로 들어갔다.

제이드는 침대에 누워 있었다. 다 벗은 채로.

39

심장이 쿵쿵 뛰었다. 정말로 할 거야?

가게의 문이 열리는 소리가 들리더니 그녀가 1층의 타일 바닥을 가로질러 걷는 발소리가 들렸다. 그리고 좁은 나무 바닥이 삐걱대는 소리가 들리자 나는 피아노 연주를 시작했다. 할머니를 도와 할아버지의 유품을 정리하면서 할아버지의 낡은 오르간으로 연습은 충분히 했다. 하지만 진짜 피아노로, 그것도 이렇게 낡은 구닥다리 피아노를 연주하는 건 달랐다. 게다가 가슴 밖으로 튀어나올 것처럼 심장이 뛰고 손에 진땀이 나는 상태로 연주하려니 더 어려웠다.

나는 구석에 처박혀 있는 자그마한 피아노 의자에 앉아 있었다. 게다가 사방에 책들이 높이 쌓여 있어서 그녀가 보이지 않았다. 그녀가 어떤 반응을 보일지 무슨 말을 할지 짐작도 할 수 없었다. 그녀가 다가오는지를 보려고 고개를 들었다가 건반 하나를 놓쳤고, 나는 얼른 다시 피아노로 고개를 숙였다. 그녀의 얼굴이 보고 싶었다.

집중해, 조시.

왼쪽을 흘끗 살피는데 텀블위드의 간이침대들 중 하나에 걸터앉은 그녀가 갑자기 눈에 띄었다. 미소를 짓고 있었지만 울지 않으려고 애쓰는 얼굴이었다. 금방이라도 일어나 그녀를 껴안고 싶었지만 꾹 참고 끝까지 연주를 계속했다. 천장에 달린 예쁜 전등이 반짝거리고 촛불이 깜박거리고, 고장 났던 전구 세 개를 모두 교체한 고풍스러운 샹들리에서도 빛이 났다.

마지막 음이 끝나자 그녀가 기립박수를 치며 장난스럽게 소리쳤다.

"앙코르."

"오늘 저녁은 더 이상 곤란합니다. 마음 같아서는 계속 연주하고 싶지만 여기 영업시간이 저녁 10시 7분까지입니다. 알다시피 고양이 취침 시간이라서요." 나는 손목시계를 보며 말했다. "음이 좀 틀린 건 죄송합니다."

"괜찮아요, 아름다운 연주였어요. 정말로요. 정말로 피아노를 배울 줄은 몰랐어요."

"베토벤 피아노 협주곡을 배울 거라고 말했던 건 알아요, 하지만 지금은 에드 시런이 더 어울릴 것 같아서요."

"완벽했어요."

"나도 '완벽하게Perfect'(영국 가수 에드 시런의 노래 제목/옮긴이) 연주하려고 했어요." 나는 노래 제목으로 농담을 했다.

이 사람이 다시 미소 짓는 모습을 보게 될지는 몰랐다.

이 사람을 껴안아도 되는지 입을 맞춰도 되는지 판단이 서지 않은 채, 그냥 그 자리에서 일어선 나는 마치 적갈색 육각형 타일에 뿌리박힌 듯 움직일 수가 없었다.

"이걸 어떻게 했어요? 여긴 어떻게 들어온 거예요?"

"내가 지난번에 만났던 텀블위드보다 이번 텀블위드가 훨씬 더 친절했다는 것만 알아둬요. 그도 사랑을 찾아 파리에 왔대요, 그래서 내 사정을 이해하고 도와줬어요. 그는 지금 위층에 고양이랑 같이 있어요. 금요일 밤에 항상 당신이 문단속을 한다고 말했잖아요, 그래서 그 일정이 바뀌지 않기만을 바랐어요, 만약 바뀌었다면 난 밤새 여기서 피아노를 치면서 기다렸을 거예요.”

“정말 너무 고마워요. 보면 알겠지만 나, 진짜 감동 받았어요.” 그녀는 가방에서 휴지를 꺼내 눈물 맺힌 눈가를 훔쳤다.

“정말 미안해요, 루시. 동전에 대해 말을 하지 않은 건 진짜 미안해요, 하지만 당신이 생각하는 그런 건 정말 아니에요.” 나는 더듬거리며 말했다.

침착하려고 애썼다. 숨도 제대로 쉴 수가 없었다.

“올해가 시작되면서부터 난 내 결정과 선택 능력에 대한 믿음을 완전히 잃었어요. 어떻게 살아야 할지 완전히 길을 잃은 느낌이었죠. 그래서 동전 던지기를 시작했어요. 동전이 내 문제를 해결해주고 방향을 제시해주기를 바라면서요. 솔직히, 아직도 내가 뭘 하고 싶은지 모르겠어요, 어디로 가고 싶은지도 모르겠고, 그런데 당신을 본 그 순간, 한 가지는 확실해졌어요. 나는 동전이 내 길을 찾도록 도와주길 바랐는데, 그 과정에서 당신을 만난 거예요.”

엠마를 만났을 때나 올리비아를 만났을 때와는 다르게 이번에는 아무것도 연습하지 않았다.

제이드의 아파트 욕실에 서 있을 때 나는 깨달았다. 내가 그리워한 건 제이드보다 제이드의 아파트였다는 걸. 행복하기도 했고 괴롭기도 했던 그녀와의 관계가 소중했지만 이제는 다 끝난 일이라는 것도 깨달았다. 그리고 무엇보다도, 내가 지금 함께하고 싶은 사람은 루시라는 사실도 깨달았다. 그래서 처음으로 동전의 결정을 무시하고 제이드의 아파트를 나와서 다시 파리로 왔다.

나는 다음에 무슨 말을 할지 생각하느라 잠시 가만히 있었다.

“당신을 찾아 무작정 유럽을 여행하기로 했을 때 동전한테 묻지 않았어요, 그냥 나 혼자 결정했어요······. 왜냐하면 당신을 다시는 못 본다는 생각은 할 수도 없었기 때문이에요. 올해 들어 천만 번도 넘게 선택하고 결정했지만 당신을 찾아 유럽을 돌아다닌 게 지금까지 한 일 가운데 가장 잘한 결정이었어요. 당신과 함께 있을 때 정말 행복했어요, 그리고 그날 밤 파리를 떠난 건 할아버지가 입원하셨다는 연락을 받았기 때문이고······할아버지는 돌아가셨어요." 나는 간신히 말했다.

"세상에, 조시, 정말 몰랐어요, 미안해요, 그리고 조의를 표해요."

"괜찮아요. 그런데 할아버지를 보내드리고 나니 당신이 묘지에서 말했던 것처럼 인생이 너무 짧다는 생각이 들었어요. 그리고 할아버지와 할머니의 삶을 생각해보니 할아버지가 행복한 인생을 사실 수 있었던 건 특별한 뭔가를 하거나 하지 않아서가 아니라 할아버지 곁에 내내 특별한 사람이 함께 있었기 때문이라는 생각이 들었어요. 우리가 앞으로 잘 될지 어떨지 그건 나도 모르겠어요. 우리가 운명일 수도 있고 아닐 수도 있어요. 그렇지만 이거 하나는 깨달았어요. 당신이 책의 결말 부분을 읽지 않는 것처럼, 나도 우리 사이가 어떻게 끝날지도 미리 알고 싶지 않아요. 나는 그저 당신과 더 많은 시간을 함께하면서 우리 사이가 어떻게 되는지 보고 싶어요."

그리고 그 결과가 나는 지금도 놀랍기만 하다.

"그래서, 내가 할 말은 이게 다예요." 숨도 쉬지 않고 말한 나는 그제야 크게 숨을 들이마셨다. "당신 생각은 어때요?" 나는 희망을 품고 물었다.

거리를 달리는 자동차 소리만 들려올 뿐, 서점 안은 적막 그 자체였다. 실제로는 겨우 2-3초밖에 지나지 않았을 테지만 루시의 대답을 듣기까지 나는 영겁의 시간을 기다린 것만 같았다.

"내가 무슨 말을 할 수 있겠어요?"

이제는 루시가 마음을 가다듬기 위해 가만히 있었다. 그녀는 더 이상 눈물도 참지 않았다. 나는 그녀에게 다가갔다.

"할아버지 일은 정말 유감이에요. 그런 일이 있었다는 걸 알았다면 당신 곁에 함께 있었을 텐데. 당신 전화 차단했던 거 정말 미안해요……." 루시가 깊이 숨을 들이마셨다. "하지만……난 알고 싶어요……. 다른 여자와 나 사이에서 한 명을 선택할 때 동전 던지기로 결정했어요?"

"아니오, 절대 아니에요. 그렇게 들리게 말해서 정말 미안해요, 그건 절대 아니에요……. 당신을 만난 뒤로 내 머릿속에는 당신뿐이었어요. 그런데 엄마가……."

"그만해요, 조시. 당신을 믿어요. 그때 이렇게 당신 이야기를 듣지 않아서 미안해요. 난 다시 상처받을까 봐 두려웠어요. 그리고 당신을 너무 쉽게 믿은 내가 바보 같이 느껴졌어요. 당신이라는 사람한테 그리고 말도 안 되는 사랑 이야기에 빠져버린 내가 너무 바보 같았고, 그래서 당신이 어떤 사람인지 전혀 모르겠다는 생각이 들었던 거예요."

"당신은 날 잘 알아요. 당신이 본 그대로가 바로 나예요. 내 모든 이야기가 다 사실이지만 당신 마음도 이해해요. 나도 당신을 좀더 알고 싶어요, 당신이 나를 좀더 알게 되는 것도 좋고요."

"나도 같은 생각이에요." 루시가 미소를 지었다.

나도 마음이 놓여 미소를 지었다.

"그런데 당신이 아직 모르는 게 있어요, 조시. 그게 뭐냐 하면, 내가 여기 문을 잠그는 게 오늘이 마지막 날이라는 거예요. 나, 내일 여기를 떠나요. 런던으로 돌아가서 가족과 2-3주 정도 함께 지내다가 여행을 떠날 계획이에요."

말도 안 돼. 이렇게 겨우 다시 만났는데.

"어디로 갈 건데요?" 나는 애절하게 물었다.

"일단 유럽부터 시작할 건데, 어디까지 갈지는 아직 안 정했어요. 계획은 안 세웠어요. 그냥 최대한 많이 세상을 구경하고 싶어요."

"언제 돌아올지는 정했어요?"

"한동안은 예정이 없어요. 모르겠어요……. 6개월 정도? 아니면 1년? 아마 돈이 다 떨어질 때까지 다니지 싶어요."

1년이라고?

로맨틱한 모험과 재회에 대한 희망이 와르르 무너지는 소리가 들리는 것 같았다.

모든 상황을 생각하느라 우리는 그 자리에 말없이 서 있었다.

"당신을 다시 만나려고 1년을 기다리고 싶지는 않아요, 우리가 잘 될지 어떨지 1년이나 기다리고 싶지는 않다고요. 우린 이미 충분히 시간을 흘려보냈어요." 내가 또렷하게 말했다.

"그럼 어떻게 하고 싶은데요?"

"여행에 파트너가 있는 거 어떻게 생각해요?"

"그럼 당신 인생은요? 다 버리고 갈 수는 없잖아요."

"할 수 있어요, 그리고 그렇게 하고 싶어요. 사실 할아버지께서 돈을 꽤 남겨주신다고 유언장에 쓰셨어요, 할아버지도 내가 그 돈으로 세상 구경을 한다고 하면 반대하진 않으실 거예요. 게다가 당신과 함께하는 여행이라면 아마 더 좋아하실 거예요."

나는 제발 받아들여달라는 간절한 눈빛으로 루시를 바라보았다. 루시는 바닥을 내려다본 채 생각에 잠겼다.

"동전을 던지는 게 가장 공평한 방법인 거 같아요, 어때요, 조시? 여기까지 온 것도 결국은 그 동전 때문이었잖아요?" 루시가 장난스럽게 웃었다.

기대에 차 있던 나는 충격에 빠졌다. 더 이상은 말도 안 되는 동전 던지기에 매달리고 싶지 않았다. 심장이 금방이라도 터질 것처럼 빨리 뛰었다.

"진담이에요?"

"그럼요, 얼른 동전 던져봐요. 앞면…… 앞이 나오면 함께 떠나요. 하지만 뒤가 나오면 지금은 헤어지는 걸로 해요."

나는 행운을 빌며 동전을 문지른 다음 허공으로 던졌다. 올림픽에 출전한 체조선수처럼 동전이 천천히 공중제비를 도는 것만 같았다. 빙글빙글 돌고 뒤틀리며 아주 천천히, 마치 영겁의 시간처럼 느리게 떨어지던 동전이 내 손바닥으로 내려앉았다.

나는 결과를 확인하기가 두려웠다.

"우와! 앞면이다!"

수많은 사랑이 이루어지고 깨졌을 파리 레프트 뱅크의 셰익스피어 앤드 컴퍼니 서점 1층 한가운데에서 나는 드디어 세상에서 가장 아름다운 여인에게 키스를 했다.

그녀의 부드러운 입술이 조심스럽게 내 입술에 닿았다. 처음에는 호기심에 머뭇거리며 다가오던 그녀는 마음을 굳힌 듯이 단호해졌다. 루시의 손가락이 내 머리카락을 훑어내리는 사이 나는 그녀를 꽉 껴안았다. 이제는 그녀를 놓치기 싫었다. 우리는 그대로 잠시 꼼짝 않고 있다가 다시 숨을 쉬었다. 루시의 뺨에 흘러내린 따스한 눈물을 내 손으로 닦아주며 우리는 서로를 향해 미소지었다. 그리고 그녀의 페퍼민트 립크림 향이 아직 입안에 감도는 채로 나는 또다시 그녀의 입술로 다가갔다.

"당신 말을 무작정 믿을 게 아니라 정말 앞면이 나왔는지 확인할 걸 그랬어요." 키스하던 중간에 루시가 장난스럽게 말했다.

"뒷면이 나왔으면 어떻게 했을 건데요?"

"어차피 앞면이 나왔을 거예요. 우리는 서로 운명이니까."

"그렇게 운명을 믿다니 정말 용감한데요."

"1년 내내 운명을 믿어온 사람이 그렇게 말하면 안 되죠."

"당신의 텀블위드 일기에 이 서점에서 있었던 일에 대해 추가해야 할 게 생긴 거 같은데요."

우리는 서로 껴안은 채로 그 자리에 계속 서 있었다. 모든 게 너무 자연스럽고 제자리를 찾은 것 같았다.

"혹시 지금 이거 꿈이에요? 방금 하얀 토끼가 달려가는 거 본 것 같은데?" 루시가 내 귀에 속삭였다.

"어디로 달려갔는데요?" 서로를 잡고 있던 손을 살짝 놓으며 내가 물었다.

"저쪽 구석으로 간 거 같아요."

나는 허리를 숙여 루시가 가리킨 책더미 뒤로 손을 뻗어 숨어 있던 녀석을 들어올렸다.

"당신에게 소개하고 싶은 친구가 있어요."

지난번 유럽 여행 때는 녀석을 집에 두고 왔지만, 이번 여행에는 함께하기로 했다.

"루시, 이쪽은 제러미예요. 제러미, 이쪽이 루시야."

"우와, 이 친구가 제러미군요. 만나서 반가워. 너무 귀엽다." 루시는 제러미를 쓰다듬으며 말했다. "얘가 이 상황을 어떻게 생각할까요? 아니다, 우리는 모르는 게 나을지도 몰라요. 얘가 날 싫어할 수도 있잖아요." 루시가 웃음을 터뜨렸다.

"어떻게 당신을 싫어할 수 있어요?"

"당신은 늘 옳은 말만 하네요, 그죠?"

"원래는 안 그래요 절대!" 여전히 제러미를 쓰다듬는 루시를 보며 나는 웃음을 터뜨렸다. "좋아, 이제 그만해요. 이 녀석한테 당신을 빼앗겼어. 방금 피아노로 멋지게 사랑 노래를 연주한 건 이 녀석이 아니거든요."

"멋지게 연주했다고요? 좀 뻔뻔하네요."

내가 제러미를 바닥에 내려놓자 루시가 나를 끌어당겨 안더니 다시 키스를 했다.

"그럼 우리 어디부터 가는 거예요?" 내가 물었다.

"아직 모르겠어요, 그런데 파리에서의 마지막 밤을 즐길 수 있는 시간이 아직 좀 남았거든요."

"그럼 내가 지난번 여기 왔을 때 계획했던 데이트 할래요?"

"좋아요, 그럼 뭐할지 당신 동전을 던져서 정하지 않아도 되겠네. 얼른 가요."

루시, 제러미 그리고 나는 서점 문을 잠그고 빛으로 반짝이는 센 강 옆을 천천히 걸어갔다.

겨울

40

"넌 루시하고 참 잘 맞아. 천칭자리와 쌍둥이자리가 굉장히 궁합이 좋거든." 엄마는 가게에서 산 빅토리아 샌드위치 포장을 벗기며 말했다. 나는 남들이 보지 못하게 망을 보는 중이었다. "제이드가 네 짝이 아니라는 거 난 진작부터 알고 있었어, 너희 둘의 별자리가 나란히 있지 않거든."

"진작 말 좀 해주지 그랬어요." 나는 눈을 부라리며 말했다. 엄마가 샌드위치의 위쪽 스펀지케이크 조각을 들어올리고 옆으로 흘러넘치지 않도록 조심스럽게 딸기잼을 몇 스푼 더 바르면서도 눈으로는 나를 빤히 바라보고 있어서 그런 것은 아니었다.

"조시, 포장지 좀 쓰레기통에 버려주겠니?"

"네, 물론이죠." 나는 포장지를 들어 싱크대로 가서 쓰레기통이 있는 벽장 문을 열었다.

"아니, 거기 말고. 뒤뜰에 있는 쓰레기통 말이다."

텔레비전에서 오늘 방영되는 퀴즈 쇼 시청이라는 대단한 일을 준비하느라 엄마는 케이크 굽는 것을 까먹어서 우리는 부랴부랴 대형마트에 차를 타고 다녀왔다. 나는 아예 포장지를 불태워서 마트에 다녀온 증거를 완전히 없애버리는 게 낫겠다는 생각이 들었다. 엄마는 포크를 들어 케이크 가장자리를 적당히 으깨서 집에서 만든 것처럼 보이게 만들고는 일부러 삐뚤빼뚤하게 잘라 커다란 접시에 담았다. 이제 완벽할 정도로 완벽하지 않은 케이크가 되었다.

"제이크들이 먹을 비건 음식도 찬장에 좀 준비해뒀어. 다들 술은 마시는지 확인해뒀니? 창고에 더 있어."

새 와인 한 병을 가지고 주방으로 돌아오는데 엄마가 나를 멈춰 세웠다.

"조시, 많이 보고 싶을 거야."

"케익 포장지 대신 버려줄 사람이 없어서 그러시는 거죠?"

"나 지금 농담하는 거 아니야. 너 없으면 집이 너무 조용하고 텅 빈 것 같을 거야."

"날 다시 쫓아내서 좋아하실 줄 알았는데요."

"말도 안 되는 소리 하지 마. 너야 늘 여길 떠나고 싶어했지만 언제든 돌아오고 싶을 때, 아니면 돌아올 곳이 필요할 때 여기가 네 집이라는 거 잊지 마. 네 방은 항상 그대로 있을 거야."

"아빠가 세놓지 못하게 할 거예요?"

"절대 그렇게 하지 못하게 할게." 엄마가 미소를 지었다.

"일 년 내내 우울하고 처량한 꼴만 보이고 걱정 끼쳐 드려서 죄송해요."

"그런 소리 하지 마. 우리도 그런 거 다 겪어봤어! 네가 예전보다 행복해 보여서 엄마도 좋아."

"맞아요, 진짜 그래요. 고마워요, 엄마. 어쨌든, 그럼 전 가서 더 마실 사람이 있는지 볼게요."

서로 감정이 더 북받치기 전에 나는 "내가 크리스마스에 원하는 건All I Want for Christmas"이 CD 플레이어에서 울려 퍼지는 다이닝 룸으로 가서 술을 더 찾는 사람이 없는지 살폈다. 늘 그랬던 것처럼 엄마는 마을 사람들 거의 절반을 초대했고, 캐런, 매들린, 베릴까지 마을 아주머니들은 다 모인 것 같았다. 심지어 오니언 부인까지 왔다. 완벽하게 갖춰 입고서. 나는 얼른 거실로 빠져나갔다.

　계단 난간은 흔히 볼 수 있는 크리스마스 카드들로 장식되어 있었다. 대부분이 거리가 먼 지인 여러 명이 함께 보낸 카드였다. 심지어 에바에게서도 카드가 왔다. 그녀는 내가 루시를 만난 것을 축하해주었다. 인스타그램을 보니 그녀도 사랑을 찾은 것 같았는데 그 상대는 셜록 홈스 팬 같은 남자였다. 아무래도 드레스를 차려입은 사진이 효과를 발휘한 모양이다.

　크리스마스는 평소처럼 지나갔다. 지나치게 들떠서 흥분하고, 서둘러 선물을 열어보고, 칠면조 요리는 타고, 푸딩은 덜 익고, 머리 아플 정도로 술을 퍼마시고, 여왕의 크리스마스 연설을 보고, 누군가는 코를 골며 자고, 지나친 농담이 싸움도 났다. 평소와 다른 점이 있었다면 저녁 식사 때 액자 속 할아버지 사진이 할아버지를 대신했다는 것이다. 하지만 좋았던 일도 있다. 바로 크리스마스 미사에서 초콜릿을 받았다는 점이다. 내 친구 지저스가 신부님에게 지시를 했던지 아니면 신부님이 영구차 사고를 안타깝게 여겨서인지 그 이유는 모르겠지만.

　크리스마스 카드들이 많이 보였지만 토끼 관련 용품들이 집안에 더 가득해서인지 크리스마스보다는 부활절 같았다. 엄마는 할아버지가 비둘기로 부활했다가 다시 잠시 홍학으로 부활했다가 이제는 토끼로 부활했다고 믿기로 했다. 그것도 다른 토끼도 아닌 바로 제러미로 말이다. 나는 군이 엄마의 생각을 이해하려고 애쓰지 않기로 했다. 대신 루시와 내가 떠난 사이에 엄마가 기꺼이 제러미를 돌봐주기로 한 걸 다행으로 여기기로 했다.

복도 끝에서는 제프 아저씨와 데스몬드 아저씨가 축구 시합 결과에 대해 이야기하고 있었다. 제프 아저씨는 올해 파티에서는 아예 음식에 손도 대지 않았다. 그리고 엄마는 소파마다 덮개를 씌워놓았다. 아빠는 퀴즈 쇼의 결과를 이미 알고 있으면서도 사람들한테 바가지를 씌우려고 에인트리 경마장의 마권업자 마냥 온 집안을 돌아다니다 하마터면 나와 부딪칠 뻔했다. 지금도 누가 가장 높은 점수를 얻었나, 각 팀이 몇 점을 얻었나, 누가 이겼나, 등등 온갖 종류의 내기를 사람들한테 권하는 중이다.

현관 바로 앞 거실에서는 두 제이크가 서로 껴안다시피하고 바짝 붙어서 텔레비전 앞 바닥에 앉아 퀴즈 쇼 시청을 위한 명당 자리를 사수하고 있었다. 제시와 애덤도 서로 끌어안은 채 소파에 자리를 잡았는데, 나는 애덤이 내게서 눈을 돌린 틈을 타 초콜릿을 먹었다. 안 그러면 칼로리를 불태워버려야 한다면서 팔굽혀 펴기를 시킬 게 뻔하기 때문이다.

"방금 할머니께서 쉐그(shag : 파트너와 함께 추는 경쾌한 춤의 일종으로, 영국에서는 섹스라는 속어로 쓰이기도 한다/옮긴이)를 가르쳐주셨어요." 할머니와 나란히 앉은 루시의 옆자리에 앉는데 그녀가 내게 말했다.

"뭐라고요?" 나는 기겁을 했다.

"맞아, 이제는 내가 쉐그 댄스에서 남자 역할을 하기 때문에 할아버지 대신 진하고 춤을 췄는데……." 할머니가 말했다.

아, 쉐그 댄스 말이구나. 그럼 그렇지.

나는 할머니가 내 여자친구한테 섹스하는 법을 가르쳐주는 상상은 하지 않으려고 애썼다.

"제이크에게 비욘세 댄스를 보여달라고 해보세요."

"비욘새는 들어본 적이 없어, 비욘새가 어떤 춤을 추는지도 난 모르고. 그래도 재미있을 것 같구나." 할머니가 말했다.

나는 할머니한테 틀렸다고도 안 했고 비욘세가 누구인지 가르쳐드릴 생각도 하지 않았다. 그런데 할머니가 벌떡 일어나 사람들 앞에서 춤을 추지 않는 게 오히려 이상했다.

나는 루시의 입술에 입을 맞췄다. 그녀가 내일 나와 함께 여행을 떠나기 전에 우리 집에 와 있다는 사실이 너무 좋았다.

"네 아버지가 너희 둘이 얼마나 오래 갈지를 두고 내기하는 거 아니?" 피터 삼촌이 응접실 건너편에서 놀리듯 말했다. "이러다 금방 또 다음번 약혼 파티에 초대받게 되는 거 아닌가 몰라?"

나는 눈만 부라렸다.

그때 엄마가 집에서 만든 척한 케이크를 가지고 들어왔다.

"미안해요, 잼을 너무 많이 넣었나 봐요. 모양은 좀 없지만 맛은 있었으면 좋겠네." 엄마의 연기가 너무 뛰어나서 나는 살짝 무서울 정도였다. 그리고 그런 엄마의 공범이라는 사실에 살짝 죄책감도 들었다.

"아니에요, 아주 멋져요." 다들 동시에 말했다.

"여러분, 한 조각씩 맛보세요. 다들 술은 가지고 있죠? 자, 모두 준비됐어요?" 엄마는 마치 굉장히 힘든 일을 해서 지친 듯이 숨찬 목소리로 말했다.

엄마는 케이크를 2주일 전 쯤 배달된 새 동창회보가 놓인 커피 탁자 위에 내려놓았다. 이 동창회보에는 내가 텔레비전에 출연한다는 내용이 덧붙여져 있었다. 만약 내가 우승 상금을 동창회에 기부하기를 기대하며 내 기사를 동창회보에 실었다면 이미 한발 늦었다.

"조시, 가서 이제 곧 시작한다고 알려주겠니? 그 사람들도 와서 자리 잡고 앉아야지."

엄마가 이렇게 야단법석 떠는 걸 보면 우리가 스티븐 스필버그 영화에라도 출연한 줄 알겠지만, 우리는 재방송에 재방송을 거듭하는 크리스마스 프로그램들 사이에 낀 텔레비전 퀴즈 쇼에 잠깐 출연하는 것뿐이다.

모두에게 2분 동안 주의를 주고 나서 나는 스마트폰을 가지러 내 방으로 갔다. 문을 여는데, 문의 아랫부분이 방바닥의 카펫에 스치는 느낌이 들자 할아버지가 사람들을 피해 내 방에 숨어 계신 게 아닐까 하는 생각이 잠깐 들었다. 1년 전 할아버지와 함께 여기 있던 순간이 떠올라서 내 침대를 빤히 바라보았다. 다시는 할아버지를 만날 수 없다는 사실을 나는 아직도 받아들이기가 힘들었다. 내가 텔레비전에 출연한 걸 보면 할아버지가 정말 좋아하셨을 텐데.

페르 라셰즈 묘지만큼 넓지도 않고 유명하지도 않지만 나는 오늘 아침에 할아버지의 새 묘비를 보여주고 우리의 모험을 시작하기 전에 할아버지께 작별인사도 하려고 루시와 함께 교회 묘지로 갔다. 지금 이렇게 여행을 갈 수 있게 된 것은 모두 할아버지 덕분이다. 내가 보낸 지난 1년, 내 여행, 루시까지, 이 모든 걸 아신다면 할아버지는 어떤 생각을 하셨을까 궁금했다. 할아버지가 지금 이 결과에 만족하셨으면 좋겠다.

"조시, 보러 안 가요? 이제 시작하는데." 갑자기 루시가 뒤에서 와락 껴안는 바람에 나는 화들짝 놀랐다.

"미안, 가야죠, 내가 누린 15분의 영광을 놓치면 안 되죠."

자리로 돌아가보니 나에게 온 유일한 문제에 막 답을 하려는 순간인데 텔레비전이 말썽을 부렸다. 아빠는 그 때문에 당신이 돈을 건 점수가 취소되고 기술적인 결함으로 모든 내기가 무효가 될까 봐 전전긍긍했다.

"브라질, 브라질이잖아! 세상에, 어떻게 그걸 틀릴 수 있어?" 피터 삼촌이 소리를 질렀다.

"녹화 스튜디오에서는 생각이 더 안 난단 말이에요." 나는 각자 정답을 떠들어대는 사람들과 옥신각신하지 않고 텔레비전에 집중하려고 애쓰면서 대답했다.

"우리가 정말 저렇게 생겼어?" 제시가 내게로 몸을 기울여 물었다.

"난 그렇게 생각 안 해."

"나 왜 말투가 고상한 척하는 것 같지?" 제이크가 걱정스러운 듯 말했다.

"원래 네 목소리가 저래."

"너 방금 저 표정 뭐야?" 카메라가 클로즈업을 하자 제이크가 나를 돌아보며 말했다.

"제이크 좀 봐, 너무 느긋하잖아." 제시가 웃음을 터뜨렸다.

"초조해하는 티 내기 싫어서 내가 너무 과장되게 행동했나 봐." 마치 바닷가를 산책하는 사람처럼 느긋한 텔레비전 속의 자신을 보며 제이크가 말했다.

"쉿, 좀 조용히 해줄래?"

"아무것도 안 들려, 소리 좀 높여봐." 엄마가 소리치자 모두 리모컨을 찾느라 부산을 떨었다.

주위를 둘러보니 피터 삼촌이 스마트폰을 보고 있고, 데즈먼드 아저씨는 벌써 잠이 들었다.

"세상에, 트위터 보지 마." 제이크가 거실 너머에서 속삭였다.

"왜? 사람들이 트위터에서 우리 이야기해?" 제시가 불안한 목소리로 물었다.

"응, 엄청 많이 하고 있어. 우와."

"뭐라 그러는데?"

"대체 어떤 사람들이 텔레비전 퀴즈 쇼 출연자에 대해서 트위터를 하는 거야?"

"음, 닉네임 레드 헤디98. 나를 안경 쓴 유행 따라쟁이 등신이라고 썼어."

"솔직히 꽤 정확한 설명이네."

"너무 심하잖아."

"좋은 말은 없어?"

"이건 마음에 든다. 제이크는 언제든 날 가둘 수 있어, 아, 또 있다…….
제이크는 내 마음의 열쇠를 가졌어 해시태그 섹시남."

"네 이야기뿐이야?"

"미안, 퀴즈 쇼 제이크만 검색했어."

"너 진짜 잘난 척 심하다."

나한테 반한 팬들이 뭐라고 하는지 나는 알고 싶지 않았다.

화나고 절망한 퀴즈 극단주의자 팀을 보여주면서 프로그램이 끝나
자, 제시와 나는 복도로 나왔고 제이크는 자신이 가장 잘 나온 장면을
다시 보려고 뒤로 가기를 눌렀다.

"축하해, 조시."

"뭐, 겨우 문제 하나 맞춘 거? 우리가 우승한 건 네 덕분이야."

"아니, 뭔가를 끝까지 해낸 거 말이야. 거짓말은 안 할게, 진짜 이상
하긴 했어. 그리고 네가 그걸 안 하길 바란 적도 아주 많아. 하지만 어
쨌든 넌 끝까지 해냈어, 동전 던지기 약속을 일 년 내내 해냈잖아."

마지막에 동전 이야기를 듣고서야 나는 제시가 무슨 말을 하는지 알
아들었다. 다른 일들과 함께 나는 동전에 대해 거의 잊고 있었다. 습관
처럼 너무도 자연스러운 일이 되어버렸기 때문이다.

"아직 며칠 더 남았지만 그건 그래, 내가 끝까지 해낸 거 같아. 참, 너
한테 보여줄 게 또 있어. 잠깐만 기다려봐."

나는 큼직한 코트 차림으로 실크해트를 가지고 내 방에서 나왔다.

"이건 동전이 골라준 새로운 스타일이야?"

"아니. 실크해트 잘 살펴봐줄래? 그 안에 아무것도 없지, 그렇지?"

"응. 지금 뭐 하는 거야?"

"좋아, 그럼 저기를 잠깐 봐……." 제시는 내 말대로 했다. "짜잔, 이제 모자 안에 뭐가 있을까?"

"제러미잖아!" 제시가 소리쳤다. "모자에서 토끼를 꺼냈어! 진짜 잘한다. 너 드디어 마술 배웠구나. 어떻게 한 거야?"

"나 피아노도 칠 줄 알아. 딱 한 곡뿐이지만."

"그건 알아, 네가 멋지게 연주했다고 루시에게 들었어. 그 사람 진짜 사랑스러운 거 같아. 네가 루시를 찾아내고 이렇게 잘 돼서 진짜 나도 너무 좋아."

"내가 완벽한 테이블을 고른 거야?" 나는 제시가 카페에서 이야기했던 비유법을 흉내 내서 농담을 했다.

제시는 미소를 짓더니 입술을 깨물었다.

"맞아, 끝내주게 완벽한 테이블이야, 조시."

"너와 애덤도 마찬가지야, 너희 둘 다 아주 행복해 보여, 둘이 아이슬란드에 같이 가는 문제가 어떻게 될지는 아직 잘 모르겠지만 말이야."

"그게 무슨 소리야? 우리가 같이 못 갈 이유라도 있어?"

"제시, 너는 내가 볼 때마다 스키점퍼를 입고 있잖아. 거기 가면 넌 아마 얼어 죽을걸."

"잘 견딜 수 있어. 그리고 겨우 5일인데, 너하고는 다르다고. 그나저나 너는 그 긴 여행을 떠나는 기분이 어때?"

"솔직히 빨리 갔으면 좋겠어. 루시와 함께 지낼 걸 생각하니까 너무 기대돼. 올해 초에 너하고 할아버지가, 내가 원하는 걸 찾게 되면 즉시 알아볼 거라고 했던 말이 기억나. 그때는 그 말이 괜히 하는 뻔한 소리라고 생각했는데 그 말이 옳았어."

"난 늘 옳은 말만 하잖아!" 제시가 미소를 지었다.

"직업에서도 그런 통찰력이 생기는 순간을 기다리는 중인데, 여행이 끝나면 내가 무슨 일을 하고 싶은지에 대해 좀더 많은 생각을 가지고 돌아올 수 있기를 바라고 있어."

"분명히 그렇게 될 거야. 시간이 걸려야 깨닫게 되는 것도 있는 법이니까……. 그래도 찾게 될 거야……. 그런데 서른 전에 그렇게 되면 좋겠네."

"와, 거기서 또 그 이야기가 나올 줄은 몰랐네."

"미안, 참을 수가 없었어."

"솔직히, 여기로 돌아와 지내면서 내가 사춘기 어린애처럼 굴긴 했어. 서른이 다 된 어른처럼 행동하는 게 아니라. 그러니까 부모님도 이제 다시 두 분이서 지내게 돼서 다행이라고 생각하실 거야."

"그건 아닐 것 같아. 우리 모두 널 그리워할 거야, 너도 알잖아."

"할머니한테는 2-3일에 한 번은 전화해서 우리 소식을 전해드리겠다고 약속했어. 할머니의 그 엄청 오래된 지도책으로 우리가 어디쯤 가고 있는지 확인하실 수 있게 말이야. 너희는 인스타그램으로 내 포스팅을 확인해줘. 왜인지는 모르겠지만 나와 해바라기 걸 이야기를 계속 팔로우하는 수천 명의 팔로워들도 그럴 거고."

"너 인플루언서가 다 됐구나! 인스타그램 포스팅 말고 전화도 자주 해. 그런데 방금 생각난 건데, 이러면 내가 매년 여는 가장무도회 생일 파티에 네가 못 오겠구나."

"알아. 올해 파티 주제는 정했어?"

"1990년대를 테마로 할까 생각 중이야."

"그럼 제이크는 어떻게 할까? 1990년대에 유명한 개가 뭐가 있지?"

"베토벤(동명의 영화에 나오는 주인공 개 이름/옮긴이) 어때?" 복도에 있던 우리에게로 제이크가 끼어들었다. 아마 이 친구는 벌써 그 강아지 의상을 깨끗하게 준비해놓았을 것이다. "내 결혼식 때까지는 돌아와야 돼."

"당연하지, 그건 절대 놓칠 수 없지. 결혼식은 어디서 할지 정했어?"

"아마 우리 호텔에서 할 거 같아, 이제 도시 최고 호텔 순위 34위로 뛰어올랐잖아. 우리가 평균 이상이라는 리뷰도 있었어. 그건 불평할 수가 없더라고."

"두 배로 축하한다! 그런데 네가 결혼한다는 거 솔직히 아직도 믿어지지가 않아. 진짜 끝내준다."

"진짜 그렇지?"

"네가 나한테 뭐라고 했더라? 내가 아직 결혼을 생각할 정도로 늙은 건 아니잖아라고 했던가? 그러니까 이제 너도 그만큼 늙었다는 뜻이야."

"닥쳐. 몰라, 나도, 아무튼 이게 맞는다는 느낌이 들었어, 그리고 크리스마스가 청혼하기 완벽한 때 같았어." 제시는 제이크가 말도 안 되는 소리를 했다는 얼굴로 그를 바라보았다.

"아니야, 네 말이 맞아." 나는 고개를 끄덕였다. "아주 완벽해, 그리고 제이크가 승낙해서 참 다행이야. 너희 둘 진짜 잘 어울려. 그리고 이제 우리 팀에 네 번째 J 멤버가 영원히 정해졌잖아."

나는 할아버지가 물려주신 유산으로 제이크와 제시가 빌려준 돈을 갚았다. 그러니까 제이크는 결혼식에 쓸 자금이 준비된 셈이다.

"맞다, 너 한동안 우리랑 같이 퀴즈 못 하잖아. 너 없이 우리 어떡하지?"

"너희는 잘 해낼 거야." 내가 말했다. "퀴즈 극단주의자 녀석들도 한번 이겼잖아. 그러니까 매주 할 수 있어. 그리고 내가 돌아올 때 전 세계에 대한 지식도 잔뜩 가지고 올게."

"아니지, 아마 이렇게 될 거야. 네가 갔던 곳에 대한 문제가 나오고 너는 네가 어디 갔었는지까지는 기억해, 그런데 문제의 답은 모르는 거지."

"솔직히, 그럴 가능성이 아주 높긴 하지."

"우리 팀에 들어올래요?" 우리 옆으로 다가온 루시에게 제이크가 물었다. 우리 넷은 이제 옹기종기 모였다.

"여러분이 퀴즈 챔피언도 됐으니 나도 팀에 들어가고 싶네요."

"그러면 우리는 고맙죠, 그런데 그러려면 우리 팀명을 바꿔야 해요, 이름이 전부 J로 시작하는 게 아니니까."

"사실, 나 아직 조시한테 말 안 한 게 있어요." 루시가 엄청난 비밀이라도 털어놓으려는 듯한 얼굴로 나를 보았다. "내 출생 증명서에 루시가 내 중간 이름으로 적혀 있어요. 내 진짜 이름은 제니예요."

"진짜?" 우리 모두 놀라서 서로를 쳐다보았다.

"아니, 아니에요, 나 이거 농담인데!"

우리 모두 복도에 선 채로 웃음을 터뜨렸다.

41

"키츠가 겨우 스물다섯 살에 죽었다는 거 믿어져요? 난 이제 키츠보다도 더 오래 살았는데 아직도 어떻게 살아야 할지 모르겠어요."

"그래도 반 고흐는 스물일곱 살에 처음으로 붓을 들었어요, 그러니까 사람들은 저마다 다 자신에게 맞는 속도로 사는 거예요." 루시가 나를 격려했다.

아직도 내가 어떤 일을 하고 싶은지 모르겠다. 하지만 적어도 어떤 사람이 되고 싶은지는 조금 더 알게 된 것 같다.

지금 우리는 세계 여행의 첫 번째 도시인 로마에서 며칠째 머물고 있다. 어디로 갈지, 언제 갈지에 대해 구체적인 계획을 세우지 않아서 이여행이 어디에서 끝이 날지는 우리도 모른다. 로마는 루시가 반드시 가야 한다고 주장했던 몇 안 되는 곳들 중 하나이다. 헨리 제임스, 루이자 메이 올컷, 찰스 디킨스, 새뮤얼 테일러 콜리지에게 영감을 준 도시로 떠나는 문학 순례 여행인 셈이었다. 로마에 와서 맨 처음으로 한 일은 풀이 무성한 로마 개신교 묘지 공원 한가운데에서 길고양이들을 쫓아내고, 존 키츠와 퍼시 비시 셸리의 무덤을 참배하는 것이었다. 그다음에는 스페인 광장 옆에 있는 키츠 셸리 기념관에 갔다.

"해마다 트레비 분수에서 150만 유로를 거둬들인다는 거 알아요? 정말 굉장하죠?"

어둠이 내릴 무렵, 우리는 두 손에 아이스크림콘을 들고 바들바들 떨며 바로 그 트레비 분수 옆에서 하얀 가로등 불빛을 받으며 앉았다. 엄청 추웠지만 로마에 오면 젤라토라고 불리는 아이스크림을 반드시 먹어야 한다.

"그런 걸 어떻게 다 알아요?" 청록색으로 칠한 손톱에 분홍색 방울이 천천히 떨어지기 시작한 아이스크림콘을 열심히 핥아 먹으며 루시가 물었다.

"내가 천재라서 그런 걸, 달리 어떻게 설명하겠어요?" 나는 농담을 했다. 술집 퀴즈 쇼에서 이 문제를 풀었다는 이야기는 자세히 하지 않기로 했다. 그러면 동전 던지기에 대해 또 이런저런 이야기가 연달아 나올 것 같아서였다. 내가 퀴즈 푸는 것을 루시가 본 건 텔레비전 퀴즈 쇼에 나오는 모습이 전부니까, 그냥 내가 아는 게 꽤 많은 사람이라고 생각하게 놔두기로 했다.

루시는 내가 맞는지 확인하려고 한 손으로 스마트폰을 검색했다. 아무래도 나를 안 믿는 눈치였다.

"와, 진짜 맞았네, 하룻밤에 약 4,000유로 정도고 전부 자선기금으로 낸대요. 멋지네. 음, 이 분수는 콜로세움과 같은 재료로 만들어졌다는데……매일 약 8,000만 리터의 물을 쏟아내고……그리고 파니니라는 건축가가 완성했대요. 당신 지식 창고에 추가할 정보가 더 생겼네요."

"설마 그 파니니가 구운 샌드위치나 스티커 책을 만든 그 파니니(스포츠 선수 등의 스티커와 사진 카드를 판매하는 영국 기업 파니니와 파니니 샌드위치를 이용한 농담/옮긴이)는 아니겠죠?"

루시가 눈동자를 굴리는데 멀리 떨어진 곳에 있던 한 커플이 이야기를 나누다가 웃음을 터뜨렸다.

"그래도 저 남자는 내 이야기가 재미있다고 생각하나 보네." 내 말에 그제야 루시도 눈을 찡그리며 킥킥 웃었다.

"당신 진짜 바보 같아." 루시가 장난스럽게 밀자 나는 분수로 떨어지는 시늉을 하며 내가 바보 같다는 루시의 말을 확인시켜주었다.

트레비 분수 주위가 한 번이라도 조용한 적이 있었을까 싶기는 하지만 오늘 밤은 12월 31일이어서 로마 시민들과 관광객들이 모여들어 특별히 더 시끄러운 것 같았다. 허공에서 대롱거리는 장식 조명들은 자신들의 쓰임이 이제 끝을 향해 가고 있음을 아는 듯이 더 열정적으로 반짝거렸다. 거기에 더해 맞은편 베네통 매장의 초록색 네온사인, 연말 행사를 감시하는 경찰차의 파란색 사이렌 불빛, 그리고 스마트폰 화면의 하얀 빛과 카메라의 노란색 플래시 빛까지, 거리는 눈부신 빛으로 가득했다.

나는 거대한 조각 분수를 등지고서 눈 앞에 펼쳐진 드넓은 풍경을 살펴보았다. 우선 맞은편에는 거대한 교회가 있었다. 이 교회는 한때는 매력이 넘쳤지만, 분수 때문에 버림받아 질투심에 불타는 옛 연인 같았다. 그다음에는 우리를 둘러싼 아파트들을 올려다보았다. 마치 밖에서 무슨 일이 벌어지는지 궁금하다는 듯이 창문 밖으로 삐져나온 크리스마스 트리가 보였다. 날마다 이런 풍경을 보며 아침에 잠에서 깨어나는 상상을 잠시 했지만, 그러려면 늘 이런 소음과 분주함을 견뎌야 한다는 생각이 들었다.

이번에는 사람들을 바라보았다. 목도리를 하고 셀카봉을 치켜든 사람들이 사진을 찍는 다른 사람들을 이리저리 피하며 파도치듯이 분수로 가까이 밀려왔다. 분홍색 울 점퍼 차림의 금발 여자가 혼자서 최고로 좋은 자리를 독차지하고는 남자친구에게 카메라 각도를 정확히 맞추라고 요란하게 떠들었다. 크리스마스 세일 쇼핑 가방을 옆에 두고 앉은 30대 이탈리아 여자 두 명은 손에 페로니 맥주병과 담배를 하나씩 들고 있었다. 거리의 군밤 가판대 냄새와 경쟁하며 담배 냄새가 풍겨왔다. 각양각색의 억양과 언어들이 요란하게 떠들어대는 속에서 영국 억양의 중년 커플이 접힌 지도를 들여다보며 분수 소리보다 큰소리로 호텔로 돌아가는 방향에 대해 이야기해댔다. 그 모습을 보고 있자니 암스테르담에서 만난 에바가 떠올랐다. 자정이 가까워오자 저마다 시계를 확인했다.

제이드와 런던아이에 처박혀 있던 순간으로부터 열두 달이 지났다는 사실이 믿어지지 않았다. 일 년 사이에 정말 많은 것이 변했다.

"그거 알아요? 올해가 내 인생에서 최고로 멋진 해였다는 거?" 나는 혼잣말하듯 루시에게 말했다.

"청혼은 거절당하고, 직장에서 해고당하고, 부모님 집에 얹혀살고, 할아버지는 돌아가시고……. 우와, 진짜 끝내주는 한 해였네요, 내년에 무슨 일이 일어나든 절대 올해는 못 이기겠어요." 루시는 무표정한 얼굴로 말했다. 하지만 눈빛을 보니 장난기가 반짝거렸다.

나는 웃음이 터져 나오는 바람에 하마터면 피스타치오 맛 아이스크림을 뱉을 뻔했다. 여럿이 공동으로 쓰는 크리스마스 카드에 올해의 사연을 모두 적을 걸, 하는 후회도 들었다.

"거기에 더해서 자전거에 치였고, 중년 아주머니 주먹에 맞아 나뒹굴었고, 한 해의 마지막 날을 세상에서 비꼬기를 가장 잘하는 사람과 로마에서 보내기까지 하잖아요." 내가 말했다. "진짜 농담 아니고, 그런 안 좋은 일들이 많았지만 올해는 바꾸고 싶은 게 하나도 없어요. 나 자신에 대해 많이 알게 됐고, 동전 덕분에 세상에서 가장 아름다운 여자와 함께 세상에서 가장 아름다운 도시에 오게 되었으니까." 나는 루시에게 팔을 두르고 껴안아 볼에 입을 맞췄다.

광장 주변의 젤라토, 크레페, 피자 가게에서 관광객들이 쏟아져 나왔다. 이 가게들 모두 오늘 저녁에 큰돈을 벌 것 같았다. 피자 가게 벽에는 축구팀 깃발과 프란체스코 토티의 큼직한 포스터가 걸려 있었다. 젤라토 가게 안에서는 점원이 이탈리아 사람답게 손을 요란하게 움직이며 장미, 키위, 복숭아부터 바운티 초콜릿, 킷캣 초콜릿, 스니커즈 초콜릿까지 다양한 젤라토 맛을 설명하고 있었다.

내 옆에는 평소 같으면 이미 잠자리에 들어야 했을 어린 사내아이가 앉아 있었다. 이 아이는 나이답지 않게 "조니 B 굿Johnny B. Goode"이라는 옛날 노래를 흥얼거렸고, 아이의 부모는 아이의 여동생에게 분수를 향해 어깨너머로 동전 던지는 법을 가르쳐주고 있었다. 사방팔방에서 동전이 날아오고 있는데 다른 관광객들도 동전 던지는 연습을 해야 할 것 같았다. 날아오는 동전 때문에 아무래도 분수 밑에 앉아 있으면 위험할 것 같았다.

"당신도 동전 던져볼래요?" 루시에게 물어보는데 나는 하마터면 날아오는 동전에 머리를 맞을 뻔했다.

하룻밤에 4,000유로나 자선 단체에 기부하는 분수에 너무 큰 액수는 던지지 않으려고 루시가 아이스크림 가게에서 받은 동전들을 이리저리 뒤졌다.

"우리가 동전을 던지면 로마에 다시 오게 되는 거죠, 그죠?"

"그런 걸로 알고 있어요, 해바라기 걸." 별명이 너무 자연스럽게 들렸다.

"당신하고 같이 여기 꼭 다시 왔으면 좋겠어요." 루시가 미소를 지었다. "하지만 그 전에 먼저 가봐야 할 곳들이 너무 많아요."

"물론이죠." 우리는 앞으로 어디를 가게 되든, 반드시 도쿄에 가서 반 고흐의 「해바라기」 중 마지막 「해바라기」를 꼭 보자고 결정했다. 내가 람보르기니를 모는 세계적인 갑부는 아니지만 적어도 세계여행을 하겠다는 목표는 이루는 중이다.

"우리 같이 던질래요? 동전 있어요?" 루시가 20센트짜리 낡은 동전을 건넸다. 하지만 나는 벌써 주머니에서 동전을 꺼냈다.

"그래요, 셋에 던져요. 하나, 둘, 셋." 나는 오른팔을 왼쪽 어깨 너머로 휘둘렀다. 지난 한 해 동안 내 눈앞에서 수도 없이 허공으로 날아올랐던 동전은 또 한 번 허공에서 이리저리 맴돌다 내 손등으로 떨어지지 않고, 내 뒤로 날아갔다. 분수대로 떨어진 동전이 투명한 물속에서 헤엄치는 물고기처럼 반짝이며 다른 수천 개 동전들 사이에 자리 잡는 것을 보면서 나는 두 팔로 루시를 껴안고 딸기 젤라토 맛이 나는 그녀의 입술에 입을 맞췄다. 서로 포옹한 우리 모습은 아마 수백 장의 사진 속에 배경으로 등장할 것이다.

"잠깐만요, 저거 혹시 그 동전 아니에요?" 물속에서 우리가 던진 동전을 찾던 루시가 나를 보기도 전에 놀라서 물었다. 초록색 울 모자 아래로 그녀의 검은 눈이 놀란 듯 반짝거렸다.

나는 고개를 끄덕였다. 루시는 미소를 지었다. 비둘기 한 마리가 옆으로 날아갔다. 우리는 자리에서 일어나 손을 잡고 수많은 관광객들과 지난 한 해의 기억들을 뒤로 남기고 그곳을 떠났다.

머리 위에서 불꽃이 터지며 알록달록하게 밤하늘을 수놓았다. 분수대 계단을 내려와 도로에 서자 미로처럼 복잡하고 가스 등이 켜진 좁은 골목 두 개가 우리를 맞이했다.

"이쪽으로 가요." 나는 자신 있게 선택했다.

감사의 말

소설을 쓴다는 것이 하룻밤 사이에 할 수 있는 일이 아니기에 저는 많은 사람들의 도움을 받았습니다. 그분들 모두에게 깊은 감사를 전하고 싶습니다. 그중에서도 특히 감사를 전하고 싶은 분들을 소개합니다.

우선 가족에게 감사를 전하고 싶습니다. 어머니는 언제나 첫 번째 감수자가 되어주셨고, 아버지는 모든 플롯의 아이디어를 제공했다고 믿고 계십니다. 할머니는 처음부터 저를 믿어주셨고, 할아버지는 소설 속에서처럼 아무도 보지 않을 때 제게 10파운드 지폐 하나와 토블론 초콜릿을 주셨습니다. 레베카는 최초로 나와 공동으로 글을 썼고, 팀은 늘 솔직한 의견을 말해주었습니다. 나나와 그램프스는 "연금과 종이 접시를 주는" 제대로 된 직업을 택하라는 충고를 통해 의도치 않게 제게 가장 강력하게 동기부여를 해주었습니다.

그다음으로는 친구들에게 감사를 전하고 싶습니다. 잭 체셔와 조시 스테이는 영감을 주고, 웃음을 주고, 현실에서 우정을 나눴습니다. 술집 퀴즈에 함께 한 "더 B 팀"과 "울프 스타" 팀의 모든 멤버들에게도 고마움을 전합니다. 기쁠 때나 힘들 때나 늘 곁에 있어준 리사 슈파르트 그리고 주인공 이름에 따왔다고 모두가 생각하게 될 조시 오와레에게도 고마움을 전합니다.

학창 시절 영어 선생님들께서는 열정적인 수업으로 제게 큰 영향을 끼치셨습니다. 컨퀘스트 선생님 부부, 어프 선생님, 해리스 선생님, 루이스 반 선생님, 웨이트테일러 선생님 그리고 8학년 영어 우수상을 트로피를 아직까지 주지 않으신 플라우든 선생님께도 감사드립니다.

커티스 브라운의 크리에이티브 팀은 제가 글을 써나갈 수 있도록 도와주었습니다. 크리스 와클링은 전문적인 수업을 해주었고, 사이먼 로는 지침을 알려주었습니다. 수업 동료들은 진심 어린 비평, 제안, 격려로 이 책의 출간을 도왔습니다. 팀 애들러, 다니엘 베이커, 벨라 더네트, 브렌다 아이스버그, 마이클 골드버그, 사디크 제프리, 사라 마사라치아, 소피 오마호니, 마이클 새건, 크리스 스티어, 힐러리 테일러, 클레어 툴로, 알렉스 윌 그리고 마고 윌슨의 소설도 기다려주십시오.

하드먼 앤 스웬슨에도 감사를 전합니다. 해나 퍼거슨은 믿음, 열정, 응원을 아끼지 않은 최고의 에이전트입니다. 그녀는 제가 소설을 쓰는 모든 과정을 이끌어주고 꿈이 현실이 되도록 도왔습니다. 테레스 코엔은 제 작품이 전 세계 독자들을 만날 수 있도록 해주었습니다. 니콜 에더링턴은 지겹게 작성해야 할 서류들을 많이 안겨주었습니다.

편집자들에게도 감사를 전합니다. 영국의 레베카 힐스턴과 미국의 테사 우드워드는 이 소설을 믿어주고 완벽하게 편집하고 글을 다듬어주었습니다. 그리고 뒤에서 많은 수고를 해 준 마이클 조셉과 윌리엄 모로에게도 감사를 전합니다. 그리고 전 세계 다른 모든 출판사에도 감사드립니다. 이 책이 여러 언어로 읽힐 것이라고 생각하니 너무 기쁩니다.

마지막으로 아작스 대신 그 게임을 알려준 루카스 무라에게 감사를 전합니다.